열정, 같은 소리
하고 있네

열정, 같은 소리 하고 있네

펴낸날 | 2010년 12월 13일 초판 1쇄
        2012년 5월 15일 초판 6쇄

지은이 | 이혜린
펴낸이 | 이태권
펴낸곳 | (주)태일소담
      서울시 성북구 성북동 178-2 (우)136-020
      전화 | 745-8566~7 팩스 | 747-3238
      e-mail | sodam@dreamsodam.co.kr
      등록번호 | 제2-42호(1979년 11월 14일)
      홈페이지 | www.dreamsodam.co.kr

ISBN 978-89-7381-637-8   03810

- 책값은 뒤표지에 있습니다.
- 잘못된 책은 구입하신 곳에서 교환해드립니다.

열정, 같은 소리 하고 있네

이혜린 지음

소담출판사

chapter 1
나의 판타스틱 첫 직장   **7**

chapter 2
업계 비밀   **15**

chapter 3
까라면 까   **44**

chapter 4
왼쪽 가슴도 보실래요?   **67**

chapter 5
학벌리즘   **89**

chapter 6
신데렐라의 몸값   **111**

chapter 7
20대의 우정   **130**

chapter 8
관계의 변화   **151**

chapter 9
50kg 넘는 괴물   **172**

chapter 10
'개새끼' 대처 요령   **190**

Contents

chapter 11
미션 임파서블 **214**

chapter 12
선의의 경쟁은 가능한가 **240**

chapter 13
우리는 인맥일까 **260**

chapter 14
이기주의에 대하여 **283**

chapter 15
출산의 자격 **307**

chapter 16
대화의 위력 **335**

chapter 17
돌연사 권하는 사회 **361**

chapter 18
골룸이 되어라 **381**

chapter 19
열정, 같은 소리 하고 있네 **402**

작가의 말 **418**

chapter 1
나의 판타스틱 첫 직장

누군가의 인생을 두고 꽤 괜찮다고 할 때, 그 기준은 뭘까. 재산? 사랑? 학벌? 외모? 직업? 평판? 사람마다 세부 기준은 모두 다르겠지만, 크게 이 범위를 벗어나진 않을 것이다.

나야 뭐 아무래도 상관없다. 그 어떤 사항을 1순위로 두든, 내 인생은 꽤 괜찮은 편이다. 나도 그렇게 생각하고, 주위에서도 그렇게 말하고, 언론에서도 그렇게 떠들어댄다. IMF를 거쳤으면서도 아빠 사업이 말짱할 확률, 고3때 팽팽 놀고도 상위 3%에 드는 대학교에 진학할 확률, 소녀시대에 발광하는 대학 동기들에 둘러싸이고도 정치적으로 올바른 지식인이 될 확률, 성형수술을 받지 않고도 남자 꼬시는 데 아무 장애가 없을 확률, 그리고 지금 바로 이 시대, 대학 졸업식을 치르기도 전에 첫 출근을 할 확률. 지금의 나는 바늘 구멍을 제 집 드나들 듯 오가는 낙타다.

스포츠엔터는 용산 한복판에 위치해 있다. 용산역에 내려서 에스컬

레이터를 타면 정면에 제일 먼저 보이는 건물이다. 허름한 식당과 가게들로 동네는 아직 지저분했지만, 부동산 아저씨는 "어차피 조만간 재개발로 몽땅 밀어버릴 것"이라고 말했다. 그 아저씨는 10년 후엔 용산이 지금의 압구정동 역할을 할 것이라는 한 경제지 기사도 보여줬었다. 난 당장 오피스텔을 한 채 구입하자고 했지만, 엄마는 의외로 조금 생각을 해보자더니 전세를 하나 구해줬다. 엄마에게 이 동네에 대한 성장 전망은 꽤 불투명한 모양이었다. 나야 어차피 똑같은 오피스텔인데, 전세든 엄마집이든 상관없었다. 지하 주차장에 잔뜩 주차된 외제차들과 고급스러운 옷을 빼입은 젊은 남녀들이 우글대는 엘리베이터만으로도 난 그 오피스텔이 맘에 들었다.

나는 7cm짜리 굽을 바닥에 따각따각 찍으며 힘차게 걸었다. 오피스텔을 빠져나온 지 2분도 채 되지 않았지만 신문사 건물은 이미 내 시야에 들어와 있었다. 쉬엄쉬엄 걸어 15분 거리다. 새로 산 구두는 발에 물집이 잡히지 않게 일주일 전부터 신어서 부드럽게 해뒀다. 그 구두와 맞춰 입은 깜찍한 스커트는 올 겨울에 유행 중인 시크한 블랙톤이다. 외투로 입은 버버리 코트는 취업 기념으로 하나 지른 거다.

30대로 보이는 한 여자가 불쑥 내 앞길을 가로막는다. 그녀는 밑도 끝도 없이 서울역으로 가려면 어디서 버스를 타야 되냐고 묻는다. 내 이어폰에서는 여전히 힙합 음악이 나오고 있지만, 그녀의 목소리는 또렷이 들린다. 언제부턴가 사람들은 지나가는 사람에게 말을 걸 때 '실례한다.'는 문장을 생략하고 있다.

"글쎄요, 택시 타면 5,000원도 안 나올 거 같은데요?"

내 친절한 대답에 그녀는 버스 정류장은 모르냐고 떼를 쓴다. 짜증이 벌컥 솟는다. 그냥 택시를 타면 된다잖아. 나는 고개를 돌리고 발걸음에 가속도를 붙이려 한다. 그때 검은 정장의 한 남자가 불쑥 나타나더니 여자에게 길을 건너 조금만 걸으면 버스 정류장이 나온다고 말해준다. 날 대신해 미안하다는 말도 덧붙인다. 어딜 가나 저런 오지랖은 있게 마련이다.

다시 가던 길을 가려는데 내 이어폰이 홱 잡아당겨진다. 너무 놀라 고개를 돌려보니 아까 그 남자가 내 이어폰을 한 손에 쥐고 있다.

"사람이 말을 걸면, 이어폰 정도는 빼고 답해주는 게 예의 아닌가요?"

나는 너무도 황당해 남자의 눈을 똑바로 들여다보며 말한다. 꽤 귀엽게 생겼다.

"저 여자는 실례한다는 말 한마디 없이 불쑥 말 걸었거든요? 그런데도 난 친절하게 답해줬다고요." 말을 하다 보니 더 화가 났다. "그리고, 그렇게 이어폰을 잡아당기는 건 픽도 예의 있나 보죠?"

"그건 죄송합니다."

내가 눈알을 부라리자 남자는 어색하게 목례만 남기고 사라진다.

"쟤 뭐야!"

나는 분을 못 이기고 허공에 외친다. 하지만 지금은 저런 촌뜨기한테 신경 쓸 여력이 없다. 회사 건물이 코앞에 다가왔기 때문이다. 최종면

접을 치른 지도 한 달여. 나를 포함한 수습기자 다섯 명은 창간 2주 후인 오늘, 12월 1일부터 출근하게 돼 있었다. 창간 준비 기간인 한 달과 처음 2주 정도는 우리가 출근해도 마땅히 할 일이 없을 거라는 게 회사 측의 설명이었다.

덕분에 나는 지난 한 달여 동안 취업이 보장된 여유로운 대학생 놀이를 맘껏 해뒀다. 취업이 됐다고 하자 교수들은 기꺼이 기말고사를 면제시켜 줬다. 귀찮은 리포트 몇 개만 해결하니, 대학교와 나 사이에는 졸업장 하나만 남긴 채 서로 볼일이 없는 사이가 됐다. 수년째 강의 계획표가 똑같은 교수, 공무원 되는 게 단 하나의 꿈인 멍청한 학생, 유학 사이트 홍보 전단지로 도배된 갑갑한 캠퍼스와 굿바이다. 얼른 짐을 싸서 용산으로 이사했다. 툭하면 휴학을 하고 훌쩍 떠났던 내가 이번에는 진짜 이 풋내 나는 바닥을 뜨는 것이었다.

엘리베이터가 3층에 멈춰 섰다. 우선 화장실에 들러 메이크업 상태를 재확인했다. 완벽했다. 안쪽에선 웬 여자가 토하고 있는 소리가 들려온다. 과음과 격무로 인한 구토? 상큼하진 않지만, 흥미진진하다. 나는 화장실에서 나와 곧장 직진해 스포츠엔터 사무실에 들어섰다. 투명한 유리문을 열자 수많은 남자들이 왁자지껄하게 떠드는 소리와 고음의 전화벨 소리가 내 귀를 때렸다. 난 입구에 잠깐 서서 이 생생한 기자들의 소리를 음미했다.

나는 사무실 입구에서 20분가량 방치돼 있다가 웬 아저씨의 뒤를 졸졸 따라 계단을 올라가고 있는 중이다. 아저씨의 펑퍼짐한 엉덩이를 제외하곤, 보이는 것도 없다. 내 동기 세 명의 숨소리가 헉헉 들린다. 나는 괜히 누군가와 눈이 마주칠까 봐 휴대폰을 꺼내 뭔가 확인하는 척한다. 사교성은 내 영역이 아니다. 드디어 4층에 도착, 아저씨는 유리문을 열었다. 이 아저씨는 경영지원팀의 팀장이다.

"이쪽은 광고국, 신문사에서 가장 중요한 곳이야. 기사 밑에 들어가는 광고 있지? 그걸 따 오는 사람들이지. 광고가 없으면 신문사가 안 돌아가니까."

팀장은 파티션으로 나뉜 구역 중 한 곳을 가리켰다. 책상 7개가 덩그러니 놓여 있고, 온갖 신문지들이 어지럽게 널려 있었다. '신문사에서 가장 중요한 사람들은 기자가 아니라 광고국 사원이다.' 이 정도는 언론학 강의 때 대충 들어 알고 있었다. 그래도 교수 입으로 듣는 것과, 신문사 직원 입으로 듣는 것은 그 느낌이 사뭇 달랐다.

"아, 편집부 기자들 아직 출근 안 했겠구나. 저기 큰 모니터들 쫙 깔린 자리 보이지? 저기가 편집부. 기사들을 지면에 예쁘게 넣어주고 제목을 뽑는 역할. 좀 이따 오후에 출근해서 새벽까지 일해."

내 옆에 있던 한 남자가 움찔하며, 손을 들었다.

"새벽까지요?"

팀장 아저씨는 바지 주머니에 두 손을 쿡 찔러 넣으며 남자를 빤히 쳐다봤다.

"가끔은 아침까지지."

남자는 들릴 듯 말 듯한 목소리로 "네."라고 말했다. 공포에 휩싸인 표정으로 봐서, 편집부 수습인 모양이었다. 새벽에 일하는 직장이라니, 더 멋있어 보였다.

"그럼 편집국으로 내려갈까?"

우리는 텅 빈 사무실을 빠져나와 다시 3층으로 향했다. 이번에도 역시 계단으로 내려가는 동안 침묵이 계속됐다.

다시 3층 유리문을 열었을 때, 휴게실 앞에 한 남자가 비스듬히 서 있는 게 보였다. 한쪽 발에 몸무게를 모두 실은 채 팀장을 향해 엉거주춤 목례를 한다. 서른쯤 됐나? 어디 가면 대리급은 된다고 속여도 될 만한 얼굴이다.

"첫날부터 지각인가? 지금이라도 합류해. 편집국 돌아볼 차례야."

팀장은 대수롭지 않은 듯 다시 앞서나갔다. 경영지원팀의 책상을 지나쳐 도착한 첫 번째 부서는 체육부였다. 열 개가량의 책상들이 옹기종기 모여 있고, 천장에는 '체육부'라는 팻말이 붙어 있다. 상석에 앉은 흰머리 아저씨가 부장님이다. 신문사에서는 국장급 정도는 돼야 별도 사무실이 있는 모양이었다.

체육부 부장님이 "우리 부서에는 누가 배정됐냐."고 묻자, 지각생이 손을 들었다. 부장님은 다정스런 미소 하나 없이, 이따가 보자고 말하곤 모니터로 고개를 돌렸다.

"자리가 절반 정도 비어 있지? 출장이 잦아서, 서울에 있는 시간이 별로 없지."

지각생은 자신과 관련된 부서 얘기를 하는데도 별 관심이 없어 보였다. 우리는 바로 옆 레저생활부로 향했다.

"여기는 체육부와 연예부가 커버 못 하는 거의 모든 걸 다루는 데야. 주로 패션, 여행, 문화 등을 다루지. 부국장님이 직접 맡고 계신 부서야."

팀장의 말이 채 끝나기도 전에 부국장님이 자리에서 벌떡 일어나 우리에게 다가와, 한 명씩 어깨를 토닥여줬다. 마음씨 좋은 아저씨 얼굴을 하고 싱글벙글 웃는 게, 우리가 흔히 생각하는 직장 상사의 모습이 아니었다.

"어제 다들 좋은 꿈 꿨어? 우리 신문사는 자네들 손에 달렸다고 생각하고 열심히 뛰라구. 내가 응원 많이 해줄게. 다들 축하해." 푼수처럼 웃던 부국장님은 내 옆에 서 있던 여자를 향해 손을 내밀었다. "자네가 우리 인턴이지? 허허, 일 잘하게 생겼네. 잘해보자고."

여자는 손을 덥석 잡고는 90도로 허리를 푹 숙였다. 여자의 허리가 너무나 많이 접혀, 방금 들은 단어가 인턴이었는지 수습이었는지도 헷갈렸다. 아니, 분명히 인턴이라고 했다. 우린, 수습이 아니었던가?

그에 대한 질문을 하려는 찰나, 거구의 아저씨 하나가 부국장님 옆에 불쑥 나타났다. 사진부 부장님이라고 했다. 어찌나 몸집이 큰지, 저 손으로 카메라 버튼을 눌렀다간 카메라가 으스러질 것 같았다. 사진부 부장님은 체격에 어울리지 않는 해맑은 웃음을 지었다.

"고생길이 훤하구먼."

우리 얼굴을 찬찬히 뜯어보던 부장님이 검은 정장을 입은 한 남자의 머리를 덥석 잡았다. 남자가 순간 사색이 됐다. 이 남자는, 오늘 아침에 본 그 왕재수였다. 아침의 그 기세등등했던 태도는 어쩌고, 코알라 같은 표정을 짓고 있다.

"너냐? 이력서 사진이랑 똑같이 생겼네. 살 좀 쪄라. 그래갖고 버티겠냐? 버티기만 하면, 내가 제대로 키워줄게."

레저생활부 기자들은 이 남자에게 안됐다는 둥, 저렇게 착하게 생겨서 어떡하냐는 둥 농담을 던졌다. 분위기가 화기애애했다.

"야! 이 개새끼야! 너 내 성질 몰라? 나, 하재관이야!"

별안간 벼락같은 목소리가 사무실에 쩌렁쩌렁 울렸다. 레저생활부의 한 여기자가 우리에게 눈을 찡긋하더니, 다시 노트북으로 눈을 돌렸다. 경영지원팀 팀장은 어깨를 크게 들썩였다. 그 제스처와 본인의 외모는 너무나 어울리지 않았다.

나는 고함소리가 터져 나온 방향을 조심스럽게 쳐다봤다. 옆 부서였다. 부장 자리에 앉은 통통한 아저씨가 전화기에 대고 씩씩거리고 있다. 나머지 다섯 명의 기자들은 노트북에 머리를 푹 파묻은 채 숨을 죽이고 있다. 천장에 붙은 팻말에는 연예부라고 적혀 있었다. 내가 경력을 좀 쌓아보겠다고 마음먹은 그곳이었다.

"저기는 늘 저래."

팀장이 말했다.

chapter 2
업계 비밀

"여자였어?"

부장님은 내 머리부터 발끝까지 2초 만에 스캔하고는 다시 노트북으로 시선을 돌렸다. 나는 뭐라고 대답할지 몰라 가만히 서 있었다.

"암튼 열심히 해. 저기 네 자리에 가서 앉아 있어."

부장님은 다시 한 번 내 얼굴을 흘깃 보더니, 무뚝뚝하게 말했다. 방금 전화기에 온갖 욕설을 퍼붓던 사람이 맞나 싶을 만큼 멀쩡한 목소리였다. 나는 엉거주춤 인사를 하고 부장님이 가리킨 쪽을 쳐다봤다. 빈 책상은 없었다. 어디에 앉으라는 거지? 내 자리가 어디냐고 되묻고 싶었지만 부장님은 벌써 전화기의 버튼을 꾹꾹 누르고 있었다. 다섯 명의 기자들은 모두 통화를 하고 있거나 노트북 키보드를 탁탁 두드리고 있다. 나는 구석 자리에 가 제발 누군가 나를 발견하기를 바라고 있었다.

슈렉을 닮은 남자가 나를 휙 돌아봤다.

"네 자리는 없어. 여기 와서 앉아."

그는 자기 책상 구석을 가리켰다. 자기 옆에 바싹 붙어 앉으라는 거다. 내가 마음에 들었나? 저 정도 거리라면 숨결까지 느낄 수 있을 것이다. 괜찮다고 사양하려 하는데, 얼른 와서 앉으라고 목소리를 조금 높인다. 나는 엉겁결에 슈렉 옆에 바싹 붙어 섰다.

"저, 그런데 의자가 없는데."

'의자가 없습니다.'라고 말했어야 했나? 죽었다 깨어나도 '습니다'로 끝나는 문장은 내뱉지 못할 것 같다. '없는데요'는 뭔가 직장과 어울리지 않는 것 같다. 갈팡질팡하다 결국 나는 '없는데'라고 반말을 하고 만다.

슈렉이 내 뒤 어딘가를 슬쩍 본다. 쓰레기통 외에는 아무것도 없다.

"뚜껑 닫아봐."

나는 뭔가를 버려달라는 말인 줄 알고 한참을 고개만 갸우뚱하다가 뚜껑을 닫으라는 말의 의미를 알아차린다. 뚜껑 닫고 그 위에 앉으라는 거다. 맙소사.

"얼른 안 앉고 뭐해!"

목소리가 더 높아졌다. 나는 재빨리 쓰레기통을 끌어당겨 뚜껑을 덮었다. 그리고 그 위에, 앉았다. 짜잔, 이게 바로 내 자리다. 난 바로 이 자리를 위해 학점 평점 4.3을 유지해왔다.

"누가 부를 때까지 기다려."

"네."

슈렉이 너무나 자연스럽게 반말을 툭툭 쏘는데 기가 질려, 나는 절대 복종 모드로 들어서고 있었다. 이 남자는 아마도 30대일 것이다. 30대 남자의 얼굴을 이렇게 가까이서 본 것은 처음이다. 완전히 아저씨다. 아저씨 얘기가 나와서 말인데, 30대 이상 남자들의 얼굴은 다 거기서 거기다. 덩치가 유독 컸던 사진부 부장님만 빼고는, 오늘 소개받은 그 누구의 얼굴도 다시 기억해내기가 쉽지 않다. 내 눈에는 다 같은 아저씨일 뿐이다.

아저씨들은 끝도 없이 전화를 하고, 전화를 받고, 키보드를 두드리고, 서로에게 소리쳤다. 내 맞은편에 앉은, 깔끔한 인상의 한 남자가 영화감독의 이름들을 가끔 내뱉는 것 외에는, 내가 알아들을 수 있는 게 없었다. 아마 이 남자가 영화담당인가 보다. 내가 연예부를 지원한 이유는 바로 영화에 대한 무한애정 때문이다. 내 눈길이 느껴졌는지 남자는 나를 한 번 쳐다보더니 씩 웃어준다. 30대 같긴 한데, 내 옆의 남자와는 뭔가 차원이 다른 30대다. 저 사람과 친해져야겠다.

한 시간은 흐른 것 같은데 시계를 보니 겨우 30분이 흘렀을 뿐이다. 아무도 내게 관심을 쏟지 않는다. 내게는 노트북도 없고, 펜도 없다. 그냥 멍하니 사람들이 뭐하나 관찰만 하고 있다. 부장님은 또 어딘가 전화해서 냅다 욕을 내지르고 있다. '네가 어떻게 나한테 이럴 수 있어?'가 골자인데 전후 사정은 암만 들어도 잘 모르겠다.

한참을 멍하니 앉아 있는데 드디어 부장님이 "어이!"라며 날 부른다. 난 신이 나서 쏜살같이 달려간다.

"우지환 조져."

부장님은 밑도 끝도 없이 알아들을 수 없는 문장을 내뱉었다. 나는 또 멍하게 부장님의 얼굴만 들여다볼 수밖에 없었다. 그는 내게 더 가까이 오라고 손짓했다.

"미션을 하나 줄게. 이 영화 알지? 우지환이 연기 못했다는 리플을 다 찾아서 기사로 써."

그 영화라면 나도 좀 안다. 기대하고 있는 작품이라 개봉을 기다리고 있었기 때문이다. 대한민국, 아니 아시아 여자 중에 우지환 보고 가슴 안 설레본 여자가 어디 있겠나.

"그 영화, 개봉 아직 안 했는데요."

내 대답에 부장님의 표정이 굳어졌다.

"예고편 나왔잖아. 일단 찾아보고 얘기해."

나는 부장님이 무슨 말을 하는지 도무지 이해할 수 없었다. 그래서, 당연히 되물었다.

"예고편만 보고 연기력 논란을 쓰라는 말씀이세요?"

내 입이 채 다물어지기도 전에, 뭔가가 내 어깨를 확 잡아챘다. 슈렉이었다.

"제가 시키겠습니다."

슈렉의 말이 떨어짐과 동시에, 나는 내 자리, 쓰레기통 위에 철퍼덕 앉혀졌다.

"하라면 해." 슈렉이 힘주어 말했다. "회의하고 돌아올 테니까, 내 노트북 쓰고 있어. 30분 안에 다 해놔라."

　나를 제외한 모든 연예부 기자들이 회의실로 이동했다. 나는 덩그러니 앉아서 눈알만 굴렸다. 30분 안에 대체 뭘 하라는 건지 알 수가 없다. 어떻게 있지도 않은 연기력 논란을 기사로 쓸 수 있지? 이건 날 놀려먹기 위한 몰래카메라일지도 모른다.

　10분도 지나지 않은 것 같은데 회의실 문이 열리고 연예부 기자들이 쏟아져 나온다. 심장이 쿵쾅댄다. 노트북의 기사입력기는 여전히 백지상태다. 여기에 잽싸게 사직서를 써넣을까 고민 중이다. 그런데 기자들은 아무 소리 없이 자기 자리에 앉는다. 부장님은 날 쳐다보지도 않는다. 노트북만 빤히 들여다보고 있는데, 맞은편의 깔끔한 기자가 날 회의실로 부른다.

　영화 2진을 맡고 있다는 유재준 기자는 '조지기' 상황에서 어떻게 기사를 작성해야 하는지 친절하게 설명해줬다. 물론 예고편만으로 연기력 논란을 다루는 건 무리가 있다. 하지만 우지환은 그동안 출연한 거의 모든 드라마, 영화에서 연기력 논란을 일으켰다. 이번 영화로 논란을 벗어나고자 하지만, 예고편만으로도 벌써 부정적인 반응이 포착된다. 그가 연기력 논란을 피하기란 어려워 보인다. 이렇게 기사를 풀면 된다는 거다!

　"일리가 있네요. 원래 이렇게 논란도 미리 예상해서 써주는 거예요?"

　"아니." 그는 자신의 미소가 얼마만큼 예쁜지 안다는 듯 씨익 웃었다. "부장이 우지환 매니저한테 열 받아서 쓰는 거야. 기사는 걱정 마. 내가 쓴다고 할게."

왜 부장님은 우지환 매니저한테 열 받았을까. 유재준 기자의 설명으로 나는 대충의 그림을 완성할 수 있었다. 부장님은 창간 기념 인터뷰로 우지환을 비롯한 톱스타들을 섭외해왔다. 모든 연예인들이 부장님과의 인연을 고려해 인터뷰에 응했다. 업계 최고의 대우를 받고 신생 매체로 옮긴 것도 열렬히 축하해줬다. 우지환만 빼고 말이다. 해외 촬영을 마치고 돌아온 그는 다른 매체와 먼저 인터뷰를 진행했고, 그 결과가 오늘 다른 스포츠지 1면에 고스란히 실렸다. 오늘 우리 부서에 속한 모든 기자들은 우지환을 조지는 기사를 하나씩 의무적으로 작성해야 했다. 즉, 우지환의 연기력과 오늘의 사태는 아무런 연관성이 없는 것이다.

"기자는 그런 이유로도 열 받을 수 있는 거군요."
"이건 업계 비밀이니까, 어디 가서 자랑하진 마라."
유재준 기자는 한 번 더 씨익 웃더니 소파에서 일어섰다.

우지환 조지기 시리즈 1탄이 온라인으로 표출됐다. 논란이라는 단어가 들어가는 기사는 무조건 각 포털사이트 메인에 뜬다고 했다. 역시나 그 기사는 각 사이트 상부를 장식했고, 우지환은 악플러들의 놀잇감이 됐다. 나는 우지환에게 너무 미안했다.

내가 머릿속을 채 정리도 하기 전에, 슈렉은 내게 박진영 기사를 쓰라고 했다. 박진영 기사? 컴백이라도 하나? 아님 콘서트? 부가 설명을 원하는 내게 슈렉은 트위터를 보면 된다고 했다. 박진영이 방금 트위터에 우스꽝스러운 사진을 게재했고, 나보고 그걸 기사로 쓰라는 것이다. 트위터에는 글을 써봐야 달랑 한두 줄이다. 대체 뭘 기사로 쓰란 말이지? 그리고 그게 대체 무슨 의미가 있다는 거지?

오늘에야 안 사실인데, 나는 스포츠신문 소속 기자이되, 온라인 사이트에도 기사를 공급하는 멀티 역할을 해야 했다. 지면에 들어가는 기사와 별개로, 온라인에서 소비되는 가벼운 기사도 엄청 써야 한다는 것이다. 슈렉은 둘 사이의 차이점을 대충 설명했다. 지면 기사는 10개의 후보 중에 2개가 채택돼 실리지만, 온라인 기사는 2개의 기사를 10개로 늘려 마구잡이로 쏘는 것이다. 연예인이 트위터에 올린 글도 온라인상에서는 중요한 기사다. 네티즌이 클릭해대니까. 고로 우리는 트위터에 연예인이 뭘 올리는지 두 눈 부릅뜨고 살펴야 한다. 내가 '마르크스주의적 페미니즘 관점에서 본 한국 영화'를 주제로 한 작문으로 이 신문사에 1등으로 들어왔을 때, 그 누구도 트위터 기사 따위를 알려주지 않았다.

내가 아는 어떤 후배는 피자를 시켜 먹지 않는다. 여름방학을 맞아 피자집에서 아르바이트를 했던 그는 이후로 피자를 절대 먹지 않는다고 했다. 피자가 어떻게 만들어져 고객의 입안에 들어가는지 똑똑히 봤기 때문이다. 처음에는 저 오븐을 매일 씻어야 되는 것 아니냐고, 이 재료는 유통기한이 지난 것 아니냐고 따져 묻기도 했단다. 그러나 그는 조용히 아르바이트를 그만두고 평생 피자를 시켜 먹지 않는 게 더 쉬웠다고 털어놨다. 내가 그를 향해 뭐라고 했더라? "이 비겁한 새끼."라고 했던 것 같다.

박진영이 트위터에 올린 것은 라면을 끓여 먹고 있는 사진이었다. 라면 국물을 인육으로 우려냈다거나, 라면을 끓인 순간 JYP 건물이 폭발이라도 했다면 기삿거리가 될 텐데. 나는 40분 만에 인기가수 겸 프로듀서 박진영이 트위터를 통해 익살스럽게 근황을 소개했다는 리드 기사를 겨우 작성했다. 몇 번 반항해볼까도 했지만 지금 연예부는 카운트다운 중인 시한폭탄 같다. 나는 속으로 눈물을 몇 톤 트럭 흘리면서 기사의 마지막 줄을 완성했다. 나는 앞으로 연예기사를 보지 않을 테다.

이미 온라인상에는 박진영의 트위터를 다룬 기사가 30개나 표출된 상태다. 다른 신문사 기자들도 나만큼의 눈물을 흘렸을까? 나는 얼굴도 모르는 그들과 뜨거운 동료애를 느낀다.

이제 겨우 오전 11시 50분이다. 솔직히, 난 평소 이 시간에야 겨우 일어나곤 했다. 내가 자고 있던 시간에 이렇게 활기 넘치는 곳이 있었다는 게 조금은 신기하기도 하다. 커피가 필요했다. 그런데 그냥 가도 되나? 이것도 보고해야 하나? 뭐라고 불러야 하지? 호칭은 생략할까? 고작 커피 마시러 가면서 왜 귀찮게 말을 거냐고 화를 내면 어쩌지?

"저……."

오 마이 갓. 나 방금, '저기용.'이라고 말할 뻔했다. 나는 겁에 질려 '저'의 발음을 길게 뺐다.

"뭐?"

키보드를 두드리던 슈렉이 날 쳐다봤다. 너무 가까운 거리다.

"커피 좀 마시고……."

내 목소리가 기어들어 갔다. 그 바람에 '오겠습니다'와 '올게요' 사이를 급하게 회전하던 내 혀가 딱 굳었다. 결국 난 둘 다 말하지 못했다. 슈렉의 표정이 굳는가 싶더니, 이내 풀어졌다.

"그래. 갔다 와."

슈렉은 다시 노트북으로 얼굴을 돌렸다. 나는 다리에 피가 도는 것을 느끼며 휴게실로 향하다 휴대폰에 도착한 문자메시지를 봤다.

'첫 출근 축하해. 우리 라희는 잘 해낼 거야!'

기현이었다. 여자친구에게 첫 출근 축하 메시지를 보내는 취업준비생의 심정을 내가 어떻게 알겠나. 난 괜히 미안해져서 취업 얘기는 절대 안 꺼내는, 배려심 있는 여자친구 역할을 맡은 것으로 만족이다. 만약 우리 둘의 입장이 바뀌었다면, 그래서 내가 달랑 하나 남은 서류 심사 결과를 초조하게 기다리는 4학년이고 그가 첫 출근을 앞둔 사회초년생이라면, 난 어떻게든 이별을 선택했을 것이다. 찌질하게 열등감을 폭발시킬 순 없으니, 파릇파릇한 영계와 바람이라도 나서라도 말이다.

'고마워.'

답장을 보내려는데, 휴게실에서 사진부 수습이 고개를 처박고 커피를 타는 뒷모습이 보였다. 나는 휴대폰을 코트 주머니에 도로 집어넣었다. 왕재수는 종이컵 하나에 커피믹스 무려 세 개를 넣고 있는 참이다.

나는 옆으로 다가가서 커피믹스를 하나 꺼낸 후 종이컵에 정수기 물을 받는다. 사진부 수습이 옆으로 비켜주면서 멋쩍게 웃는다.

"아침에 저 때문에 기분 나쁘셨어요? 나쁜 의도는 없었어요."

사진부 수습이 애기 같은 목소리로 말한다. 나는 의도야 어떻든 결과가 중요한 거 아니냐고 중얼대다가 그의 얼굴을 가까이서 제대로 본다. 인정하긴 싫지만, 그는 내 타입이다. 그는 다만 정장이 엄청 안 어울릴 뿐, 이목구비는 정말 귀엽게 생겼다. 그는 이후 내게 어떤 말을 더 했지만 내 귀엔 들리지 않는다. 난 그저 얘를 어떻게 하면 자빠뜨릴까 하는 생각뿐이다. 무슨 말을 하며 친한 척을 해볼까 머리를 굴리고 있는데, 멀리서 고함소리가 들린다.

"어디 갔어!"

우리 둘은 깜짝 놀라 방금 탄 커피를 쓰레기통에 던져버리고 휴게실 밖으로 튀어나갔다. 고함의 주인공은 슈렉이었다. 커피 마시러 간다고 분명히 말했는데, 나보고 어디 가 있냐고 소리를 지른 것이다. 이 상황을 어떻게 설명할까 하는데, 슈렉이 선수를 쳤다.

"보고를 하고 가야지. 암튼, 밥이나 먹으러 가자."

내가 뭐라고 하기도 전에, 슈렉은 나를 제치고 앞서나갔다. 나는 조용히 핸드백을 집어 들고 뒤따르는 수밖에 없었다. 사진부 수습이 귀엽게 손바닥을 흔들며 인사를 했다.

"이 기자님, 어서 드세요."

영화에서나 보던 껄렁한 느낌의 아저씨가 자꾸 나한테 '이 기자님'이라며 말을 거는 통에 불편해 죽을 것 같다. 지금은 한물갔지만 내가 대학 신입생 시절 대박 났던 모 그룹을 만들어 150억 원을 벌었다는데, 외모는 영락없는 깍두기 아저씨다. 말 안 들었던 그 그룹 애들은 몽땅 군대에 보내고 이번에 섹시 여가수를 하나 데뷔시킨 모양이었다.

그러니까 이 슈렉은 스포츠엔터의 가요담당인 것이다. 회사 앞 김치찌갯집으로 오기까지 이 기자는 몇 가지 팁을 내게 알려줬다. 나보다 먼저 입사한 기자를 부르는 호칭은 선배다. 이 선배의 이름은 한선우. 고로 나는 그를 한 선배라고 불러야 한다. 신문사에서는 국장이든 부장이든 선배든, 뒤에 '님'자를 붙이지 않는다.

"자, 따라해봐. 부장님이 아니고 '부장'."

나는 오리 꽥꽥을 하는 유치원생마냥 그를 따라 '부장'이라고 말해야 했다. 그리고 바로 몇 분 후 나는 '부장님'이라는 단어를 써버려서 "너 좀 감이 떨어지는구나."라는 말을 들었다.

매니저는 내가 대화에서 소외될까 봐 이것저것 열심히도 물어줬다. 뭘 전공했냐, 몇 살이냐, 좋아하는 가수는 누구냐, 어렸을 때부터 꿈이 기자였느냐 등등.

"기자를 꿈꾼 건 아닌데요. 영화를 워낙 좋아하다 보니, 영화담당기자가 되는 것도 좋을 것 같아서요."

내 말에 매니저가 시무룩한 표정을 지었다. 가요담당이 훨씬 더 재미있으니 잘 생각해보라는 것이다. 내가 그러겠다고 하자 슈렉이 구시렁거린다.

"입사한다고 다 기자 되나, 뭐. 살아남아야지."

다음 질문은 남자친구가 있냐는 것이었다. 나는 힘주어 남자친구의 존재를 알렸다. 이번에도 슈렉은 들릴 듯 말 듯하게 코웃음을 쳤다. 그게 어떤 의미인지는 매니저가 설명해줬다.

'기자생활 3일이면 애인이 떠나고, 3개월이면 친구들이 떠나고, 3년이면 가족이 떠난다.'

마음의 준비를 단단히 하라는 것이다. 나는 어차피 호기심에 지원해본 거라고, 경험만 좀 쌓고 말 것이라고 말하려다, 서둘러 고개를 끄덕였다.

김치찌개에 숟가락을 대자마자, 휴대폰이 울렸다. 국장이 시간이 지금밖에 안 나니, 얼른 뛰어오라는 것이다. 나를 포함한 다섯 명의 수습은 국장실 테이블에 어색하게 둘러앉았다. 나는 아닌 척하면서 옆자리의 사진부 수습을 자꾸 흘끔거렸다. 그러다 한 번은 눈이 마주쳐버렸는데, 그는 나에게 싱긋 웃어주기까지 했다. 저 인간은 분명 여자친구가 있을 것이다.

국장은 우리를 보자마자 "반갑다, 우리 인턴들!"이라고 말했다. 우리 다섯 명 모두 눈에 띄게 굳어버렸다. 나는 평소 캐릭터를 되찾아 씩씩하게 손을 번쩍 들고는 우리는 수습기자로 뽑힌 게 아니냐고 물었다. 국장이 잠깐 움찔거리더니, 그런 게 중요하냐고 되묻는 표정을 지었다.

"어, 모집 공고에 수습이라고 나갔었나?"

우리는 모두 고개를 세차게 끄덕였다. 저걸 질문이라고 하고 있는 거야?

"실은 인턴을 뽑은 건데."

국장이 가래 끓는 웃음 소리를 크게 냈다. 우리는 아무도 웃지 않았다.

"수습이나, 인턴이나, 뭐 다를 게 있나? 자네들은 그냥 열심히 하면 돼."

체육부 지각생이 손을 들었다.

"수습은 일정 기간이 지나고 정식기자가 되는 거고, 인턴은 대학생들이 방학을 이용해 잠깐 하는 건데 어떻게 똑같을 수 있어요?"

국장은 새하얀 머리를 벅벅 긁더니, 전화기 버튼을 눌렀다. 누군가 침을 꼴깍 삼키는 소리가 들렸던 것도 같다.

"어, 잠깐만. 거기 경영지원 팀장 있나?" 국장은 우리에게 어색한 미소를 지어보였다. "어, 자네구만. 어, 거기 있잖나. 이 인턴들, 채용 기간이 어떻게 되나?"

국장은 한참 동안 무슨 설명을 듣더니, 일을 대체 어떻게 하는 거냐고 화를 버럭 내고 전화를 끊었다. 우리는 할 일 많은 커리어 우먼의 자궁에 덜컥 자리한 수정란처럼, 난감한 처지가 됐다. 국장은 다시 사무적인 미소를 지었다.

"자네들, 뒷일은 걱정 말고 일단 열심히 일해. 열정을 갖고 말이야. 다들 대학교 4학년이지? 백수도 있고. 어, 우리 회사가 그렇게 비인간적인 곳은 아니야. 열정만 갖고 열심히 일하면 좋은 결과가 있을 거라고 믿어. 일단 인턴으로 뽑을 테지만 수습과 같은 과정을 거칠 거거든? 조금만 고생하자고."

국장은 우리가 무슨 말을 하기도 전에 서둘러 방을 빠져나갔고, 경영지원팀 팀장이 방 안에 들어섰다. 그리고 계약서를 나눠줬다. 인턴 기간 1년, 월급은 50만 원? 뭐? 50만 원? 가방 한 개도 못 사는 돈이다. 체육부 인턴은 두 눈을 비비며 계약서를 뚫어지게 쳐다보고 있다. 표정만 봐선 당장 저 팀장과 한판 붙을 기세다. 하지만 섣불리 나서진 않는다.

"처음 6개월은 자네들 월급을 국가에서 보조해줘. 인턴 보장 프로그램이 있거든. 이후 6개월은 우리가 내줄 거야." 팀장은 자기 콩팥이라도 떼어주는 양 생색을 내며 말했다. "뭐, 넉넉하진 않겠지만, 요즘은 공짜로라도 일하겠다는 사람이 워낙 많잖아. 용돈 받으면서 일 배운다고 생각하라고. 오히려 고맙지 않나. 으허허허."

체육부 인턴이 또 손을 들었다.

"1년 후엔 어떻게 됩니까?"

"그건 그때 생각해보지. 왜? 맘에 안 드나? 그만둘 거면 빨리 말해. 대기자가 넘쳐나거든. 여기 안 보여? '나 좀 뽑아주세요. 자리가 비는 즉시 전화주세요!' 으허허허."

팀장이 서류 뭉치를 쥐고 흔들며 여자 목소리를 흉내 냈다. 저걸 지금 웃으라고 하고 자빠진 건가. 내가 회사에 대해 별로 아는 것은 없지만, 이 신문사가 뭔가 이상하다는 것은 충분히 직감할 수 있다. 빨리 발

빼는 게 좋겠다.

  계약서에 사인했다고 해서 꼭 이 근무 기간을 채울 필요는 없다는 팀장의 입장을 확인하고 나서 나는 사인을 마치고 국장실을 나섰다. 오늘 조금만 더 구경하고, 내일 당장 그만두는 게 좋겠다. 저벅저벅 연예부로 다시 향하는데, 한 무리의 사람들이 연예부에 진을 치고 서 있다. 나는 그중에서 얼핏 눈에 익은 한 얼굴을 본다. 가까이 다가선다. 분명히 어디서 봤는데. 장근석이다! 나는 나도 모르게 그에게 시선을 집중하고, 그의 피부 상태와 키, 표정 등의 데이터를 내 머리에 입력시킨다. 톱스타를 이렇게 가까이서 본 것은 처음이었다.

  장근석은 매니저, 코디 등과 함께 선배들에게 인사를 마치고 연예부를 빠져나가려는 참이다. 부장은 아까의 이미지와 180도 다른 함박웃음을 터뜨리며 장근석을 배웅하고 있다. 장근석은 기자들 한 명, 한 명에게 모두 인사를 건네더니, 나를 본다. 나와 눈이 마주친다. 내게 고개를 살짝 숙이며 눈웃음친다.

  "다음에 뵙겠습니다."

  장근석의 목소리가 울려 퍼진다. 장근석이 돌아서서 편집국을 빠져나간다. 나는 그에게서 눈을 떼지 못한다. 입도 다물지 못한다.

  뭐, 조금은 더 다녀보는 것도 괜찮을 것 같다. 나에 대한 회사의 대우에 대해서 몇 가지 이해 안 되는 부분이 있지만 그냥 지나가기로 한다. 지금 이 상황에서 더 꼬치꼬치 캐물었다가는 '일 시켜주는 것만으로도 고마운 줄 알아야지, 뭐가 그리 까다로워?'라는 말에 직면할 것 같았다.

솔직히 그 말에는 달리 할 말이 없다. 월급 따위의 말을 내 입 밖으로 내는 것도 그리 품격 있어 보이지 않는다. 어차피 돈을 모으는 게 아니라 경험 쌓는 게 목적인데, 월급쯤이야 아무려면 어떠냐는 생각도 들었다. 1년 정도야 엄마한테서 용돈을 좀 더 받아도 상관없을 테다.

회의실에 앉아 장근석을 회상하며 커피 한잔을 타고 있는데 문이 벌컥 열렸다.
"이라희, 여기 있네요!"
체육부 인턴이 나를 보고는 외쳤다. 나는 소스라치게 놀라서, 연예부로 뛰어갔다.
"너 휴대폰도 놔두고 어디 짱 박혀 있다 온 거야!"
슈렉의 고함 소리가 귓전을 때렸다. 연예부는 폭격을 맞은 상태였다. 부장은 또 전화기에 대고 고래고래 고함을 치고 있었고, 다른 선배 한 명은 턱과 어깨 사이에 휴대폰을 낀 채 총알 같은 스피드로 키보드를 두드리고 있었다. 부서 맞은편 벽면에 위치한 대형 평면 TV에서는 교통사고 상황을 알리는 앵커의 목소리가 웅웅 울렸다.
"야! 쟤 빨리 병원 보내!"
부장이 TV 소리를 뚫고 고함을 내질렀다. 슈렉은 노트북에서 잠깐 눈을 떼더니 "들었지? 얼른 가."라고 말했다.
어딜 가라고?
내가 멀뚱하게 서 있자 슈렉이 소리를 꽥 질렀다.

"빨리 출발 안 하고 뭐해!"

이 사람들은 소리를 안 지르고는 대화하는 방법을 모른다. 한참을 헤매고서야 앵커가 내뱉는 말을 이해한다. 시청률 1~2위를 다투는 리얼 버라이어티 프로그램 녹화 도중 사고가 난 것이다. 톱스타 7명이 자동차에 튕겨나가거나 깔렸다. 그리고 난 그들이 줄줄이 수술받고 있는 병원에 가야 한다. 혼자서!

슈렉은 아예 내 팔을 확 잡아끌더니 힘주어 말하기 시작했다.

"잘 들어. 오늘 여러 명이 출장 가 있는 데다, 중요한 인터뷰도 예정돼 있어서 기자가 모자라. 내가 안에서 지면을 막아야 하니까, 넌 현장에서 모든 정보를 수집해 나한테 보고해야 돼. 무슨 말인지 알지? 뭐든 알아내면, 알아내자마자 나한테 전화해. 기자들이 몰려 있는 곳에서 단 1초도 시선을 떼지 마. 물먹으면, 넌 죽는다. 알겠어?"

나는 두려움에 달달 떨며 고개를 끄덕였다.

"10분 만에 도착해야 돼. 병원은 명동에 있다. 차는 막히니까 안 돼. 지하철 타면 10분이면 가! 얼른 출발해!"

나는 외투와 가방을 꺼내 들었다. 옷을 꺼입으려는데, 슈렉이 내 엉덩이를 발로 차다시피 했다. 쫓겨나듯 사무실 입구를 빠져나오는데 슈렉이 또 날 불렀다. 또 왜! 뒤돌아보는데 돌덩이 같은 게 내 이마를 명중했다. 내 휴대폰이었다.

"이 자식아! 정신 차려!"

나는 휴대폰을 집어 들고 뛰기 시작했다.

그래, 용산에서 명동까지 10분이면 충분하다. 지하철을 타면 말이다! 그러나 신문사에서 신용산역까지 걸어가서, 거기서 지하철을 기다리고, 또 명동역에서 내려서 병원을 찾아 헤매는 시간은 어쩔 건데! 나는 명동역에 내려 주변 지도를 보며 발을 쿵쿵 굴리고 있다. 시간이 간다. 물을 먹고 있는 것 같다. 그런데 나는 그 빌어먹을 병원이 어디 붙어 있는지 모르겠다. 지나가는 사람들에게 물어보기까지 했지만, 아무도 가르쳐주지 않는다. 미워 죽겠다!

휴대폰으로 위치 정보를 검색해보려 하는데, 휴대폰 배터리가 다 떨어져간다. 이게 꺼지면 난 끝장이다. 나는 가까운 출입구로 올라가서 택시를 잡아탄다. 이제 좀 한숨을 돌릴까 하는데 기사 아저씨는 한 블록만 걸으면 되는데 왜 택시를 타냐고 오히려 으르렁이다. 거기 가려면 귀찮게 차를 돌려야 하고, 어쩌고 구시렁거리기 시작한다. 젠장! 나는 택시에서 내리다 번개같이 달려가는 스포츠조선 차를 본다. 나는 그 차를 따라 뛰기 시작한다.

병원은 아수라장이었다. 방송 카메라들이 군집을 이룬 벌레 떼처럼 병실 앞에 진을 치고 있다. 다섯 명은 취재진의 출입이 통제된 곳에서 수술 중이었고, 비교적 경상을 입은 두 명은 이곳 병실에 입원한 상태였다. 그리고 이곳 병실에선 취재 전쟁이 벌어지고 있었다. 의사 가운을 입은 사람만 나타나면 기자들이 득달같이 달려들어 질문을 쏟아부었다. 나는 한마디라도 놓칠세라, 수첩을 들고 이리 뛰고 저리 뛰었다. 발을 밟히고, 카메라에 머리를 찧었다. 그래도 정신을 바짝 차렸다. 수첩에 뭔가 적을 게 있을 때마다 나는 슈렉에게 전화를 걸어 보고했다.

2시간쯤 전쟁이 계속되자, 한 선배 기자가 나서서 상황을 정리했다. 이대로는 아무것도 할 수 없다고, 담당 매니저들을 모두 한자리에 모아 브리핑을 열자고. 그 말이 끝나고 10분 만에 일곱 명의 매니저들이 불려 와서 일렬로 섰다. 그리고 간단한 사고 경위와 치료 과정을 공개했다. 촬영 재개 여부에 대해서는 매니저들마다 말이 달랐다. 한 선배가 소리 높여 "내일 의논하겠다고 통일해!"라고 말했다. 촬영 재개 여부는 내일 논의하기로 했다고, 모든 신문사 기자들이 보도하기로 했다.

슈렉은 일곱 명의 매니저들에게 모두 다가가 명함을 건네주고 더 자세한 사항을 알아보라고 했다. 하지만 저 일곱 명의 30대 남자들은 이 세상에서 제일 바쁜 것 같았다. 양손에는 휴대폰을 두 개씩 쥐고 번갈아가며 통화 중이었으며, 시도 때도 없이 아는 척을 하는 기자들에게 일일이 인사했다. 어떻게 다가가지? 숨을 고르고 있는데, 누가 내 어깨를 툭 친다.

"신입?"

한눈에 봐도 기자인 게 티가 확 나는 까칠한 이미지의 여자가 내게 물었다.

"아, 스포츠엔터구나? 근데 이름 너무 구리지 않니? 스포츠센터도 아니고."

"네. 전 이라희입니다."

나는 잔뜩 굳어서 대답했다.

"하재관 부장 잘 계셔? 요즘에도 소리 지르고 그러냐?"

여자는 볼펜을 휘휘 돌리며 벽에 기대섰다.

"네. 소리 지르시는 것 같던데요."

"근데 왜 그러고 서 있어? 매니저들 멘트 더 따 오래? 그냥 가서 질문하면 돼."

"좀 긴장이 돼서요."

난 너무 솔직했다 싶어 헛기침을 덧붙인다. 여자가 웃더니 매니저 한 명씩 총을 쏘듯 손가락으로 가리키며 말한다.

"저기 쟤 보여? 템프로 다니다 최근 신불자 처지. 쟨 도박하다 스케줄 놓쳐 감봉. 그 옆에 아르마니는 성형수술 실패한 가수 지망생. 흰옷 입은 애는 그냥 변태. 저것들 다 바쁜 척하고 있지? 전화기 하나는 주로 나이트에서 여자 낚을 때 쓰는 거야. 그 외엔 주로 엄마 전화를 받을 때 써. 괜히 카메라만 켜지면 두세 개씩 꺼내 든다니까. 뭐, 더 궁금한 거 있어?"

"아니요. 고맙습니다."

"반가웠어. 담에 또 봐!"

여자는 순식간에 사라졌다. 나는 심호흡을 하고 매니저들에게 다가가려고 했다. 그때 전화가 울렸다. 슈렉이었다.

"갈비뼈 부러졌다는 놈 있잖아. 몇 번째 갈비뼈래?"

"어······." 나는 뜸을 들였다. 내가 알 리가 없다. "그건 얘기 안 하던데요."

"가서 물어보고 보고해."

내가 대답을 하기도 전에 전화는 끊겼다. 나는 갈비뼈가 부러진 연예인의 매니저를 찾아 어렵게 그 앞에 섰다. 도박하다 감봉당한 사람이었다. 매니저는 왼손에 피가 흥건하게 묻은 수건을 두르고 있었다. 내 시선이 머물자, 정신이 없어서 아직 꿰매지 못했다고 했다. 그는 내 명함을 받아들고 친절하게 웃었다.

"한선우 기자님이 보내셨군요."

매니저의 말에 나는 긴장이 풀렸다. 모르는 사람에게 다짜고짜 아는 척하는 거, 의외로 별거 아니다.

"네! 한 선배가 그걸 알아보라고 하셔서요. 몇 번째 갈비뼈인지."

매니저는 눈을 살짝 찌푸렸다.

"아, 그것까지는 정신이 없어서 잘 모르겠는데. 오늘 걔가 온몸 엑스레이를 다 찍었어요. 뭐, 갈비뼈 말고도 엄청 많던데 기억이 안 나요."

나는 가볍게 목례한 후 휴대폰을 꺼내 슈렉에게 매니저의 말을 전했다. 슈렉은 한숨을 푹 내쉬더니 미션을 또 내렸다. 정확히 엑스레이를 몇 장이나 찍었는지, 어디어디를 찍었는지 알아오라는 것이었다. 매니저는 이미 사라진 후였다. 아까 내게 매니저들의 정보를 알려준 선배 여기자는 자기가 변태라고 칭한 매니저와 거의 끌어안고 있다시피 하며 뭔가 정보를 빼내고 있는 중이었다.

나는 매니저의 손에서 피가 났던 것을 떠올리고 응급실로 뛰었다. 역시, 매니저는 거기 앉아서 손가락을 꿰매고 있었다. 나는 그를 보자마자 담당 연예인이 엑스레이를 몇 장이나 찍었는지 물었다. 벌어진 살틈을 보자 토할 것 같았지만 가까스로 참았다. 그는 난감한 표정으로 내 모든 질문에 잘 기억이 나지 않는다고 했다. 그래도 정확한 숫자를 대주면 안 되냐고 부탁하자, 한 서른 장쯤 되지 않겠냐고 되묻는다. 그 중 서너 장에서 문제가 발견됐고 시티촬영은 내일 오전이 돼야 한다고 했다. 나는 "그럼 서른 장으로 해요!"라고 '입 맞추기'를 시도했다. 난 벌써 업계 비밀에 적응한 것 같다.

 나는 또 다시 슈렉에게 전화해 정보를 전했다. 슈렉은 소리를 질렀다. 어느 부위에 시티촬영을 하는지 내가 물어봤어야 했다는 거다. 내가 몰랐다고 하니까 또 소리를 지른다.

 "당장 알아내!"

 미치고 환장하겠다. 매니저는 그새 사라졌다. 아까 받은 명함을 보고 전화를 걸었지만, 계속 통화 중이다. 나는 연예인이 입원한 병실로 뛰었다.

 막상 병실 앞에 오니, 뭘 어떻게 해야 할지 눈앞이 캄캄하다. 몇 번이나 손을 올렸다 내린다. 나는 크게 한 번 심호흡을 한 후 용기를 내 병실 문을 두드렸다. 아까 그 매니저가 나왔다. 반가운 마음에 끌어안고 싶은 심정이다. 매니저는 당황한 표정이다.

 "저, 한 선배가요, 시티촬영은 어느 부위를 하는지 물어보라고 해서요."

 "글쎄요."

매니저가 한숨을 푹 내쉰다.

"머리도 찍고, 뭐 여기저기요."

"머리도 어디 이상이 생긴 거예요?"

슈렉이 지시하기 전에, 내가 먼저 질문거리를 찾았다. 나, 발전하고 있는 것 같다.

"그냥 확인차 찍는 건지 잘 모르겠어요. 죄송해요. 의사 오면 물어보세요. 저 들어갈게요."

나는 정말 미안했다며 두 손을 들고는 퇴장했다. 그리고 슈렉에게 전화를 걸었다. 슈렉은, 시티촬영이 내일 오전 몇 시냐고 물었다. '몰라! 이 개새끼야!'라는 말이 목구멍까지 올라왔다. 매니저에게 또 질문을 할 수는 없었다. 나는 아까부터 자꾸 왔다 갔다 하던 간호사에게 다가갔다. 그러나 그녀는 수첩과 펜을 든 내 모습을 보더니 경기를 일으키며 줄행랑쳤다. 나는 어쩔 수 없이 또 병실 문을 두드린다. 매니저도, 나도, 울고 싶은 표정이다.

"내일 9시인가, 10시인가, 그랬어요."

문이 쿵 닫혔다. 잡상인이 된 것 같다. 슈렉에게 또 전화를 걸었다. 슈렉은 또 "이것도 물어봐."라고 시작하는 문장을 말했다. 그와 동시에 내 휴대폰은 꺼졌다. 모르겠다. 그냥 날 죽여줬으면 좋겠다.

나는 휴대폰 쾌속 충전도 시킬 겸 편의점에 갔다. 그리고 멍하니 시간을 때우다 문득 깨달았다. 지금은 오후 7시 30분이고, 난 오늘 하루 종일 아무것도 먹지 못했다는 것을. 갑자기 눈앞이 어지러워 호빵을 하나 샀다. 도저히 먹을 힘도 없어 핸드백에 집어넣고는 휴대폰을 되찾아 병실로 돌아왔다. 슈렉은 병실 앞에서 조금만 더 기다리면 주치의를 만날 수 있을 거라고 했다. 이곳은 순식간에 한산해졌다. 기자들도 거의 다 철수한 것 같다. MBC 카메라를 든 아저씨 하나가 헐레벌떡 뛰어오더니 이것저것 찍기 시작했을 뿐이다. 지각한 모양이다. 나는 병실 앞에 쭈그리고 앉아 호빵을 꺼내 한입 베어 물었다. 알 수 없는 설움이 복받쳤다.

기자들은 철수한 게 아니고, 근처 식당에서 밥을 먹고 있었나 보다. 얼핏 들리는 단어로 봐선, 교대해줄 다른 기자들이 오길 기다리는 것 같았다. 나도 누군가 와서 교대해줬으면 좋겠다는 생각뿐이다. 그때 슈렉에게서 또 전화가 울렸다.

"호빵 맛있냐?"

슈렉의 첫 마디는 황당했다.

"네?"

"너 호빵 먹고 있는 거 〈뉴스데스크〉에 나왔다. 맛있게도 먹더라. 일을 그 따위로 하고 호빵이 넘어가? 다른 기자가 병원에 도착했으니까, 넌 이제 퇴근해. 거기 더 있으라고 하고 싶지만 별 도움도 안 되네. 끊어!"

나는 또 한마디도 하지 못했다. 하루 종일 부려먹고, 뭐? 도움이 안 돼? 저녁 때가 돼서야 첫 끼니를 해결했는데, 그게 그렇게 비웃을 일인가? 병원을 빠져나오는데 눈물이 핑 돌았다. 나는 다시 휴대폰을 꺼내 통화 버튼을 길게 눌렀다.

"저기요, 저 오늘 밥 한 끼도 못 먹고 선배가 시킨 일 싹 다 했거든요? 수고했다는 말 한마디 정도는 해야 하는 거 아닌가요?"

나는 분을 못 이기고 씩씩대며 말했다.

"허!" 슈렉은 짧게 숨을 토해냈다. "너, 아직 멀었구나. 아직 퇴근 안 했으면 병원 앞에 있는 팬들이나 좀……."

"됐어요! 그깟 거지 같은 신문사 필요 없거든요!"

나는 전화를 끊어버렸다. 때려치고 만다, 내가. 그때 또 휴대폰이 울렸다. 반사적으로 나는 휴대폰을 집어 던질 뻔했다. 슈렉의 이름이 한 번만 더 뜬다면 액정화면을 맨손으로 뚫어버릴 것이다.

다행히, 발신자는 엄마였다. 나는 통화 버튼을 누르고, 그 즉시 회사 때려치겠다고 말할 것이다. 자기 딸, 기자 됐다고 신나서 동네방네 자랑하던 엄마에겐 미안하지만, 이건 사람 할 짓이 못 된다.

"엄마!"

"난 정말 네가 자랑스럽다."

이렇게 밝은 엄마의 목소리는 처음 듣는다.

"말도 마라. 너 〈뉴스데스크〉에 나오더라? 뭐, 대단한 장면은 아니었지만 우리 가족들 전부 다 봤어! 작은집에서도 전화가 왔지 뭐니! 너 스타야."

이어지는 엄마의 간드러진 웃음소리. 난 할 말을 잃는다.

"일이 너무 힘들어서……."

"얘! 멋진 일일수록 힘이 드는 거야. 우리 딸 이제 돈도 많이 벌겠다, 그지? 연봉 한 4천쯤 되나? 그래서 말인데, 지금 잠깐 얘기 가능하니?"

엄마가 이런 식으로 말하는 건 처음이다. 나도 모르게 우뚝 멈춰선다.

"무슨 얘기?"

"사실 너한테 비밀로 해온 게 있었어. 네가 취직하기 전까지는 말하기가 뭐해서."

"뭔데 그래? 아빠 또 바람 폈어?"

나는 길게 늘이는 엄마의 말투를 참지 못하고 독촉한다.

"아니, 얘는. 그건 아니고. 우리 집 망했다."

엄마는 한숨을 푹 내쉬었다. 나는 그 말을 이해하지 못했다. 아주 어려운 수학 공식을 들은 것 같기도 했다.

"아빠 사업이 작년부터 좀 사정이 안 좋았어. 부하직원들이 뒤통수를 쳤지 뭐니."

밝은 톤으로 말하고 있지만 목소리가 미세하게 떨리는 걸 느낄 수 있었다.

"네 학비랑 용돈 대느라 이 엄마가 아르바이트를 좀 했지. 뭐 별건 아니고, 너네 작은집 보신탕집 하잖니. 거기서 일을 좀 도왔거든."

나는 한동안 눈만 깜빡였다.

오늘이 만우절인가? 내 눈으로 보기 전까진 믿지 못하겠다. 엄마가, 100만 원을 만 원 쓰듯 하던 엄마가 어디서 일을 했다고? 엄마가 가장 사랑하는 생명체는 사람이 아니라 강아지였는데 어디서 일을 했다고?

"무슨 소리야?"

"이제 안 해. 걱정 안 해도 돼. 우리 딸이 이렇게 잘됐는데, 내가 그런 일을 왜 하겠어. 이 엄마는 네 오피스텔 보증금까지만 도운 거야. 이제 네가 알아서 잘할 수 있지? 난 널 믿어!"

농담하는 분위기는 아니다. 나는 도로에서 떨어져 커피숍 간판 아래에 선다.

"뭔 소린진 모르겠지만, 이젠 좀 괜찮은 거야?"

"괜찮긴. 네 아빠, 결국 지난달에 사업 정리하셨어. 그래도 어찌어찌 남는 돈으로 네 보증금은 구해지더라. 우리 걱정은 마. 내년부터는 연금 나오니까 걱정 안 해도 돼."

엄마는 목소리를 한 옥타브 높였다.

"우리 하나밖에 없는 딸, 이제 성공해서 우리 호강시켜 줘야 해! 호호."

"보증금, 큰돈 아니에요? 그 돈으로 차라리 다른 걸 하지 그랬어."

나는 빈말을 했다.

"월세 보증금이 얼마나 된다고 그래. 2천만 원 정도는 너한테 줄 수 있어!"

잠깐만. 월세?

"엄마, 전세 아니야?"

"전셋값이 어딨니. 우리 집도 팔아야 할 판에. 월세야. 첫 달 월세까지는 엄마가 내줬으니까 걱정 말구."

엄마의 말투는 너무나 천연덕스러웠다.

"월세가 얼만데?"

"70만 원."

헉! 순간 숨이 멈췄다. 입이 바짝 마르고, 머리에 벼락이 쳤다. 나는 대충 통화를 마무리 짓고 전화를 끊는다. 차마 내 월급이 50만 원이라고는 말 못 했다. 그마저도 그만둘 예정이었다고도 말할 수 없었다.

신문사는 내가 알던 그 언론이 아니고, 우리 집은 내가 알던 그 중산층이 아니다. 스물다섯 살이나 먹은 나는, 이제 막 자궁에서 나와 처음 산소를 접한 아기처럼 울음이라도 터뜨리고 싶다. 아니, 솔직히 말하자면 이게 다 무슨 상황인지도 모르겠다.

나는 한 달에 70만 원이나 하는 내 집에 들어섰다. 기현이가 마치 자기 집인 양 TV를 보며 놀고 있다. 나는 화장실로 곧장 가서 샤워를 하고 침대 위에 누웠다. 기현이도 옆에 누웠다.

"너 피곤한 거 알지만, 얼굴 봐야 할 것 같아서 왔어. 그래도 첫 출근이잖아." 기현이가 덤덤하게 말했다. "많이 못 챙겨줘서 미안. 나도 너무 바빴어. 급하게 서류 몇 개 더 넣을 데가 생겨서."

내 상황을 이 남자한테 말해봐야 이해할 수 있을 것 같지도 않았다. 이렇게, 연인 사이의 비밀도 하나 추가다.

"네가 올라올래?" 기현이가 멋쩍게 말했다. "그래도 오늘 기념일인데, 함 해야 하지 않을까?"

"네가 올라와."

내가 전혀 로맨틱하지 않은 목소리로 말했다.
"나도 피곤한데."
우린 더 이상 아무 말도 하지 않았다.

chapter 3

까라면 까

회사 노트북도 지급되지 않은 나는 선배들이 열심히 기사 쓰는 동안 할 일이 없었다. 커피를 한잔 타서 4층으로 피신하기로 했다. 편집부는 오후에 출근하고, 광고국은 모두 외근 중이므로 4층 사무실은 오전에 텅텅 비어 있었다. 나는 낡은 소파에 옹기종기 앉아 있는 동기들을 발견했다. 우리는 동기이므로, 서로 말을 낮추도록 강요받았다. 아직 어색한 사이라, 반말 반, 높임말 반이 뒤섞이고 있다.

체육부 인턴은 방금 축구 전문 블로거의 리뷰를 그럴듯하게 베껴서 기사를 쓰라고 지시받았다고 털어놓는 참이었다. 그는 인턴 생활만 3년째라고 했다. 여러 회사를 전전해봤으므로 블로거의 글을 베끼는 것쯤은 충격 축에도 못 낀다고, 조금은 으스대는 말투로 전했다.

체육부의 고백에 레저생활부도 거들었다. 항상 친절한 미소를 띠고 로봇처럼 웃는 그녀는 자기 부서 내의 많은 기사들이 외부에서 들어오는 것 같다고 말했다. 우연히 선배의 이메일을 열어봤는데, 홍보대행사에서 기사를 써서 보내주더라는 것이다. 난 충격을 받았지만, 체육부 인턴은 "그거 돈 받고 기사 실어주는 거야. 기사처럼 썼지만 사실은 광고 글이지. 기자 이름까지 달고 말이야."라고 시크하게 말했다.

나는 인터뷰를 안 했다는 이유로 죽도록 얻어터지고 있는 우지환과 고작 트위터를 보고 장황하게 기사를 쓴 사건에 대해 말했다. 그리고 내가 얼마나 비겁하게 그 사안을 받아들였는지도 묘사했다. 아무도 놀라는 표정을 짓지 않았다.

사진부 인턴이 갑자기 내게 몸을 기울였다. 내 심장이 순간 요동쳤다.

"혹시 소녀시대 나오는 프로그램 취재 갈 일 있어요?"

사진부 인턴은 사진기자가 되기 위한 몇 가지 미션을 부여받았다고 했다. 그 첫 번째는, 소녀시대의 팬티를 찍어 오는 것이었다. 우린 모두 엄지손가락을 들고 "유 윈!"이라고 외쳤다. 사진부 인턴은 울 것만 같았다.

"근데 그 얘기 들었어? 어제 편집부 인턴 사고 친 거? 제목에 '고 최진실'을 쓰면서 한자로 '높을 고'자를 썼대."

체육부 인턴의 제보에 우린 모두 배꼽이 빠져라 웃었다. 걔는 한동안 '높을 고'로 불릴 것 같다. 나는 이들과 친해진 기념으로 비밀을 하나 더 털어놓기로 했다. 이 회사는 그냥 경험 삼아 다니는 거라고, 영화 전문 잡지가 그렇게 줄줄이 망하지만 않았어도 내가 여기 올 이유는 없었다고, 사실 평생 다닐 직장치고 여긴 너무 구려 보인다고, 장황하게 설명했다.

이렇게 말하면서 나는 약간의 으쓱함을 느꼈다. 내가 아무리 월세 걱정에 내몰린 대학생이 됐다 할지라도 이 구질구질한 청춘들과는 급이 다르다고, 그 누구보다 내 자신에게 확인시키고 싶었다.

2,000번으로 시작하는 국번이 휴대폰에 뜬다. 발신자가 회사 사람이라는 말이다. 역시 휴대폰을 귀에 대기도 전에 슈렉의 고함이 터져 나온다. 숨도 안 쉬고 달려갔더니 그는 회의실을 가리킨다.

"〈뮤직뱅크〉 리허설 도중에 온 거니까, 짧게 하고 보내."

슈렉은 요즘 최고의 인기를 누리고 있는 아이돌그룹이 한무더기 와 있다고 했다. 그리고 그 인터뷰를 맡을 사람은? 바로 나라고 했다. 신입 기자에게 너무 큰 선물을 준 건 아닌가 싶지만, 자신은 급하게 처리해야 할 일이 있다고 했다.

"저기, 선배, 어제 일은······."

오늘 아침에 슈렉과 눈을 마주치지 않기 위해 땅만 보고 있었는데, 결국 이렇게 마주 서게 됐다. 나는 알아서 기어야 할 때라고 느꼈다.

"그러게. 왜 출근했냐? 거지 같은데."

"죄송해요. 다시는 안 그럴게요. 제가 미쳤었나 봐요."

슈렉은 한 번 픽 웃더니 왼손을 휘저어 이만 가보라고 했다. 나는 고개를 조금 숙인 뒤 휴게실로 향했다. 아이돌그룹이라니! 그 잘생긴 멤버들 5명을 어떻게 처리해야 할지 눈앞이 캄캄했다.

수첩과 펜 하나 들고 잘생긴 남자들의 왕국에 내쳐진 나는 만나서 반갑다는 인사가 채 끝나기도 전에 "신입이군요."라는 말을 들었다. 나보다 열 살이나 어린, 가장 해맑은 막내 멤버로부터였다. 실제로 보니 진짜 내 입안에 넣고 깨물어주고 싶을 만큼 귀엽게 생겼다.

아이돌그룹과의 인터뷰는 희한하게 진행됐다. 두 멤버는 신문지에 똥을 그려놓고 낄낄댄다. 한 멤버는 잔다. 리더는 지루한 얘기를 끝도 없이 늘어놓는다. 막내는 휴대폰만 들여다본다. 이게 인터뷰다! 이번 앨범의 콘셉트는, 함께 온 매니저가 대신 설명한다. 내가 신입이라고 무시를 하는 건지, 좀 떴다고 미쳐버린 건지 알 길은 없다.

매니저가 음료수를 사러 자리를 비우자 다섯 멤버들은 나에게 질문을 퍼붓기 시작했다. 기자가 되기 전엔 뭐했나, 우리 그룹을 좋아했느냐, 이번 신곡은 어떤 것 같느냐. 내가 대형 엔터테인먼트사 소속이라 인기 걱정은 없겠다고 하자 다섯 멤버는 동시에 한숨을 내쉬었다.

"솔직히, 이번 노래는 최악이에요. 기자 누나도 그렇게 느꼈잖아요! 아까 노래 좋다고 할 때 눈 여러 번 깜빡이는 거 다 봤거든요! 회사에서 하라고 하니까 하긴 하는데, 우엑. 진짜 구려."

타이틀곡이 마음에 안 들면 사장님한테 의견을 내보지 그랬냐고 하니까, 다섯 멤버들은 역시 신입이라 잘 모르는군, 하는 표정을 짓는다.

"그 새끼 눈에는 돈밖에 안 보이는데, 뭐."

멤버들은 침을 튀겨가며, 자신들이 얼마나 살인적인 스케줄에 시달리는지 읊었다. 지난 3년간 하루 2시간 이상 자본 적이 없다고 했다. 어떤 행사인지도 모르고 하루에 5~6군데씩 개처럼 끌려다녔다고도 했다. 팬들은 휴대폰을 복제해 문자메시지 하나하나를 다 감시했고, 여자친구와의 교제는 꿈도 못 꿀 일이라고 했다. 자기들은 다른 아이돌들과 달리 작곡, 작사까지 해야 하므로 유달리 더 피곤하다고 입을 모았다. 그리고 그러한 상황에서 피어난 대단한 역작을 못 알아보고, 삼류 작곡가의 곡을 받아 타이틀곡을 삼은 소속사 대표의 저렴한 취향을 씹어댔다. 난 이토록 자신만만하고, 도도하고, 섹시한 아티스트들에게 혼을 쏙 뺏겼다. 왜 나는 이들을 그저 그런 꽃미남 그룹으로 알고 있었을까! 이에 대해 리더는 예술가 행세하다가 국민 비호감이 된 청춘스타들 이름을 쭉 읊더니, 그저 입 닥치고 샤방하게 웃는 게 생존 비법이라고 했다.

"참, 이런 얘기는 기사 쓰면 안 되는 거 알죠?"

리더의 말에, 왜인지는 모르지만 당연히 안다고 했다. 난 이 멤버들과 베스트 프렌드라도 된 기분에 들떴다.

멤버들은 그 빌어먹을 소속사 사장과 맞짱 뜨는 날, 미리 알려줄 테니 특종으로 쓰라고 선심까지 썼다. 연예계에서 선전포고는 내용증명으로 이뤄진단다. 주로 네가 이것저것을 잘못했으니 너와의 계약은 종료라는 내용이란다. 그 종이 쪼가리 한 장이 휙 날아가는 순간, 둘 사이에는 피 튀기는 전쟁이 시작되는 것이다. 멤버들은 내용증명 복사본을 한 장 보내줄 테니 특종으로 쓸 준비하라며 깔깔 웃었다. 앗싸, 특종 예약이다! 나는 들뜬 기분을 감추기 위해, "부디 잘 해결되기 바란다."고

빈말도 했다. 매니저가 다시 들어오자 멤버들은 이전의 산만한 상태로 돌아갔다.

　난 인터뷰에 쓸 거리가 필요해 이상형을 물었다. 요즘 시대에 누가 이상형을 키우냐고, 나를 구닥다리 취급한다. 나는 포기하지 않고, 이효리는 어떠냐고 재차 물었고, 멤버들은 마지못해 이효리도 괜찮다고 했다.

　"설마, 우리가 효리 누나한테 이상형이라고 고백했다고 쓰는 건 아니죠?"

　리더가 생글거리며 묻는다.

　"난 그런 기자 아니라니까."

　나는 리더의 어깨까지 툭 치며 말한다. 멤버들은 이후 시덥잖은 농담 몇 개를 던지고, 국장 딸의 반 친구들에게 줄 수십 장의 사인지에 사인을 끄적이고 돌아갔다. 시간이 모자라자 그중 몇 장은 매니저가 대신했다.

　무려 두 시간을 고민해 역작을 만들어냈다. 나는 이 아이돌그룹의 진면목을 드러내기 위한 인터뷰 기사 작성에 지난 25년간 내가 쌓아온 모든 내공을 담아냈다. 소속사 사장을 욕하는 부분을 빼고 나니 별로 쓸 게 없어 얼마나 애를 먹었는지 모른다. 하지만 나는 그들이 음악에 대한 열정을 불사르느라 연애, 음주가무 등 또래들이 누리는 즐거움을 모두 반납했다는 내용을 멋지게 써내는 데 성공했다. 나는 슈렉이 그 기사를 아주 마음에 들어할 것이라고 확신했다.

슈렉은 내 기사를 읽고, 고친 후 내가 쓴 버전과 선배가 쓴 버전이 얼마나 다른지 보여주겠다고 했다. 해봐야 단어 몇 개 고쳤겠지? 나는 즐겁게 회의실로 들어섰다.

슈렉은 A4지 한 장을 내밀었다. 인터뷰 기사였고, 바이라인은 이라희였다. 그러나, 헉, 제목이 '이상형은 효리 누나'였다.

"저기."

내가 공격적이지 않은 말투를 쓰려 노력하며 입을 열었다.

"멤버들은 이상형이 이효리라고 말하진 않았는데요."

"네 기사에 이효리라고 돼 있었잖아."

슈렉이 종이컵에 커피를 타며 대꾸했다.

"그러니까, 이상형은 딱히 없다고 했는데, 제가 '이효리 같은 스타일은 어떠냐'고 하니까 '괜찮다'고 답한 것이거든요. 뉘앙스가 다른 거 같은데."

"그게 그거지. 됐어. 넌 리드만 제대로 뽑을 줄 알면 되겠더라."

슈렉이 새로 뽑은 리드는 '최고의 인기를 누리고 있는 5인조 꽃미남 그룹 로미오가 섹시 가수 이효리에게 뜨거운 사랑을 고백했다'였다. 이게 기사가 나가면 난 멤버들 얼굴을 다시는 못 볼 것이다. 나는 절박했다.

"저, 단순히 이상형을 밝히는 것보다는, 음악인으로서의 고충을 다뤄주는 게 더 의미가 있지 않을까요?"

슈렉이 정수기에서 물을 받다 말고 허리를 쭉 폈다. 그리고 날 봤다. 나는 10cm짜리 인간이 된 기분이다.

"너 말이 좀 많구나. 됐다고 했지? 선배가 이렇게 고치는 데는 다 그만한 이유가 있는 거야. 얼른 가서 트위터나 더 뒤져봐."

무슨 이유가 있는데? 나는 더 묻고 싶었지만 슈렉은 '더 말 시키면 죽인다'는 포스를 내뿜고 있다.

우지환을 조지든, 트위터를 보고 기사를 쓰든 다 참을 수 있다. 하지만 이건 내가 처음 한 인터뷰였다. 그 인터뷰 자리엔 나와 멤버들밖에 없었고, 난 그 자리에서 발생한 기사에 대해 충분한 권한을 갖고 있다. 애들이 하지도 않은 말을 버젓이 제목에 달아서 나가게 만들 수는 없었다. 난 그런 기자가 아니라고 장담까지 해놨다. 어떻게든 바로잡아야 했지만 슈렉은 커피를 냉면 국물 마시듯 후루룩 들이켜고 사라져버렸다.

나는 슈렉과 다시 대화할 기회를 잡기 위해 최선을 다했다. 그가 뭔가 말할 때마다 고개를 돌려 그와 눈을 맞추려 했고, 그가 혼자 떨어져 어딜 갈 때마다 졸졸 쫓아갔다. 어찌나 동에 번쩍 서에 번쩍 하는지, 잠깐만 눈을 뗐다가는 놓치기 일쑤였다.

가만히 뒀다가는 기사가 그대로 온라인에 나갈 위기다. 지면에는 밀린 기사가 많아서, 일단 온라인에만 먼저 보내겠다고 한다. 인기가 좋은 그룹인 만큼, 최대한 빨리 기사를 내보내려는 거다. 리더는 나한테 문자메시지까지 보내서 내 기사를 기대하겠다고 했다. 어떻게든 슈렉을 설득해야 했다. 나는 그의 주위를 빙글빙글 돌며 웃어댔고, 그가 오늘따라 잘생겨 보인다고 헛소리를 지껄였으며, 내 친구 중에 제일 예쁜 애를 소개해주겠다고까지 했다.

결국 나는 그를 웃기는 데 성공했다.

"넌 내가 그렇게 좋냐?"

슈렉이 헤벌쭉 웃었다. 저런 표정은 처음 본다. 지금이다! 나는 기회를 잡았다.

"선배애애애~. 그 아이돌그룹 기사, 한 번만 더 생각해주시면 안 돼요오오?"

나는 몸을 비비 꼬며 최대한 상냥하게 말했다. 어떻게든 그를 유혹해야 했다. 그러나 슈렉의 눈은 45도 각도로 크게 휘었다. 그리고는 곧 헐크로 돌변했다.

"그 얘긴 그만하랬지! 선배 말이 우스워? 저리 가!"

내가 들고 있던 종이가 휘날릴 듯한 고함이었다. 이후 몇 초간 정적이 흐른다. 모든 사물이 슬로모션으로 움직인다. 나는 몸을 한 번 휘청이며 정신을 차린다. 찢겨나갔을지도 모를 내 고막보다 신문사 내에 있는 모든 사람들이 날 보고 있단 사실이 더 걱정스럽다. 나는 감히 킹카에게 말 걸었다가 치욕스러운 대접을 받은 루저가 된 기분이다. 모든 학생들이 이 루저를 보고 비웃는 것 같다. 이렇게 대놓고 무시를 당했을 때의 행동요령 같은 건 내 머릿속에 없었다. 나는 그냥 화장실로 냅다 뛰었다.

나는 변기 위에 앉아 방금 전의 상황을 몇 번이나 리와인드했다. 아무리 살펴보고 또 살펴봐도 뭐가 잘못됐는지 알 수가 없다. 자기가 남의 기사를 엉뚱하게 고쳐놓고, 그걸 바로잡아 달라는, 아니 다시 한번 생각만이라도 해달라는 후배의 부탁을 그렇게 대놓고 묵살하다니! 묵살하다 못해 그는 마치 '유대인의 입장도 한번 생각해보시죠.'라는 말을 들은 히틀러처럼 광분했다.

손가락을 아무리 주물러도 벌벌 떨리는 게 진정되지 않는다. 사무실로 어떻게 돌아가야 하나. 사실 지금 가장 큰 걱정은 바로 이거다. 벌겋게 충혈된 눈알을 부라리며 '슈렉 새끼 어디갔어?'라고 외쳐야 하나. 아무 일도 없었다는 듯 깔깔 웃으며 강인한 자존감을 내세워야 하나. 양쪽 다 미친년 같아 보일 거다. 그 많은 눈알들이 내게 와서 박힐 생각만 하면 진짜 미친년이 될 지경이다.

한참을 고민하다 내린 결론은, '숨어 들어가자.'다. 그 누구의 눈에도 띄지 않고 내 자리까지 뛰는 거다. 그리고 그 누구도 눈치 채지 못하게 내 일만 하는 거다. 말도 섞지 않을 거고, 눈도 마주치지 않을 거다. 나는 조심스럽게 화장실 문을 열었다.

젠장! 문을 열자마자 레저생활부 인턴이 코앞에 들이닥친다. 세상에서 제일 불쌍한 인간을 보듯 날 바라보고 있다. 와서 안아주기까지 한다! 난 괜찮다고 말하려고 하는데 대신 눈물이 왈칵 쏟아진다. 쪽팔려 죽을 것 같다! 에라이, 모르겠다. 그냥 펑펑 울고 만다.

토끼눈을 하고 화장실을 빠져나오는데, 유재준 선배가 지나가다 나와 눈이 마주쳤다. 그도 아마 방금 전의 상황을 봤을 것이다. 그러니 저렇게 불쌍하다는 듯 날 보고 있는 것이다. 동정을 받느니, 미움을 받는 게 낫다. 나는 고개를 푹 숙이고 그를 재빨리 지나쳤다. 그러나 이내 그의 손에 내 어깨를 붙잡힌다.

"커피나 한잔할까?"

회의실에서 마주 앉은 그는 아무 말 없이 피식피식 웃고만 있다. 나는 이 상황이 너무 짜증이 나서 좋기만 했던 그의 인상도 재고해볼 생각이다. 유 선배가 내게 커피를 내밀었다.

"그렇게 씩씩대고만 있을 거야? 왜? 한 선배 한 대라도 치게?"

내 입꼬리가 파르르 떨리다 살짝 올라갔다.

"대학생들이 신입사원이 돼서 가장 힘들어하는 게 바로 그거지. 자꾸 대화를 하려 하거든. 그런데 직장에서 대화는 거의 불가능하다고 보면 돼. 그저 명령과 보고가 있을 뿐이야. 한선우 선배가 나쁜 사람은 아닌데, 아마 네 버릇을 고쳐주려고 그런 걸 거야. 그러니까 충격받지 말고, 씩씩하게 하던 일 해. 알았지?"

나는 마음 한구석이 풀리는 것을 느낀다.

"웃으니까 예쁘네."

난 조금 더 활짝 웃는다.

"군대 왔다고 생각하고, 잘 버텨봐." 유 선배가 천천히 일어난다. "알았지?"

설마설마하면서도 결코 내 입 밖에 내진 않은 그 단어가 선배의 입을 통해 공식적으로 거론됐다. 군대. 직장이 군대와 같은 개념인 것이다.

역시, 연예부의 회의시간은 오성장군이 덮친 내무반 분위기다. 연말 기획 거리를 논의하는 자리, 치열한 브레인 스토밍 따위는 찾아볼 수가 없다. 부장 혼자 계속 말하고, 기자들은 듣기만 한다. 내용도 별거 없다. 영화, 방송, 가요를 나눠서 담당기자가 올해 주요 사건 10개를 정리하라는 것이다. 나는 수첩에 뭔가를 열심히 쓰고 있는 슈렉을 한 번 힐끔 본 후 헛기침을 했다.

"저, 온라인 부문도 하나 추가하면 어떨까요? 올해에는 유독 재미있는 네티즌 패러디물이 많았잖아요. 그걸 모아서 베스트 텐을 뽑아봐도 재미있는 연말 기획이 될 것 같은데요."

목소리도 떨리지 않았고, 버벅대지도 않았다. 난 슈렉의 고함 따위에 기 죽는 인간이 아니라는 거, 분명히 보여준 셈이다. 부장은 흔쾌히 오케이 했다. 내가 초안을 작성하면, 슈렉이 마무리 지어주기로 했다. 나는 그 사건 이후 처음으로 슈렉과 눈을 마주쳤다.

"그럼 이번 주 내로 마감하기로 하고, 좀 이따 회식시간에 보자."

부장이 발랄하게 말하며 자리에서 일어섰다.

나는 뿌듯한 심정으로, 레저생활부 인턴을 불러내 4층 소파에 앉았다. 방금 전의 포옹에 대한 감사를 표하기 위한 것이었다. 레저는 체육과 사진부 인턴까지 모두 데리고 모습을 드러냈다.

"연예! 방금 한 건 했다면서? 심부름 가느라 좋은 구경 놓쳤네!"

체육이 털썩 앉으며 말했다. 이제 나도 그 일을 웃으면서 회상할 여유는 찾았다. 그 상황이 얼마나 어이없었는지, 그럼에도 불구하고 내가 얼마나 꿋꿋하게 되살아났는지도 말했다. 체육은 별 관심이 없는 듯했다.

"야! 방금 편집부 인턴 또 사고 쳤다던데? 시청률이 15%에서 18%로 올랐으면 3%포인트가 오른 거잖아. 그런데 제목에 3% 올랐다고 쓰고 그게 맞다고 박박 우기다 한 대 맞았대. 으하하. 완전 고문관 아니냐?"

나왔다. 군대 용어.

"어이, 체육, 우리가 다니는 회사는 신문사지? 군대가 아니고? 그런데 왜 다들 군대 얘기를 하는 거야?"

내가 다리를 꼬며 물었다.

"몰라서 물어? 이 회사 다니는 사람 대부분이 군대를 다녀왔잖아. 그런 사람들이 모였으니, 여기가 군대지 뭐."

"부국장은 제대한 지 25년은 된 거 같은데, 밥 먹을 때마다 군대 얘기해. 예쁘장하게 생긴 여자 선배 있잖아, 그 선배마저도 군대 얘길 해! 자기 오빠가 겪은 걸로."

레저도 한마디 거들었다.

"사진, 너는 어디 있었어?"

체육이 물었다.

"응?" 사진이 화들짝 놀란다. "난 저기……."

"너 몇 살이야? 좀 어린 거 같은데." 체육은 크게 웃었다. "너 면제구나!"

사진의 얼굴이 눈에 띄게 붉어졌다. 너무 귀엽다고 생각하다, 내가 나섰다.

"그게 중요해? 군대 갔다 온 건 분명 대단한 거지만, 너무 우려먹는 거 같아. 회사생활만 해도 그래. 군대 문화랑 안 맞는 사람한테는 너무 불리하잖아."

"야! 군 가산점도 없는데, 그렇게라도 뽕 뽑아야지. 안 그러냐?"

체육은 사진의 어깨를 툭 치며 일어섰다.

"그리고 그만큼 효율적인 문화도 없네요!"

뭔가 더 말하고 싶지만, 그래봐야 별 소득도 없을 것이다. 우린 모두 그를 따라 일어나 3층으로 돌아왔다.

내가 쓰레기통에 채 앉기도 전에, 슈렉이 내 이름을 불렀다. 사과라도 하고 싶은 걸까?

"우지환이 대학생들 사이에 인기 많아?"

우지환 조지기 시리즈를 작성하는 중인가 보다. 나는 당연히 인기가 많다고 말한다.

"얼마큼?"

"무슨 공모전 때 설문조사를 했었는데, 우지환이 1위였던 거 같아요. 다들 1위 할 만하다고 했던 것 같은데요."

나는 최대한 친절한 표정을 짓는다.

슈렉이 노트북에서 눈을 떼고 내게 서서히 고개를 돌린다. 공포영화의 한 장면 같다.

"1위였던 것 같은 건 또 뭐야? 1위면 1위지. 그게 기자가 쓸 말투야? 뭐뭐 같다는 표현, 한 번만 더 쓰면 죽는다. 무슨 설문조사인지도 기억 안 나?"

나는 다시 잔뜩 주눅 들었다.

"확실히는 잘……."

"잘 모르겠으면 말하지 마!"

슈렉이 고개를 휙 돌렸다. 난 돕고 싶어서 그런 거잖아! 소리를 꽥 지르고 싶은 마음이 간절했으나, 그래, 참아야지. 여긴 군대니까. 하극상이라도 일으키면, 그 소동을 틈타 북한군이 쳐들어올지도 모르니까.

결국 아이돌그룹 기사는 슈렉 버전으로 표출됐다. 수많은 남성 네티즌들이 '너희가 뭔데 이효리를 넘보냐.'고 아우성이다. 수백 개에 달하는 악플은 결국 '너희는 군대 언제 가니.'라는 종착역으로 향했다. 지난해 교통사고로 허리를 다친 리더는 벌써부터 '군대 빼려고 일부러 사고 낸 놈'으로 찍힌 상태였다.

회식이 시작됐다. 리얼 버라이어티 프로그램 멤버들이 대거 입원한 병원에 가 있는 선배 한 명만 제외하고는 모두 모였다. 내 앞에는 삼겹살 그릇과 가위, 집게가 놓였다. 이런 건 내 몫이다. 막내가 고기를 구워야 한다는 건 대학생활 때부터 불문율이다. 집게를 집어 들려는데, 유 선배가 빼앗는다.

"넌 오늘 주인공이니까 많이 먹어. 내가 구울게."

유 선배는 목소리도 참 깔끔하다. 선배들은 내게 질문을 퍼붓기 시작한다. 집은 어디냐, 몇 살이냐, 남자친구는 있느냐, 학교는 어딜 나왔느냐, '10학번'은 어떻게 읽느냐, 좋아하는 가수는 누구냐, 소개팅 시켜줄 친구는 없느냐.

"제가 아는 언니 중에 괜찮은 언니 있어요! 만나보실래요?"

KBS 담당 기자는 마흔이 다 돼 보였다. 실제로 예쁜 언니가 있긴 하지만 진짜 그 언니를 소개해줄 마음은 없었다. 부디 선배가 대충 웃어넘기길 바랐다.

"몇 살인데?"

"스물아홉 살이요."

선배의 얼굴이 불판 위의 오징어처럼 일그러진다. 내가 엄청난 모욕이라도 준 듯하다.

"이름이 뭐랬지? 라희? 라희야, 너한테 소개팅을 해달라고 할 때는, 너랑 동갑인 여자를 찾는다는 뜻이란다."

"선배는 몇 살인데요?"

"몇 살로 보여?"

이건 내가 입사 후 가장 많이 들은 질문이었다. 아저씨들은 나만 봤다 하면 자기가 몇 살로 보이냐고 물어댔다. 나는 내 예상보다 서너 살이나 적게 대답을 했음에도 불구하고, 그들의 '노안'을 지적한 눈치 없는 여자애가 됐다.

나는 대답을 하는 대신 자세를 양반다리로 고쳐 앉아 다리에 피가 좀 통하게 했다.

"요즘 여자애들은 양반다리 아무렇지 않게 하네?"

영화 1진인 동시에 차장을 맡고 있는 선배가 말했다. 나는 연예부의 유일한 여자이자 20대로서, 내 행동 하나하나는 모두 '요즘 여자'의 전형으로 해석됐다.

"몇 살로 보이냐고."

KBS 담당 선배가 끈질기게 물었다. 나는 억지로 미소를 띠고 고개를 절레절레 흔들었다. 얼굴은 마흔이지만, 여자 스물아홉에 경악한 걸로 봐선 훨씬 어린 모양이었다.

"글쎄요. 서른?"

선배의 입이 확 찢어지더니 귀에 걸렸다.

"서른여섯. 으흐흐."

나는 할 말을 잃었다. 화장실에 다녀온 부장은 갑자기 맥주가 가득 든 잔에 소주를 부어대더니 돌리기 시작했다. 말로만 듣던 소맥이다. 나도 한 잔 받아 마신다. 희한하게도 술 한 잔 마셨을 뿐인데, 사람들이 학예회라도 온 마냥 박수를 친다. 부장의 얼굴은 이미 불타올랐다.

"우리 연예부가 고생이 많다. 다들 불만도 많지? 우리 신문이 자리를 잡기 전까지는 좀 참아라. 에잇! 그래도 기분이다. 불만 사항 접수!"

부장은 갑자기 숟가락과 젓가락을 들어 허공에 휘둘렀다.

"삼! 이! 일! 없지? 그럼 앞으로 모두 잔말 말고 날 잘 따르도록!"

선배들은 아예 말하고자 하는 의지가 없어 보인다. 부장은 삼겹살을 한 조각 집더니, 요즘 어떤 여자 연예인이 그렇게 잘 준다더라, 어떤 아이돌 스타가 그렇게 버릇이 없어졌다더라, 어떤 매니저는 주식으로 20억 원을 벌었다더라 하는 이야기에 열을 올렸다.

"잘 준다니요?"

술이 조금 오른 나는 삼겹살을 얼른 씹어 삼키고 부장에게 물었다.

"뭐?"

부장이 더욱 더 시뻘개진 얼굴을 물수건으로 닦아내며 되물었다.

"'같이 잔 걸 '줬다.'라고 표현하는 건 너무 남성 중심적인 표현 같아서요."

순간 침묵이 흐르더니 부장이 으하하 웃었다.

"요즘 여자애들 웃기네. 그럼 뭐라고 표현해야 되는데?"

이번엔 내 말문이 막혔다.

"음, 교환했다? 서로 즐긴 거면 교환한 게 맞는 거죠."

부장과 선배들이 동시에 웃음을 터뜨렸다. 난 그들이 왜 웃는지 이해하지 못했다. 계속 앉아 있기도 민망해서 화장실 가는 척 룸을 나왔다. 밖에 내걸린 식당 TV에선 〈뮤직뱅크〉가 방송 중이었다. 컴백 첫 주에 1위를 거머쥔 로미오가 MC로부터 꽃다발을 받고 있다. 저들과 내가 오늘 낮에 한 시간이나 수다를 떨었다는 게 새삼 신기하다.

"정말 감사합니다. 언제나 우리 응원해주시는 팬 여러분, 스태프 여러분, 정말 감사합니다. 훌륭한 곡을 만들어주신 형운이 형, 정말 고마워요. 그리고 우리 소속사 대표님, 사랑합니다!"

리더는 눈물이라도 톡 떨어뜨릴 기세로 소감을 읊었다.

회식은 너무나 순식간에 끝났다. 매니저로 보이는 남자 두 명이 갑자기 나타나더니 계산서를 들고 사라졌다. 인사하고 집으로 가려는데 아까 그 남자들의 차에 오른 부장이 창문을 내리고 소리친다.
"이라영!"
부장은 날 보고 있다.
"이라희인데요."
"암튼, 넌 오늘부터 매일 야근이야. 당번 선배랑 같이 매일 10시까지 사무실 지켜!"
내가 왜? 대체 왜? 달랑 50만 원 받고 하루 12시간 넘게 일해주는데 야근까지 왜 해줘야 해?
"공짜로 일 배우는 거야. 고맙지? 그럼 한선우랑 같이 야근하고 집에 들어가. 그럼 모두 해산!"
나는 끽소리도 못하고 매일 밤 10시까지 야근이라는 룰을 받아들인다. 더 싫은 건 하필이면 오늘 당직이 슈렉이라는 거다. 다섯 걸음쯤 격차를 두고 슈렉의 뒤를 쫓아간다. 그의 옆에 나란히 서지 않는 건, 내가 할 수 있는 가장 큰 반항이다.
어색하게 사무실에 도착한 우리는 10시까지 침묵을 지켰다. 그는 내일자 신문도 미리 확인하고, 인터넷으로 기사도 쏘고, 뉴스도 체크하고, 매니저와 통화도 하고, 할 일이 태산이었지만 나는 덩그러니 방치

되다시피 했다. 나한테 일을 시키려면 말을 걸어야 하니까, 그조차도 짜증이 나는가 보다.

나는 TV만 멀뚱히 보다가 9시 55분을 가리키고 있는 시계를 봤다. 심호흡을 한 번 한 후, 슈렉에게 이제 퇴근하겠다고 말했다. 너와 같이 퇴근하지 않겠다는 뜻을 밝히는 것도 내 나름의 반항이었다.

"5분 남았잖아! 5분 더 하고 가도 모자랄 판에."

슈렉은 날 쳐다보지도 않고 말했다. 5분 동안 뭘 더 하라는 건지 알 길이 없었다. 어차피 여기서 엘리베이터 기다리고, 신문사 밖까지 나가면 10시가 될 텐데, 왜 저러는지 모르겠다. 월세가 70만 원만 아니었어도, 지금 당장 저 자식의 이마에 사표를 내려찍을 텐데.

"5분만 기다려. 좀 이따 나랑 같이 나가게."

얼씨구, 그냥 나랑 같이 퇴근하고 싶다고 말할 것이지. 슈렉은 노트북을 닫고 외투를 입었다. 엘리베이터에서도, 주차장 앞에서도 그는 단 한마디도 하지 않았다. 왜? 설레기라도 하는 거냐? 그는 주차장 한복판으로 뚜벅뚜벅 걸어 들어가더니 흰색 소울 앞에 기대섰다. 그러면 다리가 길어 보이는 줄 아나본데, 턱도 없다. 그는 주머니에서 차 열쇠를 꺼내며 나직하게 내 이름을 부른다. 나는 얼마나 새침한 목소리로 '안 데려다 줘도 되거든요.'라고 말할지 궁리한다.

"이라희, 너 내 말 잘 들어. 내가 너를 유심히 봤는데."

엄마야, 이 남자 나한테 고백이라도 하려는 건가?

"너 임마, 뭣도 모르면서 말이 너무 많아. 앞으로 말하지 마. 누가 뭐

물으면 그때만 말해. 그것도 네, 아니요만 해. 그 외에 뭐 함부로 지껄이면 죽는다. 네 생각, 네 느낌, 네 주장 다 필요 없어. 알았어?"

내 미간에 힘이 들어간다.

"그리고 그 표정, 표정도 짓지 마. 네 기분을 그렇게 다 내놓지 말란 말이야. 네가 무슨 기분인지도 난 알 필요가 없어. 그러니까 뭐든, 내가 먼저 묻지 않으면 절대 꺼내놓지 마. 알아들었어?"

나는 식칼을 입에 문 처녀귀신이라도 본 양 아무 말도 하지 못한다.

"알아들었어?"

슈렉의 고함 소리에 난 번뜩 정신이 든다.

"네."

"그럼, 잘 가라."

슈렉은 소울 운전석에 올라타더니 문을 쾅 닫았다. 난 차 빼기 좋으시라고 반사적으로 한 발짝 물러나주기까지 한다.

난 방금 을사조약에 도장을 찍은 거다. 도장도 찍고, 사인도 하고, 지장까지 찍은 거다. 내가 방금 "네."라고 말했다는 게 믿어지지 않는다. 그건 이라희다운 게 아니었다. 차 열쇠를 빼앗아 그놈의 콧구멍에 쑤셔 넣어 줬어야 했다. 나는 이제야 분을 못 이기고 소리를 꽥 지른다. 듣는 사람은 아무도 없다.

이상한 나라에 내쳐진 앨리스가 된 기분이다. 이 이상한 나라에는 영원히 군부대 주위를 떠도는 영혼들이 아랫사람을 짓밟으며 산다. 앨리스는 화끈하게 떠나는 게 복수일지, 끝까지 살아남아 이 나라를 뒤엎는 게 복수일지 고민한다. 이러나저러나 초록 괴물은 행복할 것이다.

'내가 깔아뭉개서, 여자애 한 명 울며불며 뛰쳐나갔잖아.'

'저 대단한 여기자, 내가 가르쳤잖아. 열심히 깔아뭉겼지.'

앨리스가 어떻게 하든, 그녀를 깔아뭉갠 슈렉은 뿌듯할 것이다.

기현을 불렀다. 압구정에 사는 그는 트레이닝복 차림으로 20분 만에 오피스텔에 도착했다. 오늘 아침에는 비록 서먹하게 헤어졌지만, 그 정도로 사이가 소원해지기엔 지난 1년이란 세월이 꽤 긴 편이다.

그는 또 언제나 그렇듯, 어느 회사에 원서를 넣었고, 붙을 확률은 어느 정도가 되며, 그 회사의 초봉은 어느 수준인지를 읊어댔다. 그가 얼마나 고단한 전쟁을 치르고 있는지는 잘 안다. 군대 가기 전까지 펑펑 논 탓에 메워야 할 학점이 산더미고, 토익이다, 오픽이다, 각종 공모전에 시덥잖은 봉사활동까지, 하루 24시간이 모자랄 것이다. 세 살이나 어린 여자 친구는 먼저 직장인이 됐답시고 얼굴도 제대로 보여주지 않으니, 나는 문득 그가 가여워진다.

"이리 와."

나는 그의 머리를 붙잡아 내 가슴에 갖다 댔다. 내 품을 파고드는 그가 어린아이 같아 보인다. 이렇게 조용히 그와 시간을 보내는 것도 얼마 만인지 모른다.

그와 나는 1년 전, 도서관에서 만났다. 나는 닉 혼비의 소설책을 읽다 웃음보가 터졌고, 그 바람에 의자가 넘어갈 뻔해 옆 사람의 커피를 엎었다. 커피를 뒤집어쓰고 귀엽게 웃던 그 남자가 바로 기현이다. 세탁비를 빌미로 내게 끈질기게 연락하던 그는 연하남을 좋아한다는 내 말에 나이를 네 살이나 속여서 동생 노릇까지 했다. 딱 봐도 나보다 나이가 많을 것 같았지만, 난 속는 척하면서 그를 절대 오빠라고 부르지 않았다. 지금까지 마찬가지다. 즐겁고 행복한 추억 같은 게 있을까 되돌아봐도, 사실 그와의 연애는 서류 탈락, 면접 탈락 위로를 핑계 삼은 술 진탕 먹기가 전부다. 나는 매번 크게 기대하고 크게 낙담하는 그의 이야기를 시시콜콜 전부 들어주면서 나름 착실한 여자친구 역할을 해왔다고 믿는다.

오늘은 내가 위로를 좀 받아보고 싶다. 회사라는 곳이 얼마나 어처구니없이 돌아가는지, 선배라는 인간은 얼마나 못돼 처먹었는지. 나는 최선을 다해서 생생하게 묘사했다. 또 멋지게 때려치워 주겠다는 마음과 바퀴벌레처럼 살아남아서 슈렉을 한 방 먹여주겠다는 마음이 뒤섞여 얼마나 마음이 혼란스러운지도 말했다. 변기 뚜껑 위에 앉아 덜덜 떨리는 손가락을 주무르던 내 모습을 회상할 때에는 기어이 눈물도 찔끔 나왔다. 내 생애 그렇게 치욕적인 순간은 없었다고, 그 모습을 보고 온 세상이 날 비웃는 것 같았다고 털어놨다.

기현은 침대 위에 드러누우며 말한다.

"오버하기는. 군대에 비하면 별거 아니야."

chapter 4

왼쪽 가슴도 보실래요?

며칠이 지났다. 이제 슬슬 아침에 일어나는 게 어려워진다. 초반에야 지각하면 죽는 줄 알았으므로 새벽 6시부터 눈을 말똥말똥 뜨고 긴장했지만, 이젠 한두 번 지각쯤은 괜찮다는 걸 알게 됐다. 어제 10분가량 늦어서 거의 기다시피 하고 출근했지만 아무도 관심을 쏟지 않았던 것이다. 사람이란 참 간사해서, 규칙 깨기의 허용 수준을 알게 된 이상, 계속해서 그 수준을 깨려 한다.

젠장, 오늘은 15분은 거뜬히 늦을 것 같다. 오늘도 슈렉에 대한 이라희식 반항은 포기해야 할 것 같다. 슈렉의 약점은 바로 아침잠이었다. 그는 아침마다 꼭 10분씩 지각을 하는데, 나는 그가 살금살금 편집국에 들어서자마자 온 세상이 떠내려갈 만큼 큰 소리로 "안녕하세요!"라고 인사함으로써, 그의 지각을 만방에 알린다. 떨떠름하게 인사를 받는 그의 표정이야 말로, 요즘 내 삶을 버틸 수 있는 유일한 낙이라 할 수 있겠다.

나는 찬바람에 꽁꽁 얼어 사각거리는 머리카락을 두 손으로 비비며 신문사 마당으로 뛰어들었다. 그때였다. 휴대폰 진동이 울린다. 문자 메시지다. 슈렉이 날 죽여버리겠다고 외치고 있는 내용일지도 모른다. 나는 자리에 멈춰 서서 조심스럽게 휴대폰 화면을 눌렀다. 오, 세상에. 보도자료였다. 내게도 보도자료를 보냈으니 부디 확인해달라는 매니저의 문자메시지가 온 것이다! 슈렉은 하루에 거의 50통은 받는 것 같았다. 내 첫 보도자료는 출근 첫날 같이 점심 먹었던 매니저가 보낸 것이었다. 짜잔! 나는 일단 기쁨의 환호성을 한 번 지른 다음, 내용을 확인했다.

'기자님! [섹시 가수 이서영 "섹시 표정, 야동 보고 연습"] 자료 메일로 보내드렸습니다. 좋은 아침 되세요!^^'

나는 휴대폰을 다시 주머니에 찔러 넣는다. 그리고 회사 현관 앞에서 다정한 커플을 한 쌍 발견한다. 사내 커플이 있었단 말인가! 나는 두 눈을 찡그려 두 사람의 정체를 확인한다. 맙소사, 여자 어깨 위에 자기 팔을 떡 걸치고 있는 저 남자는 경영지원 팀장이다. 여자는 사장 비서다. 사장 비서인 동시에 연예면 'TV 하이라이트' 기사를 담당하고 있어서 나와도 안면이 있는 여자였다. 나이 차가 열 살은 될 것 같은데, 두 사람은 엘리베이터까지 다정하게도 뒤엉켜 걷는다. 나는 괜히 같은 엘리베이터를 타기 민망해서 현관 옆에 숨어 두 사람이 엘리베이터를 타기까지 기다린다. 그리고 다음 엘리베이터를 탄다.

여기서 더 늦으면 진짜 죽을지도 모른다는 공포에 휩싸이면서도 사무실 입구에 위치한 경영지원 팀장의 책상을 흘끗 보는 걸 잊지 않는다. 그는 자리에 없었다. 대신 눈에 띈 것은, 그가 웬 아줌마와 두 여자아이들과 함께 찍은 사진이었다. 그 누가 봐도 가족 사진이다. 그는 유부남이었다.

드라마가 아닌 현실에서 불륜 현장을 목격한 건 처음이다. 나는 입을 쩍 벌리고 연예부로 뛰었다. 다행히 선배들은 자리를 비웠거나 전화 통화에 정신이 팔린 상태였다. 슈렉은 화장실에서 볼일을 보고 있는 게 틀림없다. 나는 부랴부랴 레저생활부 인턴을 붙잡고 여자 화장실로 향했다. 그 불륜녀가 화장실에 없다는 걸 확인한 다음 입을 열었다.

"진짜야. 두 사람 엄청 다정하더라니까! 내 눈으로 봤어!"

레저가 토끼눈을 하고 "어머, 어머!" 외친다. 나는 이제야 특종을 한 기자의 심정을 알 것 같다.

"그럼 두 사람, 불륜 맞는 거지?"

내가 조심스럽게 속닥였다.

"불륜?"

레저는 못 들을 단어를 들은 것처럼 양손으로 두 귀를 감쌌다.

"원래 회사에 불륜 커플이 엄청 많대. 아무래도 부인보다 여직원이랑 함께 있는 시간이 더 많으니까."

나는 대단한 비밀이라도 말해주는 양 목소리를 더 낮췄다.

"그럼 그 여직원의 심리는 뭐야? 그 예쁜 얼굴로 왜 유부남을 만나? 그것도 그런 아저씨를!"

레저가 양손으로 입을 가리고 묻는다.

"뭐, 밤의 기술이 남다른가 보지."

나는 웃음을 터뜨렸지만 레저는 어떻게 그런 농담을 할 수 있냐고 두 눈을 동그랗게 뜬다. 아나운서 입사를 준비하다 신문사로 흘러들어온 레저는 한눈에 딱 봐도 내숭 백 단 공주과다.

레저가 돌연 진지한 표정을 짓는다.

"근데, 나 고민 있어."

레저가 털어놓은 고민은 꽤 충격적이었다. 어제 당직을 설 때 얘기다. 난 류시원 팬미팅에 가서 일본 아줌마들한테서 깔려 죽고 있었으니, 목격하지 못한 일이다. 광고국 국장이 있는데, 그 사람이 편집국을 돌아다니다가 레저한테 와서는 열심히 일하라고 뭐라뭐라 하더니, 난데없이 볼을 꼬집었다는 것이다. 일곱 살짜리 여자애한테 하는 행동 같기도 했고, 룸살롱에 새로 들어온 막내한테 하는 행동 같기도 했단다.

"그 둘이 어떻게 똑같을 수 있어?"

"몰라. 어떻게 생각하면 전자고, 어떻게 생각하면 후자야. 이거, 공식적으로 문제 삼아야겠지? 어쨌든 날 기자로 보지 않았다는 거잖아!"

오늘 저녁엔 인턴기자 환영회가 공식적으로 열린다. 창간 한 달도 되고 해서, 겸사겸사 회식이 마련된 것이다. 우리는 그 자리에서 이 사안을 공식화하기로 했다.

선배들의 고함 소리도 어느 정도 적응이 된 마당에, 여전히 내 신경을 날카롭게 긁는 게 있다. 바로 전화다. 이제 선배들은 인턴이 다 받으라며 전화기에 손도 안 댄다. 나는 7개의 전화기에서 울리는 벨을 모두 당겨 받아서, 통화를 하고 꼭 선배를 바꿔줘야만 할 상황에서만 선배에게 전화를 돌린다. 별을 두 번 눌러야 나한테 전화가 넘어오고, 또 별표를 누른 후 선배 뒷자리를 누르고 반드시 끊어줘야 전화가 넘어간다는 사실은, 맹세컨대, 양자물리학보다 더 어려웠다. 아무리 정신을 빠짝 차려도 선배들의 자리에서 울리는 전화 소리를 못 듣기 일쑤였으며, 아무리 조심스럽게 번호를 눌러도 전화는 툭 끊기게 마련이었다.

그렇게 어렵게 통화해봐야 내가 상대하는 사람들은 대체로 쓸모없는 부류였다. 독자랍시고 전화해서 2PM 사인CD 좀 얻어달라고 헛소리를 늘어놓거나, 왜 우리 오빠 기사가 라이벌 그룹 기사보다 작게 났냐고 따지거나, 어제 어떤 남녀 연예인이 영화관에 같이 온 걸 제보하고는 200만 원을 내놓으라는 식이다. 나는 최대한 상냥하게 전화를 받고 최대한 자연스럽게 전화를 끊으라는 명령을 받았지만 이놈의 독자들은 매번 내 인내력을 시험한다.

하지만 오전 11시경에 울린 전화는 대박이었다. 목소리로 보아 내 또래 여잔데, 자신이 SM엔터테인먼트로부터 감시를 받고 있다고 주장했다. 대형 기획사와 가녀린 여자, 카메라와 도청장치, 감시 등의 단어는 뭔가 그럴듯한 스토리를 만들어내기에 충분했다. 나는 이렇게 첫 특종을 할지도 모른다.

"SM엔터테인먼트가 왜 독자님을 감시할까요?"

여자는 갑자기 까르르 웃었다. 그리고 반드시 자신의 신분을 비밀로 해줘야 한다고 세 차례 강조했다. 나는 몸이 달았다.

"제 말투, 행동, 버릇 등을 24시간 관찰해요. 그리고 그걸 자기 연예인한테 연습을 시켜요!"

"네? 왜요?"

"모르죠. 제가 되게 사랑스럽다고 본 것 같아요. 그리고 실제로 그게 먹혔다니까요!"

젠장, 이건 또 무슨 또라이인가.

"그러니까, 독자님의 사랑스러운 행동을 연구하기 위해 SM엔터테인먼트가 독자님의 집에 CCTV를 달았다는 거죠?"

나는 내 입으로 이런 문장을 내뱉고 있다는 사실이 믿기지 않는다.

"네. 지난번에 친구가 하도 추천해서 거기 오디션을 본 적이 있는데요, 그때 우리 집 주소를 입수한 것 같아요."

"그렇게 독자님이 사랑스러우면, 독자님을 뽑지 않았을까요?"

난 나도 모르게 비아냥거리기 시작했다.

"기자님, 못 믿겠어요? 태연 몰라요? 제 말투랑 똑같잖아요!!"

나는 전화기를 쾅 내려놓았다.

짜증은 원래 몰아서 오는 법이다. 전화기를 내려놓음과 동시에 체육부의 선배 하나가 내 자리로 다가왔다. 대머리 노총각인데, 나만 보면 어찌나 귀찮게 말을 걸어오는지 돌아버릴 지경이다. 질문도 똑같다. 일이 재밌냐고 묻는 것이다. 내가 재밌다고 하면 "재밌으면 더 해."라고 말하고, 재미없다고 하면 "재미없으면 그만둬."라고 말한다. 그리고는 껄껄껄 웃어젖힌다. 자기 딴에는 그게 참 재미있나 보다. 처음엔 예의 바르게 나도 웃어보려 했지만, 이젠 그냥 정색해버린다.

대머리가 내 자리 앞에 섰다. 나는 본능적으로 몸을 뒤로 뺐다.

"일은 좀 어때? 재밌냐?"

너만 사라지면 참 재밌겠는데.

"뭐, 그냥, 그렇죠."

나는 윗입술을 들어 올려 윗니 네 개를 노출시켰다. 대충 웃는 얼굴 같을 거다.

"그냥 그러면 그만둬."

대머리는 으하하 웃으며 사진부로 갔다. 어후, 짜증나. 저 인간 얼굴을 한 번이라도 더 봤다간 돌아버릴 것 같다.

슈렉은 날 힐끗 보더니 이서영 기사를 쓰라며 노트북을 넘겨줬다.

"그, 야동 보도자료요?"

"응. 메일로 전달해줄게."

"그거, 저도 받았는데요. 내용이 좀 이상하지 않아요?"

슈렉이 자리에서 일어나며 날 쏘아봤다. 네, 아니요만 할 것, 이 간단한 걸 난 자꾸 까먹는다.

"죄송합니다."

"인터뷰하고 올 테니, 완성해놔."

나는 가느다란 한숨을 쉬는 것으로 반항을 대체했다. 그때였다. 그놈의 전화기가 또 울렸다.

"여보세요."

아차, 여보세요라니. 나는 서둘러 "스포츠엔터 연예부입니다."라고 외쳤다. 내 딴에는 분명 그렇게 외쳤는데, 사실 발음은 몽땅 꼬였다.

"너 누구야?"

상대편 아저씨는 대뜸 소리를 질렀다. 보나마나 할 일 없는 독자다.

"전화하신 분은 누구신데요?"

"뭐? 됐고, 부장이나 바꿔."

"그러니까, 누구시냐고요."

내 목소리가 한 톤 높아졌다.

"바꾸라면 바꿔! 급해!"

"누구신데요?"

"내 목소리 몰라? 너 누구야! 이름 뭐야?"

이제야 나는 상황이 다소 독특하게 돌아감을 알아차린다. 독자는 이런 식으로 말하진 않는다.

"저, 연예부 이라희인데요."

내 목소리가 기어들어간다.

"이라희? 알았어. 부장 바꿔!"

나는 부장에게 "전화왔습니다."라고 말하곤 전화를 돌려줬다. 부장은 귀찮다는 듯 대충 전화를 받더니 갑자기 벌떡 일어섰다.

"네! 사장님!"

젠장.

부장은 사장실로 즉각 호출됐다. 그는 10초 만에 머리를 단정하게 빗고 셔츠를 탁탁 털고, 신발을 구두로 갈아 신은 후 번개처럼 뛰쳐나갔다. 난 이대로 잘릴 것이다. 신인 여가수가 야동으로 표정 연습했다는 기사를 끝으로, 내 기자생활은 마감될 것이다.

저 멀리 사장 비서가 다가온다. 불륜녀다. 나보다 한두 살쯤 많아 보이는 그녀는 세련된 옷차림을 잔뜩 과시하며 살랑살랑 걸어오고 있는 중이다. 나는 심기가 불편하다.

"많이 놀라셨죠? 걱정 말아요. 그냥 오랜만에 출근하는 거라 신경이 날카로우셔서 그러셨을 거예요."

우리 인턴들이 처음 출근했을 때, 사장은 이미 해외 출장 중이었다. 고로 난 그가 어떻게 생겼는지도 모른다. 하물며 목소리를 어떻게 안단 말인가.

"네."

고개를 끄덕이긴 했지만, 이 여자가 날 위로하는 것도 기분 나쁘다. 너나 몸 조심하시지! 나는 노트북에 시선을 고정시키고 기사를 쓰는 척했다. 불륜녀는 어깨를 한 번 들썩이더니 제자리로 돌아갔다. 너 같은 가정 파탄자의 위로는 필요 없거든!

30분쯤 지났을까. 부장은 소맥 세 잔은 원샷한 듯한 시뻘건 얼굴로 성큼성큼 돌아왔다. 점심시간이라 모두가 자리 비운 게 그나마 다행이었다. 그가 아무리 큰 소리로 "You're fired!"를 외쳐도 난 그다지 쪽팔리지 않게 자릴 비울 것이다. 그는 역시 내 자리 앞에 섰다. 나는 한없이 쪼그라든다.

"인턴이 벌써부터 빠져가지고! 인턴이면 인턴답게 해! 너 인사도 제대로 안 한다며! 오늘부터 넌 기사 작성 금지야. 여기 서서 인사 연습만해! 자! 어서!"

나는 엉겁결에 자리에서 일어섰다.

"자! 빨리 인사해봐!"

"네?"

"안녕하세요! 이렇게 해보라고!"

부장은 내게 깍듯하게 인사했다.

"무슨 말씀이신지."

"내가 웬만하면 넘어가려고 했는데, 사장님한테까지 사고를 쳐? 안 그래도 너 버릇없다고 난리 났어! 너 잘라버리자는 말도 나왔거든!"

오늘 아침 데스크 회의에서 나에 대한 얘기가 나왔다고 한다. 몸에 딱 들러붙는 짧은 티셔츠를 입고, 선배들과 마주쳐도 인사도 안 하는 이라희를 당장 잘라버리자는 의견이 나왔다는 것이다.

나는 어벙한 표정을 지을 수밖에 없었다. 우선, 그 대단한 부장들이 모여 공식적인 회의를 하는 자리에서 일개 인턴 사원의 얘기를 했다는 것 자체가 이해 불가했다. 또 고작 짧은 티셔츠가 해고 사유가 되는지도 궁금했다. 무엇보다, 내가 대체 언제 인사를 안 했다는 건지 알 길이 없었다.

"제가 인사를 안 했다고요? 전 다 했는데요."

"너, 다른 부서 기자들 마주치면 인사했어? 복도에서도 그렇고, 화장실에서도 그렇고, 인사 안 한다며!"

화장실에서 대체 왜 인사를 해야 하지? 출근할 때 입구에서 사무실 전체에다 대고 "안녕하세요."를 한 번 하면 끝나는 거 아니었나? 나는 더 어벙한 표정을 짓는다.

"사무실 안에서야 수시로 마주치는데, 그때마다 다 인사를 해야 하나요?"

"당연하지! 여기 서서 인사 열 번 해!"

내가 무슨 초딩도 아니고. 하지만 별수 없었다. 나는 천하의 바보가 된 심정으로 인사를 꾸벅 했다.

"옷은 또 그게 뭐야! 헐렁해가지고!"

아깐 딱 달라붙는다고 뭐라 하더니.

"가슴 다 보이잖아! 뭐 보여줄 게 있다고 그런 옷을 입고 다녀!"

나는 허리를 푹 꺾은 채 어떻게 해야 할지 갈피를 못 잡는다. 이건 천하의 바보 따위로 표현할 수 없는 울트라 초특급 굴욕감이다.

"옷 좀 신경 써서 입어! 네 가슴 열두 번은 더 봤다!"

나는 그동안 당황을 한 번도 해보지 못한 게 틀림없다. 키스하는 도중 트림을 하거나, 토익 시험장에 신분증을 안 가져왔거나 하는 것들은 당황 축에도 못 끼는 일이다. 나는 사람이 진짜 당황하면 바보처럼 실실 웃는 거 외에는 아무것도 할 수 없음을 알아차린다. 이 바보는 오른쪽 입꼬리를 어설프게 당겨 올리고 손끝만 보고 있다.
 그리고 이대로 당해서는 안 된다는, 이건 명백한 성희롱이라는 생각이 내 머리를 관통했다. 나는 드디어 벌벌 떨리는 손을 진정하고 부장에게 대항할 힘을 그러모은다. 그리고 부장을 찾았다. 그러나 그는 벌써 사무실 입구를 빠져나가는 중이다.
 레저가 광고 국장으로부터 볼 꼬집힘을 당했다고 했을 때 난 속으로 사실 조금 웃었더랬다. 그 아저씨가 볼을 꼬집을 때 넌 뭐했니! 어제 당장 뭐라고 했어야지, 밤새 뒤척이다 지금에서야 고민이라니 너무 못났잖니, 라고 생각했던 것이다. 그렇게 잘났던 나는 이 사안을 동기들에게 털어놓을 용기라도 있을지 모르겠다.

 밥 생각도 없었다. 나는 4층 소파에 웅크리고 앉아 자기 혐오에 시달렸다. 난 왜 그 상황에서 현명하게 대처하지 못했을까! 왜 내가 한 일은 고작 어설프게 웃어 넘기는 것이었을까! 지나친 페미니스트라며 남자친구한테서 차인 적도 있는데, 그런 내가 완전 바보 천치가 됐다는 것을 어떻게 받아들여야 할까!
 피의자는 밥만 잘 처먹고 있을 텐데, 정작 피해자인 나는 울렁거리는 속을 진정시키지 못해 냉수나 들이켜고 있다는 사실이 죽도록 싫었다.
 "나 진짜 어떻게 해야 할지 모르겠어!"
 다이어트 때문에 점심은 늘 거른다는 레저가 갑자기 나타나, 사과 한 쪽을 입에 물고 내 옆에 앉았다.

"광고국 국장?"

나는 아무 일도 없었다는 듯 생글거렸다.

"하루씩이나 지나서 그 일을 얘기하면 너무 뒤끝 있어 보일까?"

"글쎄, 난 잘 모르겠다."

진심이다. 난 이 사안에 대해서 충고할 입장이 절대 아니다. 레저의 시선을 외면하려 고개를 돌리는데 체육부 인턴도 다가오는 중이다.

"광고국 국장의 성폭행 사태에 대해 얘기 중이냐?"

레저가 체육한테도 고민을 털어놓은 모양이다.

"성폭행이 아니라 성추행이거든."

레저가 정정했다.

"그거나, 그거나."

난 어떻게 그 둘이 똑같냐고 쏘아붙이려다 참는다. 내가 지금 남의 일에 낄 상황은 아니다.

"내가 처음에 대기업 인턴도 했었거든. 거기는 진짜 유별났어. 여자들한테 외모에 대한 거는 단 한마디도 못 한다는 거야. 일체 금지래. 웃기지 않냐?"

"그게 당연한 거지!"

레저가 목소리 높였다.

"아니, 오늘따라 예쁘다, 그 옷 어울린다, 그런 말도 못 하게 한다니까. 그거 남자들한테 엄청 불리한 거야. 진짜 좋은 뜻으로 별 생각 없이 한 말일 수도 있잖아! 어디 무서워서 말하겠냐?"

"안 하면 되잖아!"

두 사람의 목소리가 더 높아진다.

"어떻게 안 해? 본능인데!"

레저가 갑자기 체육의 머리를 후려친다. 레저의 돌발행동에 나와 체육 모두 3초간 침묵을 지킨다. 이윽고 체육이 미쳤냐며 소리를 질러 댄다.

"짜증나는 애들 보면 때리는 게 내 본능이거든!" 레저가 씩씩거리며 비상계단으로 향했다. "어떡하니. 본능은 못 참는 건데!"

체육은 포효하다시피 하더니 레저를 뒤따라 내려갔다. 나는 홀로 남아서 또 생각에 잠겼다.

가슴을 겨우 진정시키고 3층으로 내려오니, 점심시간이 벌써 끝나 사무실은 기자들로 가득 찬 상태가 됐다. 이 말은, 연예부까지 가는 동안 숱한 기자들과 마주친다는 말이다. 이 말은, 그때마다 내가 고개 숙여 인사를 해야 한다는 뜻이다.

나는 처음 마주친 선배에게 고개를 숙여 "안녕하세요."라고 말했다. 그러나 그는 서류를 들여다보느라 날 쳐다보지도 않는다. 다음으로 마주친 체육부 부장에게도 "안녕하세요."라고 말했다. 그 역시 날 거들떠보지도 않는다. 진짜 어이가 없다. 인사 안 한다고 자르자 할 땐 언제고, 막상 하면 받아주지도 않는다.

부장은 엄청 신난 상태다. 영화 1진 선배가 신라호텔에서 최지우 인터뷰를 하기로 했는데, 부장도 따라가기로 한 것이다. 부장은 자신이 예전에 최지우와 얼마나 친했는지를 회상하며 웃어댔다. 회식이 시작되기 전에 돌아오려면 택시를 타는 게 나은지, 지하철을 타는 게 나은지 침 튀겨가며 얘기를 해대는데, 방금 나한테 가한 끔찍한 성폭력 따위는 까맣게 잊은 게 틀림없다. 어쩌면 그게 성폭력인지도 모르는 것 같다. 부장은 어린 아이처럼 좋아라하며 사무실을 떠날 때까지 나를 쳐다보지도 않았다.

"그게 아니라니까!"
남자의 목소리가 사무실의 침묵을 깼다. 경영지원 팀장이다. 맞은편엔 편집부 선배가 서 있다.
"저 두 분 싸우시나 봐요."
난 옆에서 꾸벅꾸벅 졸고 있던 슈렉에게 말을 걸었다.
"저 둘이 부부야."
슈렉은 내가 룰을 어겼다는 것도 잊은 채 다시 잠이 들었다. 나는 재빨리 눈을 굴려 레저를 찾았다. 레저도 이 광경을 뚫어지게 보는 중이다.
갑자기 편집부 선배가 발걸음을 뗐다. 그러자 그녀에게 가려져 있던 불륜녀의 모습도 보였다. 어머나, 사건이 터진 것이다. 불륜녀는 양손을 휘저으며 안타까워하고 있다. 쳇, 부인한테는 비밀로 하고 싶었나 보지?

편집부 선배는 사무실 여기저기를 헤집고 다니더니 갑자기 목소리를 높였다.

"아니, 됐어! 어차피 다 알잖아! 다들 소문 들었죠? 이 두 사람은 말도 안 된다는데, 그럼 그 소문은 누가 만들었어?"

편집부 선배가 지나가던 체육부 기자를 움켜쥐었다.

"너, 누구한테 들었어?"

체육부 기자는 다른 기자를 가리켰고, 그 기자는 또 다른 기자를 가리켰고, 그 기자는 체육부 인턴을 가리켰다. 체육부 인턴은 레저생활부 인턴을 가리켰다. 오 마이 갓! 레저는 천천히 오른손을 들더니 나를 가리킨다.

편집부 선배가 빨간 천을 향해 뛰어드는 황소처럼 이쪽으로 돌진해 온다. 생애 두 번째로 당황이라는 감정을 체험하는 중이다. 난 또 오른쪽 입꼬리를 잡아당겨 웃는 것도, 우는 것도 아닌 표정을 짓는다.

"이라희! 너야?"

선배는 이미 내 앞에 도착했다. 난 필사적으로 왼손을 들어 아무나 가리켰다. 살기 위해선 어쩔 수 없었다. 그리고 그 자리엔, 방금 외근을 마치고 돌아오던 사진부 인턴이 서 있었다.

나는 잽싸게 화장실로 도피했으므로 이후의 일에 대해선 알지 못한다. 변기 뚜껑 위에 올라앉아 사태가 진정되기를 기다릴 뿐이었다. 어차피 난 오늘 기사 작성이 금지됐으므로 할 일도 없었다. 15분쯤 흘렀을까. 나는 화장실 내부에 아무도 없음을 확인하고 조심스럽게 화장실

문을 열었다. 그러나 3초도 안 돼서 한 편집부 선배의 솥뚜껑만 한 손에 멱살을 붙잡힌다.

"똑바로 말해! 뭘 본 거야!"

나는 일단 편집부 선배의 손에서 벗어난 후 최대한 당당한 자세를 회복하려 했다. 나는 기자다. 팩트만 확실하다면, 나는 당당하다. 나는 똑부러지는 말투로 오늘 아침, 내가 목격한 것에 대해 털어놨다. 하나도 남김 없이, 매우 디테일하게.

갑자기 화장실 문이 쾅 열렸다.

"저, 그거 진짜 싫었거든요!"

느닷없이 등장한 불륜녀가 소리 질렀다.

"어떻게 말씀드려야 할지 잘 몰라서, 가만 있었는데요. 솔직히 저도 싫어요. 팀장님이 자꾸 친한 척하면서 어깨동무를 하시는데요. 저는 정말 제 어깨를 잘라내고 싶을 만큼 싫다고요!"

침묵이 흘렀다. 몇 초 후, 나와 편집부 선배가 동시에 얼굴을 감싸 쥐었다. 그리고 동시에 사과했다.

"제가 오해했나 봐요. 정말 죄송해요. 그리고 전 정말 그걸 이렇게 퍼뜨릴 생각은 추호도……."

불륜녀, 아니 사장 비서는 내 말을 제대로 듣지도 않는다.

"그 인간이 진짜 그런단 말이죠? 내가 책임지고 혼쭐을 내줄게요. 앞으론 절대 그런 일 없을 거예요. 미안해요."

편집부 선배는 서둘러 화장실을 빠져나갔다. 나와 사장 비서만 남왔다.

"전 진짜······."

내 입술이 달싹거림과 동시에 사장 비서는 수돗물을 틀고 세수하기 시작했다. 난 멀뚱히 서 있다가 화장실을 빠져나왔다.

다음 코스는 안 봐도 비디오였다. 진상을 파악한 슈렉은 날 붙들고 '네, 아니요만 말하라' 법칙의 중요성에 대해 귀에 못이 박히도록 떠들어댔다. 나는 고개를 푹 숙인 채 "네."만 반복했다. 이러다 목이 아예 굽어버릴지도 모른다. 네안데르탈인처럼 말이다. 네안데르탈인까지 생각하다가 갑자기 기분이 좋아졌다. 슈렉의 잔소리가 이어지는 동안 내가 딴 생각을 한 것이다. 나도 드디어 '잔소리 한 귀로 흘려듣기' 수법이 가능해진 것이다. 네이버 지식인에서 봤는데, 이 수법만 터득하면 직장생활은 식은 죽 먹기라고 했다.

회식은 또 삼겹살집이었다. 그 많은 삼겹살집들의 정체를 이제야 알았다. 이 가게들은 모두 회식용이었던 것이다. 최지우를 만나고 돌아온 부장은 상기된 표정으로 들어와 내 옆 테이블에 앉았다. 나는 아직 그와 눈을 마주치고 어떤 표정을 지어야 할지 결정 못 했다.

삼겹살을 추가로 더 시키고 나서야 사장이 등장했다. 국장과 부장들이 벌떡 일어나 120도에 가까운 인사를 했다. 그룹 회장의 셋째 아들인 그는, 그룹 내 미디어 관련 기업을 모두 책임지고 있었다. 우리의 자매지인 유력 일간지에, 케이블 방송국 몇 개까지 갖고 있는, 당연히 잘 보여야 할 상대였던 것이다. 난 그런 그에게 "누구신데요?"라고 캐물었던 것이다. 그는 인턴기자들이 둘러앉은 테이블에 한 번 눈길을 주고는 일장 연설에 들어갔다. 아까 낮의 전화 사건은 관심 사안이 아닌 듯했다.

그의 연설은 위기, 비상시국, 합심, 인내 등의 단어가 주를 이뤘다. 분위기로 봐선, 내일 당장 전쟁이라도 터질 것 같다. 내가 일하는 곳이 이렇게 난관에 처해 있는지 몰랐다. 정말 열심히 해서 꼭 이 회사를 살려내야 할 것 같다는 생각이 들 정도다.

나는 소맥 세 바퀴가 돌았을 때, 사진부 인턴에게 아까 낮의 일을 사과하고, 그 보상으로 언제 한번 밥을 사겠다는 약속을 하는 데 성공한다. 보면 볼수록 너무 귀여워 퇴근 후에도 가끔 생각이 난다. 남자친구에게 죄책감은 갖지 않기로 했다. 누구나 원만한 직장생활을 위해서는, '반짝이' 하나쯤은 키워야 한다고 들었기 때문이다. 아침에 일어나 출근 준비를 하면서, 적당히 설렐 수 있도록 도와주는 사내 킹카 말이다. 그 많은 사람 중에서 홀로 '반짝' 하는 킹카.

소맥 여덟 바퀴가 돌자 사람들 혀가 꼬이기 시작했다. 내 앞에 앉은 체육과 사진부 인턴 사이로 대머리 노총각이 불쑥 나타났다. 난 짜증이 벌컥 났지만 이를 들킬 만큼 취하진 않았다.

"회식 재밌어?"

저 인간의 입을 누가 좀 막아줬으면. 나는 가볍게 고개만 끄덕인다.

"그럼 한잔해야지!"

대머리는 오른손에 쥐고 있던 소주잔에 술을 채워 원샷했다. 그리고 그 빈 잔을 내게 내밀었다. 나는 소주병을 집어 술을 따라주려 했다.

"아니, 잔을 받으라고."

나는 이해하지 못했다.

"네?"

"잔 받아. 한잔 줄게."

지금, 자기가 먹던 잔을 나한테 주는 거야? 난 얼른 내 잔을 집어들었다.

"저, 제 잔 있는데요."

"어허. 선배가 한잔 주는데!"

그는 내 코앞까지 자신의 술잔을 들이밀었다. 난 절대, 절대 이 비위생적인 인간이 입을 댄 술잔을 받지 않을 것이다. 하지만 나는 버릇없는 후배로 찍힌 상태라고 했다. 이걸 거부하면, 내 인턴 인생은 더 복잡하게 꼬일 것이다. 술잔은 점점 더 다가온다. 나는 인턴들에게 구원 요청의 눈빛을 쏴보지만, 다들 꿈쩍도 않는다. 나는 어쩔 수 없이 술잔을 받아든다. 대머리는 허허 웃으며 술을 채워준다. 모두가 술잔을 쥔 내 손끝만 보고 있다. 나는 1cm쯤 내 앞으로 술잔을 당긴다. 그리고 1cm, 또 1cm.

그때 광고국 국장이 우렁찬 웃음소리와 함께 등장했다. 그에게 사람들의 시선이 쏠린 사이, 나는 재빨리 잔을 바꿔 쥐었다. 살았다! 대머리가 다시 날 보자 난 여유 있게 술을 들이켠다. 그는 내게서 술잔을 받아 어디론가 사라졌다. 난 식당 아줌마에게 재빨리 새 잔을 주문했다.

내 옆에 앉은 레저가 바싹 긴장했다. 광고국 국장이 성큼 다가왔기 때문이다. 레저가 침을 꼴깍 삼키더니 입을 열었다.

"저기."

"허허. 어제는 내가 오바했지? 미안, 미안."

기습적인 사과였다. 레저는 당황한 기색이 역력한 얼굴로 고개를 꾸벅 숙였다.

옆 테이블 사람들은 무슨 일이 있었냐고 물었고, 광고국 국장은 벌건 얼굴로 볼 꼬집기 상황을 설명했다. 우리 연예부 부장이 제일 크게 웃었다.

"뭐, 그런 것 갖고 그래요! 난 아까 쟤한테 가슴 다 봤다고도 했는데!"

젠장.

화살은 난데없이 나에게 날아들었다. 정색하기에도 민망한 타이밍이다. 난 두 눈을 동그랗게 뜨고, 순간 아무것도 기억 못 하는 척했다.

"네? 아! 그거요? 전 뭐, 다 까먹었는데요."

그저 이 순간을 벗어나고 싶은 생각뿐이다. 그래서 난 내 무덤을 판다.

"더 보셔도 돼요. 하하하!"

이런 상황을 어떻게 정의하느냐는 100% 피해자의 몫이다. 정색하느냐, 웃어주느냐에 따라 피의자는 파렴치한이 될 수도, 분위기 메이커가 될 수도 있다. 나는 중년 남성에게 가슴 보여주는 걸 즐기는 변태가 됨으로써, 신입사원의 가슴을 열두 번이나 들여다본 변태는 정상인이 되었다.

"이라희! 너 사회생활 잘하겠다?"

누군가가 말했다. 나는 레저의 표정을 볼 자신이 없어서 고개를 돌리지 못했다.

chapter 5
학벌리즘

나는 가끔 내가 왜 이 회사를 그만두지 않는지 궁금하다. 왜 아침 7시면 화장실로 어기적거리며 걸어가 샤워를 하고 옷을 갈아입고 신문사로 걸어오는지 정말 궁금하다. 우리 20대는 단체로 물에 빠진 상태고, 나는 가느다란 지푸라기라도 잡았다고 생각하는 것 같다. 누군가는 화려한 연예계에 나도 모르게 끌렸기 때문이라고도 했다.

적어도 오늘의 출근에 대해서만큼은 실마리가 풀렸다. 오늘 내가 즐겁게 출근한 것은 저녁에 있는 영화감독과의 인터뷰 덕분이다. 내가 제일 좋아하는 감독인데, 영화 개봉에 맞춰서 유재준 선배와 밥을 먹기로 했단다. 내가 큰 사고만 치지 않는다면, 유 선배는 그 자리에 기꺼이 날 데려가 줄 것이다. 나는 적절한 보상이 있을 때 부하직원이 얼마나 큰 충성심을 가질 수 있는지 직접 체험하고 있다.

유 선배 책상에 따끈한 베이글과 크림치즈를 놓고 있는데 경영지원

팀장이 인턴들을 호출했다. 지난번 불륜 해프닝은 나의 공식적인 사과로 그럭저럭 마무리된 상태였다. 나를 비롯한 인턴들은 모두 겁을 잔뜩 집어먹은 채 회의실로 들어섰다. 내일부터 출근하지 말라고 말할지도 모른다. 선배든, 부장이든, 경영지원 팀장이든, 누가 내 이름만 불렀다 하면 나는 몇 번씩 심장이 오그라들었다. 살충제만 한 번 뿌려도 땅바닥으로 수직 낙하해야 하는 파리 목숨인 것이다, 우리는. 팀장은 우리 표정을 보고는 실실 웃었다.

"걱정 마! 너희들은 빵빵한 정부지원금이 나오는데 왜 자르겠어!"

퍽도 빵빵하시지.

팀장은 노트북 가방 몇 개를 탁자 위에 올려놨다. 드디어, 우리에게도 노트북이 지급되는 것이다! 어차피 남의 식구인데, 노트북까지 줘야 하냐고 국장에게 말하던 팀장의 목소리가 아직도 생생한데 우리는 결국 뛰어난 능력을 회사에 증명해 보이고 노트북을 지급받는 데 성공한 셈이다.

"별 뜻은 없고, 노트북이 없으니 일을 부려먹기 힘들다고 불평이 많아서 말이야. 이제 총을 받았으니 전쟁터에 나가 목숨 걸고 싸우면 된다!"

그가 노트북 가방에서 꺼낸 것은 총이 아니라 탱크였다. 저렇게 큰 노트북은 처음 본다. 손바닥 크기의 노트북이 나온 게 언젠데, 저건 거의 팀장 엉덩이만 하다.

"너무 무겁지 않을까요?"

내가 참지 못하고 말했다. 다른 인턴들도 세게 고개를 끄덕인다.

"젊은데, 힘 뒀다 어디 쓰나? 이제 진짜 기자가 됐다 생각하고 열심히 해. 어차피 너희 중에 한두 명만 정식 발령이 나겠지만."

팀장은 남에게 겁을 주면서 희열을 느끼는 게 틀림없다. 어쨌든 그는 웃으면서 우리에게 하나씩 노트북을 나눠줬다. 언제 어디서나 인터넷 접속이 가능한 티로그인도 하나씩 쥐어줬다. 그의 손에 하나가 남았다. 오후에 출근하는 편집부 인턴은 데스크톱으로 작업을 하니 노트북이 필요 없을 텐데, 이상했다.

"아, 이거? 이건 사장 비서 거야. 이라희가 추천해준 내 애인!"

나를 제외한 모든 인간이 웃었다.

"걔, 연예부에서 뭐 쓰고 있잖아. 'TV 하이라이트'인가 뭔가. 기사도 쓰고 싶다고 하던데, 기회를 줄 건가 봐."

내 레이더망에 빨간 신호가 켜졌다. 점으로 시작한 이 신호는 점차 면적을 넓혀가는 중이다.

"기회요? 저랑 경쟁하게 되는 건가요?"

우리 인턴들 중에서 상위 2명만 정식 고용할 거라는 소문이 돌았을 때, 우리는 의외로 침착했다. 만약 1년 후 경기가 좋으면, 채용 인원을 늘릴 수도 있다고 들었기 때문이다. 사실 1년이나 데리고 있어놓고 그냥 나가라고 하는 게 가능은 할까 싶어 희망을 품은 것도 있다. 그러나 뒤늦은 경쟁자의 합류는 달랐다. 피자를 배달시키고 카드 결제까지 했는데, 아무래도 주소를 잘못 불러준 것 같은 찜찜한 기분이다. 엉뚱한 놈이 내 피자를 받아먹을지도 모른다!

　내 자리로 돌아가 쓰레기통에 앉으려 하는데, 멀리서 책상을 끌고 들어오는 아저씨들이 보인다. 나는 설마 하면서도 감출 수 없는 환희에 휩싸인다. 그 아저씨들은 내 앞에 멈춰 선다. 그리고 책상을 이리 밀고 저리 밀고 하더니, 빈자리를 하나 만들어준다. 내 루이비통 가방을 빈 책상에 올려놔 본다. 눈물이 날 것 같다. 부장은 이제 마음껏 이라희를 부려먹을 수 있겠다며 좋아한다. 아무럼 상관없다. 나는 드디어 이 신문사에서 내 공간을 차지한 것이다!
　뒤이어 다른 아저씨가 의자를 갖고 나타난다. 나는 의자에 앉아 노트북을 폈다. 커리어우먼이 된 기분이다. 반드시 이곳에서 살아남아, 이 자리를 굳건하게 지키고 싶다. 선배들이 일하는 틈에 셀카까지 한 방 찍은 나는 책상을 가만히 쓸어보았다. 드디어 나와 1m가량의 거리를 유지하게 된 슈렉은 이 책상이 5층 일간지에서 구조조정당한 사람들의 것이었다고 굳이 할 필요 없는 설명을 해줬다. 물론 귀에 들어오지도 않았다. 이젠, 내 거다.
　부장이 회의실로 날 불렀다. 기자로서의 소양이나 덕목을 알려줄 것이라 예상했지만, 그가 꺼낸 첫마디는 사장 비서에 관한 것이었다. 부장의 설명에 따르면 사장 비서는 넘쳐나는 연예부의 잡일을 커버해주고 있었다. 원래 연예부 기자가 꿈이었으므로 그녀는 군말 없이 충직한 부하직원 노릇을 했다. TV 하이라이트 정리부터 자료조사까지 모두 그녀의 몫이었다. 그런데 내가 들어오고 나서부터 상황이 미묘해지기 시작한 것이다. 그녀는 자신도 나만큼 할 수 있다며, 나한테 하듯이 똑같이 대해달라고 요구했다고 한다. 국장은 마음씨 좋게도 오케이 한 것이다.

"기특한가 보지. 뭐든 배워보고 싶다고 하니까."

이럴 때 나는 어떤 표정을 지어야 점수를 딸 수 있을까. 내 모가지도 달랑거리는 판에 지나가던 행인까지 들쳐 업었는데.

"그럼 제 업무에는 어떤 변화가 생기는 건가요?"

"달라질 건 없어. 그냥 같이 한번 해봐. 착한 언니니까, 사이좋게 해보라고."

조금만 뒤처져도 목숨을 건질 수 없다며 윽박지르던 부장은 갑자기 훈훈한 가족애가 넘치는 마을 이장이 됐다. 여기서 내 몫 따위를 운운했다가는 도시에서 막 내려온 천박한 이기주의자가 될 것 같다.

"신경 쓰이나 보지? 걔도 널 어지간히 신경 쓰나 보더라. 너보다 더 잘할 수 있다고 엄청 강조하던데. 사이좋게 지내도 모자랄 판에, 왜 서로 못 잡아먹어서 난리야?"

난 그저 떨떠름한 표정으로 앉아 있었을 뿐인데, 순식간에 그 여자와 동급이 됐다. 자기가 날 언제 봤다고 내 능력 따위를 운운했는지 어처구니가 없다.

"걱정 마. 네가 걔보다 못하기야 하겠냐? 그 뭐냐? 인터넷으로 강의 듣는 거. 암튼 그런 데 다니고 있던데."

"네?"

"고졸이라고. 암튼 잘해봐. 뭐, 네가 지기야 하겠냐마는."

부장은 얼른 회의실을 벗어나고 싶어 하는 기색이 역력했다. 난 그를 위해 "알겠습니다."라고 말했다. 하지만 내가 뭘 알겠는지는 나도 모르겠다.

고졸? 이 희한한 기분을 어떻게 정의 내려야 할지도 모르겠다. 나는 학력 차별을 반대했던 사람이다. 하지만 정작 내가 고졸 여성과 동일한 스타트 라인에 서 있다고 생각하니, 뭔가 이 게임의 룰이 잘못된 것 같다는 기분이 드는 것이다. 무엇보다 내가 가장 크게 느끼고 있는 감정은 굴욕감이었다. 그녀가, 날 두고, 해볼 만한 경쟁 상대라고 분석한 것이다. 대체 나의 어떤 점이 고졸 여성의 도전정신을 자극했는지 당장 알아내고 싶다.

하지만 다른 한편으론, 내가 지금 고작 학벌 하나로 그 여자를 업신여기고 있다는 사실이 영 불편하다. 내가 학력 차별에 반대했던 건, 나보다 학벌이 좋은 사람들과 있을 때에만 국한됐던 것일까? 나는 그 여자를 얼른 포기하게 만듦과 동시에, 절대 학벌을 내세우지 않는 선진시민이 돼야 했다. 그러나 학벌 외에 어떤 것이 그녀보다 내가 더 나은 인간이라는 점을 입증할 수 있는지는 잘 모르겠다. 그녀가 대학 졸업장도 없이 특종을 마구 터뜨려 '기자계의 서태지'로 성공할지도 모를 일이다. 나는 〈난 알아요〉 첫 무대에 5점을 주고 팔짱을 꼈던 고루한 심사위원 신세가 될지도 모른다.

잠시 자리를 비운 유 선배의 의자에 앉은 그녀는 나와 눈이 마주치자 친절하게 웃는다. 지난번 불륜녀 오해 사건도 다 잊었으니 걱정하지 말라고 한다. 나는 표정관리를 못해 허둥대다 수첩을 떨어뜨렸는데, 그것도 그녀가 냉큼 주워준다. 저 온화한 껍데기 밑에서는 얼마나 많은 계산과 음모가 진행되고 있을까. 여우 같은 년!

슈렉은 그녀가 마음에 드는 모양이다. 내 것과 똑같은 보도자료를 건네주고는 기사를 한번 써보라고 했다. 누가 더 나은지 보겠다는 것이다. 나는 도끼눈을 뜨고 슈렉을 째려봤다. 저 인간은 이 상황을 즐기고 있다. 나는 요즘 그가 아침에 화장실에 똥 누러 갈 때마다 휴대폰으로 전화를 해 급한 일이 생긴 척하곤 했는데, 앞으로 그 골탕의 강도를 좀 더 높일 계획이다.

슈렉은 사장 비서에게 온화한 미소를 한 방 날리더니 부장의 호출을 받고 사라졌다. 자세히 알진 못하지만 요즘 부장과 슈렉 사이가 꽤 심각한 것 같다. 부장은 슈렉만 봤다 하면 짜증을 냈고, 슈렉은 그 모든 걸 묵묵히 받아냄으로써 그 짜증이 자신의 고집을 꺾진 못할 것이라는 암묵의 메시지를 보냈다. 우지환이 본업인 가수로 돌아와 새 앨범을 낼 예정인데, 아마도 그것 때문인 듯했다.

나와 그녀만 남았다. 그녀는 어떤 연예인을 봤냐, 누가 제일 잘생겼냐 등의 질문을 내게 해댔다. 나는 건성으로 대답하며, 이 자리에서 도망갈 궁리에 몰두하고 있었다. 때마침 휴대폰 벨이 울렸다. 대학 동기가 오늘 밤에 술이나 한잔하자고 전화한 것이다. 나도 모르게 내 목소리가 커졌다.

"완전히 까먹고 있었네. 성적 나오는 기간이었구나! 잘 나왔어? 나도 확인해봐야겠다. 너 근대사와 언론 뭐 나왔어? 비쁠? 와! 말도 안 돼! 그럼 난 에이쁠은 되겠다. 야! 나 수업 한 달 못 들어간 대신 대체 과제 엄청 열심히 했거든? 논문에 과제까지 겹쳐서 나 하루에 세 시간씩 자고 그랬잖아! 포스트모더니즘 연구는 뭐 나왔어? 내가 포스트모더니즘에 대해서는 좀 빠삭하잖아!"

내 앞에 앉은 그녀가 고개를 숙이고 노트북 화면을 본다. 보는 척하는 거겠지! 나는 대학생들이 쓰는 용어가 뭐 있을까 머리를 굴리다, 이 한겨울에 모꼬지는 안 가냐는 질문으로 통화를 끝냈다. 친구는 뭔 소리냐며 소리를 질러댔지만, 나는 사장 비서를 바라보며 친절하게 웃었다.

"방금 성적이 떴다네요! 저 4학년 2학기거든요. 참, 수연 씨도 어디 다니고 있다면서요?"

'착한 언니'는 고개를 가볍게 끄덕이더니, 화제를 돌렸다.

"그런데 아까 한 선배가 주신 자료, 다 썼어요? 참, 한 선배라고 불러도 되죠?"

우리는 그동안 그녀를 '수연 씨'라고 불렀고, 그녀는 우리를 '기자님'이라고 불러왔다. 여자가 이제 그 경계를 뛰어넘으려 한다. 어느새 제자리로 돌아온 슈렉은 헤벌쭉 웃었다.

나는 4층에 인턴들을 소집해 사태의 심각성을 고발했다. 그녀와 우리의 관계를 설명하면서, 판도라 행성을 침범한 지구인을 예시로 든 건 좀 오버다 싶기도 하다. 하지만 어느 누구 하나 이를 지적하진 않았다.

"기자라는 게 그런 식으로도 될 수 있는 거야?"

레저가 물었다.

"내가 전에 다니던 신문사에서는 편집부 선배들이 취재기자로 발령 나기도 했어. 편집부 인원을 줄이면서, 그 인원들을 취재부서에 돌렸거든. 사진부에서도 몇 명 넘어왔지."

역시 모르는 게 없는 체육의 대답이다.

"그래도 이번엔 사장 비서잖아. 아니, 말이 비서지 경리 막내나 다름없잖아. 사장은 5층에서 내려오지도 않는데! 솔직히 비서 일은 5층 비서들이 다 하지!"

레저가 흥분해서 쏘아붙였다. 5층부터는 종합지 편집국이다.

"종합지 관리팀서 3~4년 있었다던데? 꽤 잘해서 인기가 좋았대. 스포츠지 창간한다는 말에 지원해서 내려온 거고. 처음부터 연예부 기자를 해볼 꿍꿍이었나 봐."

체육의 심드렁한 대답.

수능 시험을 치던 날 아침은 아직도 잊지 못한다. 온 나라가 우리의 시험을 주목했다. 방송국 카메라는 물론이고 경찰차도 동원됐다. 회사들은 출근 시간을 미뤄주기까지 했다. 그건 마치 성인이 된 우리의 신분을 결정하기 위한 국가적인 행사 같았다. 어딘가의 원주민이 발목에 줄을 매고 번지점프를 한다면, 우리는 시험을 치르고 알맞은 등급을 이마에 새겨 넣음으로써 성인의 사회에 편입되는 것이다.

시험장으로 향하던 내 심정이 얼마나 비장했는지 지금 생각하면 우스울 지경이다. 사람들은 우리가 몇 등급으로 살아갈지 그날 하루로 결정된다고 했다. 그 등급은 실로 견고해서, 절대 뒤집히거나 없어지지 않을 거라고도 했다. 그 누구도, 겨우 10년도 안 돼 나보다 못한 점수를 받은 사람에게서 도전장을 받게 될 거라고 알려주지 않았던 것이다.

"휴학 합쳐서 대학교에 거의 6년이나 몸담았는데, 뭘 배웠는지도 모르겠어. 아까 그 여자 앞에서 무지 유식한 단어를 말하고 싶었거든? 근데 달랑 하나 생각난 게 포스트모더니즘이더라. 그게 다야! 머리가 하얘지더라고! 나 회사 다닌 지 3주 만에 바보가 됐어."

내가 고백했다.

"월급은 괜히 주는 줄 알아? 무식하고 무감각하고 무기력한 인간이 되는 데에 대한 보상금이야." 체육이 또 으스대며 말한다. "뭐 그 정도로 심각해하고 그래? 난 세 번째로 다닌 회사에서 약쟁이한테도 밀려봤어. 걔, 고딩 때 사고치고 일본 어학연수 가서 한 거라고는 약밖에 없는데, 우리 여자 본부장이랑 함 자더니 자기 혼자 본사에 발령받더라니까. 내가 장담하는데, 걘 동방신기가 하는 일본말도 못 알아들었다고!"

동방신기가 일본어를 꽤 잘한다는 레저의 주장으로 인해 우리의 대화는 엉뚱한 방향으로 흘렀다. 나는 얼른 참칫집으로 튀어오라는 슈렉의 전화를 받고 먼저 일어섰다.

지난 25년간 나는 참칫집에 단 한 번도 가본 적이 없었다. 그런데 회사에 들어온 지 3주 만에 벌써 여덟 번째 가는 거다. 비즈니스 차원에서 여러 명이 몰려가 조용히 이야기 나눌 수 있는 곳으로, 참칫집만 한 곳이 없는가 보다. 선배들과 손님들은 이야기하느라 바빠서 회는 많이 먹지도 않는다. 나는 그들이 매우 중요한 이야기를 하는 동안 제일 맛있는 부위를 잽싸게 골라내 입에 넣는다.

오늘의 손님은 가요 쪽 인사인 듯 했다. 슈렉과 부장이 자리 잡았고, 그 옆에 사장 비서가 앉아 있다. 나는 비서 옆에 앉았다. 부장과 슈렉은 아직도 우지환에 대해 열을 올리고 있다.

"일단 인터뷰는 진행하고, 이후에 매니저한테 얘기해보겠습니다."

"그것들 웃기네! 나한테 사과부터 하고 인터뷰를 부탁해야지! 제까짓 게 뭔데 팅겨? 이시호도 왔다 갔는데!"

이시호는 우지환의 연기력 논란을 쓰다 보니 같이 언급하게 된 또 다른 '발연기자'의 매니저였다. 까칠한 기사에 자신의 연기자 이름이 나오자 곧장 달려와 부장께 안부를 물었다. 부장은 너털웃음을 지으며 우지환을 조지려다 보니 그렇게 됐다고, 악의는 없었다고 말했다. 한참을 부장 옆을 맴돌다 돌아가던 그의 안색이 안 좋기에 괜찮냐고 물었더니, 지난주에 폐암 판정을 받았다고 했다. 나는 너무 놀라서, 다시는 우지환 기사에 이시호가 등장하지 않게 신경 쓰겠다고, 얼른 병원으로 돌아가라고 말했었다.

"우지환이 인터뷰를 부탁하는 입장은 아니지 않습니까. 이번 앨범으로 딱 일곱 군데만 인터뷰를 진행하는데, 우리를 끼워준 겁니다."

"일곱 군데? 거기 껴서 황송하다는 거야?"

"우린 신생 매체지 않습니까."

"그래서? 넌 신생 기자야? 내가 신생 기자야? 그 새끼를 누가 키웠는데! 단독 아니면 필요 없으니까 인터뷰 안 한다고 해. 그리고 넌 내일까지 우지환 조지는 기사나 더 가져와. 그 매니저 새끼 무릎 꿇기 전까지 하루에 한 개씩 조진다. 너는 이 부장의 자존심은 안중에도 없어?"

슈렉이 입을 다물었다.

"네 상사의 자존심보다 기사가 더 중요하다는 거냐?"

부장이 한 톤 더 목소리를 높였고, 이후 한동안 침묵이 흘렀다.

"아닙니다."

이윽고 슈렉이 중저음의 목소리로 대답했을 때, 룸의 문이 활짝 열리며 30대 여성이 들어섰다. 슬라이딩 하듯 맞은편에 앉아 부장의 양손을 덥석 잡더니 로또 1등이라도 당첨된 듯 감격했다. 한 대형기획사에서 홍보 팀장으로 일하다가, 최근 음반 전문 홍보회사를 차린 CEO였다. 그녀는 한참을 부장과 신나게 회포를 풀더니, 슈렉에게 안부인사를 건넸다. 그리고 단 한마디도 하지 못하고 어색하게 앉아 있는 우리 두 명의 여자를 본다. 나는 지갑에서 명함을 꺼내 인사할 준비를 한다. 대표도 지갑에서 명함을 꺼내더니 사장 비서에게 먼저 명함을 내민다. 악수도 한다. 나는 어색하게 명함을 내려놓고 내 차례를 기다린다. 대표는 그저 부장 옆에 앉은 차례대로 인사를 건넸을 뿐이지만, 나도 충분히 그 상황을 이해하고 있지만, 왠지 모르게 이 대표이사에게 반감이 생긴다. 그녀가 내게 웃으며 명함을 건넸지만 내 표정은 약간 옹졸해 보였을 것이다.

"상큼이들 못 데리고 와서 죄송해요. 지금 맡은 가수들이 많아져서 애들이 초주검 상태예요! 부장님! 아쉽지만 오늘은 쭈글쭈글한 저 하나로 만족해주셔야 돼요!"

나만 제외하고 모두가 웃었다. 부장은 그녀의 미모가 아직 죽진 않았다며 빈말이다.

"어머, 부장님도! 내가 부장님 덕분에 산다니까. 호호. 애 낳고 났더니 거울 보는 게 너무 끔찍한 거 있죠! 생각 같아서는 내 자궁에 도로 집어넣고 싶다니까요."

대표는 나와 비서를 보며 덧붙였다.

"결혼 안 하셨죠? 웬만하면 애는 입양하세요. 진짜 죽는 줄 알았어요."

자신의 남산만 한 배에 양손을 얹고 편하게 앉은 부장이 껄껄 웃으며 순진한 처녀들 물들인다고 한소리 한다.

"그런가? 호호. 모유 때문에 젖꼭지가 너무 아파서 그런가 봐요. 이게 막 시도 때도 없이 흐른다니까요! 사소한 거에도 얼마나 짜증이 나는데요. 진짜 방금 애 낳은 여자들 조심하셔야 돼요."

그녀는 요상한 얼룩이 묻은 블라우스를 우리 코앞에 내밀었다. 홍보 경력 10년차는 역시 달랐다. 참치 회를 주문도 하기 전에, 나는 이 여자와 베스트 프렌드가 된 기분이다. 식사가 끝날 때쯤엔 이 여자가 브래지어를 풀어 젖꼭지를 보여주진 않을까 기대가 되기도 했다.

학벌리즘 · 101

이 여자가 맡은 가수는 7년차 아이돌스타다. 나도 학창시절에 꽤 좋아했던 남자 연예인이다. 대표가 그에 대해 어떤 식으로 홍보할지 궁금해졌다. 결론은, 그 남자가 스리섬을 즐긴다는 것이다. 이유는 상대가 한 명일 경우 제대로 흥분하지 못하기 때문이다. 몸의 구석구석에 동시다발적으로 누군가의 혀들이 닿아야만 일을 치를 수 있다고 대표가 침 튀겨가며 설명했다. 우리 기자들은 모두 귀가 손바닥만 해져서 그 이야기를 들었다.

순식간에 1시간 30분이 지났다. 부장은 대표이사와 뜨겁게 한 번 포옹하더니 신문사로 돌아왔다.

"근데 저 여자 이름이 뭐였지?"

부장이 물었다. 포옹까지 했는데 이름도 몰랐다니.

"하예주 대표요?"

슈렉이 대답했다.

"아! 맞아, 나랑 같은 본가였지."

부장은 내일 톱기사로 그 아이돌 가수의 새 앨범이 선주문 5만 장을 기록했다는 소식을 다룰 것과 이번 주말 이니셜 코너에 '아이돌 K군이 스리섬만 고집하는 이유' 기사를 추가할 것을 슈렉에게 지시했다.

오후 3시. 한껏 차려입은 가수와 매니저, 코디가 한무더기 찾아와선 슈렉을 찾았다. 슈렉은 홍대에서 열린 빅뱅 기자회견에 간 상태였다. 슈렉에게 전화 했더니 "깜빡했다. 네가 해라!"라고 말하곤 도로 끊어버렸다. 나는 인터뷰 진행 순서대로, 사진부에 가서 깜빡한 인터뷰 일정이 있으니 혹시 가능하면 사진을 좀 찍어달라고 굽신대며 요청했고, 부장에게 가수를 데려가 슈렉이 잡은 인터뷰인데 깜빡하신 거 같다고 말씀드렸다.

부장은 일정표를 보더니 얼굴을 찡그린다.

"오늘 뭐가 이렇게 많아? 유재준! 이지석 감독은 뭐하는 놈이야? 너 당직인데, 저녁에 인터뷰하려고?"

매니저와 통화 중이던 유 선배가 전화기를 내리고 나와 부장을 번갈아 본다.

"저는 인사만 하고요. 인터뷰는 라희 시켜도 될까요?"

지금 당장 뛰어가 저 남자에게 키스를 퍼붓고 싶다.

"라희가 누구야?"

부장이 진지하게 물었다. 나는 옆에서 어색하게 손을 살짝 들었다.

"전데요. 이라희."

"아."

부장은 몸을 틀어 날 한 번 보더니, 다시 유 선배에게 고개를 돌렸다.

"일도 많은데 그냥 킬하지?"

"올해 부산국제영화제에서 꽤 주목받은 감독인데요."

"잘생겼어?"

"아니요."

"아님 누구랑 자는 사이야?"

학벌리즘 · 103

"아직 소문은 없는데요."

"그럼 킬!"

나도 모르게 소리를 지를 뻔했다. 유 선배가 몇 번 더 설득에 나섰다.

"그럼, 라인이는 바쁘니까 비서 시켜. 그리고 불쑥 찾아온 저 가수도 라인이랑 비서랑 같이 인터뷰하라 그래. 라인이가 일이 너무 많잖아!"

부장은 내 이름을 열 개쯤 만들어두고는 내키는 대로 꺼내 썼다. 나는 영화감독 인터뷰를 꼭 하고 싶다고 말하려 했지만, 부장이 또 그새 전화기를 붙잡고 누군가에게 소리를 버럭 질러대서 미수에 그쳤다.

가수가 회의실 옆에 마련된 스튜디오에서 사진을 찍는 동안, 나는 회의실 소파 가장자리에 몸을 푹 파묻고 있다. 옆에 앉은 사장 비서와는 털끝 하나 스치기 싫다. 가수가 사진부 인턴과 함께 스튜디오에서 나왔다. 인터뷰 사진은 웃는 얼굴, 무표정한 얼굴, 울상인 얼굴 등 다양한 표정을 찍어둔다. 울상인 얼굴은 나중에 이 가수가 사고를 당하거나 이혼했을 때 쓰기 위한 것이다. 나는 사진부 인턴에게 고맙다고 인사를 건넨 후, 가수에게 명함을 건넸다.

"안녀하세효! 방가스니돠!"

나는 이제야 이 가수의 한국말이 어색하다는 걸 알아차린다. 내가 뭐라 말하기도 전에 이 남자는 번개 같은 속도의 영어를 나불대기 시작한다. 얼핏 알아듣기로, '미안하다, 이게 내가 아는 한국어 전부다.'라고 말하는 것 같다.

나는 머리칼이 쭈뼛 섰지만 이내 평정을 되찾았다. 매니저 옆에 앉은

30대 여성이 자신을 통역사라고 소개했기 때문이다.

거의 대부분 인터뷰는 매니저와 기자의 유대관계에 의해 진행된다. 이전에 다른 가수를 맡으면서 인연을 쌓았다가, 매니저가 새로운 가수를 맡으면 기자가 그 가수의 홍보도 도와주는 형식이다. 기자의 경우도 마찬가지여서, 기자가 새로운 매체에 오면 그와 친하게 지내던 매니저들도 새 매체와 거래를 시작한다. 신인가수를 맡고 있다 해서 그 매니저의 필요성이 덜한 것도 아니다. 이전에 맡았던 다른 톱가수의 비밀이 술술 흘러나올 수 있기 때문이다. 가수는 어떤 매니저를 만나느냐, 또 매니저와 어떻게 헤어졌느냐에 따라 매번 친한 매체와 안 친한 매체가 달라지는 셈이다. 우지환만 해도, 그 매니저와 계약만 종료됐다 하면 굳이 우리가 그를 조질 필요도 없는 것이다.

신인가수의 인터뷰는 늘 비슷하게 진행된다. 데뷔 과정 소개, 앞으로의 목표 등 뻔한 질문이 오간다. 나는 영어를 할 수 있음에도 불구하고 통역사를 배려하기 위해 한국말을 쓰는 척하는 데 성공하고 있다. 내 옆에 앉은 사장 비서는 인터뷰 자체가 신기한 듯 나와 가수만 번갈아 쳐다본다.

20분쯤 지났을 때였다. 인터뷰 초반부터 자꾸 배를 문지르던 통역사는 아예 상체를 앞으로 푹 숙이더니 "잠깐만요."를 외쳤다. 방금 굴을 먹었는데 아무래도 배탈이 난 것 같다는 것이다. 말이 점점 빨라지던 그녀는 결국 자리를 박차고 일어나 화장실로 달려갔다. 순식간에 일어난 일이다. 영어로 한참을 떠들던 가수는 통역사의 뒷모습을 잠깐 보더니, 계속 말해도 되겠냐고 묻는다. 이 문장은, 그가 나와 만나 내뱉은 영어 중에 내가 두 번째로 완벽하게 알아들은 것이었다.

내 옆엔 사장 비서가 앉아 있다. "Sure." 말고 달리 어떻게 말할 수 있겠나! 남자는 자기 얘기에 완전히 도취된 듯 또 영어를 뱉어내기 시작한다. 다행히 녹음기가 돌아가고 있으니 집에 가서 100번 돌려 들으면 완벽하게 해석을 해낼 수 있을 것이다.

남자는 한참을 떠들더니 이야기를 끝낸다. 이제 내가 영어를 말해야 할 시간이다. 침묵이 흐른다. 빌어먹을 이 통역사는 아직도 나타나지 않는다. 벽에 붙은 시계가 요란한 초침 소리를 낸다.

단기간이긴 하지만 난 뉴욕에 살다 왔다. 문제는 뉴욕 중에서도 특정 장소에만 살았다는 사실이다. 남자친구의 침대. 뉴욕까지 가서 내가 한 일이라곤 글로벌 체위를 익힌 것밖에 없다. 영문장은 'oh, God.' 하나면 충분했다. 그 남자는 애시튼 커처를 닮았단 말이다! 그와 함께 있으면 내 뇌는 오로지 야한 상상을 하는 데에만 작동이 됐다.

인터뷰에 쓸 만한 영어 실력은 내 어디에도 없었다. 기를 쓰고 당시의 영어를 활용해보고자 했지만 기억나는 문장이라곤 '바싹 익힌 베이컨을 넣은 샌드위치를 달라.'는 것뿐이다.

갑자기 나도 설사를 할 것 같다고 하면 너무 작위적일까 고민을 하고 있는데, 통역사가 휘적휘적 돌아온다. 한눈에 봐도 일을 덜 끝내고 돌아온 것 같다. 아니나 다를까, 10초 만에 도로 튀어나간다.

물론 내 영어 실력으로도 인터뷰를 진행할 수 있다. 하지만 이 가수가 "Pardon?"이라고 말하며 고개를 갸웃거릴 가능성을 배제할 수가 없다. 이는 뉴욕에서 내가 제일 많이 접한 외국인의 반응이다. 그때야 그들이 내 영어를 못 알아듣는다는 사실이 아무렇지도 않았다. 이력서에 '뉴욕 어학연수 6개월'만 써넣으면 그만이었으니까. 그러나 지금은 달랐다. 사장 비서가 지켜보고 있단 말이다. 지금 이 남자가 내 영어를 못 알아듣겠다고 한다면, 이대로 건물 옥상으로 올라가 뛰어내리는 것 말고는 그 수모를 극복할 방법이 없을 게다.

"엄……."

갑자기 사장 비서가 나섰다. 나는 그녀가 샬라샬라 유창한 영어를 쏟으면서 날 박살 내는 상상을 한다. 상상만으로도 나는 죽고 싶다. 그러나 그녀는 참으로 씩씩한 발음의 영어로 '너는 잘생겼다.'고 말하는 데 그친다. 가수는 목젖이 다 보이도록 웃더니 알아듣지도 못할 말을 지껄인다. 비서도 신이 나서 이런저런 단어들을 외친다. 분위기는 살아났고, 나는 없던 설사가 생길 지경이다.

날 구제한 것은 매니저다. 인터뷰 내내 휴대폰을 붙들고 돌아다니던 그는 뒤늦게 이 묘한 분위기를 감지하고, 인터뷰를 그만해도 되겠냐고 묻는다. 그가 내 목숨이라도 구해준 것처럼 고맙지만, 가볍게 고개만 끄덕인다.

이로써 나는, 사장 비서보단 내가 오늘 저녁 인터뷰를 진행하는 게 낫지 않겠냐고 부장을 설득시킬 계획을 철회한다.

사장 비서가 천재 신인감독과 단둘이 고기를 굽는 동안, 나는 편의점에서 컵라면을 불리며 전화를 하는 중이다. 상대는 우지환의 매니저. 부장은 슈렉에게 몇 차례 더 화를 내더니 내게 우지환 매니저를 불러들이라는 미션을 내렸다. 그리고는 우지환 소속사의 대표이사 번호를 줬다. 그 회사는 공중파 채널에서도 성공 비결이 수차례 분석됐을 만큼 유명한 회사였다. 그런 회사의 대표가 내 전화를 받을까? 나는 초조하게 번호를 눌렀다.

컬러링에 저장된 우지환의 1집 히트곡 한 소절이 두 번쯤 반복됐을 때, 대표가 전화를 받았다. 나는 우리 내부 사정을 얼마만큼 얘기해야 할지, 감이 오지 않았다. 너 우리 회사 와서 무릎 안 꿇으면 우지환 계속 조진대, 라고 말해도 되는 건가? 나는 조심스럽게 부장께서 한번 만나고 싶어 한다고 말했다. 상대는 내 말의 의미를 충분히 이해한 것 같았다.

"새로 투입된 분이신가 보네요. 반갑습니다. 허허, 저 때문에 고생이 많으시죠?"

의외로 밝게 전화를 받아주니 나도 마음이 풀렸다. 나는 이 신문사의 신입이고, 어떻게든 대표님을 초대하라는 미션을 전달받았다고 솔직하게 말했다.

"안 그래도 한선우 기자님께서도 우리 김 이사랑 자주 통화하시는 것 같더군요. 우리가 스포츠엔터에 누가 됐다고 해서 걱정하던 참이었습니다. 김 이사 편으로 스케줄 전달해서 날짜 잡겠습니다."

나는 신이 나서 알겠다고 말하고 전화를 끊었다. 이렇게 쉬운 것을, 슈렉은 지금껏 헤맸던 것일까? 겨우 3분 후에 김 이사라는 사람으로부터 전화가 왔고, 그는 이번 주 목, 금요일 중에 하루 골라달라고 부탁했다. 나는 부장에게 전화를 걸어 이번 주 금요일이 좋겠다는 대답을 들었다. 나는 다시 김 이사에게 전화를 걸어, 이번 주 금요일로 확정하자고 말했다. 그냥 대표와 부장이 다이렉트로 통화하면 될 것을, 몇 명이 매달렸는지 모른다. 하지만 나 덕분에 이 모든 게 순조로워졌다는 게 중요하니까. 나는 오후 인터뷰의 굴욕은 잠시 잊고 성취감에 취했다.

다음 날 아침, 부장은 슈렉을 불러 큰소리로 혼을 냈다. 인턴이 전화 한 방으로 해결할 것을, 지금껏 질질 끌고 있었던 이유가 뭐냐는 것이다.
"저한테 요구하신 건 그냥 식사 한 번이 아니지 않았습니까. 단독 인터뷰였잖아요."
슈렉이 항변하자 부장이 화제를 바꿨다.
"우리 창간하고 나서, 가요 쪽에서 특종 몇 개 나왔어?"
특종을 몇 개 했냐는 질문은, 모든 기자를 제압하는 데 유용하게 쓰이는 듯했다. 주로 먼저 퇴근하겠다고 보고하는 기자에게 저 질문을 한다. 물론 그 기자는 대답을 하는 대신 다시 제자리에 조용히 앉는다. 슈렉도 예외는 아니었다. '대화'는 종결됐다.
멀리서 사장 비서가 뚜벅뚜벅 걸어오더니, 부장에게 A4지 두 장을 내민다. 부장은 종이를 받아들더니 잠깐 훑어본다. 그리고 냅다 소리를 지른다.

"인터뷰 기사를 써 오랬지, 위인전을 쓰랬어? 너는 기자 되고 싶다고 까분다면서 기사도 안 읽어봐? 이거 야마도 없고, 형식도 개판이고. 용기가 가상해서 받아줬더니, 장난하자는 거야 뭐야? 기자하고 싶으면 공부부터 해!"

사장 비서의 눈에는 벌써 눈물이 고인다. 부장은 한숨을 길게 내쉬고 괴로운 표정을 짓더니, 타이르듯 말한다.

"국장한테 가서 말해. 일단 제대로 된 대학부터 다녀보고 도전하고 싶다고. 알았어?"

사실 저 기사는 유재준 선배가 초고를 봐준 것이다. 유 선배는, 부장이 제일 아끼는, 서울대 출신 기자다. 유 선배가 선뜻 저 여자를 돕겠다고 했을 때, 얼마나 속이 타들어 갔는지 모른다. 하지만 그럴 필요도 없었던 모양이다. 부장은 앞뒤 꽉 막힌 학력주의자인 것이다. 나는 그 점이 마음에 든다고 생각하다, 얼른 고개를 휘저었다.

이제 나는 다시 마음 여린 회사 동료로 돌아가야 했다. 나는 화장실로 뛰어가 세수를 하고 있는 사장 비서의 등을 가만히 토닥인다. 이윽고 상체를 세운 비서의 얼굴에서 차가운 물방울이 뚝뚝 떨어졌다.

"저기, 힘내세요. 언젠가 다시 기회가 있을 거예요. 응원할게요."

내가 만약 수습기자였다면, 그래서 이 신문사에 내 자리가 철저하게 보장돼 있었다면, 방금 내가 한 말은 분명 진심이었을 것이다.

chapter 6

신데렐라의 몸값

계단을 올라서는 내 눈에 수백 개의 새까만 머리통이 보인다. 뒤에선 누가 자꾸 밀고, 나는 어쩔 수 없이 내 앞사람을 밀어 올린다. 되돌아 내려가 택시를 잡아타고 싶지만, 사람들은 꾸역꾸역 올라온다. 허우적댈수록 깊이 빠져드는 늪처럼, 이 사람들은 나를 삼킨다.

어느 새 선로가 코앞이다. 왼팔은 벌써 스크린도어에 닿는다. 그러다 또 어디론가 휩쓸려간다. 내가 발을 내려놓은 곳이 평지인지, 누군가의 발 위인지도 모르겠다. 이대로 지하철을 탔다가는 누군가에게 깔려 죽거나, 누군가를 깔아뭉개 죽일 게 뻔하다. 핸드백과 노트북을 두 팔로 꽉 끌어안고, 계단을 다시 내려가려 한다. 겨우 한 사람을 제쳤을 때, 종이 댕댕 울리며 지하철이 들어선다. 사람 늪은 크게 한 번 요동치더니 밀도를 높인다. 나는 다시 선로 코앞까지 와 있다.

지하철 문이 열렸다. 나는 급류에 휩쓸린 나뭇가지처럼 지하철 안으로 튕겨져 들어간다. 어디에 자리 잡아야 이 전쟁통에서 벗어날지 갈피 잡기가 힘들다. 어디 좀 앉았으면 좋겠지만 의자는 꽉 찼다. 나는 어떤 할머니가 졸고 있는 자리 앞에 섰다. 사람들은 끝도 없이 밀고 들어온다. 아무도 이들을 말리지 않는다. 나는 할머니 무릎을 깔고 앉을 뻔하다가 어느새 옆문으로 밀려난다. 섰다기 보다는 꼈다. 내 핸드백 안에서 뭉개지고 있을 토스트를 생각하니 짜증이 난다. 나는 무슨 생각으로 여유롭게 지하철에서 아침을 먹고 출근할 계획을 세웠던 것일까? 나는 내 주머니에서 진동하고 있는 휴대폰을 들어 올릴 수도 없다. 수많은 머리통에서 다양한 샴푸 냄새가 흘러든다. 나는 친한 친구와의 포옹도 어색해하는 사람이다. 그런데 생면부지의 이 사람들과 내 신체 면적의 90%를 부비고 있다. 내 뒤에 선 아저씨는 내 남자친구보다 내 몸을 더 잘 알 것이다. 뒤에 섰는데 어떻게 아저씨인 줄 알았냐고? 그의 페니스가 내 엉덩이 어디쯤에 고정돼 있으니까!

사당역을 출발한 지 꽤 됐지만, 지하철 안 사람들은 그대로다. 이들의 목적지는 아마 다 똑같을 것이다. 강남인 것이다. 지하철이 흔들릴 때마다 군데군데서 "어, 어!"라는 비명소리가 터져 나온다. 우리는 뭔가를 지독하게 잘못해서 벌을 받고 있는 게 틀림없다. 하지만 그 죄가 뭔데? 그저 출근길에 1,000원 남짓의 돈밖에 쓸 여유가 없다는 것뿐이다. 단지 그 이유로 이 사람들은 매일같이 이 지옥을 견디고 또 버틴다. 이 와중에 DMB 안테나를 길게 뽑아 TV 보는 인간, 영단어장을 손에 쥐고 공부하는 인간도 있다. 이 지하철이 이미 생활의 일부가 된 것이다.

나는 받아들이기 싫다. 내 머리 위에서 누군가는 외제차를 끌고 여유롭게 출근할 거라고 생각하니, 평등 따위 단어가 아직도 우리 사전에 있다는 게 신기하다.

사람들이 또 한 번 술렁이기 시작한다. 지하철은 어떤 역인가에 멈춰 섰고, 내 앞에 있던 문이 열린다. 사람들이 나를 밀어내기 시작한다.

"전 안 내리거든요!"

내 비명은 간단히 묻혔다. 나는 지하철에서 튕겨 나와 벌써 계단까지 끌려가고 있다. 이대로 올라가 택시를 타기엔 늦었다. 다시 내려가 지하철을 타야 한다. 나는 내가 알고 있는 모든 욕설을 동원해 기를 모은 다음, 닫히고 있는 지하철 문으로 뛰어든다. 누군가 나를 지나치면서 내 왼쪽 가슴을 움켜쥔다. 나는 그를 돌아볼 여유가 없다. 어쨌든 골인! 지하철 문이 내 머리카락을 꽉 집으며 닫힌다.

젠장, 삼성역은 반대편 문으로 열린다. 저기까지 가기 위해선 또 얼마나 많은 사람들과 몸을 부비고, 가슴을 잡히고, 머리카락을 뽑혀야 할까. 이 지하철이 이대로 폭파되는 상상을 한다. 이 사람들이 이 자리에서 모두 즉사하면 신문 헤드라인은 뭘까. '출근길, 무리하게 지하철에 몸을 구겨 넣은 서민들, 수천 명 즉사'. 부자들은 "어머, 저러고 어떻게 지하철을 탔어? 쯧쯧." 이러곤 금방 쇼핑이나 골프에 열을 올리겠지. 나는 세상에서 잊힐 것이다. 안전불감증 걸린, 돈 없는 서민 수천 명 중 하나가 돼서 말이다.

내 앞의 한 아줌마가 좀 내리자며 큰소리친다. 나는 그녀의 등에 찰

싹 붙어 사람들 사이를 헤쳐나간다. 아저씨도, 청년도 힘없이 픽픽 튕겨 나간다. 역시 아줌마의 힘은 대단하다. 나는 그녀에게 감사함을 느낌과 동시에, 절대 이게 내 20년 후의 모습은 아니길 기도한다.

내가 이 아침부터 코엑스에 온 이유는 간단하다. 우리의 월드스타께서 바쁘시기 때문이다. 오늘 밤에는 홍콩에서 인터뷰가 있기 때문에, 우리나라 취재진과의 라운드 인터뷰는 오늘 오전에 시작된다. 몇몇 인터넷 매체는 이미 8시부터 시작한 상태다. 난 그 세 번째 시간대인 9시 팀이다.

코엑스에 호텔이 있는 것도 처음 알았는데, 5분 만에 방까지 찾아가려니 숨이 헉헉 막힌다. 길을 열 번쯤 묻고서야 도착한 인터뷰 대기실에는 이미 수많은 기자들이 진을 치고 있다. 9시 30분 시간대 팀들이 벌써 도착한 것이다. 여기저기 덩치 큰 흑인 보디가드들의 모습도 보인다. 나는 구석자리에 앉아 노트북을 켜고 월드스타의 이름을 검색했다. 뭘 알아야 질문도 할 테니까.

본명은 김유석이었다. 우리나라에서 드라마 하나로 인기를 모으고는 곧바로 미국 진출에 성공해 최근 미국 드라마에서 비중 있는 조연을 맡은 케이스였다. 시즌 1이 전 세계적인 히트를 쳤으며, 시즌 2 방송을 앞두고 아시아 지역 의류업체 광고 프로모션에 응하고 있는 중이다.

그가 우리나라에서 만인의 이상형에 등극했을 때, 난 뉴욕에 있었으므로 내가 그에 대해 아는 건 거의 없었다. 그런데도 나는 CF에서 그를 볼 때마다 너무 낯이 익다고 생각해왔다. 그저 잘생긴 남자를 볼 때마다 생기는 데자뷰 현상이려니 했다. 그러나 블로그 검색 결과를 보다 말고 난 소리를 꽥 지르고 말았다. '성형의혹'이라는 제목으로 올라온 그의 고등학교 졸업 사진은, 분명 낯이 익은 것이었다. 우리 학교 교복을 입은 그는 분명 '그'였다.

나는 주위를 한 바퀴 둘러보고 사진을 다시 한 번 뜯어봤다. 잘못 본 게 아니다. 나는 나도 모르게 엄지 손톱을 잘근잘근 씹는다. 어릴 적 그는 나와 눈만 마주쳤다 하면 얼굴이 빨개져서 얼른 고개를 돌렸는데, 나는 그 모습이 참 귀엽다고 생각했었다. 하지만 그게 다였다. 그와 내가 친해질 가능성은 거의 없었다. 나는 최고의 치맛바람을 자랑하는 엄마의 지원으로 수년째 반장을 도맡아 하는 모범생이었고, 그는 급식비도 제대로 내지 못해 툭하면 선생님한테 불려 가던 아이였으니까. 김유석, 그 아이의 이름이 분명했다.

9시 인터뷰에 참여하는 기자의 수는 겨우 5명이다. 그는 분명 나를 알아볼 것이다. 어떻게 말을 꺼내야 할까. 아직 10년도 안 됐는데, 우리 둘의 운명이 너무 엇갈린 것 같아 신기하다 못해 기분이 좀 나쁘기도 하다. 그는 톱 슈퍼스타가 됐고, 난 그가 흘린 부스러기 하나라도 집어 기사를 써야 하는 기자 신세다. 당당하게 보여야 한다. 나는 그가 날 보고 깜짝 놀라는 표정을 지었을 때 어떻게 여유 있는 미소를 보여줄 것인지 궁리한다. 그가 미국으로 돌아가 첫사랑을 만났다며 인터뷰를 할지도 모른다. 나는 잠깐 얼굴이 붉어진다.

9시 10분쯤이 되자 소속사 직원들이 분주하게 돌아다니더니 9시 팀 기자들을 불러 모은다. 우리 5명의 기자들은 질서정연하게 직원의 뒤를 따라가 인터뷰실로 들어선다. 호화로운 소파에 다리를 꼬고 앉아 있던 김유석은 마치 힙합가수처럼 리드미컬하게 일어나더니 선배 기자들과 포옹을 나눈다. 처음 보는 기자로부터는 명함을 건네받고, 눈을 일일이 맞추며 인사를 한다. 마지막은 내 차례였다.

나는 수줍게 명함을 들어 그에게 건넸다. 날 알아본 그가 너무 부끄러워하면 어쩌나 두렵기까지 했다. 그러나 명함을 받아 든 그는 오른손을 번쩍 들더니 내게 불쑥 내밀었다. 나는 나도 모르게 고개를 살짝 숙이며 손을 맞잡았다가, 얼른 상체를 펴며 그를 마주 봤다. 그에게선 자연스럽게 사람을 굽히게 하는 아우라가 뿜어져 나오고 있다. 그와 나의 눈이 허공에서 마주쳤다. 그의 눈동자엔 단 1나노미터의 미동도 없다. 그는 쌍꺼풀이 조금 짙어졌고, 코가 조금 높아졌고, 살이 엄청 빠진 상태였다. 반면 나는 그때나 지금이나 똑같이 생겼다. 그러나 상대를 알아보지 못한 건 그였다. 나는 허둥지둥 자리에 앉아 숨을 고른다.

의례적인 질문과 답이 오갔다. 미국생활이 얼마나 외로웠는지, 혼자 영어를 배우는 게 얼마나 어려웠는지, 미국 진출의 물꼬를 터준 김윤진 선배와 비 선배에게 얼마나 감사하는지, 한국 팬들에게 얼마나 감동했는지, 그는 마치 겸손하게 말하는 기계처럼 술술 인터뷰를 진행했다.

"미국 여자들이 대시 안 해?"

나이 많은 선배가 웃으며 묻자, 그는 강아지처럼 조그맣게 숨을 헥헥

대며 웃었다. 나는 저 웃음을 기억하고 있다. 언젠가 내 무거운 짐을 들어주면서 저렇게 웃었던 것이다.

"너랑 친해지고 싶은데, 많이 바쁘지?"

아마, 그는 그때 그렇게 말했을 것이다.

다른 여자 선배가 깔깔 웃으며 미국 여자도 여럿 울리지 않았겠냐고 반문한다. 김유석은 "그래도 한국 여자가 최고다."라는 팬서비스용 멘트를 날린다. 나는 표정관리가 힘들다.

마지막 질문에 대한 답이 끝나고, 모두가 일어섰다. 그는 또 기자 한 명, 한 명을 안아주며 톱스타다운 매너를 과시한다. 내 차례다. 그는 단 한순간의 망설임도 없이 긴 팔로 나를 휘감고는 "땡큐."라고 말했다. 나는 웃는 것 외에는 할 일이 없었다. 그리고 순식간에 소속사 직원들의 안내에 따라 대기실로 쫓겨나왔다. 멀리, 소파에 도로 앉아 다리를 꼬는 그의 모습이 보인다.

그는 전용기를 얻어 타고 여기까지 날아온 월드스타고, 나는 사람들과 몸을 부비며 지하철에 실려 온 서민이다. 내가 다시 인터뷰실로 뛰어 들어가 고교동창이 어쩌고 하면, 그의 보디가드가 나를 들쳐 메고 던져버릴지도 모른다. 화장이라도 하고 올걸. 택시라도 타는 건데. 어쩌면 그가 날 못 알아본 게 다행인지도 모른다.

오늘은 사람들에 치이기로 예정된 날인가 보다. 지옥철에서 겨우 해방된 지 세 시간 만에 나는 또 다시 인산인해 현장의 한가운데 들어서 있다. 광화문 교보문고 뒷골목. 스리섬을 좋아한다던 아이돌 가수가 컴백 기념으로 팬사인회를 열 예정이다. 오늘 아침엔 떠오르는 신인 여배우와 스캔들이 난 상태이므로, 그의 공식 행사는 기자들에게 중요한 이벤트가 됐다.

20대 팬들이 끝도 없는 줄을 늘어선 가운데, 출근 첫날 병원에서 만났던 선배 기자를 발견했다. 나는 그녀에게 다가가 꾸벅 인사했다. 그녀는 날 전혀 알아보지 못했다.

"지난번 명동 병원에서……."

"아!"

그녀는 대뜸 내 팔짱을 끼더니 조잘조잘 수다를 떨었다. "스리섬 이니셜 기사, 일부러 흘린 거 맞지?"라고 묻더니 내가 대답도 하기 전에 "기사 첫 댓글에 벌써 쟤 이름 나왔더라. 그렇게 금방 들통날 줄 몰랐나 봐. 그래서 오늘 열애설도 준비하셨나 본데?"라고 김수현 드라마 속 대사 뺨치는 빠르기로 말했다. 마침 맞은편에서 젖꼭지로 홍보하던 그분이 다가온다.

"역시 홍보 잘하셔. 이런 시시한 현장에 기자들 다 모이게 만들고."

선배 기자가 눈을 흘기며 말했다.

"채은 기자님 또 그러신다! 제가 백 번은 말했잖아요! 오늘 열애설은 진짜 우리도 몰랐던 거라니까. 열애설 때문에 새 앨범이 묻히게 생겼어요! 죽겠다니까!"

홍보대행사 대표가 애교 넘치는 말투로 말했다.

"에이. 그 여배우, 주말 드라마 들어가던데요? 그 드라마 PD랑 이 가수 소속사 대표랑 친한 거 다 아는데, 뭐."

선배는 갑자기 두 손을 들어 박수를 크게 쳤다.

"아! 헤어지라고 해준 거구나! 그새 헤어지라고 한 거예요? 주말 드라마 넣어주는 대가로?"

대표가 졌다는 듯 두 손을 휘젓더니 목소리를 낮춘다.

"얘가 그 비싼 녹음실 빌려놓고 그 여자랑 통화하느라 놀고 자빠진 거지. 사장님이 몇 번이나 소리 질렀는데, 뭐, 통하겠어요? 어떻게 어떻게 해서 앨범은 나왔는데, 이 새끼가 또 홍보활동 일정을 줄여달라고 난리인 거예요. 그년이랑 놀러간다고. 그래서 '계약 위자료 20억 원 내놓을래, 그년이랑 헤어질래?' 그렇게 된 거죠."

"스리섬이야 당연히 못 헤어진다고 했겠지. 이 시대 마지막 로맨티스트잖아요!"

"그럼 뭐해. 그 여자는 주말 드라마 덥석 물고 나가떨어졌는데. 보나마나 기자한테 흘린 것도 그 여자 짓이야. 사장님은 지금 주말 드라마 섭외 취소시키네 어쩌네 난리 났어요. 근데 그건 또 쉽겠냐구. 그 여자 오늘 하루 종일 인기 검색어 1원데."

"스리섬은 뭐래요? 안 매달려요?"

"여자가 드라마를 택했는데, 뭐 어떡해. 저 인간은 생긴 건 멀쩡해서 만날 그런 여자들한테만 걸린다니까."

"그 스트레스로 스리섬에 집착하게 됐구나?"

"몰라. 신인들 신분 상승만 실컷 시켜주고. 알고 보면 불쌍한 놈이죠. 그러니 살살 써줘요."

두 사람은 옆에 내가 서 있다는 것도 잊은 채 한참을 떠들었다. 선배 기자가 휴대폰을 들고 잠깐 자리를 피하자 홍보대행사 대표가 이제야 내게 눈길을 준다.

"한선우 기자님한테 얘기 들으셨죠? 오늘 단독 멘트는 스포츠엔터한테 드릴게요. 어차피 이 현장에선 한마디도 안 할 거거든요. 팬사인회 마치고 교보빌딩 입구에서 만나요. 로드매니저가 기자님을 태울 거예요. 그럼 그 차를 타고 5분간 인터뷰하시면 돼요. 대신 기사에는 팬사인회 현장에서 아주 잠깐 만났다고 써야 해요. 따로 시간 빼드린 거 다른 기자님들이 알면 저 죽어요. 호호."

대표는 급하게 뛰어다니는 청년을 하나 불러 세우더니 로드매니저라며 인사를 시켰다. 대표는 좀 이따 이 기자를 반드시 태워야 한다고 당부하더니 자리를 떴다. 남자는 고개를 한 번 꾸벅하더니 또 어디론가 뛰어갔다.

수많은 기자들이 노트북과 카메라, 동영상 카메라를 들고 추위에 떨었다. 달랑 가수 하나 때문에, 팬들까지 합쳐 수백 명의 체온이 떨어지고 있는 중이다.

대기 시간을 이용해, 나는 방금 만난 선배 기자가 최근 경제지 연예부로 옮긴 6년차 가요담당기자라는 것을 알게 됐다. 이름은 이채은이었다. 목소리가 어찌나 크고 말투는 또 어찌나 떽떽거리는지, 같이 있으면 혼이 쏙 빠질 지경이다.

예정된 시간이 훌쩍 지나도 가수는 등장할 기미가 보이지 않는다. 슈렉은 전화를 두 번이나 해서 매우 중요한 인터뷰니 정신 바짝 차리라고 소리를 질렀다. 나는 슈렉 때문에 더 긴장이 돼서 정신을 잃을 것 같다.

드디어 가수가 등장해 책상 앞에 앉았다. 플래시가 쉬지 않고 터졌고, 팬들은 7옥타브 고음의 환호성을 냈다. 기자들은 각자 뿔뿔이 흩어져 가수의 예상 동선에 자리를 잡았다. 나는 행사를 좀 보다가 교보빌딩 앞으로 몰래 돌아가야 했다.

20대 여성들은 마치 신이라도 영접한 듯 감격했다. 아마도 매우 따뜻한 차에서 한껏 몸을 녹이고 나왔을 저 가수를 보기 위해, 이 여자들은 기본 네 시간을 추위에 떨었다. 사랑을 하고, 사랑을 받는 자의 차이는 이렇게 크다.

어떤 여자가 "스캔들은 뭐예요?"라고 소리쳤다. 가수는 사인을 하다 멈추고 고개를 살랑살랑 흔들었다. 팬들은 갑자기 이성을 잃으며 앞으로 치고 나왔다. 보디가드가 있는 힘을 다해 여자들의 어깨를 꽉 눌러 뒤로 밀었다. 나도 같이 휩쓸렸다. 누군가가 "비켜! 이년아!"라며 등을 꼬집었다.

가수 뒤에 서 있던 홍보대행사 대표가 날 보더니 앞으로 다가와 내게 손을 내민다. 나는 대표의 손에 끌려 관계자 외 출입금지 라인이 있는 곳까지 나아간다. 보디가드가 내 어깨도 잡고 밀려는 순간, 대표가 괜찮다고 소리친다. 보디가드는 라인 줄을 들어올려 내가 지나갈 수 있도록 배려한다. 팬들이 "저 여잔 뭐야?"라고 내뱉는 소리가 생생하게 들린다. 내 신분은 '대중'에서 '관계자'로 격상됐다.

나는 가수 앞에서 울음을 터뜨리는 주부와 수백만 원짜리 명품 백을 건네는 대학생과 알아들을 수 없는 우리 말을 해대는 외국 아줌마들을 한참 쳐다봤다. 저들도 분명 이 가수의 정체를 알 것이다. 여자 없이 못 사는, 앨범을 낼 때마다 인기가 떨어지는, 이제 더 이상 노래에 별 열정도 남지 않은 이 남자의 실체 말이다. 그럼에도 이 남자를 사랑하다 못해 추종하는 이유가 뭘까. 이 가수의 무엇이 이들의 어떤 결핍을 채워주기에, 이들은 기꺼이 가수의 '밑'에서 그를 우러러보는 걸까. 이들은 정말, 이 가수보다 못한 존재들일까.

사인회는 30분 만에 끝났다. 가수는 미처 다 사인해주지 못한 팬들에게 미안하다며 손을 까딱하고는 황급히 자리를 떴다. 기자들이 그에게 달려들었고, 나는 교보빌딩 앞으로 뛰었다.

휴대폰을 보니 슈렉이 또 두 번이나 전화를 했다. 기자가 절대 지켜야 할 규칙 넘버원은 바로 '전화는 반드시 받는다.'였다. 그래서 기자들은 화장실에 갈 때에도, 분위기 잡고 데이트를 할 때에도, 하물며 목욕을 할 때에도 휴대폰을 놓지 않았다. 역시나, 슈렉은 내 전화를 받고선 소리부터 버럭 지른다.

"죄송해요. 시끄러워서 벨 소리를 못 들었어요."

"그만 변명 하지 말랬지? 너는 어떻게 된 게 전화도 제대로 못 받……."

전화가 끊겼다. 나는 다시 슈렉의 번호를 눌렀다. 슈렉의 휴대폰은 꺼져 있었다. 나는 회사 번호를 눌렀다. 한참 신호가 가더니 '삑'소리와 함께 유 선배의 목소리가 들렸다. 유 선배가 전화를 돌려 받은 것이다.

"선배, 저 라희인데요. 슈렉, 아니 한 선배 자리에 안 계세요?"

"응. 폰 배터리가 다 돼서, 충전기 빌리러 편집부 갔어."

나 참. 어이가 없어서, 웃음도 안 나온다.

"엇, 선배 돌아왔다. 바꿔줄게."

"휴대폰 배터리가 다 되셨나 봐요."

내가 힘주어 말했다. 슈렉은 내 말을 못 들은 척하고는 가수 멘트를 땄냐고 물었다. 그렇게 못 믿겠으면 네가 직접 하지 왜 날 시켰냐고 묻고 싶었지만 간단하게 "아직이요."라고 말했다.

"팬사인회가 방금 끝나서요. 지금 차가 데리러 오기로 해서 기다리고……."

그때였다. 검은색 스타크래프트가 끼익 소리를 내면서 나타나더니, 내 앞을 휙 가로질러간다.

"저 차인 것 같은데……."

나는 문장을 채 끝내지 못한다. 스타크래프트는 크게 유턴하더니, 반대방향으로 쌩하니 달려 나간다. 나는 남겨졌다. 눈앞이 캄캄하다. 나는 일단 전화를 끊어버린다.

뒤늦게 홍보대행사 대표가 뛰어왔다. 홀로 남겨진 나를 보고 눈이 왕방울만 해진다.

"이 자식이 기자님 안 태우고 간 거예요?"

"한 선배가 절 죽일 거예요."

나는 공포에 떨며 말했다.

대표는 여기저기 전화를 하더니 나를 자기 차에 태웠다. 다른 기자의 눈에 띄지 않게, 한 블록이나 걸어서 20분 넘게 숨어 있다가 5초 만에 차에 탑승해야 했다. 로드매니저는 가수가 배고프다고 난리를 치는 통에 날 못 보고 식당으로 내달렸단다. 나는 지금 대표와 함께 그 식당으로 가고 있다.

대표에게 기자들의 전화가 빗발쳤다. 씩씩거리는 목소리가 내 귀에도 들린다. 여기까지 와서 벌벌 떨었는데 어떻게 한마디도 안 할 수가 있냐는 거다.

"글쎄요, 몇몇 분은 얘기하는 것 같기도 하던데." 대표가 날 보며 윙크했다. "어우, 저도 정신이 없어서요. 그 자식이 제가 뭐라고 하기도 전에 총알같이 출발해버려서, 저도 한마디도 못했어요. 정말 죄송해요."

전화가 스무 번 넘게 울렸다. 그때마다 대표는 똑같은 멘트를 날리고 있다. '얘기 몇 마디 했을 텐데, 어이구, 기자님이 계신 곳에선 말을 안 했구나! 이를 어쩌죠!'

나는 그 많은 기자들을 따돌리고 가수를 만나러 가는 길이다. 나는 그들과 다른 위치인 것이다. 이 맛에 중독되면, 절대 기자를 그만둘 수 없을 것 같다.

가수가 갈비를 가위로 예쁘게 잘라 내게 내민다. 나는 물론 갈비 따위가 목구멍에 넘어갈 상태가 아니다. 아직도 가슴은 쿵쿵 뛰고 있으며, 손가락이 달달 떨린다. 내 머릿속에선 슈렉이 정말로 내 목을 자르는 장면이 세 번이나 플레이됐다.

"열애설에 대한 공식 입장은 뭔가요?"

사실 기자들은 이렇게 딱딱한 말투는 잘 안 쓴다. 하지만 나는 지금 바싹 얼어붙은 상태라, 친한 척하는 사근사근한 말투나 장난스러우면서도 핵심은 짚고 넘어가는, 기자 말투를 써먹을 수가 없다.

가수는 홍보대행사 대표에게 내가 어디까지 아냐고 물었다. 대표는 그냥 솔직하게 말하라고 한다.

"그냥 술자리에서 우연히 동석한 게 전부예요."

가수가 대표에게 고개를 돌린다.

"이렇게 말하면 되지?"

대표가 고개를 끄덕인다.

가수는 아직 친하지도 않은데 기사 때문에 오히려 어색해졌다는 둥, 열애설 보도는 보다 더 신중했으면 좋겠다는 둥, 이미 수십 번은 써먹어 본 듯한 말투로 레퍼토리를 이어갔다. 나는 그와 눈을 마주치고 고개를 끄덕이면서 그의 말을 하나하나 받아적느라 그 말이 진실인지 여부엔 관심이 없다. 어쨌든 난 멘트를 땄다.

"그런데 이렇게 단독 멘트 줘도 돼요? 나 아까 사인회에서 채은이 누나도 봤는데, 이거 기사 나가면 난리 치는 거 아니야?"

가수가 홍보대행사 대표에게 웃으며 물었다. 대표는 우리 신문사가 이번 컴백 관련한 홍보를 총대 메주고 있다며 큰소리다. 가수는 고기를 한 점 더 집어주며 잘 부탁한다고 생글거린다. 나는 이제야 고기를 꼭꼭 씹어 삼킨다.

가수는 라디오 생방 스케줄 때문에 먼저 떠나고, 나와 홍보대행사 대표만 남았다. 나는 노트북을 열고 가수의 인터뷰 기사를 전송했다. 슈렉은 기사를 읽어보더니 거의 고치지 않고 그대로 표출해줬다. 부장이 자리에 없을 땐 선배들이 데스크 역할을 하곤 한다. 오늘 일정이 많아서 신문사 안에 있던 사람들도 꽤나 바빴던 모양이다.

나는 대표의 BMW를 타고 용산까지 왔다. 슈렉은 오늘 수고했다며 일찍 퇴근해도 좋다고 말했다. 시계를 보니 벌써 오후 8시다.

해야 할 일이 남았다. 오늘은 내 첫 월급이 들어오는 날이었던 것이다. 하루 종일 갈비 두어 조각 먹은 게 전부인 나는 회사 앞 허름한 칼국숫집에 들어섰다. 라면 봉지만 봐도 구역질이 날 만큼 질린 상태에서, 4,000원으로 끼니를 때울 수 있는 유일한 곳이었다. 양파를 다듬던 할머니가 천천히 다가와 물을 준다. 나는 칼국수를 주문하고 노트북을 켜 신한은행 홈페이지에 접속한다.

월급통장이 필요하다고 해서 급하게 1만 원을 입금시키고 만든 통장이었다. 나는 왠지 모르게 가슴이 두근거렸다. 공인인증서를 로그인하고 입출금 내역을 검색한다.

입금 500,000원.

나는 동그라미 다섯 개만 뚫어지게 쳐다볼 뿐이다. 설마, 진짜 내 월급이 50만 원일 줄은 상상도 못했다. 보통 기본 월급에 식대다 뭐다 더해져서 두 배 정도는 받는다고 알고 있었던 것이다. 그런데, 정말 정부에서 보조해준다는, 그 딱 50만 원만 내게 넘어왔다. 나는 지난 한 달간, 이 회사 말고는 아무것도 떠올리지 않았을 만큼 내 모든 것을 바치다시피 했다. 회사는 그 대가로 50만 원이면 충분하다고 판단했다. 이제야, 현실이라는 단어가 내 뒷목을 묵직하게 누른다.

난 서민이다. 9시 뉴스 기자가 재래시장 앞에서 배추 하나를 손에 쥐고 운운하던 '서민경제' 어쩌고 하던 것이 내 얘기가 돼버린 것이다.

월세가 70만 원이라고 했던가? 밀린 카드값도 50만 원이다. 멍하니 앉아 있는데 뜨끈한 칼국수 한 그릇이 나왔다. 나는 기계적으로 젓가락질을 해 국수를 목으로 삼킨다. 집을 옮겨야 할까? 하지만 관 사이즈만 한 고시원도 한 달에 40만 원은 내야 한다. 50만 원짜리였던 내 친구 방도 이미 가봐서 안다. 내 어깨 위로 바퀴벌레가 떨어졌었다. 이러나저러나 빚낼 거, 20만 원 더 내고 좋은 집에 사는 것도 괜찮은 것 같기도 하다.

마지막 희망은 엄마였다. 나는 세 번 심호흡한 후 전화를 걸어, 혹시 내가 살던 역삼동 원룸 전세 보증금은 다시 받아서 어디 썼냐고 물었다. 용산에 월세 보증금 2천만 원을 넣었다 해도 꽤 거금이 남았을 것이다. 난 그 돈을 1년만 빌려볼 계획이다. 그러나 엄마는 약간의 빚을 청산한 후 나머지는 내 동생의 어학연수 비용으로 쓸 것이라고 말했다.

'집도 어렵다면서 무슨 어학연수야!'라고 외치고 싶었지만, 내가 그런 말을 할 자격은 없는 것 같다. 초등학교 때부터 학원비에 대학등록금, 어학연수 비용까지 치면 내 교육에만 억대의 돈이 들었다. 그런데 난 고작 첫 월급으로 50만 원을 벌었다. 나만큼 손해 보는 상품이 또 있을까. 내가 누군가의 경제관념을 지적하는 건 코미디다. 나는 숨막힐 듯한 죄책감을 느끼며 "뉴욕은 가보니 별로더라. 호주나 캐나다로 가라 그래. 필리핀도 나쁘진 않다던데."라고 말하곤 전화를 끊었다.

막다른 골목이다. 다른 회사에 지원하기엔 이미 늦었다. 적어도 내년 봄 신입사원 모집기간까지는 백수 노릇밖에 할 게 없다. 아직 철이 안 들었는진 몰라도, 작고 평범한 회사는 영 당기지가 않는다.

어쩌면 기자 일의 다이내믹함에 조금 반했는지도 모른다. 이 신문사를 다니면, 영화 쪽에서 수많은 인맥을 만날 수도 있을 것이다. 어떻게든 내 앞날에 도움이 될 사람들이다. 영화잡지는 줄줄이 망해가고 있고, 영화평론가들은 손가락 빨고 살고 있다. 연예매체 영화담당기자가 차선책이다. 조금 돌아간다 해도 난 아직 젊으니까, 괜찮을 거다.

까짓 거, 열심히 해서 나중에 많이 벌면 된다. 외국에서도 20대 때 대출을 많이 받아뒀다가 나중에 돈 벌어서 천천히 갚는 경우가 많다고 들었다. 정식기자가 되면 지금 몇십만 원씩 빌려둔 게 큰 빚도 아닐 것이다. 나는 칼국수 국물의 마지막 한 숟갈까지 싹싹 긁어 먹었다. 아까 갈빗집에서 1인분에 5만 원짜리 고기나 실컷 먹어둘걸, 하는 후회가 밀려들었지만 이내 웃는다. 내 젊음은 괜찮다. 괜찮을 거다. 언젠가 멋진 영화담당기자가 되면, 그래서 내 이름으로 칼럼도 쓰고, 책도 내고, 방송도 출연하면, 오늘날의 고생은 하나의 무용담에 지나지 않을 것이다.

어느 날 갑자기 나타난 누군가가 '관계자 외 출입금지' 줄을 끊어버리고 날 그 안으로 데려가 줄 것만 같다. 상대방이 절로 고개를 숙이게 만들고, 사람들이 네 시간을 추위에 떨면서도 즐겁게 날 기다리게 만들고, 말 한마디로 누군가에게 특종을 줄 수 있는, 블링블링한 세계 안으로 말이다.

chapter 7

20대의 우정

달랑 50만 원이 찍힌 월급통장은 우리 인턴들의 관계를 더욱 돈독하게 만들어줬다. 틈만 나면 4층에 둘러앉아 상사들을 흉보고 미래를 걱정하고 신세를 한탄했다. 대기업 아니면 쳐다보지도 않는 대학 동기들이나, 자기 아들딸이 잘난 줄만 아는 부모님이나, 네, 아니요 아니면 용납하지 않는 선배들과는 절대 할 수 없는 이야기들이었다. 서로의 월급을 알고 있다는 것은, 그리고 그 월급이 상상을 초월할 만큼 박봉이라는 사실은 서로의 성격, 배경, 학력을 초월하는 힘이 있었다.

나는 우리가 술잔을 돌리며 우정을 다지는 모습을 상상한다. 누군가의 어깨를 토닥여주고, 누군가의 품에 안겨 한숨을 푹 내쉴 수 있는 자리가 죽도록 그리웠다. 나는 인스턴트 커피를 홀짝이는 인턴들에게 모임을 만들자고 제안했다.

"회사에서 보는 것만으로도 지겹지 않냐?"

체육이 시니컬한 말투로 말했다.

"우리가 강력하게 뭉친다면, 회사에서도 우리 목소리를 좀 더 들어주지 않을까?"

나는 열정을 담아 연설하듯 외쳤다.

"넌 좀 순진한 것 같아. 됐고, 술이나 한잔하자."

"암튼, 뭉치는 거다!"

나는 신이 나서 말했다. 사진과 레저도 고개를 크게 끄덕였다.

이번 주 토요일이 어떠냐고 했더니, 유일하게 노는 날 또 회사 생각할 일이 있냐고 모두 반대다. 내일은 어떠냐고 했더니, 사진이 멀리 출장 간단다. 이날, 저날을 계속 거론하다 결국 오늘 밤에 보기로 했다. 10시에 야근 마치고 다 같이 보는 거다. 인턴은 모두 매일 10시까지 근무시키자는 연예부 부장의 제안에 따라 우리 모두는 10시에 나란히 퇴근하고 있다. 나는 오늘 밤 모임에서 인턴들의 권리 보장을 위해 우리가 해야 할 일을 정리해볼 계획이다. 그걸 행동에 옮기느냐가 중요한 건 아니다. 머릿속에 상상을 해보는 것만으로도 짜릿할 것이다. 첫 데이트를 앞둔 것처럼 설렌다.

지난번 갈빗집 멤버들이 그대로 모였다. 스리섬과 홍보대행사 대표가 인터뷰실에 둘러앉았다. 뒤늦게 들어온 로드매니저가 CD를 건넨다. 나는 CD를 노트북에 넣고 플레이 버튼을 누른다. 복고라 하기에도 민망한 90년대 반주가 흘러나온다. 나는 2번 트랙으로 넘기며 "타이틀곡은 몇 번이냐."고 묻는다.

"방금 그건데. 1번이요."

나는 얼른 1번 트랙을 재생시킨다. 가수가 눈을 동그랗게 뜨고 내 표정을 살핀다. 노래는 무지하게 길다. 중간에 끄자니 실례인 것 같고, 계속 틀어놓자니 어떤 표정을 지어야 할지 모르겠다. 나는 화제를 전환하기 위해 그가 속한 그룹의 다른 멤버의 근황을 물었다. 이번 주에 새 드라마 촬영에 돌입한다고 기사 썼던 게 기억났다.

"걔 드라마 해요? 몰랐네."

가수가 자신의 앨범 재킷을 들여다보며 말했다. 나는 당황했다.

"친하지 않아요?"

이들 그룹은 멤버 간 사이가 좋기로 유명했다. 그동안 멤버 교체나 불화설 한 번 없이 꽤 장수하고 있는 중이다.

"친하죠."

나는 말문이 막혔다. 그래서 다른 멤버 이야기를 꺼냈다.

"걔 요즘 뭐하고 다녀요? 새끼가 전화번호 바꿨더라고요. 어떤 여자가 받기에 완전 깜짝 놀랐잖아."

홍보대행사 대표가 멤버들의 근황을 정리해준다. 가수는 옆에서 "아, 그래?"를 연발한다.

"이 그룹이 불화 없는 비결, 궁금하지 않아요?"

대표가 웃으며 말한다.

"절대 친해지지 말 것. 솔로 활동 방해하지 말 것. 친형 같다는 둥, 가족 같다는 둥 하는 그룹들이 꼭 몰려다니다가 싸우고 보네, 안 보네 난리를 치죠. 애들처럼 딱 직장 동료 같은 그룹이 오래가요. 일 외적으로는 절대 간섭 안 하는 거예요. 그룹을 유지해야 서로 솔로에 탄력받는 것도 잘 알아야 하고요. 의리보단 이득이 오래가는 법이니까."

"당연하지! 그래도 기사엔 멤버들끼리 죽고 못 산다고 써줘야 돼요."

나는 웃으며 고개를 끄덕였다. 다행히 그새 타이틀곡이 끝나 있었다. 나는 여유 있게 "이번 노래 좋다."고 말할 수 있었다.

"별로잖아요. 내가 무슨 원더걸스도 아니고 레트로는 무슨. 계약 때문에 내긴 했는데, 빨리 접으려고요. 군대나 가야지. 오래 활동할 수 없을 것 같아 아쉬워 죽겠다고 써주세요. 흐흐."

"그럼 그룹 앨범은 언제쯤 나와요? 다들 톱스타가 되셔서, 다 같이 녹음하기도 어렵겠어요."

"녹음이야 어차피 다 따로 녹음실 가서 하니까 상관은 없죠. 그런데 활동하기는 힘들 거예요. 그냥 앨범만 내는 거죠. 그래도 팬들을 위해 계속 준비 중이라고 써주세요."

내가 웃으며 수첩에 메모를 하자, 그가 서둘러 덧붙인다.

"내 기사에 그룹 얘기만 쓰는 건 아니죠?"

"물론 아니죠."

도대체 이 인터뷰 기사를 어떻게 써야 할까 머리를 쥐어뜯고 있는데, 전화벨이 울린다. 우지환 소속사의 김 이사였다. 오늘 저녁에는 드디어 우지환의 소속사 대표가 찾아오기로 돼 있다. 부장이 약속을 한 번 미루고, 대표가 한 번 미루고, 또 몇 번 더 미뤄지더니 겨우 오늘에서야 회동이 잡혔다.

"저기, 약속을 한 번만 더 미룰 수 있을까요?"

"말도 안 돼요!"

나는 나도 모르게 버럭 화를 내고 말았다. 약속이 또 밀리면, 두 사람을 화해시키기 어려울 것 같았기 때문이다. 부장은 아침부터 우지환 매니저와 무슨 메뉴를 먹을 것인지 고민하고 있다. 그 얼굴에다 대고, 또 약속이 밀렸음을 통보할 순 없었다. 나는 오늘 약속이 밀리면, 취소되는 걸로 알겠다고 으름장을 놨다. 김 이사는 내 입장을 이해한다면서 웃으며 전화를 끊었다. 자기 선에서 알아서 해보겠다는 것이다.

휴대폰을 내려놓는데, 체육부 인턴이 불쑥 찾아왔다. 그리고는 오늘 모임에 안 가겠다고 선언했다. 펄쩍 뛰는 나에게 그가 밝힌 이유는 황당했다. 편집부 인턴이 동석하기로 했기 때문이다.

"아니, 아까 우연히 만났는데, 걔 오늘 일찍 끝나는 날이래. 11시쯤이면 올 수 있다고 해서 오라고 했지. 말이 인턴 모임인데 다 모이는 게 좋잖아!"

체육은 싫다고만 하고는 다시 자기 자리로 가버렸다. 나는 벌떡 일어나 그를 뒤쫓았다.

"초딩도 아니고, 싫어하는 사람 온다고 모임을 안 나오는 게 어딨어. 그리고 걔가 또 싫을 건 뭐야. 얘기도 거의 안 해봤잖아. 그러지 말고

다 같이 놀자. 응?"

체육은 잘난 척하는 게 조금 거슬리긴 해도, 3년씩이나 되는 각종 회사 인턴 경력 때문에 늘 이야깃거리가 많은 사람이었다. 얘가 빠지면, 모임은 반 토막이 된다.

"삼겹살집에서 모이는 것도 좀 별로야. 삼겹살 지겹지도 않냐?"

"알았어. 메뉴 바꿀게. 뭐 먹을까? 마음대로 골라."

그래서, 우리의 모임 장소는 삼겹살집에서 호프집으로 바뀌었다. 장소 변경 문자를 돌리는데, 이번에는 채은 선배한테서 전화가 왔다.

"얘, 너 그 스리섬 인터뷰했니?"

"네, 방금 하고 갔는데요."

"응, 알았어!"

전화가 툭 끊겼다. 이후 5분도 안 돼 스리섬의 홍보대행사 대표에게서 전화가 왔다.

"기자님! 그걸 말해버리면 어떡해요! 라희 기자님한테 1등으로 인터뷰 준 거 들통 났잖아요. 채은 기자님 섭섭하다고 난리예요."

나는 내가 대체 뭘 잘못했는지도 모르겠다. 그렇다고 꼬치꼬치 되물을 힘도 없다.

"그게 그렇게 큰 문제가 되는지 몰랐네요."

"큰 문제라기보단, 채은 기자님도 오늘 꼭 인터뷰를 해야겠다고 우기셔서, 일정이 좀 꼬였어요. 다음부터 그런 건 비밀로 하는 거예요!"

전화를 끊자마자 이번에는 레저에게서 전화가 왔다.

"나는 맥주 싫어! 살 찌게 무슨 맥주야! 그냥 탐앤탐스에서 보면 안 돼?"

나는 다수결의 원칙에 의해 호프집으로 변경됐다고 거짓말을 했다. 레저는 툴툴거리며, 빨리 집에 가봐야 할 것 같다고 또 딴소리다. 나는 12시 전에는 아무도 집에 갈 수 없다고 큰소리 치고는 전화를 끊었다.

전화를 끊고 보니 문자메시지가 두 통 와 있었다. 하나는 JYP엔터테인먼트에서 보낸 보도자료 전송 메시지였고, 다른 하나는 기현이었다. 오늘 슈렉은 빅뱅 컴백 쇼케이스 때문에 정신이 없으므로, 가요 쪽의 모든 보도자료는 내가 책임지게 돼 있었다. 나는 서둘러 내 자리로 뛰어가 메일을 열어봤다.

2PM이 컴백을 앞두고 있다는 내용이었다. 나는 부장에게 메일 내용을 보고했고, 얼른 기사를 쓰라는 지시를 받았다. 이제 보도자료를 기사화하는 것은 금방 끝낼 수 있을 만큼 익숙해졌다. 나는 동시에 문자를 받았을 다른 기자들보다 조금이라도 빨리 기사를 전송하기 위해 손가락이 보이지도 않을 만큼 재빨리 키보드를 두드려댔다. 기사는 10분 만에 표출됐다.

한숨을 돌리고 휴대폰을 꺼내 문자메시지를 보려는데 이번에는 사진부 인턴이 다가왔다. 갑자기 빅뱅 쇼케이스 취재를 자기가 가게 됐다는 것이다. 쇼케이스는 밤 늦게 끝날 텐데, 강남에서 또 용산까지 넘어오려면 모임에는 제 시간에 맞추기가 어려울 것이다. 사진부 인턴이 늦게 도착하는 모임이라니, 나는 차라리 이 모임을 취소시킬까 하는 생각까지 든다.

"어차피 사진은 쇼케이스 초반부에만 찍게 해줄 거야. 최대한 빨리 끝내고 뛰어와야 해!"

나는 나도 모르게 사진의 손을 꼭 잡고 부탁했다. 사진은 자신 없는 목소리로 알았다고 한다.

보도자료를 두 개나 더 쓰고 화장실에 가는데, 이번에는 또 편집부 인턴이 날 부른다. 또 모임 얘기가 나온다면 나는 얘를 한 대 칠 수도 있을 것 같다.

"생각해봤는데, 난 그 자리가 조금 불편할 것 같아."

"또 왜!"

나는 소리를 꽥 질렀다. 편집부 인턴은 한층 더 불편한 표정을 짓는다.

"난 아직 너희들이랑 친해질 기회가 별로 없어서."

"오늘 친해지면 되지! 다 괜찮은 애들이라니까!"

편집부 인턴이 입을 딱 다물었다.

"그냥 술이나 한잔하면서 좀 친하게 지내자는데 무슨 말들이 이렇게 많아! 누구든 한 번만 더 딴소리하면 다 죽여버릴 거야!"

나는 분을 못 이기고 씩씩대며 화장실로 들어갔다.

저녁 시간이 됐다. 빅뱅 때문에 나가 있는 슈렉 대신 내가 부장을 모시고 중요한 미팅에 참석하게 된 것이다. 고깃집의 예약을 몇 번이나 확인하고, 근처에 와 있다는 김 이사의 위치를 몇 번이나 확인한 후 부장에게 다가갔다. 부장은 저녁 뉴스 화면에서 눈을 떼지 않았다. 신종 플루가 다시 창궐하는데, 영화배우 한 명이 그 병에 걸렸다는 보도였다. 부장은 며칠 전, 그 배우와 같이 밥을 먹었다. 부장은 전화기를 집어 들더니 부인에게 가족들을 모두 대피시킬 것을 명령했다.
"얼른 친정집에 가 있어. 애들 손발 잘 씻기고."
부장은 전화를 끊고 자리에서 일어섰다.
"저, 우지환 매니저 이 근처로 오고 있습니다."
"알았어. 에이치!"
부장은 내 얼굴에 재채기를 했다.

화장실에서 세수를 한 다음 부장을 데리고 식당으로 향했다. 일단 만나기로는 했지만 부장과 대표가 서로 좋은 감정을 갖고 있을 리 없다. 부장은 대표가 얼마나 조아리며 나오는지 보겠다며 큰소리 뻥뻥 치는 중이다. 대표는 우리 신문사가 하루에 한두 개씩 써대는 우지환의 연기력 논란, 흥행 참패 기사에 신경이 바짝 곤두서 있는 상태일 것이다. 두 사람이 얼른 화해해야 그놈의 우지환 기사를 그만 쓸 수 있는 나는 행여 두 사람 중 하나가 목소리를 높여 어렵게 마련한 화해의 장이 파토 날까 봐 안절부절못하고 있다.
부장과 내가 자리 잡고 앉았는데도, 우지환 매니저는 아직 식당에 도착하지 못했다. 나는 부장이 벌떡 일어나 돌아가 버릴까 봐 계속 말을 걸고 푼수처럼 웃는다. 소속사 대표가 마음을 바꿨을지도 모른다. 만나

자고 약속까지 해놓고도 악의적인 기사가 계속되자, 김 이사에게 "이 사람, 꼭 만나야 하나?" 하고 언짢아하며 물었다고 들었다. 김 이사가 그를 겨우 설득해 이 식당으로 데려오고 있는 중이다.

다행히도 부장은 종업원 아줌마에게 치근대는 데 열중하고 있다. 내가 말을 백 번 거는 것보다, 저 아줌마가 가슴을 풀어헤치고 접시를 들었다 놨다 하는 게 부장의 관심을 돌리는 데 훨씬 더 효과적인 모양이었다. 나는 이제야 기현의 문자메시지가 생각나, 휴대폰을 꺼내들었다.

'우린 안 맞는 거 같다. 헤어지자.'

이게 전부였다. 문자로 이별을 통보하는 찌질이들이 있다는 소리는 들었지만, 그게 1년이나 사귄 내 남자친구의 이야기일 줄은 몰랐다. 나는 최대한 쿨한 답변을 생각하다가 '좋아.'를 입력했다. 전송 버튼을 누르려다 생각이 바뀌어 'OK'로 고치기로 한다.

영자로 K를 찾아 누르고 있는데 대표와 김 이사가 식당에 들어섰다. 나는 긴장감에 머리가 쭈뼛 선다. 그러나 그건 찰나였다. 대표는 "어이구." 하면서 뛰어들어 오더니 부장의 손등을 입에 가져다 대고 키스를 날린다. 부장은 그보다 더 후덕할 순 없는 너털웃음을 짓더니 대표의 손을 맞잡고 흔든다. 두 사람은 이내 서로의 손에 누가 더 많이 키스를 하나 내기를 하듯 쪽쪽대고 있다. 이 광경에 압도된 나는 김 이사가 내게 명함을 건네고 있다는 사실조차도 한동안 인지하지 못했다. 김 이사는 의미심장하게 웃는다.

"어이구, 이게 얼마 만입니까. 형님!"

"우리 기사 때문에 고생 많았지? 이해해. 그래도 우리 애들이 부장 가오 살려준다고, 매일같이 기사를 갖고 오는데, 어떻게 할 수가 있어야지!"

"괜찮습니다. 괜찮습니다. 우리가 먼저 잘못했는데요, 뭐. 스케줄이 그만 꼬여가지고. 죽여주십시오."

"으하하하. 이렇게 한잔하고 풀면 되지! 우리 훌륭한 제작자께서 직접 와주셔서 영광이야!"

"아이고, 기사를 너무 잘 쓰시던데요, 다들! 제가 가슴은 아프면서도 뭐라 반박도 할 수 없더라고요! 정말 훌륭한 후배들을 두셨습니다!"

저 짧은 대화에서 얼마나 많은 진실왜곡이 일어났는지 하나하나 세기도 힘들다. 한동안 닭살 멘트를 주고 받던 두 사람은 특등급 한우를 뒤집으며 순식간에 '패밀리'가 됐다. 이왕 이렇게 만난 거, 서로 죽도록 미워했던 과거는 아예 없었던 일인 셈 치는 것이다. 나는 단 한마디도 할 필요가 없었다. 이 신속하고 명쾌한 관계 회복은 말로 형용할 수 없을 만큼 인상적이었다.

두 시간 남짓한 저녁 시간 동안 대표는 가요계 고위 관계자들 사이에 오가는 고급 정보 몇 개를 던져줬고, 부장은 우지환이 필요로 하는 기사 몇 개를 써주겠다고 약속했다. 경쟁지 몇 군데가 곧 문을 닫을지 모른다는 루머를 슬쩍 흘리는 것도 잊지 않았다.

"어이, 인턴! 내일부터 우지환 빨아주는 기사 열 개씩 준비해와! 으하하!"

나는 우지환으로부터 벗어날 수 없는 운명인가 보다.

우리의 모임은 한숨으로 시작됐다. 죽어도 맥주는 싫다는 레저의 고집에 따라 실내 포장마차에 모인 우리는 누가 먼저랄 것도 없이 한숨을 푹 내쉬며 오늘 모임의 성격을 함축적으로 표현했다.
　나는 메뉴 주문이 끝나자마자 본론을 꺼내들었다.
　"바깥 세상도 그래? 상사가 뭐 시킬 때마다, '이거 못하면 잘릴지도 몰라.'라며 불안해하면서, 하루하루 수능시험 보는 기분으로 살아? 다른 회사도 그래? 아니면 여기만 유독 지랄맞은 거야?"
　나는 진심으로 궁금했다. 이 세상이 원래 이렇게 생겨먹은 것일까, 아니면 내가 운이 지지리도 없어서 세계 최악의 회사에 들어와 개고생을 하고 있는 것일까.
　"더한 회사도 많아. 여기 정도면 꽤 괜찮은 거 같은데?"
　체육이 참이슬 한 병을 받아들고 각 잔에 따르며 말했다. 나는 대화에 의욕을 잃었다.
　"다른 회사도 심각한가 보던데. 그래도 우린 일 자체는 재밌잖아. 매일 똑같은 일 하면서 사람들한테 치이기까지 하는 내 친구들은 정말 많이 힘들어하더라. 우리 세대가 유독 직장생활과 안 맞는지도 모르겠어. 취업한 친구 열 명 중에 여섯 명은 항우울제를 먹고 있더라니까."
　레저가 말했다. 우리는 습관적으로 잔을 들어 허공에 부딪친다. 누구도 그 흔한 '건배' 한마디 하지 않았다.

"우리 세대가 이전 세대와 많이 다른 건 사실이지만, 직장생활이 이렇게 어려운 게 꼭 그것 때문만은 아닐걸. 직장이 이제 신입사원을 만만하게 보게 된 탓도 있지. 아무리 개판으로 굴려도 들어오고 싶어 하는 애들이 지천에 널렸으니까. 아무리 신입사원 퇴사율이 높니 어쩌니 해도 버틸 애들은 악착같이 버티니까. 굳이 신입들 얘기를 들어줄 필요가 없는 거 아니겠어? 이라희, 너만 해도 그래. 가장 먼저 뛰쳐나갈 것처럼 굴더니, 네가 제일 빨리 적응했잖아."

체육이 술을 한 잔 또 따라서 원샷하며 말했다. 나는 두 잔 연속 원샷했다. 내가 이따위 조직에 제일 빨리 적응했다고? 이건 극심한 모욕이었다.

"난 그냥 관찰하고 있는 거야. 적응한 게 아니라."

"너네 부장, 한선우 선배보다 이라희가 훨씬 낫다고 떠들고 다니더라."

체육의 말에 나는 나도 모르게 씨익 웃었다. 나도 대충 눈치는 채고 있던 바다.

"한선우 선배, 기분 나쁘겠다."

레저가 특유의 착한 표정을 짓고 말했다.

"폭군 슈렉 따위 기분은 우리가 알 바 아니지! 어쨌든 난 절대 이 조직에 적응한 게 아니야! 실력이 좋은 거랑 적응한 거랑은 다른 차원의 문제잖아?"

마침 안주가 푸짐하게 나왔다. 레저가 화제를 바꿨다.

"그냥 회장 아들이나 꼬실까 봐."

살만 조금 빼면 자신이 김태희 뺨치게 예쁠 거라 확신하는 레저가 서클렌즈를 낀 눈알을 또르르 굴리며 말했다.

"우리 회사에 회장도 있어?"

내가 말했다.

"얘! 너 회사에 너무 관심 없다. 사장 위에 재단 회장이 있지. 완전 부잔데, 우리 또래 늦둥이 아들이 있대. 사장 동생이기도 하지. 말을 지독하게 안 들어서 내놓은 자식이라던데, 어쨌든 아들 아니겠어? 이 회사에서 성공할 확률보다, 그 아들을 꼬실 확률이 더 높은 거 같아."

"꿈도 과하면 정신병이다."

체육이 말했다. 레저가 눈을 부라리는데 마침 편집이 도착했다. 편집은 최근 회식에서 록스타로 떠오른 참이었다. 술을 넙죽넙죽 잘 받아 마시고, 노래방에서 트로트도 하나 찐하게 뽑아주니 아줌마 아저씨들 눈에 하트가 뿅뿅 그려졌다. 전근대적인 농담에도 껄껄 웃어주고, 아름답다, 멋지시다 소리를 입에 달고 사니, 출근 초기에 저질렀던 고문관 짓들 따위 금방 잊혔다. 어른들은 저 사회생활 잘하는 총각이 예뻐 죽을 지경이었고, 우리는 아부의 달인 등장이 반가울 리 없었다.

편집은 자리에 앉자마자 경영지원팀 팀장의 유머감각을 극찬하더니, 편집부의 아줌마 선배의 아기 외모가 깜찍하다는, 아무도 궁금해하지 않는 얘기를 늘어놓는다. 아무도 저지하지 않자, 기어코 국장이 보면 볼수록 매력적인 면이 있다는 얘기까지 나왔다. '아부'가 아니라 '진심'

이었나? 나는 이 자식을 여기 초대한 걸 백만 번 후회한다.

　인내심을 발휘 중인 레저를 제외하고 나와 체육은 똥 씹은 표정이다. 저 인간이 일제시대에 태어났다면 분명 일본인들을 찬양하는 시를 쓰고 잘 먹고 잘살았을 것이다. 유명 매국노들도 처음엔 독립운동가들의 편이었다고 들었다. 그러나 저 인간은 태어나자마자 일제 만세를 외쳤을 것이다. 나는 소주만 계속 들이켰다. 돈을 다 똑같이 걷어 뭔가 먹을 땐, 무조건 많이 먹어야 하는 법이다.

　"사진은 왜 안 오는 거야!"

　나는 나도 모르게 본심을 혹 내뱉어버렸다. 시선이 나한테 쏠렸다.

　"아니, 다 모여야 모임이 의미가 있지."

　나는 무안해서 휴대폰을 들여다봤다. 그리고 기현의 메시지를 다시 봤다. 아까 채 발산하지 못한 증오의 기운이 나를 덮친다.

　"뭐 이런 새끼가 다 있어!"

　우리가 힘을 합치면 식대 10만 원 정도는 매달 더 받을 수 있지 않겠냐고 진지한 얘기를 나누던 나머지 인턴들이 깜짝 놀라 나를 또 본다. 나는 흥분한 목소리로 찌질한 내 남자친구에 대해 설명한다. 하지만 이미 내 혀는 꼬였고, 아무도 내 말을 제대로 알아듣지 못한다.

　"남친한테 달랑 문자 하나로 차였는데, 너무 슬프지 않니? 고작 10만 원 더 받겠다고 여기 둘러앉아 가지고."

　나는 갑자기 눈물이 날 것만 같다.

　"야! 네가 모이자고 했잖아!"

체육이 소리 질렀다.

나는 사진부 인턴이 꽤 귀엽게 생겼다는 말을 늘어놓다가, 내가 주량 이상의 술을 마셨다는 사실을 알아채고 입을 닫는다. 어차피 나 말고도 다들 혀가 꼬여간다. 나는 모임의 주최자로서 책임감을 느끼고 본연의 목적인 건설적인 이야기를 다시 꺼내기로 한다.

"하루 14시간을 회사에서 보내는데, 식대 정도는 요구할 권리가 충분히 있다고 생각해! 달랑 10만 원인데, 그 정도도 안 주겠어?"

내가 침착하게 말한다. 하지만 아무도 듣지 않는다. 그러고 보니 체육과 편집 사이에 흐르는 분위기가 심상치 않다.

"너 아까부터 말이 좀 짧다? 회사 안에서야 동기지만, 밖에선 내가 대학교 선배야."

체육이 눈을 가늘게 뜨고 말한다. 처음부터 둘이 어색하다 했더니, 역시 대학 선후배 사이였던 것이다. 선후배가 동기로 입사했으니 둘 중 하나는 어색한 관계를 풀고 정리를 해야 했는데, 그 시기를 놓친 것이다.

"지금 회사 일로 모였으니까, 동기로 만난 것 아닌가?"

편집이 입을 삐죽대며 말한다. 틀린 말은 아니지만, 참 얄미운 말투다.

"새끼야, 넌 그렇게 평생 아저씨들 똥구멍이나 핥고 살아라!"

체육이 도발하자 편집이 벌떡 일어섰다.

"뭐라고?"

마침 사진부 인턴이 술집에 들어선다. 나는 잽싸게 코와 양 볼을 꾹꾹 눌러 피지를 제거한다. 사진은 빅뱅 팬들에게 치인 이야기를 하며 자리에 앉는다. 나는 얼른 새 잔을 집어 그의 앞에 놓는다. 편집이 털썩 다시 앉는 동안 레저는 그런 내 모습을 관찰 중이다.

나는 다시 자세를 가다듬고 식대 10만 원 프로젝트에 대해 말한다. 사진이 내 얼굴을 뚫어져라 보며 진지하게 내 이야기를 듣고 있다. 내 머릿속엔 내 심장이 뛰는 소리만 가득하다. 그러나 이내 체육과 편집 사이에 또 불이 붙고 말았다. 학교 후배답게 굴 것과 쿨하게 동기 사이임을 받아들일 것을 요구하는 두 남자의 목소리가 맞부딪쳤다. 레저는 최선을 다해 두 사람을 말리려 노력했고, 나는 그 새를 틈타 사진에게 술을 연속 네 잔 먹이는 데 성공한다. 사진이 뭐라고 입술을 움직여 내게 말을 건다. 그런데 체육과 편집의 실랑이 때문에 잘 안 들린다. 나는 신경질이 난다. 신경질이 나니까 술이 더 오른다. 술이 오르니까 갑자기 기현이 생각이 난다. 나는 기현의 번호를 누른다. 컬러링이 끊기자마자 그의 한숨소리가 흘러나온다.

"라희야, 우리 그냥 깔끔하게."
"야! 됐거든? 나 벌써 남자친구 생겼어!"
나는 휴대폰을 사진에게 건넨다.
"자기야, 한마디만 해줘."
사진이 놀란 눈으로 휴대폰을 받아 든다. 나는 입모양으로 그를 재촉한다.

"네, 안녕하세요. 네."

사진이 불안한 눈동자로 나를 한 번 본다.

"네, 많이 좋아하고 있습니다. 네, 안녕히 계세요."

"방금, 날 좋아한다고 한 거야?"

나는 두 손을 마주 잡고 말했다.

"아니, 남자친구 역할을 해달라기에. 너 같은 애를 정말 좋아하는 거냐고 묻더라고."

"뭐? 어쨌든 네 진심은 받아두겠어."

기분이 좋아진 나는 체육과 편집을 일으켜 세우고 자리를 파했다. 그리고 만 원씩 걷어 계산을 했다. 옷이 세 벌밖에 없어 보이는 사진은 명품 지갑을 꺼냈다. 돈 많은 여자친구가 있나? 나는 여자친구가 있냐고 세 번 연속 물었다. 그는 세 번 연속 "없다."고 말했다. 우리는 국민은행 앞 벤치에 나란히 앉았다. 우리 집은 여기서 2분만 걸으면 된다.

"어쨌든 우리 이렇게 따로 시간 가지니까 정말 좋다, 그지? 앞으로도 계속 이렇게 자주 뭉치자! 우리 정말 드럽고 치사하지만 버티고 또 버텨서 스포츠엔터 먹어버리자! 파이팅!"

나는 허공에 주먹을 휘저으며 신이 나서 외쳤다. 인턴들은 심드렁하다. 체육은 땅바닥에 침만 뱉고 있다. 불편한 침묵이 흘렀다.

"자! 시간도 늦었는데, 다들 집에 가자!"

편집이 갑자기 벤치에서 일어나더니 체육의 팔을 잡아끌고는 "택시!"를 외친다. 힘없이 질질 끌려가던 체육은 편집이 열어준 택시문을 다시 쾅 닫고는 "2차!"를 외친다. 편집은 "너 취했어!"라더니 다시 택시문을 연다. 체육은 다시 택시문을 닫는다. 택시는 잽싸게 달려가 버린다. 체육과 편집 사이에 다시 긴장감이 돈다.

"너 방금 내가 취했다고 했냐?"

체육이 비틀거리며 바닥에 앉으려 하자 레저가 그를 부축한다. 그사이 편집은 또 다른 택시를 잡는다.

"얼른 타. 취한 순서대로 집에 가야지."

체육은 스프링처럼 튀어오르더니 편집에게 주먹을 날린다. 턱을 가격당한 편집도 그 즉시 주먹을 휘두른다. 레저는 바이킹이라도 타는 것처럼 소리를 빽빽 질러댄다.

"그만해! 우리 사이좋게 지내기로 했잖아!"

내가 나서자 체육과 편집이 나란히 "내가 언제!"라고 소리친다.

"얼른 화해해! 우리끼리 뭉쳐야 한다니까!"

나는 체육의 몸을 끌어다 편집 가까이로 옮긴다.

"야! 뭉치긴 뭘 뭉쳐! 쟤는 계속 국장 똥구멍이나 핥으라 그래!"

편집이 주먹을 날려 체육의 코피를 터뜨린다. 체육이 몸을 크게 비튼다.

"그만 좀 하라니까!"

체육이 다시 주먹을 휘두르기 시작한다. 퍽. 그리고 별이 보인다. 내 눈에 핼리혜성이라도 떨어진 듯 열기가 뿜어져 나온다.

"야, 이 새끼야! 죽을래?"

나는 두 눈을 꾹 감고, 노트북을 휘둘러 체육의 머리통을 후려쳤다. 그 바람에 가방 안에 들어 있던 마우스가 튕겨져 나와 바닥에 떨어졌다. 마침 뛰어오던 레저가 그걸 밟고는 벌러덩 자빠졌다.

사진이 나를 부축해서 우리 집으로 들어간다. 얼굴을 맞았는데 왜 다리를 절뚝거리냐고 누가 묻는다면 딱히 할 말은 없다. 눈치 없는 레저는 자꾸만 자기가 날 맡겠다고 했다. 그 바람에 나는 쓰러지는 척을 한 다음, 술에 취하지 않은 남자의 등에 업혀야 한다고 주장해야 했다. 헤벌쭉 웃으면서 사진의 등에 올라타는 내 얼굴을 보고서야, 레저가 나를 포기했다.

나는 무작정 침대 위로 올라갔다. 사진은 내 얼굴을 조금 살펴보더니 집에 가려고 한다. 나는 혼자 있기 무섭다고 칭얼댄다. 그러자 사진은 바닥에 벌렁 눕는다. 오늘 날씨가 영하 12도랬나? 나는 절대 보일러를 틀어주지 않을 것이다.

"거기 춥지 않아? 내가 미안하잖아. 이불도 없는데. 이리 올라와."

사진은 한사코 사양하더니 기어이 돌아눕기까지 한다. 이대로 잘 수는 없다. 나는 화장실에 가겠다며 일어난다. 그리고 일부러 그의 발에 걸려 넘어진다. 그러나 사진은 실로 우수한 운동신경을 발휘해 나와의 충돌을 피한다. 나는 벌떡 일어나 화장실로 뛰어간다. 여자친구도 없다면서 날 거부하다니, 정체가 뭐야?

화장실 불을 켜고 나는 비명을 지른다. 거울에 비친 내 얼굴은, 슈렉이 따로 없다. 절반이 퉁퉁 부은 상태다. 비명소리에 쫓아온 사진도 내 얼굴을 보더니 흠칫 놀란다. 나는 얼른 나가라고 소리친다. 그러나 그는 오히려 내게 다가와 날 안으며 진정시킨다. 이게 먹히는 건가? 나는 너무나 놀라서 울음을 터뜨릴 것만 같은 심약한 여자가 되기로 한다.

"그리고 나, 신종플루 걸렸을지도 몰라."

"괜찮아."

마침내 나는 그를 내 옆에 눕히는 데 성공한다.

chapter 8

관계의 변화

　얼굴에 든 멍은 2주나 지속됐다. 나는 인턴들의 주먹질을 부장에게 공식 보고했다. 우리끼리 뭉치기는 개뿔, 나는 이 사안을 문제 삼아 경쟁자 두 명을 동시에 날려버릴 작정이었다. 레저도 어느 정도 동의했다. 저 정도 주사가 있는 놈들이라면, 기자를 해선 안 된다. 나는 저들이 취재원 앞에서 더 큰 사고를 칠지도 모른다고 주장했다. 그러나 그 어떤 부장도 내 말을 심각하게 듣지 않았다. 오히려 그놈들이 귀엽다고까지 했다. 실로 술버릇에 관대한 대한민국이 아닐 수 없다. 나는 그저 두 사람의 무미건조한 사과 멘트를 듣는 것으로 내 얼굴의 멍을 보상받아야 했다.
　내가 이 선에서 일을 마무리 지은 건, 사실 다른 보상이 있었기 때문이다. 나와 사진은 매일 밤 우리 집에서 함께 잠드는 사이가 되었다. 손 잡고 함께 퇴근해서, 손 잡고 함께 출근하는 재미가 쏠쏠했다. 회사 앞에서 우연히 만난 척하는 연극도 스릴 만점이었다.

하지만 이 보상은 그만큼의 걱정거리도 안겨줬다. 나는 난생처음으로 한 남자 때문에 초조하고 불안하고 기분이 나쁘다. 왜 아직 사귀자고 말을 안 하느냐 말이다! 물론 내가 먼저 이제 남자와 진지하게 안 만날 거라는 둥, 평생 독신으로 살 거라는 둥 헛소리를 하긴 했다. 하지만 그건 전 남자친구와 헤어지자마자 이 남자를 유혹한 것에 대한 죄책감으로 '상처받은 여자' 롤플레이를 조금 한 것뿐이었다. 그 말을 곧이곧대로 믿는 걸까? 사진부 인턴과 나는 사귀는 것도, 안 사귀는 것도 아닌 애매모호한 관계가 됐다.

물론 내가 먼저 좋아하네 어쩌네 하는 소리는 절대 하지 않을 것이다. 그건 내 침대로 끌어들이는 것과는 차원이 다른 문제다. 섹스는 절대 거부당하지 않는다는 것을 잘 알고 있지만, 릴레이션십은 내가 먼저 원한 전례가 없기 때문이다. 만에 하나 사진이 "너랑 사귈 마음은 없는데."라는 반응을 보인다면, 나는 사직서를 내는 수밖에 없을 것이다. 난 그 정도의 수치심은 받아들일 용기가 없다.

'빼밀리 효과'는 바로 나타났다. 우지환은 결국 신문사로 찾아와 인터뷰를 했다. 내가 만난 최고의 톱스타였다. 난 그때 같이 찍은 사진을 미니홈피에 올리고 잔뜩 친한 척을 해뒀다. 친구들은 그의 허벅지에 감탄했으며, 우지환의 마스코트인 빵빵한 엉덩이도 보여달라고 아우성이었다. '빵빵한 엉덩이는 나만 볼 거야. 진짜 한번 만져보고 싶더라. 흐흐.'라는 댓글을 달고 흐뭇해하고 있는데, 휴대폰이 울린다. 엄마다. 엄마는 구정에 못 본 딸을 보기 위해 서울에 왔다고 했다. 부장이 옆에서 슈렉한테 고래고래 소리를 지르고 있었으므로 통화는 길게 지속되지 않았다. 나는 대충 전화를 끊고 우지환이 해외에서 인기가 너무 많다는, 그래서 그가 국위선양을 하고 있다는 기사를 완성했다.

화장실에 숨어 통화를 하기 위해 살금살금 빠져나가고 있는데 사진과 마주쳤다. 나는 오늘 엄마가 올라오니, 당분간 우리 집에서 지내는 건 힘들 것 같다고 말한다. 알았다고 말하고 돌아서던 사진이 갑자기 헉 하는 소리를 내더니 날 벽 구석에 몰아붙인다.

"저기, 어쩌지? 지금 너네 집 변기 막혔을 텐데."

"그래? 내가 뚫어볼게."

나는 대수롭지 않게 말한다.

"그게 아니고. 실은 내가 오늘 아침에 콘돔을 거기 떨어뜨렸거든. 휴지통에 버린다는 게 거기 떨어져서, 그냥 물을 내렸어. 그런데 막히는 거야. 출근 시간이라 수습을 못 해놨는데."

"그러니까, 내 변기에 콘돔이 걸려 있다는 거야?"

"응. 미안."

나는 재빨리 엄마 번호를 눌러 통화를 시도한다. 엄마는 전화를 받지 않는다. 또 건다. 또 받지 않는다. 나는 제자리에서 발을 동동 구르며 다시 한 번 버튼을 누른다. 엄마는 그제야 전화를 받더니 가쁜 숨을 몰아쉰다. 버스 정류장까지 오느라 전화 벨소리를 못 들었단다.

"라희야! 끊어. 저기 용산 가는 버스 온다!"

서울역에서 용산까지는 10분도 안 걸린다. 나는 외투도 입지 않은 채 뛰기 시작한다.

자기 아이가 트럭에 깔리자 그 트럭을 두 손으로 들어 올렸다는 한 여자의 사연은 꽤 유명하다. 그만큼 인간은 극한의 상황에서 초인적인 힘을 발휘할 수 있다는 얘기다. 나는 여기에 케이스 하나를 더 추가하겠다. 엄마한테 콘돔을 들킬 위기의 한 여자는 15분 거리를 4분 만에 뛰었다. 나는 부들부들 떨리는 손으로 비밀번호를 입력하고 집 안으로 뛰어들어갔다. 역시 변기는 꽉 막혀 있었다. 뭔가 수를 쓰고 싶지만, 일단 여기에 한가득 토하고 싶다는 생각이 간절하다. 입을 조금만 더 벌리면 피가 한 사발 쏟아져 나올 것 같기도 하다.

다행히 육안으로 콘돔을 확인하기는 어려울 듯하다. 나는 급한 김에 변기 안에 손을 집어넣는다. 아무것도 잡히지 않는다. 조금 더 집어넣는다. 손목이 구멍에 낀다. 나는 몸을 이리저리 돌려보지만 안 빠진다. 울고 싶다.

그때 현관문이 열리면서 엄마가 들어섰다. 나를 보더니 기겁한다.

"어머나! 너 거기서 뭐하니!"

나는 온 힘을 다해 손을 뽑아낸다. 손목이 욱신거린다.

"취재 끝나고 지나가는 길에 잠깐 들렀어요. 변기 막혔으니까 내가 퇴근할 때까지 좀 기다려요. 꼭 내가 뚫을게요."

나는 아무렇지 않은 척 화장실을 나섰다.
"나 화장실 급해! 내가 할게!"

엄마는 변기에 앉으려고 한다. 나는 화장실로 도로 뛰어들어가 가까스로 엄마를 밀어낸다. 만에 하나 콘돔이 역류라도 하면 망하는 거다. 일단 변기에 물을 한 바가지 부어본다. 변기는 미동도 하지 않는다. 엄마는 결국 경비 아저씨를 불러왔다. 아저씨가 변기 뚫는 기구로 힘차게 펌프질을 시작한다. 변기가 꾸룩 꾸룩 소리를 낼 때마다 심장이 쪼그라든다. 엄마는 기어코 변기 뚫는 과정을 지켜보겠단다. 나는 미쳐버릴 것만 같다.

영겁의 세월이 흐르고, 드디어 변기가 쿠와왕 소리와 함께 뻥 뚫렸다. 나는 혹시 모를 콘돔 출현에 대비해 몸을 바짝 숙인다. 언제든 변기를 끌어안고 엄마의 시야를 가릴 수 있게 말이다. 그러나 다행히도 변기는 물과 함께 콘돔을 삼켜버렸다. 나는 이제야 숨을 내쉰다.

엄마는 경비 아저씨에게 물 한 잔을 건네며, 내가 잘나가는 스포츠신문의 기자라고 대놓고 자랑한다. 고액연봉의 전문직 종사자가 지천에 깔린 이 오피스텔의 경비 아저씨는 예의상 미소를 지어주신다. 엄마는 그 미소가 진심 어린 감탄인 줄 알고, 더 열심히 떠들어댄다. 나는 경비 아저씨를 내쫓다시피 한 다음, 바지를 갈아입는다. 왜냐, 이 말도 안 되는 근무지 이탈 사건에 대해 끝내주는 변명이 떠올랐기 때문이다. 슈렉이 소리를 지르며 날 혼낼 경우, 나는 이렇게 말하면 된다.

'저, 갑자기 생리가 터져서요.'

설마 생리일을 예측 못 했다고 날 자르기야 하겠나. 나는 천천히 걸어서 회사로 돌아가기로 했다.

현관문을 나서는데 슈렉으로부터 전화가 온다. 나는 전화로 생리라는 단어를 말하면, 슈렉이 받는 충격 여파가 작을까 봐 걱정하며 통화 버튼을 누른다.

"너 혹시 우지환 출장 간 거 알았어? 다른 기자들한테 들은 거 없어?"

나는 우지환 출장이 뭔지도 모른다. 슈렉의 말투가 굉장히 다급하긴 한데, 달리 할 말이 없다.

"가요담당기자들 오늘 아침에 다 태국으로 떠났다고! 우리만 빼고!"

정확히 어떤 상황인진 몰라도, 내가 또 뛰기 시작해야 한다는 건 알 것 같았다.

"네가 그러고도 기자야? 이 능력 없는 새끼!"

병원 검사 결과, 부장은 신종플루에 걸리지 않았다. 어찌나 건강한지, 인플루엔자 정도로는 부장을 쓰러뜨릴 수가 없었다. 그의 신체 중 특히 건강한 곳은 바로 성대였다. 유리문을 열자마자 부장의 목소리가 쩌렁쩌렁 울렸다. 나는 발 뒤꿈치를 들고 조심스럽게 내 자리로 향한다. 부장 맞은편에 서서 모욕을 견디고 있는 건 역시 슈렉이었다. 나는 의자를 아주 조심스럽게 빼서 그 위에 엉덩이를 올려놓으려 안간힘을 쓴다.

"이라희!"

부장이 사납게 날 불렀다. 이럴 땐 내 이름을 정확하게 기억한다. 뭐 하다 지금 왔냐고 하면 어쩌지? 생리 얘기를 했다간 진짜 피를 볼 것만 같다. 나는 고개를 푹 숙이고 슈렉 옆에 섰다.

"너 알았어, 몰랐어?"

나는 버릇처럼 고개를 절레절레 흔들다 깜짝 놀라서 "몰랐습니다." 라고 크게 말한다.

"그 소속사 대표 새끼한테 전화해서 진상 파악해. 하나도 빠짐없이 다 보고해."

나는 큰 소리로 대답한 후 자리로 돌아왔다. 하지만 대체 뭘 하라는 건지 알 길이 없다. 내가 넋이 나가 멍하니 앉아 있자 유재준 선배가 회의실로 불렀다.

출장은 언론사와 연예매니지먼트사의 관계를 가장 극명하게 보여주는 이벤트다. 해외에서 중요한 행사가 있다고 치자. 그 행사가 좀 대대적으로 보도됐으면 좋겠는데 기자들이 자발적으로 취재를 가진 않는다. 그럼 연예매니지먼트사가 기자를 공식초청하는 것이다. 한류가 한창이었을 때만 해도 가요담당기자들은 한 달에 두어 번씩 해외에 불려다니곤 했다. 하지만 요즘엔 그리 흔하진 않다. 연예계 전반이 불황에 시달리는 데다가, 연예매체가 너무 많아져 출장 한 번에 15~20명이나 초청해야 하기 때문이다. 초청 기자 수를 줄일 수는 있지만, 나머지 기자들의 악의적인 보도를 감수해야 한다.

이건 가요계에만 있는 게 아니었다. 방송담당은 덜하지만, 영화 쪽도 해외 출장이 많았다고 한다. 할리우드 블록버스터의 아시아 프로모션이 있을 경우, 프로모션이 열리는 일본이나 홍콩으로 다른 아시아 지역 기자들을 많이 초대하기 때문이다. 그러나 요즘 한국시장이 급성장하면서 아예 프리미어 행사를 한국에서 여는 경우도 많아져 영화담당들의 출장은 거의 없어진 상태다. 이런 출장은 연예부에만 있는 것도 아니다. 기업 등을 취재하는 부서는 전 세계 각지로 끝내주는 출장을 많이 다닌다.

취재원이 출장에 모셨다는 건 그 취재원이 해당 매체를 매우 중요하게 생각한다는 뜻이 된다. 다시 말해 우지환의 매니저는, 태국에서 열리는 우지환의 단독 콘서트에 스포츠엔터의 기사는 필요 없다고 판단했다는 것이다. 이는 해당 매체의 자존심을 단숨에 푹 꺾어놓는 짓이다.

불과 몇 달 전만 해도 나는 부장이 화를 내는 이유를 제대로 이해하지 못했을 것이다. 우지환 매니저가 자기 맘대로 몇몇 기자만 태국에 데려갔다는데, 그게 잘못됐다고 할 수는 없는 거 아니냔 말이다. 하지만 유재준 선배는 그렇게 단순하게 볼 사안이 아니라고 충고했다. 우지환의 매니저가 우리는 별 볼일 없는 신문사라고 광고한 것이나 마찬가지라는 것이다.

유 선배는 이 일이 창간 이래 가장 큰 위기일 것이라고 예상했다. 부장의 성격상, 절대 당하고만 있지는 않을 것이기 때문이다. 우지환 쪽에서 먼저 우리를 제낀 마당에, 우리도 마음껏 우지환을 칼질할 수 있다는 것이다.

"그런데 왜 부장은 한선우 선배한테 능력이 없다고 하는 거예요? 우지환은 부장을 제낀 거 아닌가요?"

나는 궁금증을 참지 못하고 물었다. 소속사 대표와 저녁을 먹은 것도 부장이고, 우지환을 찬양하라고 지시한 것도 부장이다. 그렇다면 부장이 배신을 당한 게 아니냔 말이다. 슈렉이 아니라.

"하하, 그 문장 그대로 부장한테 한번 말해봐. 재미있겠다."

유 선배는 하지원 인터뷰를 하러 삼청동으로 떠났다. 나는 자리로 돌아와 김 이사에게 전화를 했다. 로밍 특유의 소리가 난 후 김 이사가 연결됐다. 그는 의외로 매우 발랄했다.

"네! 이 기자님, 잘 지내셨어요?"

김 이사의 설명은 명쾌했다. 출장은 이미 예전부터 예정됐던 것이고, 출장 기자 명단을 정할 때 우리는 창간 전이었다는 것이다. 태국 공연 기획사 측에서 인원을 열 명으로 추려달라고 해서 뒤늦게 추가하기도 어려웠다는 해명. 너무나 불가피한 상황이었고, 또 스포츠엔터 측에서도 별 말이 없기에 이해해준 줄 알았다는 입장. 우리가 출장에 대해 까마득히 몰랐다고 하면 우리의 정보력에 흠집이 가는 것이니 태클을 걸기도 어려웠다. 나는 웃으며 전화를 끊었다.

슈렉은 난데없이 휴가를 가겠다고 했다. 연차는 회사가 생긴 지 얼마 안 돼 없었으므로 병가를 내겠단다. 심상치 않은 선언이었다.

놀랍게도 부장은 슈렉에게 다정해졌다. 지금 해야 할 일이 얼마나 많은데 병가냐고, 5년차 기자답지 않게 왜 이러냐고 어르기 시작했다. 코너에 몰리자 우지환 조지기 프로젝트에서 빼주겠다고까지 제안했다. 그러나 슈렉은 완강했다. 진단서는 내일 내겠단다. 병명은 사생활 보호 차원에서 회사에만 알리기로 했다. 사실상의 사직서 전조 현상으로 받아들여지는 분위기다.

휴게실에 앉은 슈렉은 주머니에서 약 봉투 하나를 꺼내더니, 거칠게 뜯었다. 알약 세 개가 테이블 위에 떨어져 또르르 굴렀다. 기자들은 모두 앓고 있다는 역류성 식도염 약이었다. 나는 맞은편에 앉아 내 커피를 타고 있다. 찬물과 함께 약을 삼킨 슈렉이 길게 한숨을 내쉬었다.

"너, 언제까지 다닐 거야?"

슈렉이 다 죽어가는 목소리로 말했다.

"열심히 해봐야죠."

나는 동문서답했다.

"너 좀만 다녀보다가 때려친다고 말하고 다닌다며? 편집국에 소문 다 났던데."

"누가 그래요? 아니요! 안 그랬어요."

처음에 인턴들한테 비슷한 얘기를 한 적 있는 것 같다. 별 생각 없이 한 말이 내 발목을 잡는구나.

"잘 생각해봐. 네가 여기서 열심히 해봐야 5년 후에 나처럼 되는 거야. 5년 후에 나처럼 되고 싶어?"

나는 대답하지 못했다.

"넌 더 힘들지도 몰라. 언론은 죽어가는 산업이잖아. 매니저들도 점점 기자를 얕보고. 이번 우지환 사건도 1년 전만 해도 상상도 할 수 없었던 일인데. 모르겠다."

나는 여전히 아무 말도 하지 못했다.

"넌 잘할 수 있을 것 같지? 나도 그랬어. 나도 처음엔 부장이 애지중지하던 후배였거든."

슈렉은 부장과 함께 5년째 일하는 중이다. 이 회사로도 나란히 옮겨 와서 대내외적으로 슈렉이 부장의 오른팔로 통하는 상황이었다. 그런 그가, 전혀 행복하지 않다.

"이 일이 재밌어? 그럼 틈틈이 다른 신문사라도 알아봐. 모든 연예부가 여기 같지는 않거든. 너 생각해서 하는 말이야, 임마!"

나는 그냥 고개만 끄덕인다.

부장은 행복하다. 잘나가는 톱스타들이 고개 숙여 인사하고, 돈 많은 매니저들이 경쟁적으로 술을 사 먹인다. 말 한마디로 후배 기자들의 기사를 컨트롤하고, 연예계 큰 뉴스가 터질 때마다 방송 인터뷰가 수십 개 잡힌다. 그러니 당연히 행복할 것이다. 그의 아내가 최근 오픈한 볶음밥집에는 3대 대형기획사를 대표하는 최고 인기 아이돌그룹들이 돌아가며 사인회도 열어줬다. 연봉도 일반 기자 셋을 합친 것과 맞먹는다고 한다.

그런데 그의 오른팔은 왜 행복하지 않을까. 원래 불행의 연속을 거듭하고 거듭해야 행복의 그 자리로 올라갈 수 있는 것일까. 세상의 이치가 원래 그럴진대, 슈렉이 천하에 몹쓸 인내력으로 먼저 나가떨어진 것일까. 아니면 부장과 슈렉 사이에 남모를 사연이 있는 것일까. 슈렉은 무슨 근거로, 내가 그의 전철을 밟으리라 장담하는 것일까. 나는 이 사안에 대한 판단을 유보하기로 한다.

부장은 내가 전한 우지환 측의 해명에 콧방귀를 꼈다. 그리고 공격적인 말투로 그 해명을 믿느냐고 묻는다. 나는 당황해서 절대 믿지 않는다고 말한다. 부장은 만족스러운 미소를 띠더니 우지환을 탈탈 털자고 한다. 우지환의 태국 공연기획사에서 일했던 사람과 어렵게 통화를 했고, 이번에 망한 우지환 영화의 홍보를 맡았던 사람과 통화를 했다. 이제 더 이상 우지환과 이해관계가 없는 이 사람들은 의외로 쉽게 정보를 내줬다. 다소 주춤해진 인기로 태국 공연 개런티가 작년에 비해 1억 원 깎였다는 소식, 우지환이 지방 무대 인사를 돌기 싫어해서 애를 먹었다는 후일담들이 쏟아져 나왔다. 물론 우지환이 최근 어려워진 태국 공연기획사의 형편을 생각해서 1억 원을 양보했다거나, 영화홍보사가 스케줄을 엉망으로 잡아 지방까지 가기 힘들어했다고 해석할 수도 있는 정보였다. 그러나 스포츠엔터의 손에 들어온 이상, 그렇게 보도될 리는 없었다. 나는 제보자의 신분을 익명으로 처리함은 물론, 우지환이 쉽게 범인을 가려낼 수 없도록 교묘하게 이니셜을 꾸며냈다. 부장은 함박웃음을 지었다.

모레 우지환 일행과 기자들이 비행기를 타고 돌아올 시간에는, 우지환의 열애설을 터뜨릴 계획이었다. 우지환의 러브스토리는 친한 기자들이 모두 알고 있지만 기사화하진 않은 공공연한 비밀이었다. 소속사 대표가 "아이고, 그놈이 요즘 모델 하나한테 푹 빠져가지고."라고 말할 때만 해도 우리가 이것을 기사화할 것이라고 상상도 못했을 것이다. 그러나 관계는 언제든 변하게 마련이다.

    태국 공연기획사 관련 기사가 나가자 역시 폭발적인 댓글 수를 자랑한다. 그리고 부장의 전화에 불이 났다. 이번 출장에서 빠진 다른 신문사의 데스크들이었다. 우리 말고도 몇 군데 더 있었던 모양이다. 처음엔 중립적인 듯한 자세를 유지하던 부장은 결국 "다 같이 힘 합쳐 우지환을 물리치자."로 나아간다. 서로의 신문사에서 쓰는 우지환 관련 기사를 '받아주기'로 합의한 것이다. '받아주기'란, 누군가 쓴 기사가 큰 이슈가 되고 있다고 뒤이어 기사를 써주는 걸 뜻한다. 이로써, 다른 매체 세 군데서 내 기사를 받아 개런티 축소는 우지환의 태국 내 인기가 몰락하는 증거라고 보도했다. 태국에서 열심히 전화를 받고 있는 김 이사가 태국 현지 사정을 고려한 것일 뿐이라고 멘트를 날리고 있지만, 역시 '몰락' 등의 선정적인 제목 기사에 간단히 묻혀버린다. 내 기사가 나간 지 30분 만에 다른 한 매체는 우지환의 최근 영화 흥행 실패와 태국 개런티 삭감을 두루 언급하며 '우지환의 총체적인 위기'라고 보도했다. 우지환 소속사에 대한 배신감은 부장만 느낀 게 아니었다. 나는 왠지 모를 뿌듯함에 기분이 좋아진다.

    회의실에서 슈렉을 앉혀두고 일장연설에 들어간 부장은 내게 6시 퇴근을 허락했다. 슈렉과의 민감한 대화 때문이겠지만, 표면적인 이유는 내가 오늘 기사를 너무나 잘 쓴 데에 대한 보상이었다.

덕분에 나는 엄마를 모시고 백화점을 한 바퀴 돌 수 있게 됐다. 엄마가 첫째 딸의 첫 월급에 감격하는 모습을 보니 기분이 좋아진다. 진실이야 어찌됐든 말이다. 나는 신용카드를 꺼내 엄마의 옷이며 화장품이며 액세서리를 계산한다. 그리고 백화점 매장의 거의 모든 직원이 내가 잘나가는 기자이며, 우지환과 친하다는 사실을 알게 된다.

엄마가 12만 원짜리 티셔츠를 꺼내들고 "비싸다."고 말할 때에서야, "우리 집 망했다."던 엄마의 말이 와닿는다. 나는 고급 뷔페에 가서 잘나가는 딸 노릇을 완벽하게 해낸다. 엄밀히 말하면, 내 돈이 아니라 신한은행의 돈을 쓴 거지만.

10여 매체에서 쏟아내는 기사의 위력은 컸다. 각 포털사이트는 우지환의 태국 콘서트가 얼마나 멋있었는지에 대한 기사로 도배됐다. 우리가 개런티 운운하며 이슈를 만들어줬기에, 해당 콘서트의 리뷰는 더 큰 주목을 받는 꼴이 됐다. 부장은 기사를 더 갖고 오라고 성화였고, 슈렉은 출근하지 않았다. 결국 우리는 열애설 기사를 앞당겨 표출시켰다. 온라인은 우지환 관련 뉴스로 들썩였다.

태국으로부터 전화가 왔다. 지금 공항으로 출발하고 있을 김 이사는 내가 전화를 받자마자 소리를 버럭 질렀다. 그토록 친절하던 사람이 갑자기 화를 내니, 나는 당황할 수밖에 없었다. 내 당황을 틈타 그는 더욱 더 목소리를 높였다.

"출장은 어쩔 수 없었다고 충분히 설명드렸잖아요! 진짜 이렇게까지 하실 거예요? 소송 한번 당해보고 싶어서 그래요?"

이건 분명 협박인데, 어떻게 대처해야 하는지 알지 못했다. 가슴이 심하게 벌렁거렸다. 내 표정을 보고 부장이 황급히 다가와 휴대폰을 빼앗았다.

"너 이 새끼, 어따 대고 소릴 질러? 소송? 어디 한번 걸어봐! 겁나는 줄 알아? 새끼야! 나, 하재관이야!"

부장은 휴대폰을 내게 던지다시피 했다. 끊는 방법을 몰라서 내게 준 것이다. 내가 종료버튼을 누르자마자 또 벨이 울리기 시작한다. 이번에는 소속사 대표다. 나는 엉겁결에 통화 버튼을 누른다.

"이 기자님, 이렇게 나오시면 곤란합니다."

침착해서 더 무서운 목소리였다.

"대표님, 제 기사에 틀린 부분이 있습니까?"

나도 목소리를 깔았다. 부장이 또 다시 다가와서 휴대폰을 빼앗았다.

"내가 가만히 있을 줄 알았어? 앞으로 매일 기사 나갈 거니까, 잘 봐. 내 성격 알지? 나 하재관이야, 하재관! 기사 똑똑히 보고, 내 성질 건드리면 어떻게 되나 잘 봐! 소송 같은 거 내가 눈 하나 깜빡할 줄 알아? 그래? 헤어진 지 오래됐어? 그럼 헤어졌다고 또 써줄게!"

부장은 또 휴대폰을 내게 던지다시피 하더니 우지환 기사 열 개를 더 가져오라는 명령을 내렸다. 오늘은 슈렉을 대신해 혼자서 당직을 서는 날이기도 했다. 나는 눈앞이 캄캄했다.

편집부에서 뽑아내는 내일자 신문을 미리 검토, 오타를 하나하나 다 고쳐야 했으며 5분마다 다른 신문사 기사를 모두 정독, 사건이 터진 건 없나 점검을 하고 수시로 들어오는 보도자료를 기사화, 온라인에 쏴줘야 했으며 우지환 관련 기사도 열 개나 만들어내야 했다. 편의점에서 사다놓은 단팥빵을 한입에 물고, 이리저리 얼마나 뛰어다녔는지 모른다. 우지환이 열애설에 침묵으로 일관하며 팬들을 우롱하고 있다는 기사를 쓸 때쯤엔, 내가 지금 뭐하고 있는 건가 싶은 회의감도 치밀었다.

그 와중에 편집부 선배 한 명이 다가와서 말을 건다. 대장(내일자 신문 지면을 미리 인쇄한 종이)을 내밀며, 그룹 이름의 영어철자가 이상하다고 말한다. 나는 그룹들이야 워낙 말도 안 되는 영어 이름을 많이 쓰니까 철자는 신경 쓰지 않아도 된다고 대답했다. 그래도 선배는 네이버에 한번 검색해보라고 고집이다. 자기가 직접 해봐도 될 것을 꼭 취재기자한테 시킨다. 나는 기사가 잘 안 풀려 짜증이 머리끝까지 치솟은 상태다.

"제가 좀 이따 검색해볼게요."

나는 터져 나오는 한숨을 가까스로 참으며 말한다.

"지금 해봐."

"지금은 제가 다른 거······."

"지금 하라고!"

선배가 갑자기 사무실이 떠나갈 듯 소릴 질렀다. 누군가의 고함소리를 듣는 것, 이제 진짜 치 떨리게 싫다. 나는 아랫입술을 꽉 깨물고 네이버에 그룹 이름을 검색한다. 대장에 나와 있는 철자가 맞다.

"그거 맞는데요."

"너, 일어서."

30대 후반쯤 돼 보이는 남자 선배는 나를 잡아먹을 듯 쏘아본다. 나는 시선을 다른 데 두며 천천히 일어선다.

"똑바로 해, 이라희. 네가 취미로 회사를 다니든 말든 내 알 바 없는데, 거슬리겐 하지 마. 알았어?"

그가 갑자기 대장 두어 장을 내 얼굴에 홱 뿌린다. 그중 날카로운 모서리 하나가 내 눈 바로 밑을 찌르고 떨어진다. 그가 천천히 몸을 돌려 편집국을 빠져나가는 게 보인다. 내가 할 수 있는 일은 없다.

나는 눈을 꾹 감는다. 노트북을 집어 들고 그의 뒤통수를 가격하고 싶은 충동에 시달린다. 다 그만두고 싶다. 다 그만두고, 내 맘대로 살던 학생으로 돌아가고 싶다. 겨우 스물다섯 살에서 스물여섯 살이 된 것뿐인데, 세상은 나를 다른 사람 취급한다. 다른 사람이 돼야 한다고 강요한다.

제일 무서운 건 누적이 된다는 것이다. 처음엔 힘들게 참았다. 이를 악물고 화장실로 뛰어가서는 주먹을 꼭 쥐었다. 향후 며칠간은 날 무시한 인간과 눈도 마주치지 않으려 했다. 그런데 한 번, 두 번 반복되면서 나한테도 빌어먹을 내성이 생긴다. 눈물도 나지 않고, 화가 나지도 않고, 쪽팔리지도 않는다. 그냥 생활이 된다. 이제 금방 실실 웃으면서 사과라도 넙죽 하고 있는 내 자신을 목도할지도 모른다.

이건 자명한 사실이다. 예측이나 우려가 아니라 사실로 나타나고 있다. 난 변하고 있다. 그래서 뭘 먹을 때마다 14인조 오케스트라 소리를 내는 사람한테도 익숙해졌고, 뭐든 일단 여자만 걸고 넘어지는 사고방식에도 그러려니 한다. 나를 완전히 깔아뭉갰던 슈렉에게 생글생글 웃으며 인사를 하기도 했다. 이쯤되면 궁금할 수밖에 없다. 나는 여전히 이라희일까?

엄마를 볼 기분이 아니다. 오피스텔 앞에 서서 술이나 한잔하고 들어갈까 고민하고 있는데 경비 아저씨가 다가오더니 기다란 종이를 몇 장 건넨다. 반사적으로 받아든 나는 한참이나 종이를 들여다보고서야 그게 관리비 청구서라는 것을 알았다.

"연체됐더라고요."

경비 아저씨는 대수롭지 않은 듯 제자리로 돌아가 문서 같은 것을 작성한다. 하지만 나는 정수리에 벼락을 맞은 느낌이다. 36만 원. 전혀 예상치 못한 지출이다.

비밀번호를 누르고 집에 들어서던 나는 그 자리에 멈춰선다. 엄마 맞은편에 앉아 있는 남자는 분명, 사진부 인턴이다. 화기애애하게 웃던 두 사람은 날 보면서 함께 손을 흔든다. 나는 화장실에 들어가 발을 씻고, 땀에 절은 스타킹을 아예 버려버린 뒤 엄마와 사진이 함께 있는 광경을 다시 한 번 확인한다.

"외근 갔다 오는 길에 너 보려고 입구에 서 있었는데, 어머님과 마주친 거 있지."

"아니, 귀엽게 생긴 총각이 스포츠엔터 스티커가 붙은 가방을 들고 서 있잖니. 반가워서 이라희 아냐고 물어봤지. 어머, 근데 둘이 사귀는 사이일 줄 누가 알았겠니! 이 엄마는 참 좋다? 라희가 그동안 남자 얘길 통 안 해서, 무슨 문제가 있나 걱정했거든."

사진이 머쓱한 표정으로 웃는다. 나는 두 사람 사이에 앉는다. 두 사람은 이미 나에 대해서 많은 얘기를 나눈 느낌이다. 진도가 너무 빠른 건 아닌가 싶어 현기증이 난다. 하지만 다른 한편으론 이들로부터 위로 받고 싶은 마음, 간절하다.

엄마는 또 나를 얼마나 애지중지 키웠고, 그런 딸이 멋진 커리어우먼이 됐으니 얼마나 자랑스러운지를 떠들어댔다. 두둑한 월급 봉투로 가장 노릇까지 톡톡히 해낼 것이라고 웃으며 말한다. 사진이 표정관리에 힘쓰는 게 나한테까지 느껴진다.

"엄마, 근데 회사 일이 너무 힘들어. 적성에도 안 맞는 것 같……."

"얘, 적성에 맞는 일 하는 사람이 몇이나 되니? 원래 폼 나는 일일수록 어려운 거야."

엄마가 내 말을 툭 끊으며 치고 들어왔다.

"그래도, 좀 심해. 요즘 잠도 잘 못 자고, 소화도 잘 안 돼. 이러다 병 날 것 같아."

"취업된 것만 해도 어디니. 회사에 고맙다고 생각해야지."

우리의 대화는 각자의 출발점에서 요만큼도 나아가지 못한 채 5분이

나 지속됐다.

"오늘 어떤 선배가 나한테 종이를 집어던졌어."

"네가 뭔가를 잘못했겠지."

나는 손에 쥐고 있던 포크를 멀리 내팽개친다.

"엄마! 빈말이라도 그냥 때려치우라고 하면 안 돼? 그렇게 위로라도 좀 해주면 안 돼? 걱정 마! 나 회사 안 그만둘게! 그 빌어먹을 월급 꼬박꼬박 받을게! 그러니까, 말이라도 좀……."

사진이 내 왼팔을 붙잡고 당겨서 나는 말을 잠깐 멈춘다.

"그리고 내가 왜 가장이야? 아빠 사업 망한 게 나 때문이야? 왜 자꾸 나한테 이 집안을 책임지래! 나이 서른 먹어서도 용돈 타먹는 인간이 얼마나 많은 줄 알아? 나 이제 겨우 스물여섯이야! 왜 갑자기 나한테 돈 얘기를 해! 엄마, 내 돈 뜯어먹으려고 날 키웠어?"

엄마는 조용히 포크를 주워 오더니 그릇을 치운다. 사진이 내 몸을 휙 돌려세웠다. 나도 안다. 방금 내 말이 심했다는 거. 하지만 날 꾸짖는 듯한 사진의 표정을 보니 더 화가 난다.

"이라희, 그만해."

"네가 뭔데 끼어들어? 네가 뭘 알아? 엄마, 얘 내보내! 우리 그냥 잠만 자는 사이야! 사귀긴 누가 사귄다고 그래! 웃겨, 진짜!"

나는 다시 화장실로 들어와 문을 쾅 닫았다.

다음 날 점심시간, 엄마는 먼저 집에 가보겠다고 문자메시지를 보내왔다. 원래 일정보다 이틀이나 앞당긴 것이다. 엄마는 혼자 계신 아빠가 걱정돼서라고 했지만, 나는 진짜 이유를 안다. 하지만 붙잡을 용기도 없어서 그냥 알겠다고만 한다.

하루 종일 말도 안 되는 우지환 기사를 써대고, 우지환의 매니저들과 고성이 오가는 통화를 반복하다 밤 11시가 다 돼서 집에 돌아왔다.

비밀번호를 누르고 오피스텔에 들어서니, 바닥은 반짝반짝하게 닦여 있고, 냉장고는 먹을 것들로 가득 찼으며, 빨래건조대에는 깨끗한 옷가지들이 예쁘게 널려 있다. 화장실 변기는 새하얗게 빛났고, 이불은 가지런하게 정리돼 있다. 싱크대에는 물 한 방울 안 묻어 있다. 그리고 책상 위에는, 며칠 전 내가 엄마에게 사준 선물이 그대로 놓여 있다.

'라희야, 환불해서 네가 필요한 거 사렴. 엄마는 괜찮다. 그리고 미안해.'

나는 그 자리에 주저앉아 엉엉 울기 시작한다.

chapter 9

50kg 넘는 괴물

　나는 슈렉의 빈자리를 꽤 잘 메우고 있다. 하루에 인터뷰를 두 개씩 하고 온갖 쇼케이스에, 콘서트에, 기자회견을 쫓아다니면서도 부장이 보고 싶어 하는 매니저와 저녁 약속을 잡아주고, 몇몇 마음 맞는 매니저를 만나 새벽 5시까지 폭탄주를 들이킨다. 우지환의 꼬투리를 잡는 건 너무 어려운 일이지만, 다행히도 그 스트레스를 훌훌 털어버릴 수 있을 정도로 사랑하는 '빼밀리'들도 늘기 시작했다.

　내일 컴백하는 6인조 걸그룹도 우리의 '빼밀리' 중 하나다. 부장은 그 소속사 대표에게 나를 소개하며, 이슈몰이에 능한 젊은 피라고 자랑했다. 기자는 기사를 잘 쓰는 것보다 기삿거리가 될 만한 이슈를 만들 수 있는 능력이 더 중요하다며, 이 걸그룹의 컴백을 떠들썩하게 장식해주라고 명을 내렸다. 나는 이 그룹의 뮤직비디오를 미리 보고, 소속사에서 나름 준비한 컴백 전략을 브리핑받은 후 일종의 자문위원이 됐다.

일단 한 멤버가 탈퇴하고, 다른 멤버가 들어와 내놓는 첫 앨범이었다. 소속사는 이 멤버의 탈퇴 사실을 밝히고, 다음 날 새 멤버의 사진을 공개했다. 약간 이슈가 되긴 했지만 워낙 탈퇴 멤버의 인지도가 약해 후폭풍은 약한 편이었다.

나는 티저 뮤직비디오를 더 야하게 편집하고 논란을 만들자고 했다. 연예매체가 쏟아내는 수많은 논란들 중 상당수는 장본인이 교묘하게 만들어낸 것인 경우가 많았다. 티저가 발표된 지 3분 만에 나는 선정성 논란 기사를 작성해 온라인에 썼다.

문제는 그 직전에 한 한류스타 커플이 결혼을 발표했다는 것이다. 매니저와 나는 선정성이라는 단어만으로는 약하다는 데 의견을 모으고, 선정성을 '19금 댄스 논란'이라고 고쳤다. 남의 기사를 베껴 써서 자사 홈페이지 유입률을 높이는 일명 '우라까이' 매체들이 내 기사를 베껴 써 순식간에 수십 개의 '19금 댄스' 기사가 온라인을 도배했다. 그러나 한류스타의 결혼을 이길 수는 없었다. 티저 영상이 예상보다 야하지 않았기에 '낚싯성 홍보'라며 역반응도 보이기 시작했다. 내일 음원 발표 전에 검색어 1위를 만들라는 명령을 받은 매니저와 나는 수심이 가득했다.

점심 식사는 2년 만에 컴백한 여자 MC 인터뷰와 겸하기로 했다. 큰 인기가 있지도 않았던 그녀의 컴백 소식이 핫이슈가 된 것은 오로지 몸무게 때문이다. 몸 안의 독소를 빼는 디톡스 다이어트로 22kg을 감량했다는 그녀는 이제 뚱뚱한 몸으로 웃음을 유발하던 저급 개그는 멀리하겠다고 선언한 참이었다. 신문사들은 그녀와 인터뷰를 잡기 위해 혈안이 됐다. 다행히 매니저가 부장과 친해서 우리가 첫 번째 인터뷰를 잡을 수 있었다.

부장이 참석한 인터뷰 자리는 늘 비슷한 모양새로 흘러간다. 부장이 자기 자랑을 30분쯤 늘어놓은 뒤, 연예인이 자기 자랑을 30분 늘어놓는다. 나는 그걸 토대로 기사를 쓴다. 끝.

하지만 이번 인터뷰는 달랐다. 천하의 우리 부장도 쉽게 끼어들지 못할 만큼 이 여자가 말을 쏟아냈던 것이다. 살을 빼겠다고 결심했을 때의 절박함과, 살을 뺄 때의 죽고 싶은 고통과 요요를 막아내며 발휘한 끈기 이야기를 끝도 없이 내뱉는데, 아직 컴백 방송 첫 회 녹화도 안 했으면서 분위기는 거의 연예대상이라도 탄 것 같다.

나는 MC라는 멋진 직업을 가진 여자가 오로지 살 하나 빼겠다고 2년이나 일을 쉬어야 했고, 또 돌아와서는 살 얘기만 해야 하는 현실이 슬프지 않느냐고 물었다. 참칫집에 냉기가 돌았다.

"살 얘기가 어때서요. 사람들은 인생역전 스토리를 좋아하잖아요."

살 좀 뺀 게 인생역전 스토리씩이나 된다니, 더 이상 할 말이 없었다. 저 영혼과는 말도 섞고 싶지 않다.

인터뷰가 끝나고 헤어질 때쯤 레저가 부탁한 질문을 전했다. 레저는 이 여자가 우리와 인터뷰한다는 사실을 듣자마자 맹수처럼 달려들어 그 여자가 어떤 시술을 받았는지 어떤 단식원을 다녔는지 알아내라고 닦달했었다.

"저 진짜 건전하게 했다니까요. 밥도 하루 세 끼 다 먹었어요. 방금 저 한 그릇 다 먹는 거 보셨잖아요! 오로지 운동과 독소 빼기! 그게 다예요. 호호."

방금 여자화장실에서 내장까지 토해낼 기세로 웩웩거리던 소리는 못 들은 척해주기로 했다. 여자는 눈가까지 촉촉해져 덧붙였다.

"아까 살 빼기 위해 2년이나 쉬어야 했던 게 슬프지 않았냐고 물었죠? 저도 더 이상 저를 찾아주는 곳이 없다는 걸 알고 많이 힘들었어요. 하지만 그건 주님이 주신 기회였어요. 보다 더 나은 나로 거듭날 수 있는 기회요."

밴에 올라타는 그녀의 주위로 영롱한 빛이 감도는 것 같기도 했다. 자뻑의 빛 말이다.

이 어처구니 없는 인터뷰 기사는 각종 포털사이트의 톱 뉴스가 됐다. 다른 매체보다 앞서 한 인터뷰인 만큼, 지면에 나가기도 전에 온라인으로 쏴버린 것이다. 인터뷰가 끝난 지 겨우 2시간 만에 벌어진 일이다.

나는 KBS 본관 앞 미스터도넛에서 걸그룹 매니저와 마주 앉아 다이어트 따위가 핫이슈로 군림하는 꼴을 보고 있다. 걸그룹 매니저는 한숨을 푹 내쉬었다. 이 그룹의 리더가 슈퍼스타인 전남친을 생각하며 작사한 곡이 타이틀곡이라는 기사까지 내보냈지만 별 반응이 없던 참이었다. 인기 떨어져 빌빌거리다 군대 간 왕년의 아이돌스타를 슈퍼스타라고 쓴 게 조금 양심에 찔렸지만 그래도 내 딴에는 최선을 다한 기사였다. 걸그룹의 이름은 네이버 실시간 검색어 9위에 잠깐 머물렀다가 다시 순위권 밖으로 밀려났다.

나에게는 걱정거리가 하나 더 있었다. 오늘 〈뮤직뱅크〉로 데뷔하는 한 아이돌그룹의 유명 제작자와 친해지라는 부장발 미션이 있었기 때문이다. 인기가수 출신이기도 한 그 유명 제작자는 워낙 은둔형이라 부장조차도 많이 못 만났다는 것이다. 더욱이 부장이 결혼설을 하나 잘못 써서 멀쩡한 애인과 헤어지게 한 전력도 있던 참이었다. 부장은 그 제작자와의 과거를 청산하고 관계를 발전시키고 싶다며 그 미끼로 날 써먹겠다는 전략이었다.

"네가 가서 싹싹하게 친한 척하고, 저녁 약속 잡아 와. 너처럼 똑똑한 여기자 말은 잘 들을 거다."

슈렉의 퇴장 이후 나에게 무한 신뢰를 보내고 있는 부장은 내가 그 제작자를 꼬셔서 신문사로 데리고 들어오는 데 아무 문제가 없을 것이라고 기대했다. 부장의 드높은 기대치는 실로 부담스러웠다. 제작자가 튕기기라도 한다면, 그가 '제2의 우지환'이 되지 말라는 법이 없었다. 누군가를 조지는 기사는 이제 정말 지겹다. 나는 무슨 수를 써서라도 그 제작자와 친해져야 하는 것이다. 그는 거의 전 재산을 퍼부은 아이돌그룹의 데뷔 무대를 직접 응원하기 위해 〈뮤직뱅크〉 대기실로 향하는 중이다.

내가 생각에 빠져 있는 사이 걸그룹 매니저는 아이폰을 뒤적이며 시간을 죽이다 갑자기 내 손을 잡아당겼다.

"이거 어때요!"

아이폰 안에는 멤버 중 한 명이 세수를 막 마치고 물기를 닦는 사진이 들어 있었다. 숙소에서 장난 삼아 찍었다는 것이다. 조그마한 주근깨도 다 보일 만큼 근접 촬영된 사진이었다.

"이걸 어쩌자고요?"

"이 사진, 얘 미니홈피에 올릴게요. 기사로 좀 써줘요."

나는 회의적이었다. 섹스도, 전 남친도 안 통하는데 이딴 사진이 통할 리가 없지 않겠냐는 것이다. 하지만 뭐라도 안 하면 매니저가 잘릴지도 모른다고 하는 통에 노트북을 꺼냈다.

〈뮤직뱅크〉 대기실에는 다양한 군상이 모여든다. 가수, 매니저, 댄서, 코디, 홍보담당자, 그리고 각 연예매체의 가요담당기자. 이들은 이 좁은 대기실에서 서로 어깨를 부딪히고 음식을 나눠 먹으며 정을 쌓는다. 나는 슈렉을 대신해 처음으로 이곳에 와보는 참이다.

깐깐한 표정을 짓고 있는 경비 아저씨의 눈초리를 피해 대기실로 들어오자, 누군가 노래를 해대는 리허설 소리가 귀를 멍하게 만든다. 양쪽으로 갈라진 복도의 양옆으로 조그마한 방들이 정렬해 있고, 각 방문에는 가수들의 이름이 A4용지에 적혀 붙어 있다. 이 문은 수시로 열리고 닫히는데 그때마다 매니저와 기자들이 들어갔다 나오고, 그 안에선 가수가 댄서들과 뒤엉켜 밥을 먹거나 게임을 하고 있다. 정신 나간 사람처럼 목을 푸는 사람도 있지만, 실력파 가수 몇몇 외에는 흔치 않은 경우다.

안 그래도 좁은 복도에는 무대장치로 보이는 시커먼 상자들이 여기저기 쌓여 있고, 무대로 통하는 입구 앞에는 다음 무대를 기다리는 가수와 댄서팀이 우글우글 서 있다.

나는 이름이 기억나지 않는 한 매니저로부터 캔커피 하나를 건네받은 뒤 어색하게 잘 지내냐고 묻고는 구석에 가만히 서 있다. 바쁘게 오가는 사람들 모두 안면이 있지만, 한꺼번에 몰려드니 누가 누군지 헷갈려 머리가 터질 것 같다. 그건 매니저들도 마찬가지인 듯했다. 어떤 매니저와 명함을 주고받고서야 며칠 전 만난 적이 있었음을 서로 기억해내고 웃었다. 어색해서 어디 숨고 싶다.

저기 마침 포미닛이 보인다. 평상복을 입고 인터뷰했을 때는 몰랐는데, 무대의상을 입은 그녀들은 정말이지 사람이 아니다. 어떻게 저렇게 얇고 길 수 있지? 나는 나도 모르게 그녀들의 허리 어딘가에 시선을 고정했다. 쫓아가서 인사나 해야겠다 싶어 멤버들이 막 지나간 좁은 복도를 뒤따랐다. 검은 상자와 벽 사이를 막내 멤버가 유유히 빠져나가고 있는 참이다. 바로 뒤이어 도착한 나는 내 갈비뼈 어딘가에 급습하는 통증에 헉 소리를 낸다. 나는, 검은 상자와 벽 사이에 단단히 끼었다. 이 상자는 예상보다 훨씬 무거웠다. 숨을 못 쉬고 켁켁대고 있는데 누군가가 박스를 힘껏 밀어내 준다. 채은 선배다.

"인간아, 네가 포미닛인 줄 알아?"

나는 갈비뼈를 문지르며 인사를 건넸다.

"한선우 나가떨어졌다며? 이제 네가 그 자리로 가는 거야? 고생길이 훤하구만. 참, 오늘 방송 끝나고 강현진이 식사하자더라. 기자들 모아 달라던데, 너도 와."

강현진이라면 부장이 미션을 내렸던 그 유명 제작자다. 채은 선배와는 이미 친한 모양이었다. 나는 꼭 나도 데려가 달라고 부탁한 후 채은 선배를 따라 가수들 대기실을 쫓아다녔다. 채은 선배는 옷 갈아입고 있을 남자 아이돌그룹 방문을 일부러 벌컥 열고 들어가 "아악!" 소리 지르며 좋아했고, 여자가수 핸드백을 뒤져 똥 잘 싸는 약을 훔쳐 먹었다. 채은 선배가 슈퍼주니어 대기실 바닥에 주저앉아 멤버들과 김밥을 나눠 먹고 있을 때, 나는 잠깐 빠져나와 화장실로 향했다. 리허설 무대를 기다리며 복도에 서성이던 다른 아이돌그룹 멤버들이 날 보고 아는 척을 한다. 나와 서너 살밖에 차이 안 나는 이 녀석들은 내가 무슨 할머니라도 되는 양 공손하게 인사한다. 나는 저 눈빛을 안다. 내가 대학교 1학년 때 복학생들을 보던 그 눈빛이니까.

화장실은 몸 면적의 95%를 내놓은 댄서 언니들이 장악한 상태였다. 볼일을 보고 세면대에 나란히 섰는데, 이건 뭐 도무지 나와 같은 종이 아닌 거다. 한 달 전 강동원을 취재하고 돌아왔다가 사무실 사람들을 보고 '웬 괴물들이냐.'며 기겁했던 적이 있다. 남 말 할 때가 아니었던 것이다.

지리멸렬한 리허설도 거의 다 끝나간다. 채은 선배와 나는 스리섬의 대기실에 자리 잡고 앉았다. 겨우 20대 후반일 뿐인데 이날 출연 가수

중 넘버2가 된 그는 20년차 대선배와 같은 방에 배정돼 어색해 죽겠다는 표정을 짓고 있었다. 리허설 내내 근처 피시방에서 시간을 죽이던 그는 자기 차례 직전에서야 급하게 뛰어왔다. 나와 채은 선배가 그의 앞으로 도착한 팬들의 도시락 선물을 다 까먹은 후였다.

우리가 거의 누워 있다시피 한 소파에 20년차 대선배 가수가 같이 앉았다. 리허설을 중계 중인 TV화면에서는 포미닛이 요염한 동작으로 가냘픈 허리를 흔들어대고 있다. 90년대 밀리언셀러 시대를 맘껏 누렸던 그는 다리를 달달 떨며 브라운관을 응시했다.

그때였다. 누군가 문을 노크하더니 또 다른 아이돌그룹의 로드매니저가 고개를 디밀었다. 20년차 가수와 스리섬은 동시에 고개를 까딱했고, 뒤이어 10대 후반의 보송보송한 남자애들이 우르르 쏟아져 들어왔다.

"안녕하세요!"

180cm가 넘는 남자애들이 뿔뿔뿔 다가와 고개를 꾸벅 숙이니 두 남자는 짐짓 흐뭇한 표정으로 이들을 올려다봤다.

멤버들은 어색하게 웃으며 이들 가수의 팬이었다는 둥 아무도 믿지 않을 멘트를 날리고는 매니저를 바라봤다. 이제 인사했으니 나가자는 거다. 저 어색한 심정이야 이 방에 있는 모두가 잘 아는 것이었다.

남자애들이 방을 나가자 20년차 가수가 내게 말을 걸었다.

"1990년대생들은 유전자가 다른가 봐."

"그러게요."

"팔다리가 어쩜 저렇게 길어? 얼굴은 왜 또 저렇게 작고? 그거 알아?

재들 무대 시청률이 내 거 두 배래."

 잔인하게 분 단위로 분석되는 시청률은 어느 가수의 무대가 몇 명의 시청자들을 묶어뒀는지 적나라하게 보여준다. 노래를 잘하면 시청자들도 리모컨을 들진 않을 것이다? 모르는 소리다. 시청자들은 못생긴 가수가 나오면 전주가 시작되기도 전에 채널을 돌린다. 그나마 이 '실력파' 가수가 〈뮤직뱅크〉에 매주 나올 수 있었던 것은 그가 20년차 대형 가수이기 때문이다. 그저 그런 성적의 중형가수였다면 꿈도 꿀 수 없을 무대였다. 이 롱다리 10대 조무래기들이 판을 치는 음악 프로그램은.

 나는 음악 프로그램 섭외가 외모순으로 이뤄지는 현실을 비판하는 기사를 쓰겠다고 약속한다.

"내 멘트는 빼줘요. 나이 먹고 주책이라 그래."

 우리가 마주 보고 웃고 있는데, 문이 살짝 열리더니 예쁘장한 여자애가 들어섰다. 그녀는 두 가수와 채은 선배 앞에 공손하게 인사를 하더니 소파에 앉았다.

"어느 소속사에서 키우는 연습생이에요?"

 내가 채은 선배에게 묻자 선배는 대기실이 떠나가라 웃음을 터뜨린다.

"예쁘긴 하지? 나도 첨에 놀랐다니까. 저 얼굴로 왜 기자하느냐고. 내가 예전에 있었던 스포츠클릭 알지? 거기서 이번에 새로 뽑은 인턴이래. 얘, 이름이 정나영이라고 했니? 여기는 스포츠엔터 이라희. 둘이 입사일도 몇 달 차이 안 나는데 친하게 지내."

우리는 채은 선배를 사이에 두고 반갑게 인사했다. 나도 드디어 연예 매체에 동기가 생긴 것이다. 기자회견장에서 동기 기자들끼리 수다 떨며 노는 모습이 얼마나 부러웠는지 모른다.

"얘, 너 완전 한채영 닮았다. 전생에 지구를 구했니?"

채은 선배가 정나영의 몸을 더듬으며 말했다.

"오우! 너 가슴도 크다. 장난 아닌데? 너 국회의원 조심해라. 으하하."

어떤 국회의원이 한 일간지 여기자의 가슴을 움켜쥐었다는 전설적인 사건을 염두에 둔 농담이었다. 채은 선배는 이 방 안에 있는 남자들은 전혀 개의치 않고 가슴 얘기를 한참 떠들더니 한마디 더 덧붙였다.

"좋겠다. 나는 어두우면 가슴을 못 찾아서라도 못 만질 텐데. 흐흐. 라희 너도 마찬가지겠다."

채은 선배와 함께 웃어젖히면서 두 가수는 자연스럽게 목을 풀었다. 그 와중을 틈타 정나영은 내게 친하게 지내자며 눈을 찡긋했다. 나도 웃었다.

강현진은 예상보다 훨씬 잘생긴 40대 남자였다. 그가 가수로 전성기를 누렸던 시절은 잘 기억나지 않지만, 그는 아직도 클럽에서 먹힐 만한 외모를 자랑하고 있었다. 거대한 규모의 한우 고깃집. 나는 그가 앉을 만한 자리 맞은편에 잽싸게 앉았다. 내 옆에는 정나영이 앉았다.

우선 고기가 나왔다. 배가 너무 고팠던 나는 2인분은 족히 먹어치웠다. 강현진은 채은 선배 등 선배 기자들이 앉은 테이블에서 이야기를 나누고 있는 중이었다. 아마 다다음쯤에는 우리 테이블에 올 것이다. 그때까지는 강현진 밑의 매니저들이 우리 맞은편에 앉아 말 상대도 하고 고기도 구웠다. 강현진이 옆 테이블로 오면, 그 테이블에 있던 매니저들이 방금 강현진이 앉았던 자리로 옮겼다. 체계화된 시스템 같았다. 어쨌든 나는 오랜만에 본 한우에 눈이 뒤집혔다.

정나영은 인턴기자로서 얼마나 고생하고 있는지 읊고 있는 중이었다. 나도 불과 서너 달 전에 겪은 것이었다. 나는 여유롭게 웃으며 우리가 뭉치고 또 뭉쳐서 연예매체의 잘못된 점을 고쳐나가자고 외쳤다. 안다. 헛소리다. 아마 매니저들이 강권한 소주 한 병의 위력일 것이다.

강현진이 우리 테이블에 왔다. 그를 구워삶아서 꼭 저녁 식사 자리를 따로 마련하라는 부장의 목소리가 귓가에 윙윙 울렸다. 솔직히 그는 너무 거물이었다. 나는 무슨 말부터 시작해서 분위기를 띄울지 머리를 회전시켰다. 오늘 데뷔한 소속 그룹의 무대가 얼마나 환상적이었는지 말해줄 예정이었다.

그러나 그럴 필요는 없었다. 강현진의 얼굴에는 이미 웃음꽃이 피었다. 그의 동공에는 정나영의 얼굴이 한껏 클로즈업돼 있는 상태다.

"입사한 지 아직 한 달도 안됐다고요? 아~ 좋을 때다. 일 재밌죠?"

그는 정나영의 잔이 비자마자 소주병을 들어서 잔을 채워줬다. 그 바람에 탁자 위에 올려둔 명함이 바닥으로 떨어졌다. 내가 방금 건넨 명함이었다. 그는 그 명함을 주워 올리면서도 시선은 정나영에게 고정시키는 진기명기를 선보이는 중이다. 나는 식당 점원이 세팅해준 샤브샤브 냄비에 고기를 집어넣었다 뺐다 할 뿐이다.

나는 어렵게 하재관 부장 이야기를 꺼냈다. 부장이 많이 보고 싶어 하더라, 언제 한번 우리랑 밥 먹자.

"하 부장님이요? 잘 계시죠? 그분 덕분에 제가 아직도 솔로죠. 하하."

딱히 우리와 따로 만날 의지는 없어 보였다. 그래도 어쨌든 그의 관심을 나에게 돌렸다는 데 의의가 있겠다.

"그런데 정나영 기자님은 싱글이세요?"

젠장.

대화는 술술 잘도 풀렸다. 정 기자님이 보기에 우리 애들(그룹 멤버들)은 어때요? 아이고, 미녀의 눈에도 그런가요? 감사합니다. 우리 애들이 참 좋아하겠어요. 블라블라블라.

나는 다른 걸로 그의 관심을 유도해야 했다. 술을 잘 마시는 거다. 그는 다행히도 내가 한 잔씩 원샷할 때마다 "우와, 술 잘하시네요."라고 말은 해줬다. 그 바람에 나는 참이슬 세 병을 거뜬하게 비웠다.

강현진이 우리 테이블에서 일어날 생각을 하지 않자, 다른 테이블의 기자들이 우리 곁으로 모여들었다. 채은 선배도 다가와 내 옆에 앉아서 귓속말을 했다.

"저 인간, 정나영한테 꽂힌 거지?"

나는 묵묵히 고개를 끄덕였다.

강현진은 이제 본격적으로 기삿거리를 풀고 있는 중이었다. 회사의 운영 방침부터 시작해 이번 아이돌그룹에 거는 기대, 대중이 궁금해할 만한 본인의 사생활, 대선배로서 최근 가요계를 보는 견해까지 두루 읊었다. 기자들은 술이 오른 벌건 얼굴로 수첩에 뭔가를 열심히 써댔다.

나는 펜을 쥐고 있기도 어려웠다. 뭔가가 식도를 타고 자꾸만 올라왔다. 우욱. 방금 그 '뭔가'는 최고점을 찍었다. 나는 화장실로 뛰어가야 한다는 생각을 하면서도 다른 한편으로는 이 자리에 지키고 앉아 강현진의 멘트를 받아 적어야 한다고 고집을 피우고 있다.

우우욱. 이번에는 입안으로도 좀 들어온 것 같다. 나는 온 힘을 다해 그것을 다시 꿀꺽 삼킨다. 내 어깨가 위로 올라왔다가 다시 가라앉는다. 채은 선배가 괜찮냐고 등을 두드린다. 나는 숟가락을 들어 냄비로 가져가 샤브샤브 국물을 한 숟갈 뜬다. 강현진은 계속 뭐라뭐라 떠드는 중인데 하나도 못 알아듣겠다. 채은 선배가 다시 한 번 괜찮냐고 묻는다.

"괜차…… 우웩."

냄비 위로 정체불명의 끈적한 무언가가 콸콸 쏟아졌다. 테이블에 앉은 일동이 고함을 질렀다.

"아아. 죄송, 우웩 캭."

내 몸이 2차 공격에 나서자 사람들이 모두 벌떡 일어서서 나와 안전거리를 유지하려는 게 보인다. 강현진은 겁에 질려 있다. 냄비를 보기만 해도 또 토할 것 같다. 역시, 우욱 하고 3차 공격이 시작된다.

나는 끈적한 그 뭔가를 쏟아내며 냄비를 들고 뛰었다. 뛰면서 또 뭔가를 쏟아냈다. 빌어먹을. 끝도 없이 쏟아진다. 내 턱뼈가 같이 빠져서 냄비 안으로 들어가 버리지 않을까 걱정될 정도다. 화장실 세면대에 냄비를 집어 던지고 나서야 나는 객관적으로 이 상황을 보게 됐다. 시뻘겋게 화상을 입은 손가락도 뒤늦게 화끈거린다.

강현진은 직접 도로에 내려서서 택시를 잡아 기자를 한 명씩 태우고 있다. '토냄비'라는 별명을 얻고 구석에 우두커니 서 있던 나는 저 도로에 뛰어들어 아무 차 밑에나 깔려버렸으면 좋겠다는 생각뿐이다. 어처구니없게도 다섯 번의 구토 끝에 나는 술이 몽땅 깨버린 상태다. 차라리 정신을 잃고 집에 실려 갔으면 좋았을 것을.

몇몇 선배에 이어 정나영이 택시를 탄다. 강현진이 부드러운 미소를 얼굴에 머금는다.

"정 기자님, 오늘 수고하셨고요. 우리 애들 잘 부탁드립니다. 그리고 아까 말한 거 잊지 않았죠? 조만간 식사 한번 합시다."

정나영은 해맑게 웃으며 택시에 올라탔다. 나는 건물 뒤로 돌아가 몰래 집에 가버릴까 고민한다. 하지만 내가 발을 살짝 뗐을 때는 이미 채은 선배가 "어이, 토냄비!"라고 불러버린 후였다. 나는 쭈뼛쭈뼛 빈 택시로 향했다. 강현진이 웃으며 문을 열어준다.

"토 기자님, 평생 못 잊을 겁니다. 하하."

그의 웃음소리를 뒤로 하고 택시 문을 닫았다. 나는 몸을 최대한 웅크려 택시 속에 숨었다.

그때 부장의 얼굴이 또 떠올랐다. 저녁 약속을 못 잡고 돌아온 걸 알면 얼마나 실망할까. 나는 창문을 열고 고개를 내밀었다.

"또 토하려고?"

채은 선배가 큰 소리로 외쳤다.

"왜요? 토 기자님."

강현진은 내 이름을 모르는 모양이었다.

"저희랑도 밥 먹어야 돼요."

나는 다 죽어가는 목소리로 말했다. 강현진은 알았다는 듯 고개를 끄덕였다. 진심이었는지, 그저 나를 빨리 보내기 위한 방편이었는지 모르겠다. '진짜죠?'라고 물으려는데 택시가 출발해버렸다. 나는 그렇게 여의도를 떠났다.

외모도 실력이다. 이를 부정할 방법이 없다. 그러고 보니 부장과 친한 홍보담당자들도 다 미인이었다. 가요계를 주름잡는 연예매체 기자들도 다 예쁜 편이었다.

정나영도 분명 열심히 살긴 했을 것이다. 하지만 그녀와 동일한 선상에 서 있는 다른 라이벌만큼이었을까? 나는 회의적이다. 물론 이 같은 생각은 미모가 뛰어난 사람들에 대한 역차별일 수도 있다. 나는 그런 판단은 상당히 신중해야 한다고 생각했었다. 하지만 그건 예쁜 사람과 경쟁을 안 해봤을 때 얘기다.

어떤 칼럼니스트는 이렇게 말했다. '지금껏 빈속으로 세상을 정복한 사람은 아무도 없다.' 든든하게 먹고 튼튼하게 싸워야지! 남자와 경쟁해야 하는데 도너츠 하나도 벌벌 떨면서 먹어서야 어떡하겠냐는 것이다.

나는 그 페미니스트에게 할 말이 생겼다. 물론 비쩍 마른 몰골로 세상을 정복할 순 없다. 하지만 월급은 받을 수 있다. 대중의 사랑을 받고, 취재원의 호감을 사고, 상사의 미션을 수행할 수 있다. 오늘 여의도 바닥에서 유일하게 50kg이 넘었던 괴물로서 확실하게 장담하건데, 분명 외모는 실력이다. 대기업에 들어가겠답시고 주걱턱 수술을 받고 튜브로 미음만 마시고 있는 친구가 떠올랐다. 주걱턱 수술은 교정 치료를 끝내기까지 1년이 넘게 걸리는 대수술이다. 나는 미친년이라는 과격한 단어까지 써가며 그 친구를 말렸었다.

나는 그 친구에게 안부 문자를 보내기 위해 휴대폰을 꺼냈다. 부재중 전화 세 통. 걸그룹 매니저였다. 전화를 해보니 그의 목소리가 부쩍 밝았다.

"검색어 1위 했어요! 모두 기자님 덕분입니다!"

"제가 뭐 한 게 있다고요. 축하드려요!"

걸그룹 멤버의 '쌩얼'은 한류스타의 결혼과 여성MC의 혹독한 다이어트와 유명 제작자의 아이돌그룹 데뷔 소식을 한 방에 갈아엎었다. 여자 연예인이 짙은 화장 속에 어떤 민낯을 갖고 있는지 여부는, 모든 네티즌이 '내가 여자연예인만큼 안 예쁜 것은 기본 사양 때문인가 화장 때문인가.'를 가리는 데 매우 중요한 척도가 됐다. 이번 걸그룹 멤버의 경우에는 후자였다. 민낯이 그저 그랬던 것이다. 아이러니하게도 네티즌은 크게 환호했다. 나도 조금만 꾸미면 걸그룹 뺨치게 예뻐질 수 있다는 희망을, 그들은 봤기 때문일 것이다.

  나는 전화를 끊고 어두운 창문에 비친 내 얼굴을 봤다. 내 코가 조금만 더 높았다면 역사는 어떻게 바뀌었을 것인가. 적어도 월급은 바뀌었을 것인가. 진심으로 궁금해졌다.

chapter 10

'개새끼' 대처 요령

나는 반경 300도를 조심조심 둘러본 후 가볍게 숨을 골랐다. 떨리는 오른손을 조금씩 들어올려 테이블 위에 올려놨다. 다시 한 번 반경 300도를 둘러본다. 아직 위험인자는 감지되지 않는다. 나는 오른손을 접시 위로 가져가서 얼른 모닝빵 세 개를 집는다. 그와 동시에 왼손으로 핸드백 입구를 쫙 벌린다. 번개 같은 속도로 모닝빵 세 개를 집어 던져 골인! 나는 왼손으로 핸드백 지퍼를 닫으며 숨을 몰아쉰다. 그리고 아무일 없다는 듯 고개를 들고 포크를 집는다.

헉!

앳된 얼굴의 종업원이 내 앞에 버티고 섰다.

"손님, 음식물은 외부로 가져가실 수 없습니다."

"뭐, 뭐요?"

나는 눈을 최대한 동그랗게 뜨고 정색한다.

"손님, 방금 가방에 빵을 넣지 않으셨습니까."

"보셨어요?"

"봤습니다."

"증거 있어요? 가방이라도 뒤질 건가요?"

종업원이 물러서지 않는다. 옆 테이블에 남녀 커플이 다가와 앉는다. 나는 위축됐다.

"저기, 많이 챙긴 것도 아닌데 그냥 넘어가죠?"

내 목소리가 현저히 쪼그라들었다. 종업원이 다시 한 번 "손님."이라고 부른다.

나는 신경질적으로 핸드백을 열고 빵 두 개를 꺼내 홱 던졌다. 뎅구르르 구르던 빵 하나가 테이블 밑으로 떨어졌다.

"됐죠?"

"빵이 세 개였지 않습니까?"

"뭐요?"

"됐습니다."

내 목소리가 커지자 종업원은 꾸벅 인사를 하고는 사라졌다. 너무 야박하다. 한 사람당 4만 원씩이나 받아먹는 해산물 뷔페가 그깟 빵 한 조각 갖고 사람을 이렇게 깔아뭉개도 되느냐 말이다. 나는 그저 내일 아침 출근길에 먹을 식량이 필요했을 뿐인데.

휴대폰 벨소리가 울렸다. 오늘 만나기로 한 친구 중 한 명이었다. 나는 친구들보다 30분 먼저 와서 접시 두 개를 비운 참이다. 차마 4만 원이 비싸다고는 말을 못하니, 먼저 와서 허겁지겁 먹어놓고 친구들과는 교양 있게 몇 술만 뜰 예정이었다.

"라희야, 우리 장소 바꿀까? 나 생각해보니까 지난 주말에도 거기 갔어."

말도 안 되는 소리! 나는 소리를 버럭 질렀다. 차가 예상보다 안 막혀서 일찍 들어와 앉아 있다며 거짓말을 하는데 옆 테이블 남녀가 힐끔 쳐다본다.

오늘 모임은 나의 대학 졸업 기념으로 마련됐다. 세 달 전에 열린 졸업식에는 아무도 가지 않았으므로 뒤늦게 졸업 분위기라도 내기로 한 것이다. 언제부턴가 대학교 졸업식은 참석하는 것 자체가 아주 촌스러운 행사가 돼버렸다. 그래도 수천만 원을 쏟아부은 학교인데 졸업이 아쉽기도 했다.

네 명의 참석자 중 회사에 소속된 사람은 나 하나다. 나머지는 부모 용돈 받아 도서관에서 책이나 보는 '만년' 대학교 4학년생들이다. 그런데 아이러니하게도 제일 가난한 사람은 바로 나다. 이것들은 4만 원짜리 뷔페를 동네 슈퍼 가듯 한다. 물론 나도 한때는 그랬다. 고로, 오늘도 나는 그런 척해야 했다.

여자 둘, 남자 둘로 이뤄진 우리의 대화는 누군가의 취업 성공기, 누군가의 취업 실패기로 시작된다. 그러다 최근 데뷔한 아이돌그룹의 의상과 어제 방영된 드라마 줄거리를 거쳐, 톱스타의 결혼 소식으로 이어진다. 나는 새삼, 평소의 우리가 얼마나 연예인 이야기를 많이 하는지

깨닫고 소름이 돋는다. 내가 취재하는 대상이 이렇게 대단한 사람들이었던 것이다.

나는 최대한 회사 얘기를 하지 않으려 노력한다. 친구들도 별로 궁금해하는 것 같지는 않다. 대기업이나 공사 아니면 쳐다보지도 않는 이것들은, 연예인은 좋아해도 연예부 기자는 무시한다. 나도 신문사 따위 때려치고 이들처럼 고고한 취업준비생 신분이 되고 싶다.

그러나 나는 내 캐릭터에 대해 의문을 갖기 시작한 상태다. 아직 끝내주는 기사를 쓰지 못했고(실력이 없고), 성희롱을 당하고도 어벙벙하게 넘어갔으며(용기도 없고), 학벌로 사람을 평가했으며(수구 꼴통을 닮았으며), 일은 슈렉이 시키는 대로만 했고(주관도 없고), 예쁜 여자한테도 밀렸다(못생겼다). 이런 내가 수백만 백수군단과 싸우고 이겨 대기업에 입성할 수 있을까. 지금의 내가 "물론!"이라고 한다면 그건 미친 짓이다. 나는 얌전히 지금 신문사에 엉덩이 들이밀고 앉아 내 자리나 지키는 게 최선일 테다.

나는 이들이 새벽 4시에 일어나 학교에 와서 도서관에 자리를 잡고, 하루에 학원을 두 탕씩 뛰며, 그 와중에 봉사활동까지 해대는 이야기를 들으며 음식을 깨작댔다.

"뭘 그렇게 열심히 해? 그냥 중소기업에라도 가지."

하도 말을 안 했더니 입안이 텁텁해서 내가 한마디했다. 친구 하나가 날 별종 보듯이 하더니 대답했다.

"우리 언니가 중소기업에 다녔었는데, 노동청에 신고한 사람한테만 월급을 준대."
 친구들은 그것도 모르냐는 눈으로 날 쏘아봤다. 입맛이 싹 달아났다. 역시, 미리 와서 양껏 먹어두길 잘했다.

 슈렉이 다시 출근했다. 너무나 말끔하고 화사해져서 못 알아볼 뻔했다. 휴대폰을 꺼놓고 좀 쉬다 온 게 이렇게 큰 효력을 발휘하는 것이다. 슈렉은 일을 하는 둥 마는 둥 하고 부장에게 면담을 요청하고 있는데, 부장은 자꾸만 이런저런 핑계를 대며 이를 무시하고 있다. 유재준 선배 말로는 슈렉이 사직서를 제출할 것을 직감하고, 피해 다니는 것이란다. 사표를 낼 사람치고는 슈렉의 얼굴이 너무나 평안하다.
 나는 슈렉에게 어색하게 꾸벅 인사한 후 또 말도 안 되는 우지환 조지기 기사를 쓰고 있다. 이제 우지환 기사는 하도 많이 써서 어렵지도 않다. 연기력 논란, 해외 돈벌이에만 치중, 영화 티켓파워 급락 등 몇 가지 주제를 갖고 제목만 바꿔 계속 써대니 말이다. 이거야 말로 진정한 '기사깡'이다. 카드 돌려쓰는 실력이 일취월장한 나는 기사도 돌려막고 있는 중이다.
 슈렉은 그동안 내가 자신의 공백을 훌륭하게 메운 것에 대해 칭찬했다. 그로부터는 처음 듣는 따뜻한 말이 아닐까 싶다. 실제로 내가 나름 잘하기도 했다. 슈렉에게는 시도 때도 없이 소리 지르던 부장이 내게는 '어이구, 잘한다.' 모드니까 말이다.
 오늘은 삼각지에 위치한 국방홍보원에서 연예병사로 복무한 한류 스타 한 명이 제대하는 날이다. 전방에 있겠다고 버티고 또 버텼지만 결국 연예병사로 차출된 케이스였다.

민간인으로 돌아온 한류스타는 여전히 빛나는 미모를 자랑하며 취재진 앞에 섰다. 나를 비롯한 기자들은 땅바닥에 주저앉아 고개를 처박고 열심히 기사를 쓰는 중이다. 한류스타의 제대 소감은 "제대를 손꼽아 기다렸는데, 막상 세상에 나오려니 오히려 겁이 난다."였다. TV 연예 프로그램의 촐싹맞은 리포터들이 쨱쨱거리는 바람에 그에 대한 자세한 얘기는 못 들어봤지만, 어떤 의미인지는 대충 알 것 같았다.

기사를 마무리하고 있는데 회사 번호로 전화가 왔다. 슈렉이나 부장 자리 번호는 아니었다. 나는 레저가 퇴근 후에 놀자고 건 전화인 줄 알고 반갑게 받았다.

"연예부 이라희 씨 되시죠?"

처음 듣는 아저씨의 목소리였다.

"저 법무팀 이상조 이사입니다."

스포츠엔터의 모기업인 종합지에 법무팀이 하나 있었다. 주로 다른 매체가 우리 기사를 얼마나 베꼈나 지켜보고 해당 신문사에 고소장을 날리는 일을 하고 있었다. 즉, 나에게 전화를 할 일은 없는 팀이었다.

"저 맞는데요. 무슨 일이세요?"

"에." 남자는 혀 짧은 소리로 음절을 길게 늘였다. "이라희 씨 앞으로 형사고소가 하나 들어왔는데."

"네?" 스타 앞에 몰려든 수백 명의 팬들이 소리를 지르는 바람에 나는 그의 말을 거의 알아듣지 못했다. "뭐라고요?"

"누가 이라희 씨를 고소했다고요."

상대가 소리치다시피 했다. 맙소사, 고소라니. 코엑스에 있는 그 뷔페 짓이 틀림없다. 모닝빵 하나 훔쳐왔기로서니 회사로 전화까지 하다니, 내 당장 그 알바생을 잡아다 족쳐버려야겠다.

"말도 안 돼요. 딱 한 개였다고요."

"한 개가 아니라 세 개가 걸렸어요. 왜 그랬어요?"

"두 개는 뺐다고요!"

"네? 윗선도 문제지만 일차적인 책임은 이라희 씨한테 있으니까 일단 사건 경위를 말씀해보세요. 그래야 우리가 진술서를 쓰죠."

진술서라니? 내가 아무 말 하지 못하자 상대가 재촉했다.

"지금 용산경찰서에서 출석요구장까지 온 상태예요. 일단 왜 그랬어요? 저작권법이 얼마나 무서운지 몰라요?"

나는 출석요구장이라는 단어에 기겁해서 저작권법이 왜 튀어나왔는지 금방 이해하지 못한다. 기사에야 항상 구속, 기소, 집행유예, 경찰조사 등의 단어를 아무렇지도 않게 썼지만, 막상 내 일이 되니 목소리가 덜덜 떨리는 것이다. 나는 헛기침을 크게 두 번 했다.

"저작권법이라뇨?"

"에헤이, 뭐가 문제인지도 모르시네. 라희 씨, 작년 12월에 쓴 기사 중에 네티즌 패러디물 결산 쓴 거 있죠? 거기 쓴 사진 중에 세 장이 문제예요. 원본이 미국 통신사 거야. 네티즌이야 거기다 그림 그리든 말든 상관없지만, 그걸 기사로 쓰면 문제가 된단 말이에요. 그 통신사서 라희 씨를 형사고소했어. 우리 신문사에는 민사고소 들어왔고. 문제가 커, 라희 씨."

이제야 기억났다. 외국 배우들이 레드카펫에서 환하게 웃어주는 사진을 늘어놓고, 마지막에 우리 배우 중 한 명이 인터뷰를 거부하고 식장으로 뛰어들어가는 사진을 배치한 합성물이었다. 그러고 보니 그렇다. 그 네티즌이 직접 그 외국 배우를 찍었을 리는 없을 테고 어디선가 훔쳐 왔을 텐데, 작년 12월의 나는 아무 개념이 없었다.

나는 우선 온라인상에서 화제가 된 사진을 인용했던 것이라고, 저작권이 다른 언론사에 있을 줄은 절대 몰랐다고, 내 나름대로는 그 사진을 만든 네티즌의 아이디까지 밝혀줬다고, 떨리는 목소리로 말하고는 전화를 끊었다.

나는 일단 용산경찰서 사이버수사대에 전화를 걸었다. 내 이름으로 발부된 출석요구장의 기한이 얼마인지 궁금해서다. 그러나 전화를 받은 남자는 내 이름으로 한참을 검색하더니 알쏭달쏭한 말을 했다. 내 이름이 뜨진 않는데, 그렇다고 내 이름의 출석요구장이 없다는 건 아니고, 그렇다고 있다고 보기도 힘들다는 것이다. 즉 검색에서 누락됐을 수도 있다는 말 되시겠다. 나는 발을 동동 굴렀다.

"출석하지 않으면 어떻게 되나요?"

"수배되고, 체포하는 거죠."

"지금 갈게요!"

나도 내가 왜 그랬는진 모르겠다. 하지만 회사에 변명 몇 마디 늘어놓고 가만히 있자니 오금이 저려서 참을 수가 없었다. 내가 직접 형사를 만나 사정을 얘기해볼 생각이다. 내 잘못이니, 내가 해결해야 한다. 나 때문에 회사까지 고소를 당했다니, 마음이 불편해 죽겠다. 삼각지에서 용산경찰서까지는 5분도 채 걸리지 않았다. 나는 우선 용산경찰서 본관에 들어가 사이버수사대의 위치를 수소문했다.

마침 슈렉으로부터 전화가 울렸다.

"회사 안 들어와?"

나는 법무팀과의 통화 내용을 전하고 용산경찰서에서의 계획을 알려줬다. 슈렉은 또 고함을 치기 시작하더니 꼼짝 말고 가만히 서 있으라고 명령을 내렸다. 나는 전화를 끊고는 사이버수사대를 찾기 위해 더 열심히 쏘다녔다. 그러나 슈렉은 순식간에 여기 도착했다.

"너 이 자식! 말은 드럽게 안 들어!"

슈렉은 날 보자마자 투박한 손으로 내 옷깃을 잡더니 그대로 끌고 나갔다. 나는 두 발을 거의 떼지도 못한 채 질질 끌려 나갔다. 경찰 한 명이 무슨 일이냐고 묻자 슈렉은 "우린 기자들"이라고 말한다. 그러자 형사는 실실 웃으며 길을 비켜주기까지 한다.

나는 거의 구르다시피 해 용산경찰서를 빠져나와 슈렉의 차에 강제로 태워졌다. 경찰서 한복판에서 사실상 납치를 당해도 한마디 뻥긋 할 수가 없다니. 신경질이 나서 슈렉을 쏘아봤다.

"이 정도 일은 제가 알아서 할 수 있어요."

"지랄한다."

나는 의외의 공격에 깜짝 놀라서 입을 다문다.

"잘 들어라. 형사가 맘먹고 퍼부으면 절대 못 빠져나간다. 거기가 어디라고 제 발로 들어가?"

"출석요구장이 왔다기에······."

슈렉은 '너무 어이가 없어 웃음이 난다.'는 문장을 정확하게 표현하는 표정을 짓고서 핸들을 한 번 내리쳤다.

"그러면 그 저작권법 위반에 대한 사안은 너 혼자 홀랑 뒤집어쓰는 거다. 회사가 오게 만들어야지, 네가 왜 와?"

"회사에 진술한 거랑 똑같이 할 거예요. 회사가 내 말을 전하나, 내가 직접 하나, 뭐가 다르죠?"

나는 지지 않고 맞섰다.

"잘 들어. 네가 경찰에게 잘못을 인정하는 그 즉시, 회사는 빠질 거야. 잘 들으라고!"

슈렉은 내 손에서 휴대폰을 빼앗았다.

"회사와 너는 같은 편이 아닐 수도 있어. 아니, 대부분이 그래. 회사는 지금 너한테 다 뒤집어씌울 근거를 찾고 있을지도 몰라."

나는 물론 믿지 않았다. 슈렉은 자신이 5년이나 지극 정성으로 모신 부장과 관계가 틀어진 후유증으로 심각한 회의주의에 빠져버린 것일지도 모른다.

슈렉은 두 손으로 머리칼을 한껏 흩트리더니 나를 힘주어 쳐다봤다.

그리고 지난 수년간 벌어진 개인과 조직의 전쟁 비화를 들려줬다. 여름 휴가를 보내고 돌아왔더니 자기 이름으로 유명 배우 스캔들이 보도돼 있더라는 황당한 이야기, 그래서 소송이 들어왔는데 회사에선 나 몰라라 하더라는 더 황당한 이야기, 결국 소송 취하를 위해 혼자서 발 벗고 뛰다가 회사를 때려친 이야기.

나는 이 사람이 무슨 시나리오를 쓰나 싶다. 슈렉은 또 다른 케이스를 꺼내들었다. 회사에서 시켜 한 연예기획사의 비리를 고발해 특종을 한 기자 이야기다. 대형기획사는 신문사와 기자를 상대로 고소에 들어갔으나 결국 '거대조직'인 신문사에 대한 고소는 금방 풀어주고, 약자인 기자에게는 수억 원 규모의 명예훼손 고소를 들이퍼부은 것이다. 그 신문사는 어떻게 했을까. 그건 나도 안다. 바로 어제 그 신문의 1면은 그 연예기획사가 최고의 성장세를 보여 CEO가 수백억 원을 벌어들였다는 기사로 장식돼 있었다.

"그 기자는 지금 뭐해요?"

너무 말을 많이 한 탓인지 갑자기 피곤한 얼굴을 한 슈렉은 잠깐 한숨을 내쉬었다.

"몰라. 매니저 몇 명이 옥매트 사줬다던데."

"차 시동 거세요. 회사로 가죠."

차가 꿀렁 움직였다. 나는 바람 빠진 풍선마냥 나부꼈다.

역시 나쁜 소식은 빨리도 퍼진다. 나와 슈렉이 사무실에 들어서니 공기부터 달라진다. 레저는 뛰어와서 내 어깨를 붙잡고 어떻게 된 일이냐고 묻는다. 묘하게 수치스럽다. 나는 괜찮다고 한마디하고는 내 자리에 앉는다. 멀리서 사진이 나와 살짝 눈이 마주쳤지만 둘 중 어느 하나도 표정을 바꾸진 않는다. 그는 지난번 우리 집에서의 다툼 이후 나와 말을 하지 않고 있다. 내 편에서도 굳이 먼저 나서서 화해를 원할 필요는 없었다.

부장은 몇 시간째 자리를 비우고 있다. 나는 엘리베이터를 타고 법무팀에 올라갔다. 아까 통화했던 번호로 다시 걸어보니 이사실에서는 계속 벨만 울린다. 나는 문앞에 쪼그리고 앉아 벌렁대는 심장을 다독였다.

멀리서 칫솔을 입에 문 중년 남자가 성큼성큼 다가오더니 이사실 문을 연다. 나는 황급히 내 소개를 하고 그를 쫓아 들어갔다. 남자는 치약 거품을 튀기며 기다리라고 하더니 가방을 챙겨 도로 나가버렸다. 나는 문에 메모를 남겨놓고 사무실로 돌아와서 시간을 죽였다.

맛없는 소보루 빵으로 저녁을 때우고 대장을 확인하고 있는데 슈렉이 걸어 들어왔다. 그러고 보니 오늘은 슈렉이 당직인 날이다.

슈렉은 내 옆자리에 풀썩 앉더니, 힘드냐고 묻는다.

"힘들죠."

"야, 우리 땐 더했어."

또 나왔다, 저 말. 어른들은 자기 땐 더했다는 말로 지금의 부조리를 합리화한다. 자기 때 문제점이 있었으면 고칠 생각을 해야지, 아랫사람들한테 똑같은 걸 강조하니 이 사회에 발전이 있을 리 없다. 나는 그냥 피식 웃는다.

"나 회사 그만둔다."

예상은 했지만 충격적이었다.

"선배, 이 일 좋아하셨잖아요."

"내가 언제! 먹고살기 힘들어서 했지. 임마, 넌 그것도 구분 못 하냐."

슈렉이 버럭 소리를 내지른다.

"아니, 저를 하도 열정적으로 가르치시기에."

"너는 인간개조를 할 필요가 있었어. 안 고쳤으면 한 달도 못 버티고 조직에서 튕겨나갔을걸! 두고 봐. 두고두고 나한테 고마울 거다."

나는 웃기지도 않아서 휴대폰만 빙빙 돌렸다. 처음 연속 5일 와장창 깨지고는 이 인간을 칼로 찔러 죽이는 꿈까지 꿨었다. 칼뿐이겠나, 내가 아는 흉기란 흉기는 다 동원했다. 가장 최근에 꾼 꿈은 그의 항문에 핵폭탄을 쑤셔 넣는 것이었다.

"선배, 진짜 부장 때문에 그만두시는 거예요? 대화로 좀 풀어보시지 그러셨어요."

"대화 같은 소리 하고 있네. 너, 만에 하나라도 대화 같은 거 시도하지 마라. 절이 싫으면, 중이 떠나는 거야. 만고의 진리다."

씁쓸한 미소만 짓고는 나는 법무팀에 올라왔다. 한참을 기다리고 있으니, 멀리서 아까 그 남자가 어슬렁어슬렁 걸어온다. 나는 벌떡 일어서서 깍듯하게 인사했다.

50대쯤 됐나? 머리카락 한 웅큼만으로 최대한 넓은 면적을 커버하도록 각별히 신경 쓴 이 남자는 고소장이라며 두터운 서류뭉치를 꺼내더니 이것저것 줄을 친다. 가까이서 보고 싶지만 내게 넘겨주진 않는다.

"여기 보이죠? 징역 3년 이하, 벌금 5천만 원에 처해질 수도 있다. 전과자가 되는 거예요."

"제가요?"

미국 통신사는 사진을 찍어서 세계 각국에 팔고 있다. 그 많은 나라에서 이뤄지는 저작권 침해건을 모두 알아낼 수 없으니 나라마다 에이전시를 두고 이를 적발하게 해뒀다. 나는 그 에이전시에 딱 걸린 거다.

"회사 측에서 알아서 할 테니 일단 기다려보세요."

내가 들어본 말 중에 가장 미심쩍은 말이었다. 그는 달랑 이 한마디를 남기고 또 어디론가 전화를 걸었다. 차 때문에 술을 마실 수 없는데 왜 자꾸 술자리에 부르냐는 통화내용이었다. 대리운전도, 아내의 운전솜씨도 모두 믿지 못하니 절대 술을 마실 수 없다고 고집이다.

"안녕히 계세요."

내가 인사를 하든 말든, 그에게는 새로 뽑은 승용차의 안위가 더 중요한 듯했다.

밤을 꼬박 샜다. 나는 징역 3년보다 벌금 5천만 원이 더 무섭다. 벌금형이 나오면, 징역 살겠다고 우길 작정이다. 퀴퀴하고 좁은 방 안, 거친 언니들 앞에서 엉덩이를 까고 소변 누는 장면을 상상한다. 별로 사랑하지도 않는 나라에 5천만 원씩이나 줄 바엔, 그 편이 낫다.

하지만 대체 뭐 때문에? 특종도 아니고, 단독도 아니고, 이제 기억도 나지 않는 연말결산 끄트머리 박스 기사 때문에? 내가 잘하면 회사가 독자 수 늘리고 이름 떨치지만, 내가 잘못하면 내가 옴팡 뒤집어쓴다. 그게 역시, 세상의 섭리였던가?

나는 텅 빈 슈렉의 책상을 쳐다보며 검지를 책상 유리에 툭툭툭툭 쳤다. 더 황당한 것은 부장의 반응이다. 부장은 최근 자살한 여자 연예인 기사를 보면서 "그렇게 죽을 거면 불쌍한 남자들, 한 번씩 주고 가지."라고 중얼대다, 법무팀으로부터 내 고소사건을 전해 들었다. 부장은 듣는 둥 마는 둥 하더니, 이번주는 SM—YG—JYP 사장들과 돌아가며 저녁 자리를 잡으라고 내게 지시했다. 진짜 피도 눈물도 없나 보다, 이 조직이라는 곳은.

나는 법무팀으로 올라가 무작정 이사실 문을 두드렸다. 이사의 목소리가 들리자마자 나는 문을 벌컥 열고 들어가 고개를 조아렸다. 지금 당장 무릎도 꿇을 수 있다는 결연한 내 의지를 담은 제스처였다. 이사는 소파에 앉아 꼬고 있는 자신의 다리를 풀지 않았다.

"제가 뭐부터 하면 되나요? 경찰서부터 가야 하나요?"

나는 맞은편 소파에 앉으며 말했다.

"에헤이, 그냥 나한테 맡기면 된다니까. 나한테 알려준 경위에 틀린 거 없죠? 그럼 됐어요."

"되긴 뭐가 돼요. 저 기소된다면서요."

이사는 머리를 벅벅 긁더니 입으로 소리를 냈다.

"합의할 겁니다. 어제도 얘기했잖아. 일단 기다려보라고요."

참으로 성의 없는 말투였다. 그는 그 말투를 그대로 유지하며 에이전시와 합의를 할 것이며, 그 합의금을 회사에서 지불할 것이라고 말했다. 좀 기다리고 있으면 어련히 알려줄 걸, 뭐 아침부터 와서 궁금해 하냐는 말투다. 어쨌든 나는 이제야 내 머리 꼭대기에 피가 도는 것 같은 느낌이다. 그대로 일어서서 90도로 인사했다. 내가 누군가에게 허리 숙였던 각도 중 가장 큰 각도였다.

"감사합니다."

이사는 또 휴대폰을 들고 어디에 전화를 하더니 몸을 내 반대쪽으로 돌렸다. 이제 가보라는 뜻이다. 나는 그가 보든 말든 또 한 번 꾸벅 인사를 하고 나서 방을 빠져나왔다.

생각할수록 이 남자가 맘에 들진 않는다. 처음부터 합의할 생각이었으면서 전과자 운운하며 날 겁줬던 거다. 속이 뒤틀렸다.

그래도 어쨌든 결과적으로 슈렉이 틀렸다. 회사는 날 버리지 않았다. 나는 그 사실만 생각하기로 했다. 가수 두 팀을 인터뷰하고, 다른 신문사에서 낸 스캔들 기사가 오보라고 보도했으며, 부장이 시킨 기사를 모두 작성했다. 커피 한 방울 마시지 않아도 머릿속이 상쾌했다.

홀가분한 마음으로 밀린 기사를 쓰고 있는데 사진부 인턴이 다가왔다. 나는 일부러 상황이 좋은 방향으로 종료됐다는 사실을 말하지 않고 근심 가득한 척한다. 사진은 자기 부서 선배까지 데려와 내 옆에 앉힌다. 도움이 될 것이라는 거다.

"걔네 그냥 1~200 뜯어내고 말 거야. 5천은 무슨. 그리고 그걸 네가 왜 내니? 고소는 신문사에 했을걸. 명예훼손도 아니고, 어차피 돈이 목적인데 돈 없는 기자를 왜 건드려? 기사 데스크 보고 편집하고 내보낸 건 신문사잖아. 거기 에이전시가 사진부 기자들이랑 교류가 많거든. 내가 좀 알아."

"글쎄요, 제 경우랑은 다른 거 아닐까요?"

나는 그의 조언을 흘려들었다. 그냥 계속 이 회사에 감사하며 살련다.

부장은 날 불러내더니 조만간 도쿄 출장이 있을 예정인데, 내게 여권이 있냐고 물었다. 정말 내가 가도 되냐고 감격해하자, 본인이 힘을 좀 썼단다. 진짜, 백골이 진토될 때까지 이 회사에 충성할 거다.

"얼른 집에 가서 여권 가져와. 기획사에 사본 보내줘야 돼."

나는 신이 나서 집으로 뛰었다. 슈렉은 진짜 틀렸다. 이 조직은 나를 키워주고 있다. 나는 아침에 빼먹은 메이크업을 풀세트로 한 후 여권을 찾아 집을 나섰다. 그리고 그때, 회사 번호로 또 전화가 왔다.

"라희 씨, 나 이상조 이산데."

나는 가슴이 또 덜컥 내려앉았다.

"왜요?"

"오늘 저녁에 에이전시에 가서 민형사 합의를 할 건데 말이야. 그 사진이 한 장에 50만 원이래. 세 장이니까 150이겠지? 보통 합의는 그 열배를 부르거든. 그래서 말인데, 라희 씨도 책임이 있으니까 사진 원값 정도는 내야 되지 않을까 싶어. 150 말이야."

"아니 왜 말씀이 달라지……."

"내부결정이 그래. 암튼 라희 씨도 그렇게 알고 있으라고. 내일쯤 경영지원팀에서 연락 갈 거야. 직원이 불러주는 계좌로 입금하면 돼. 그럼 합의 끝나면 알려줄게. 합의가 잘 안 되면 라희 씨가 좀 더 내야 할 수도 있고."

체해서 잔뜩 토한 토사물을 도로 삼킨 기분이다. 5천에서 150 플러스 알파로 가격이 다운됐다고 가슴이 덜 벌렁대는 건 아니다. 아니, 오히려 모두 해결된 줄 알았다가 다시 150을 떠안아 더 기분이 나쁜 상태다. 어떻게든 합의금을 낮춰 신문사가 내게 돈을 많이 청구하지 않도록 만들어야 했다.

나는 얼른 부장에게 가 여권을 건네고는 중요한 일이 생겼다며 급히 퇴근했다. 그리고 사진부 선배에게 물어서 그 에이전시 위치를 찾아냈다. 선배는 자꾸 이상하다고 고개를 갸웃했지만 내 눈에 들어오지 않았다. 에이전시는 여의도에 있었다. 조금만 늦어도 퇴근시간에 걸릴 것 같았다. 택시를 잡아탔다.

KBS 별관 옆에 위치한 에이전시는 예상보다 훨씬 작았다. 직원이 많아야 세 명이었다. 마침 30대 여자 한 명이 핸드백을 들고 사무실을 나서고 있다. 나는 이 세상에서 가장 절박한 표정으로 여자에게 다가섰다. 여자가 나를 보고 잔뜩 경계한다.

"저, 이라희인데요."

"네?"

"지금 형사고소하신 기자요. 스포츠엔터 이라희."

"네, 스포츠엔터에서 오셨어요?"

미묘하게 다른 뉘앙스지만, 나는 그 차이를 발견한다. 상대는 이라희는 모르고 스포츠엔터는 아는 것이다. 이 여자가 말단직원 같지는 않았다. 잠깐 시간을 벌고 상황을 더 알아봐야 할 것 같았다.

"혹시 그 사진 관련해서 다른 신문사도 걸린 게 있어요?"

여자는 일곱 군데나 된다며 몇몇 신문사 이름을 댔다. 그중엔 채은 선배가 다니는 경제지도 포함됐다. 나는 실례를 구하고 멀리 나와 채은 선배에게 전화를 걸었다.

"야! 너도 걸렸냐? 안 그래도 그거 땜에 경위서 내고 오는 길이다. 기분 완전 더럽네. 술이나 먹을래?"

"선배, 150이면 너무 비싸지 않아요?"

"뭔 소리여."

"네?"

"너보고 돈 내래?"

채은 선배는 회사에 경위서만 내고, 합의금은 회사에서 냈다고 말했다. 나는 이제야 아까 사진부 선배 말이 맞았다는 것을 깨닫는다.

"우리 회사는 좀 다를지도 모르겠어요."

"불쌍한 것."

통화를 마치고 돌아와 보니 그새 여자는 퇴근해버렸다. 저 안에 있는 남자들한테는 괜히 말 걸었다가 긁어 부스럼을 만들 수 있다. 나는 용산경찰서로 전화해 이라희 앞으로 형사고소 사건이 있는지 다시 확인했다. 역시 없었다. 스포츠엔터를 상대로 한 건 있는지도 물어봤다. 역시, 한 건 있었다.

KBS 별관 옆 카페베네에 앉아 법무팀 이사에게 전화를 걸었다. 숨을 백 번 넘게 고른 후였다. 그는 아마도 합의를 하기 위해 여의도로 향하고 있을 것이다.

"저, 그런데 형사고소 상대가 정확히 저, 이라희인 거예요?"

남자가 흠칫 말을 멈추는 게 느껴진다.

"상대가 스포츠엔터인 거죠? 출석요구장이 제 이름으로 온 게 아니죠?"

"회사 이름으로 오긴 했지만 라희 씨가 그 일을 한 사람이니까, 라희 씨가 책임이 있는 거죠. 소송은 회사가 당했어도 경찰 조사 들어가면 라희 씨가 당사자가 됐을 거예요. 그걸 회사가 피하게 해줬으니 라희 씨는 합의금을 조금 내라고 한 거고요. 저기 변호사 오네요. 좀 이따 합의 끝나고 전화할게요. 기다리세요."

스트레스로 머리카락이 한뭉텅이 빠질 것만 같다. 신문사 앞으로 고소장이 왔어도, 결국 내가 조금은 책임을 져야 한다는 것이다. 그래, 솔직히 그 기사를 쓴 건 나니까 그 말도 일리가 없는 건 아니다. 에이전시는 신문사에 돈을 청구하고, 신문사는 다시 내게 돈을 청구하겠다는 거다. 그건 그림이 된다. 150을 또 어디서 구해야 할지 앞이 캄캄했다.

집으로 돌아온 나는 저녁도 굶고 다리만 떨고 있다. 난 왜 그런 멍청한 기사를 써서 이런 수난을 자초했는가. 시간을 돌릴 수만 있다면 영혼이라도 팔 것 같다.

나는 또 왜 이렇게 연약한 존재인가. 학생이라는 타이틀 뒤에 숨어 있던 때가 너무나 그리웠다. 학교를 졸업하고 나니, 이제 내가 어디 한 군데 제대로 기댈 데도 없는, 힘없는 '개인'에 불과하다는 게 뼈저리게 느껴졌다. 열심히 노력하다 저지를 수 있는 최고의 불법이라고는 커닝 정도에 불과하던 그 거대한 조직이 사무치게 보고 싶었다. 그나마도 재수강 한 번 들으면, 하다못해 엄마가 교수한테 전화해 한 번만 울먹이면 모든 게 원상복귀되던 그 푸르른 조직 말이다.

가만히 있으면 그대로 미쳐버릴 것 같아서 집 구석구석을 청소하기 시작했다. 밥솥에선 엄마가 해주고 간 밥이 곰팡이 덩어리가 된 채 발견됐고, 침대 밑에선 주먹 두 개만 한 머리카락 뭉치가 나왔다. 변기에선 두 달 전에 내가 싼 똥 덩어리도 찾은 것 같다.

빨래에 설거지, 냉장고 정리까지 끝내니 밤 10시. 더 이상은 참을 수 없었다. 합의금이 얼마나 나왔을까. 150도 많은데, 더 늘어나면 어쩌나. 1분 1초가 사탄이 물을 끓여대는 지옥 같았다.

나는 결국 참지 못하고 휴대폰을 집어 들었다.

"이상조입니다."

술집의 떠들썩한 잡음이 휴대폰 너머로 가득 전해졌다.

"저 이라희인데요."

"어어, 내가 안 그래도 내일 전화하려고 했어요."

이사는 갑자기 높임말을 쓰기 시작했다.

"합의 어떻게 됐어요?"

"음. 그게, 잘됐어요. 어, 그리고 아까 우리가 말한 건 없던 일로 합시다. 우리 법무팀에서는 라희 씨가 약간은 책임을 져야 한다는 입장이었는데, 사장님 생각은 다르신가 봐요. 그쪽 연예부 하 부장님이 힘을 좀 써주셨는지, 허허. 그냥 회사에서 모두 부담하기로 했어요."

눈에서 눈물이 한 웅큼 떨어졌다. 나 진짜 열심히 할 거다. 사장을 위해서, 부장을 위해서, 이 회사를 위해서, 진짜 열심히 일할 거다. 눈앞에만 있다면 그들 모두와 뜨거운 키스라도 나눌 수 있을 것 같다.

"어쨌든 그렇게 됐어요. 이 기자님은 스포츠엔터 더 사랑해주시고 더 열심히 일해주시면 돼요. 에, 그리고 마음고생하신 건 죄송하고요."

전혀 죄송하지 않은 목소리다. 나는 이성을 되찾았다. 그리고 이상한 점을 발견했다.

"그럼, 150만 원을 내라는 건 회사의 공식 입장이 아니었네요? 결정도 되기 전에 저에게 말씀하신 거네요?"

상대는 아무 말도 하지 않았다.

"알겠습니다."

나는 전화를 툭 끊었다.

"이런 개새끼!"

내가 합의금 걱정에 밤 샐 걸 뻔히 알면서 전화도 안 해주려고 했던 파렴치한이다. 내가 상상할 수 있는 한에서 가장 못돼 빠진 인간이다. 나는 제자리에서 부르르 떨었다.

'세상에는 개새끼가 무수히 많으며, 그중 상당수는 우리 회사에 있다.'
학교 선배가 첫 월급을 받은 기념으로 미니홈피에 쓴 글이다. 나는 이 문장이야 말로 최고의 명문이라고 생각한다.
슈렉은 자신의 '개새끼'를 조용히 떠나는 게 상책이라고 했다. 나는 다르다.
그 '개새끼'가 지금 술집에 있다는 데 생각이 미쳤다. 나는 회심의 미소를 지었다. 나, 아직 안 죽었다!
나는 새벽 1시가 되길 기다렸다 한걸음에 회사로 달려가 주차장에 섰다. 하하! 여기, 내 앞에 그 새끼의 번쩍번쩍한 새 차가 당당한 위용을 과시하고 있다. 나는 시티파크에서 조성해놓은 공원에 가서 내 엉덩짝만 한 바위를 갖고 왔다. 천천히, 이 심장의 쫀득한 긴장감을 즐기면서. 그래, 너도 사람을 겁에 잔뜩 질리게 만들어 63층 옥상에서 뛰어내리고 싶게 만드는 재미가 꽤 쏠쏠했지? 이젠 네 차가 겁에 질릴 시간이다. 나는 조용히 바위를 들어올렸다.
"이라희!"
"악!"

너무 놀란 나는 비명을 지르며 뒤로 나자빠졌다. 그 바람에 바위를 놓쳤고, 바위는 이사의 차 본네트 가장자리를 스치고 떨어졌다. 차는 상상을 초월하는 큰 목소리로 앵앵 울어댔다.
 사진부 인턴이 내게 뛰어온다. 나는 벌떡 일어나 사진의 손을 잡고 뛰기 시작한다.

chapter 11

미션 임파서블

회사는 당신을 사랑하는가.

웬만한 직장인 모두를 슬프게 만들 수 있다는 이 질문에 나는 가까스로 만족할 만한 답변을 내놓을 준비가 됐다. 법무팀은 날 엿 먹이려 했지만 부장은 날 보호했다. 부장은 슈렉의 뒤를 이어 내가 가요1진을 맡아도 될 것 같다며 나를 수습기자로 격상시켜주기도 했다. 회사 역시 외부에서 다른 기자를 뽑아 오는 대신, 내게 중책을 맡기고 날 기자로 성장시키겠다는 데에 동의했다. 계약서에는 손을 대지 않았지만, 나는 사실상 정식기자였고 월급도 100만 원으로 올랐다. 부장은 자신이 얼마나 큰 힘을 발휘해서, 나를 '고속승진'시켰는지 입이 마르고 닳도록 설명했다. 난 그때마다 황송함에 고개를 조아렸다. 슈렉의 한숨 따위 잊었다. 나는 슈렉과 다를 것이며, 부장과 환상적인 호흡을 맞춰 이 사회에 굳건하게 자리 잡을 것이다. 회사는 잘 모르겠지만, 적어도 부장은 나를 사랑한다. 부장은 내가 든든하게 믿을 수 있는 마지막 동아줄이었다. 나는 그 줄을 두 손에 감고, 힘차게 허공으로 뛰어올랐다. 내 목숨은, 이 동아줄의 것이다.

부장은 틈만 나면 나를 앉혀놓고 사회생활의 비법을 전수했다. 줄을 얼마나 잘 서야 하는지, 한 번 선택한 '줄'에게는 얼마나 지극정성으로 마음을 표현해야 하는지 자신의 사례를 들어 꼼꼼하게 설명했다. 입사 초기 순진한 마음에 자신에게 잘해주기만 하는 무능한 상사한테 줄을 섰다가 같이 잘릴 뻔한 사연, 뒤늦게 겨우 능력자 밑에 들어가 취재로 매일 밤을 새면서도 그의 운전사 노릇까지 해준 사연, 결국 그 능력자의 도움으로 부장 자리까지 올라올 수 있었던 사연. 부장은 놀랍게도 능력이 아닌 '라인'으로 인해 승승장구할 수 있었음을 자신의 입으로 화끈하게 고백하는 것이었다. 그리고 이를 진심으로 자랑스러워했다. 자랑스럽다 못해 나한테까지 그 비법을 물려주려 하는 것이다. 나는 온몸에 솟구치는 거부감을 짐짓 모른 체하면서, 이 남자가 진심으로 날 위해서, 누구나 알지만 제대로 실천하지 못했던 성공의 시크릿을 알려주는 것이라고 나 자신을 타일렀다.

"나는 일반 기자였을 때 말이야, 부장을 하늘같이 모셨어. 기자는 말이야. 취재원한테는 매일 날벼락을 떨어뜨려도 내부 상사들한테는 절대 복종해야 하는 거야. 요즘 기자들은 그게 약해. 그깟 연예인 나부랭이한테는 굽신대고 말이야, 제 상사한테는 바른말하고 자빠졌단 말이지. 그런 병신 같은 새끼들한테는 절대 배우면 안 돼. 알았지? 넌 내가 보니까 실력이 있어. 사회생활만 잘하면 너도 충분히 성공할 수 있는 거야. 알았지? 넌 날 잘 보필하기만 하면 돼. 내가 잘 키워줄게. 지금껏 널 키운 건 네 부모지만 말이야, 오늘부터는 내가 네 아빠인 거야. 한선우가 무슨 말을 했을진 모르겠지만, 그딴 조직 부적응자 말은 다 잊어버려. 넌 나만 믿고 따라와."

내 나이 스물여섯. 내 또래 중에 이보다 더 확실한 후원자를 만난 사람이 몇이나 있을까? 종교도 없는 나는 이토록 소중한 인연을 내려주신 그 누군가에게 감사한 마음까지 들었다.

역시 감사할 만했다. 부장은 말로만 듣던 거대 기획사 대표와의 저녁 자리마다 날 데리고 다녔고, 그때마다 반드시 주목해야 할 젊은 피라고 날 추켜세웠으며, 내가 쓰고 싶어 하는 기사들은 웬만하면 모두 지면에 실어줬다. 다른 선배들의 기사를 없애고서라도 말이다. 나는 남자친구에게도 가져본 적 없는 찐득한 유대관계를 느끼면서 그와 함께 스포츠엔터를 국내 최강의 스포츠신문으로 만들어보겠다는 신념에 매달렸다.

통장에 100만 원이 찍힌다는 것은 빚을 다 갚을 순 없어도 적어도 더 이상 큰 빚은 지지 않아도 될 정도는 됐다는 것을 의미했고, 가요1진을 맡았다는 것은 내가 당초 계약한 기간이 지났다고 해도 허망하게 잘릴 위험은 없다는 것을 의미했다. 이제 인턴 자격으로 매일 야근할 필요도 없었다. 나는 당직을 맡은 날만 제외하곤, 일찍 퇴근해 매니저들과 술을 한잔 기울일 여유를 찾았다. 내겐 부장이 있었다. 성희롱을 일삼고 소리를 꽥꽥 질러도 내 목숨을 살려준 동아줄에게 비판의 잣대를 들이

댈 필요까진 없었다.

이렇게 나는, 모든 직장인들을 슬프게 한다는 '회사는 과연 당신을 사랑하는가.'라는 질문에 대해 그럴듯한 답변을 준비해둔 셈이다. 내겐 부장이 있다니까요, 호호.

"그거, 원래 어렸을 때부터 꿈이었어요?"

첫 번째 질문에 가까스로 답안을 마련했을 때, 두 번째 질문이 급습했다. 모든 직장인들을 당혹케 한다는 그 질문, 지금 네가 하고 있는 '그거'가 네 꿈이었느냐. 고작?

내 앞에 앉은, 솜털이 보송보송한 신입생은 내 답변을 빤히 알면서도 그 질문을 함으로써, 한껏 잘난 척 중인 선배를 깔아뭉갠다. '그거'라고 대충 지칭된 채 스무 살 주둥아리에서 툭 튀어나온 내 밥벌이는 테이블 위에 놓인 말라비틀어진 과일 안주 덩어리만큼이나 비루했다. 나는 이깟 일을 평생 꿈꿔온 찌질이가 되느냐, 생활의 무게에 눌려 꿈 따위 잊고 쓰잘데기없는 일로 하루하루 연명하는 찌질이가 되느냐를 고민하다 "먹고살려면 별수 있니."라는 선배들의 레퍼토리를 그대로 읊었다.

신입생은 양쪽 입꼬리에 힘을 주며 웃었다. 나도 저 표정을 잘 안다. 엄마가 시켰다고 사범대 가던 애, 1학년 때부터 공무원시험 책 짊어지고 다니던 애, 대기업 붙었다고 학교 찾아와서 양주 쏘던 선배. 그들만 보면 나는 최대한 측은한 표정을 짓고는 그렇게 물었던 것이다.

"정말, 그게 네 꿈이니?"

새삼, 내가 그 누군가로부터 큰 해코지를 당하지 않고 26년을 살아온 게 기적처럼 느껴졌다.

나는 화제를 바꿨다. 본론이기도 했다.

"한 사람당 30명 정도는 해줄 수 있지? 내가 아직 수습이라 비싼 건 못 사주지만, 잘 부탁해. 빅뱅? 소녀시대? 걱정 마. 사인 다 받아줄게. 하하하!"

민망함을 숨기는 데에 웃음만 한 건 없다. 부장의 석사 논문을 위한 설문조사를 대학 후배들에게 떠맡기면서 내가 선택할 수 있는 제스처는 그리 많지 않다.

"그런데 이 설문, 좀 이상하지 않아요?"

당연히 이상하지. 연예인에 대한 대중의 호감도 변화 조사라는 제목을 달고 있는 이 설문은, 이효리, 강호동 등 각 연예인에 대한 호감을 1부터 5까지 수치화해 답변하도록 하고 있다. 아무리 눈 씻고 찾아봐도 요즘 대학생이 좋아하는 연예인 인기순위밖에 안 나올 이 설문에, 부장은 자신의 석사 논문을 걸었다. 대학생이라도 제대로 조사하면 모를까, 조사대상은 내가 나온 학교의 150명이 전부다.

"몰라. 알아서 하시겠지."

또 다시 신입생이 입술을 달싹거리며 뭔가 말하려 했다. 나는 재빨리 화제를 바꾸려 했지만 늦고 말았다.

"그런데, 상사를 위해서 이렇게까지 하셔야 하는 거예요?"

"너, 이 세상을 잘 모르는구나?"

하긴, 진짜 모를 테다. 그러니까 취업 동아리만 수백 개에 달하는 요즘, 이런 말도 안 되는 사회운동 동아리나 들었지. 나야 친구따라 이름만 올려둔 거나 마찬가지였지만, 제 발로 들어온 스무 살짜리 남자애라면 진짜 세상 물정 모르는 게 분명할 테다. 말이 좋아 사회운동 동아리지 스타벅스에 앉아 반미주의를 논하고, 신자유주의를 비판하면서 외국계 기업 입사가 목표인 꼴통들이 득실거리는 곳이다.

맥주가 두 잔째 돌았다. 나는 이제 겨우 한 발짝 밀고 들어간 대한민국 사회에 대해 열변을 토하고 있었다. 신입생 하나를 제외하곤 모두가 입을 떡 벌리고 경청 중이다. 내가 봐도 내 얘기는 그럴 듯하다. 그랬던 것이다. 그렇게 폼 잡고 끝도 없는 말을 늘어놓던 선배들도, 나 같았던 것이다. 뭐 아는 것도 없으면서 이것저것 지껄이고는, 뒤돌아서서 씁쓸하게 웃었을 테지.

세 번째 생맥주잔이 나란히 놓였을 때, 예쁘장하게 생긴 여자애 하나가 술집에 들어섰다. 우리 테이블의 복학생 하나가 손을 번쩍 든다. 여자친구란다. 가수가 꿈이었단다. 연예부 기자라니, 꼭 소개해주고 싶단다.

여자는 자리에 앉자마자 소주를 시키더니, 나한테 한잔 권한다. 너무 힘들고 답답해서 꼭 누군가와 얘기를 나누고 싶었단다. 나는 얼른 집에 가고 싶다. 그러나 그녀가 쏟아내는 이야기는 꽤 흥미진진했다.

한 유명 기획사의 오디션에 2등으로 합격해 5년의 연습생 시절을 버틴 그녀는 스무 살이 되던 해 그룹 멤버로의 데뷔 기회를 놓치고 그 기획사를 박차고 나온다. 여기까지는 흔한 얘기다. 그런데 그 기획사 사장의 절친한 친구인 다른 매니저가 솔로 데뷔시켜 주겠다며 접근했다. 여기까지도 흔한 얘기다. 그런데, 그 매니저는 강남에서 성형외과를 한다는 한 의사를 소개해준다. 그냥 성형외과 의사니까 친하게 지내라는 뜻인 줄 알았다. 그녀는 몇 번 함께 술자리를 가졌고, 데뷔의 꿈에 부풀었다. 그러다 그 성형외과 의사가 뮤직비디오 제작비 1억 원을 댈 예정이라는 얘기를 듣는다. 이건, 흔한 얘기인가? 내 짬밥으론 모르겠다.

"키를 하나 주더라고요. 방배동에 무슨 아파트였어요. 그 전에 다른 여자가 살았는지, 가구는 완벽하게 세팅돼 있다고 하더라고요. 첨엔 무슨 말인지 몰랐어요. 뮤직비디오에 내 숙소까지, 그분이 우리 소속사의 투자자인가 보다 했죠. 40대 남자였어요. 휴대폰에서 자기 딸 사진까지 보여줬었어요! 제가 어떻게 다른 걸 상상했겠어요. 이사 전날, 그 남자가 '내일이 우리 첫날밤이다.'라고 했을 때에야, 상황을 눈치챘어요. 사장님한테 따졌죠. 날 뭘로 본 거냐고. 사장님 반응은 싸늘했어요. '그럼 네가 1억 원 구해와.' 그 한마디가 전부였으니까요. 사무실이 있던 역삼동에서 우리 집이 있던 노원까지 걸어왔어요. 그때, 평생 울 거 다 운 것 같아요."

술자리는 금방 숙연해졌다. 나는 그녀를 어떻게 위로해야 할지 잘 몰랐다.

"기자님, 제가 순진했던 걸까요?"

"스무 살짜리가 뭘 알았겠어요. 나였어도 꿈에도 상상 못 했을 거예요."

"아니요. 사장님한테 따진 거요."

나는 잠깐 할 말을 잃었다. 여자의 눈에 눈물이 그렁그렁 맺혔다. 남자친구가 어깨를 토닥이면서 한마디 덧붙인다.

"야! 네가 잘한 거야. 그런 말도 안 되는 소리가 어딨어!"

"너야 그렇게 말하겠지. 나도 물론 그렇게 생각해. 그런데, 연예계를 잘 아는 사람의 의견도 궁금해. 제가 정말 순진했던 거예요?"

"말도 안 되죠! 투명한 회사가 얼마나 많은데요. 괜한 생각 하지 말아요. 대체 그 사장놈 이름이 뭐예요?"

나는 괜히 큰 소리로 말했다.

"황정석이요."

어디선가 들어본 것 같긴 한데, 잘 기억이 나지 않았다.

"에이, 뭐, 유명한 놈도 아니네. 똥 밟았다 생각하고 잊어버려요!"

언론사 홈페이지 유입률 2위를 자랑하는 한 경제지에서 온라인부 부장이 스카우트돼 우리 신문사로 왔다. 회사가 그를 선택한 건 온라인에서 죽으면, 신문사가 죽는다는 위기의식 때문이었다. 온라인 전문가라는 최 부장은 연봉 1억 원을 자랑한다는 소문이 돌았다. 그의 스카우트엔 우리 부장이 한몫했다는 소문도 돌았다. 사장만 봤다 하면 온라인 시대 연예부 뉴스의 중요성을 어필하던 그는 본의 아니게 사장이 온라인 강화의 중요성에 눈뜨도록 만들었고, 이는 외부 인사 영입을 낳았다는 것이다. 최 부장이 첫 출근 했을 때, 우리 부장은 가장 큰 각도로 허리를 숙임으로써 재빨리 노선을 정리했다.

최 부장은 부임하자마자 각 기자들 노트북에 메신저를 설치했다. 그리고 틈만 나면 쪽지를 날렸다.

'가요담당 이라희 기자, K매체에서 카라 멤버 한 명 팔뚝에 털이 많다고 써서 가장 많이 본 뉴스가 됐어요. 라희 씨는 왜 안 썼죠?'

'가요담당 이라희 기자, Y매체에서 터뜨린 결혼설 진짜예요, 아니에요? 진짜든 아니든 얼른 받아 써요. 네티즌들이 다 거기로 가잖아. 매니저가 전화 안 받는다고 기사 안 쓸 겁니까. 일단 써요!'

'가요담당 이라희 씨, 지금 검색어 순위에 브아걸 있는 거 안 보여요? 브아걸 관련 기사 하나 아무거나 얼른 써요. 네티즌이 검색어를 눌러보면 우리 기사가 상위에 뜨게 해야 한단 말입니다. 몇 번이나 말해야 돼요?'

노트북에서 딩동 소리만 나면 놀라 자빠질 지경이 됐다. 나뿐만 아니라 모든 기자들이 반쯤 정신줄을 놓은 채 이리 뛰고 저리 뛰었다. 최 부장은 지면에 대한 권한은 전혀 없었지만, 온라인에 쏘는 모든 기사에 대해서만은 단단히 권력을 틀어쥐었다. 부장이 킬한 기사도, 온라인 사이트에 필요하다고 하면 써야 하는 것이다. 성과는 단박에 나타났다. 겨우 일주일 만에 우리 홈페이지는 언론사 5위권 안에 들었다. 당연히 사이트 내 광고단가도 올라갔다. 별안간 허수아비 신세가 된 부장들도,

국장도 할 말이 없었다.

　물론 우리 부장은 예외였다. 최 부장의 최측근이 된 하 부장은 그의 노하우를 배워야 한다며 더 신나했다. 그는 과연 스펀지였다. 10분마다 검색어 순위에 오른 연예인 이름을 쪽지로 날려댔고, 다른 매체에서 쓴 괜찮은 기사를 링크시켜 베껴 쓰도록 했다. 우리 부서 기자들은 최 부장의 쪽지와 함께 하 부장의 쪽지까지 딩동거려서 초강력 노이로제에 시달렸다.

　오늘 아침에도 역시 노트북을 켜자마자 메신저에서 딩동 소리가 났다.

　'〈동보〉어제의 느린 뉴스, 반성합시다 : 이승기, SBS 수목드라마 캐스팅 - 스포츠클릭 (08:31), 스포츠아시아 (08:35), 스포츠중심 (08:36), 스포츠엔터 이라희 (08:37)'

　심장이 덜컹 내려앉았다. 이 쪽지는 스포츠엔터뿐만 아니라 윗층 종합지 사람들의 메신저에까지 똑같이 전달됐을 것이다. 최 부장은 매일 아침 빨랐던 기사와 느렸던 기사를 취합해 전체 쪽지로 날린다. 덕분에 나는 이승기가 새 드라마에 캐스팅됐다는 전대미문의 빅 뉴스를 6분씩이나 늦게 보도한 버러지 같은 기자가 됐다. 나는 메일함을 열어놓고 메일이 올 때마다 소름 끼치는 경고음이 울리게 설정해두고, 문자가 올 때마다 알람과 동시에 진동까지 울리게 해놓는 동시에 3분마다 네이버 뉴스화면을 확인하며 새 기사를 확인했다. 그럼에도 불구하고, 부장은 10분마다 날 불러세워 내가 뭘 놓쳤는지 하나하나 짚었다. 나는 화장실 변기에 앉아서도 휴대폰으로 연예기사를 살폈다. 누가 특종이라도 하나 보도한다면, 그 즉시 똥을 끊고 튀어나가 후속 기사를 쏴버릴 준비를 해야 했다. 오래 걸리겠다 싶으면 화장실에까지 아예 노트북을 갖고 가기도 했다.

멀티태스킹은 기본이었다. 나는 부장의 차 앞에 버티고 서서 노트북을 열고 다른 매체의 연예기사를 살피고 있다. 지각하는 바람에 주차장 자리를 뺏기자 길가에 아무렇게나 주차해버린 부장의 차가 견인되지 않게 함과 동시에, 가요계 속보를 놓치지 않기 위함이었다. 휴대폰으로는 요즘 제일 잘나간다는 여가수의 인터뷰를 잡기 위해 매니저 번호를 세 번째 누르고 있는 중이다. 빌어먹을, 이 매니저는 오전 9시부터 내내 통화 중이다.

'딩동.'

메신저 창에 부장의 이름이 반짝였다. 그와 동시에 내 심장은 평소보다 3.5배 빨리 뛰기 시작한다.

'위에서 우리가 요즘 단독이 너무 없다는 말이 나왔어. 라희, 너도 이제 단독 하나 할 때가 됐다. 오늘 KBS 가서 단독 하나 캐 와. 이상.'

이번에는 폐가 3분의 1 크기로 쪼그라들었다. 숨이 막힌다. 나는 고개를 처박고 '알겠습니다.'라고 답장을 쓴다. 그때 또 '딩동.' 알람음이 울린다.

'참, 그 여가수 인터뷰는 어떻게 됐어?'

나는 '알겠습니다.'를 '죄송합니다.'로 고쳐 전송 버튼을 누른다.

〈뮤직뱅크〉 대기실은 화요일마다 심야 음악프로그램의 대기실로 탈바꿈한다. 무대도 그대론데, 세팅만 바꿔서 완전히 다른 공개홀 같은 분위기를 낸다. 나는 입구에 서서 행여 아는 사람이 없을까 고개를 쭉 내밀고 있다. 벌써 두 팀이 날 몰라보고 휙 지나쳐버린 후다. 인터뷰 땐 그렇게 친한 척을 하더니, 사람 많은 곳에서 뒤섞이면 먼저 아는 척해오는 경우가 거의 없다. 단독은 커녕 인사도 제대로 못하고 집으로 돌아갈 위기에 몰린 나는 불안함에 배고픔도 잊었다. 혼자서 이리 갔다, 저리 갔다 하고 있는데 설상가상 경비 아저씨가 아까부터 나를 이상한 눈초리로 쏘아보고 있다. 기어이, 그는 내게 다가온다.

"여기 무슨 일로 오셨어요?"

"저, 기잔데요."

"출입증 봅시다."

난 KBS 담당이 아니므로, 출입증 같은 게 있을 리 없었다. 가요담당 기자들은 그냥 매니저의 측근 자격으로 대기실에 드나든다. 나는 멈칫했다.

"출입증 없으면 나가야 돼요. 요즘 단속이 강화돼서 아무나 못 들어와요."

"저, 스포츠엔터 이라희인데요. 진짜 취재 때문에 온 거예요."

"아 글쎄, 안 된다니까."

아저씨는 나 같은 사람을 여러 번 봤다는 듯 능숙하게 날 몰아세웠다. 나는 꼼짝없이 쫓겨나게 생겼다. 그때였다. 중저음의 남자 목소리가 우리 사이에 끼어들었다.

"우리와 만나기로 한 기자님입니다."

연예인이라 해도 믿을 만큼 잘생긴 30대 초반의 남자 한 명이 내 어깨를 잡았다. 아저씨는 이 남자를 한눈에 알아보더니, 알았다고 손짓하고 사라졌다. 나는 멋쩍게 웃으며 고맙다고 인사했다.

"요즘 방송국도 예전 같지가 않아서, 까다로워요."

남자가 싱긋 웃으며 나를 대기실로 데려갔다. 오늘 방송의 하이라이트를 맡은 톱가수가 이 남자의 소개에 따라 내 인사를 받았다.

"식사하셨어요? 여기 밥 좀 드실래요? 아니면, 좀 이따 녹화 끝나고 술 한잔해요. 매니저들 모임 있는데."

나는 헤벌레 웃으며 고개를 끄덕였다.

고기가 지글지글 구웠다. 나는 군침을 꼴깍 삼켰다. 매니저들은 열심히 소주잔을 돌리며 가요계 돌아가는 얘기에 열을 올렸다.

"참, 김용호 기자 여친이랑 헤어졌지? 요즘 시간 많나 봐. 자꾸 일을 열심히 해."

"너네 쪽도 파헤치냐? 우리도 죽겠다."

"누구 예쁜 애 하나 없냐? 소개팅이나 하나 해주자."

김용호 선배는 악독한 기사를 자주 써서 안티팬들을 몰고 다니는 유명한 연예부 기자다. 매니저들은 머리를 맞대고 어떡하면 김용호 선배의 관심을 자신의 연예인으로부터 떨어뜨릴 수 있을지 고민했다.

모임의 구성원은 이제 막 실장 타이틀을 단 매니저들이었다. 연예계 최전방에서 가장 격한 실무를 뛰다가, 이제 한 단계 도약한 셈이다. 그만큼 생생한 정보와 실시간 뒷얘기가 무성했다. 나는 이들의 이야기를 듣는 것만으로도 연예계 돌아가는 실정의 90%는 이해한 느낌이었다.

술자리가 무르익었을 때쯤 이들의 화두는 다소 의외의 것이었다. 바로 인력난이다. 너도나도 연예계로 뛰어드는 요즘, 오히려 연예바닥에는 새 인력이 씨가 말랐다는 것이다. 덕분에 막내급인 로드매니저를 5년이나 하는 사례도 빈번했다. 2년쯤 하고 신입이 또 들어와야 진급을 하는데, 이놈의 신입들이 한 달도 못 버티고 도망가 버리기 때문이다.

한 달에 100만 원 남짓 벌면서 하루 24시간 연예인에 매여 살아야 하는 로드매니저는 보통 끈기로 하기 힘든 일이긴 하다. 연예인을 동경하는 것과, 그들의 생리대까지 사다 날라야 하는 것은 분명 다른 일이다. 언젠가 위로 올라가면, 떵떵거리는 제작자가 될 수 있다는 희망 하나만으로 버티기엔, 너무나 박봉이고 너무나 힘든 일이었다.

"나는 30만 원 받고도 다 했다. 요즘 것들은 나약해서 말이야. 그래가지고 무슨 일을 배운다는 거야. 그 새끼, 잡히기만 해봐라."

며칠 전 한 막내 매니저가 올림픽 대로에 밴을 버리고 도망가버려 실장 타이틀을 달고도 현장을 뛰고 있는 매니저가 말했다.

"야, 그래도 걔는 밴을 버리고 간 게 어디냐. 동철이 그 새끼는 밴 갖고 튀었잖아. 그놈 잡으러 팔도 강산 안 가본 데가 없다."

"잡으셨어요?"

나는 갈비를 뜯으며 물었다.

"잡았죠. 경찰서 보내려다, 봐줬어요. 울면서 비는데 어떡해."

"근데 난 이해돼요. 얼마나 힘들었겠어요."

분위기가 싸해졌다.

"성공하려면 더한 일도 버텨내야 되는데, 기자님은 무슨 말씀을 하시는 거예요!"

누군가가 말했다.

여름이라고 해도 믿을 쨍쨍한 날씨에 현기증이 났다. 노트북을 잠깐 덮고 숨을 내쉬었다. 하지만 어지럼증은 계속됐다. 이제 술도 금방 깨지 않는다. 아침엔 머리를 감으려고 고개를 숙이다가 잔뜩 토하기도 했다. 그래도 술이 깨지 않는다. 해장국을 먹고 싶은데, 점심시간까지는 두 시간이나 남았다. 또 길가에 주차해버린 부장 덕에 나는 또 노트북을 차 위에 얹어놓고 기사를 쓰는 중이다. 햇볕은 내리쬐고, 속은 울렁거린다. 시야는 자꾸만 흔들린다.

한 번 더 숨을 몰아쉬고 휴대폰을 들었다. 어제 실패한, 여가수 매니저와의 통화를 위해서다. 이 남자는 아무래도 모르는 번호로 온 전화를 아예 받지 않는 모양이었다. 줄곧 통화 중이었으며 어쩌다 통화 중이 아니라 하더라도, 신호는 중간에 툭 끊겨버렸다. 나는 문자메시지로 내 신분을 밝히고 전화를 받아달라고 애원하다시피 했다. 그러나 전화는 울리지 않았다.

그리고 또 그 소리가 났다. '딩동.' 이번에는 최 부장이었다.

'가요담당 이라희 씨, 소녀시대가 컴백한다고 기사가 났어요. 우린 왜 그런 기사가 없지요?'

나는 얼른 답장 버튼을 누르고 재빨리 알아보겠다고 써넣었다. 그러나 전송 버튼을 채 누르기도 전에 노트북은 절전모드로 들어갔다. 어제 KBS에서 노트북을 쓴 후 충전이 다 되지 않았던 것이다. 나는 노트북을 부둥켜안고 신문사로 뛰어들어 왔다.

SM엔터테인먼트 측과 통화를 하면서 노트북을 전기선에 꽂았다. 이 통화도 다섯 번이나 시도한 후에 연결된 것이다. 휴대폰에서 흘러나오는 말이 거의 실시간으로 기사입력기에 옮겨졌다. 다른 매체에 보도되고 있는 문장과 거의 동일했다. 부장은 내 기사가 완성됨과 동시에 데스크를 보고 온라인에 쐈다. 그리고 한마디 덧붙였다.

"내 차는?"

나는 다시 길가로 뛰었다. 안 그래도 울렁거리는 위장에 대지진이 일었다. 그러나 진짜 재앙은 눈앞에 있었다. 부장의 차가 없었다.

"이 머저리 같은 놈!"

그의 얼굴에다 대고 네 차가 견인됐다고 말을 꺼내는 것은, 내 26년 인생에 있어 가장 큰 용기를 필요로 하는 일이었다. 30분이나 부장 근처를 서성이다 결국 그 말을 내뱉고 나니, 막상 그의 고함소리는 오히려 견딜 만한 일이 됐다.

"그것도 하나 제대로 못 하면서 무슨 기자를 한다고 그래! 다 때려치워!"

출근 첫날 이 말을 들었다면 나는 너무 놀란 나머지 진짜 사표를 썼겠지만, 지금의 나는 그냥 고개만 푹 숙이고 나면 이 모든 순간도 지나가고 말리라는 걸 안다. 최대한 송구스런 표정을 짓고 시간을 죽이는 것, 그것이야 말로 상사의 고함에 대처하는 최고의 방법이었다.

부장도 이제 힘에 부치는지 고함쇼는 5분 만에 막을 내리려 하고 있었다. 나는 기쁘기까지한 마음으로 내 자리로 돌아가려 했다. 그러나 마지막 한마디가 모든 국면을 뒤집어놓았다.

"참, 어제 내가 말한 단독은 어쨌어?"

요즘도 내 이름을 깜빡하는 부장의 빈약한 기억력은 이럴 때만 활성화되는 모양이었다.

"저, 매니저들은 많이 만났는데, 어제 처음 만난 거라서요."

"그래서 했어, 안 했어?"

"못 했습니다."

날 쏘아보는 부장의 눈빛이 어찌나 강렬한지, 내 눈이 절로 라식수술 효과를 볼 것만 같았다.

"내일 아침까지 하나 가져와. 네 능력을 증명해보라고. 차나 지키고 앉아 있지 말고. 단독 없으면 회사 안 나와도 돼."

차를 지키라고 한 건 부장이다. 못 지켰다고 머저리 같은 놈이라고 소리를 지른 것도 부장이다. 그런데 지금 나를, 차나 지키면서 제 능력도 제대로 못 보여주는 기자 취급을 한 건가? 이렇게 만든 게 누군데! 할 말이 한꺼번에 쏟아지자, 아이러니하게도 난 할 말을 잃는다. 그저 조용히 제자리로 돌아오는 수밖에 없었다. 오늘 중으로 단독을 해야 한다. 하지만 어떻게?

부장은 권상우를 만난다며 오후에 자리를 비웠다. 다른 기자들도 모두 취재 때문에 자리를 비웠다. 나는 내 자리에 덩그러니 앉아 이 위기를 어떻게 극복해야 할지 고민한다. 사표 외에는 아무것도 떠오르지 않는다.

노트북을 끼고서 4층 소파에 앉아 커피를 마시고 있는데, 레저가 체육을 이끌고 우당탕 뛰어왔다. 말로만 동기지, 너무나 바빠서 이제 얼굴 보기도 힘들다. 살이 홀쭉하게 빠진 레저는 날 보자마자 양팔을 휘휘 저으며 호들갑이다.

"야! 들었어? 체육 그만둔대!"

"뭐? 왜?"

나도 놀라지 않을 수 없었다. 그 나이에 그만둬서 뭘 어쩌려고! 레저 손에 질질 끌려온 체육은 의외로 침착하다.

"내가 축구 경기에서 누가 골 넣을 때마다 기사 쓰라고 하는 건 참을 만했거든. 근데 이건 아니잖아! 어제 김연아가 회전할 때마다 기사 한 개씩 썼어. 5분 경기 동안 기사를 일곱 개나 써서 표출했다고! 이게 말이 돼? 이게 제대로 된 신문사야? 하루도 더 있기 싫어! 난 떠난다. 너희도 잘 생각해봐라."

나는 그 어떤 직장인도 사표를 찢어버릴 수 있게 한다는 현실적인 질문을 들이댔다.

"갈 데는 있고?"

"이제 알아봐야지."

"미친놈."

레저와 내가 동시에 내뱉었다. 하지만 사실 난, 그가 죽도록 부러웠다.

밤 늦게 터벅터벅 신문사를 빠져나왔다. 물론 방송국을 쏘다니며 뭐 기삿거리 없나 눈알을 부라리고 있어야 할 시간이다. 그러나 나는 의욕을 잃었다. 이게 대체 뭐하고 있는 짓일까? 나는 정말 이 일을 단 한 번이라도 꿈꾼 적 있을까? 내가 이런 식으로 캐내는 단독기사가, 과연 이 세상에 도움 되는 것일까? 아니, 나한테라도 도움이 될 게 있나?

나는 나를 믿고 매니저들이 해준 뒷얘기를 차마 기사화할 수 없었다. 사실 기사화하기엔 내 정보가 턱없이 부족하기도 했다. 최근 살이 찐 아이돌 멤버 하나가 사실은 임신해서 그런 거라더라, 이걸 어떻게 쓸 건데? 유명 가수 커플 사이에 이혼서류가 왔다 갔다 한다더라, 이걸 하루 만에 어떻게 쓰냐고. 그냥 '카더라' 하나만 믿고?

신문사 앞 칼국숫집에 덩그러니 앉아 면발을 휘휘 저었다. 주인 할머니는 지난번보다 더 불편한 자세로 겨우 걸어와 김치 그릇을 내밀었다. 할머니의 건강은 악화됐지만 식당은 더 깔끔했다. 매일 밤 10시, 퇴근길에 사진부 인턴이 들러 식당을 청소해주기 때문이다. 오지랖 하나는 국가대표급인 그는 주인 할머니가 딱하다며 식당 일을 돕고 있다. 지금 내가 앉아 있는 테이블이 깨끗한 건 나 덕분이다. 사진부 인턴은 지난번 법무팀 이사 차량 바위 테러 사건을 입막음하는 대가로 칼국숫집 청소를 함께 하자고 제안했다. 나는 그런 그가 전혀 이해되지 않았지만, 뿌리칠 순 없었다. 이 일은, 내 하루 일과 중 그나마 의미 있는 일일지도 모르니까. 이마에 땀방울이 맺히도록 열심히 쓸고 닦는 그의 모습을 보면 알 수 없는 설렘이 느껴지기도 했다. 이 척박하고 이기적인 동네에, 저런 청년이 하나라도 내 주위에 있다는 것만으로도 마음이 놓인다고나 할까. 나는 다시 그를 내 집으로 초대하기 시작했다.

칼국수 값을 계산하고 있는데, 어제 만난 꽃미남 매니저로부터 전화가 왔다. 이제 이 사람들과도 인연이 끝나겠지? 받을까 말까 고민하다가 마지막 인사나 하자 싶어 통화 버튼을 눌렀다. 그는 단번에 내 풀죽은 목소리를 알아챘다.

"무슨 일 있어요?"

나는 오늘 내로 단독을 못 하면 잘리게 됐다고 솔직하게 말했다. 매니저는 자꾸만 웃었지만 난 심각했다.

"잘 계세요."

"아니, 기자님, 진짜예요? 잠깐만요. 조금 이따 전화할게요."

전화가 툭 끊겼다. 나는 집으로 돌아와 옷을 홀딱 벗고 샤워를 시작했다. 하루 종일 긴장으로 뭉쳐 있던 근육에 뜨거운 물이 닿았다. 이제야 혈액순환이 되는 것 같았다. 물기를 닦고 있는데, 또 전화가 울렸다.

아까 그 매니저였다. 나는 내일 출근시간에 회사 대신 어디로 가서 스트레스를 풀까 생각하고 있던 참이었다. 막상 그만둔다고 생각하니 홀가분하다. 그깟 월급, 모르겠다. 생각할 겨를이 없다. 얼른 이 무거운 걸 내려놓고 싶다. 조금 기분이 좋아져서 통화 버튼을 누른다. 이제는 진짜 인사를 해야지.

"이 기자님, 진짜 나한테 잘해야 해요!"

"네?"

매니저는 내게 요즘 가장 핫한 남녀 아이돌그룹의 막내 멤버끼리 한창 열애 중이라고 알려줬다. 자기 밑에 있던 매니저가 그쪽 소속사 로드매니저로 갔기 때문에 잘 안다고 했다. 같은 고향 출신인 두 멤버는 남자가 그룹 내 불화로 마음 상했을 때 여자가 큰 도움이 돼주며 가까워졌으며 서로의 무대를 꼼꼼하게 모니터해주고, 주로 코엑스 메가박스에서 심야영화를 보며 데이트를 한다. 한 달 전엔 한강에서 차를 세워놓고 일을 치르다가(?) 옆 차에서 같은 일을 치르던 사진기자 커플과 우연히 마주쳐 꽤 거금을 썼단다. 그 홍역을 치르고도 최근에는 W호텔에까지 행차하는데, 소문이라도 날까 봐 매니저가 노심초사하고 있다.

"그 회사, 소속 가수끼리 성행위 금지 아니에요?"

"그러니 더 열렬하죠."

나는 민감한 정보는 빼고, 어린 남녀 톱스타가 예쁘게 사랑을 가꿔가고 있다고 쓸 계획이었다. 대부분의 열애 기사는 의외로 미화 과정을 거친다.

나는 휴대폰을 충전기에 꽂은 후 핸드백을 뒤져 메모지를 찾았다. 며칠 전 부장이 무려 300개가량의 휴대폰 번호를 적어준 것이었다. 메신저의 사용법을 익히는 데도 이틀이 걸린 부장은, 자신의 휴대폰에 있는 연예계 고위 관계자들 번호를 내게 넘겨주기 위해 직접 300개의 번호를 메모지에 쓰는 수고를 마다하지 않았다. 이 번호로 나는 무엇을 해야 하느냐. 이들에게 문자메시지를 하나씩 보내 다음 달 부장의 어머니 고희연이 열리는 장소와 시간을 알려줘야 했다. 매주 한 번씩 이들에게 문자메시지를 보내라는 어명이다. 단체 문자메시지 발송 프로그램이 계속 버벅대자 나는 휴대폰으로 일일이 300명에게 문자를 보내기로 했다. 단독 기사도 하나 확보해둔 마당에, 못할 것도 없었다. 아까 전까지만 해도, 이건 순전히 부장이 자신의 일을 내게 미뤄버린 것이었지만, 다시 생각해보면 이건 기자가 자신의 고위 취재원 300명의 리스트를 선뜻 내줄 만큼 나를 믿는다는 뜻도 됐다. 기분이 좋아졌다.

한 시간쯤 씨름하자 드디어 마지막 리스트에 이르렀다. 열 명 남짓 남았다. 그리고, 이름 하나가 눈에 띄었다. 황정석. 부장은 반드시 신경 써야 할 인물이라는 뜻에서 별표를 세 개나 달아두었다. 그의 전화번호 뒷자리는 더 눈에 띄었다. 1112. 내가 아침마다 톱 여가수 인터뷰를 위해 눌러대던 그 번호였다.

"연예부 기자라는 직업에 비전이 있는 편인가요?"
나는 눈두덩이가 갑자기 욱신거리는 것을 느끼며 어색하게 눈웃음을 지었다.

"글쎄요, 개고생은 저 혼자 하는 걸로 됐어요. 여러분은 연예부 기자 되지 마세요."

좌중에 웃음이 터졌다. 나는 왼쪽 손을 들어올려 슬쩍 시계를 봤다. 이제 겨우 10분이 흘렀다. 휴대폰이라도 좀 울려준다면, 급한 일이 생겼다며 도망칠 수 있을 텐데 지금은 또 묵묵히 침묵을 지키고 있다. 나는 지금 내가 졸업한 학교의 신방과 수업에 특강을 떠맡고 있다. 후배 녀석이 부장의 설문지를 건네면서 부탁을 한 것이다. 교수가 30분 늦는다는데, 와서 기자 선배로서 한마디만 해달라고. 별 생각 없이 덜컥 예스한 나는, 지금 죽도록 후회 중이다.

"스캔들 기사가 연예인의 인권을 침해한다는 시각에 대해서 어떻게 생각하나요?"

내가 열애설을 터뜨린 아이돌그룹의 팬인가? 질문을 던진 여학생의 눈이 적개심으로 불탔다. 그 기사로 말하자면, 너 좋고 나 좋은 원원효과를 거뒀다. 나는 어쨌든 단독 기사를 써서 부장의 예쁨을 받았고, 해당 기획사는 기사가 나감과 동시에 스캔들을 적극 부인함으로써 피해를 크게 입지 않았고, 두 가수는 하루 종일 포털사이트 검색어 상위권을 차지하며 홍보효과를 거뒀다. 하지만 그걸 말한다고 해서 저 열혈팬이 이해할 것 같진 않았다.

"연예인들의 경우 국민들이 알고 싶어 하는 영역이 꽤 넓으니까요. 가끔 인권과 충돌하긴 하지만, 그 모든 불편함을 감수하겠다고 마음먹은 사람들이 또 연예인이기도 해요. 인권 침해다 아니다, 이분법적으로 볼 문제는 아닌 것 같네요."

내가 짐짓 여유있는 표정을 만들어내기도 전에, 다른 남학생이 손을 들었다.

"그런데 요즘은 왜 자꾸 TV를 보고 기사를 쓰세요?"

자존심 때문에 당황한 티를 내기도 어려웠다. 나는 일단 크게 한 번 웃었다.

"그건 신문사마다 방침이 다 달라요. 연예인들이 TV에서 폭로성 발언을 하는 빈도가 높아지고 있어서, 신문사 입장에선 그 폭로를 모르는 척하기 어려울 때가 있긴 해요."

내 말이 채 끝나기도 전에 다른 남학생이 얼른 덧붙인다.

"폭로뿐만 아니라 농담한 것 가지고도 쓰던데요. 드라마나 예능프로그램도 매주 줄거리 요약하고. 그건 저널리즘이 아닌 것 같아요."

나는 조금씩 화나기 시작했다.

"물론 저널리즘이 아니죠. 기자들도 잘 압니다. 알아! 그런데 그걸 자꾸 클릭해대잖아요? 거기 학생도 욕은 욕대로 하면서 그런 기사 다 클릭해보죠? 여기서 카라 팔뚝에 털 많다고 쓴 기사 클릭한 놈 다 손들어 봐요! 왜 하냐고 그걸! 고매하신 네티즌께서 그런 기사만 들여다보고 있으니 어떡해! 신문사도 장사하는 곳인데, 클릭수가 필요하지 않겠어요? 그게 싫으면 제대로 된 기사도 좀 클릭을 하란 말이야! 진짜 내가 부탁하고 싶다, 정말!"

나, 방금 신방과 수업에 들어와 신문사가 장사하는 곳이라고 말한 건가? 머리끝이 쭈뼛 섰다. 후배가 분위기 전환의 사명을 띠고 손을 들며 덧붙인다.

"맞아요! 요즘 네티즌은 기사 제목이랑 사진만 본다니까요. 하하."

학생들 몇몇이 따라 웃었다.

"제가 좀 흥분했죠? 우리도 그만큼 힘들어요. 저 그냥 땜빵으로 온 건데, 소프트한 질문 하나만 더 받고 끝낼게요."

한 여학생이 손을 번쩍 들었다. 나는 최대한 온화한 표정을 짓고 그 학생을 지목했다.

"저 우지환 팬클럽 회원인데요. 우리 팬들 사이에서 선배님이 되게 유명하세요. 왜 그렇게 우지환을 싫어하시는 거예요? 기사에 균형감각이 없으신 것 같아요."

전혀 예상치 못한 질문이었다. 나는 입을 반쯤 벌리고 그 학생만 쳐다봤다. 내가 지금부터 하는 말은 그대로 우지환 팬클럽 게시판에 옮겨질 가능성이 크다. 도대체 뭐라고 해야 하지?

"저는 우지환을 싫어하지 않아요."

"그런데 기사는 왜 그래요?"

"기사는 기자 혼자서 쓰는 게 아니에요. 데스크와 국장이 모두 오케이 해야 하는 거죠. 오로지 기자 한 명이 개인적으로 누구를 싫어한다고 해서, 그 사람에 대한 악의적인 기사를 쓸 수 있는 게 아니라는 뜻이에요."

"악의적이라는 건 인정하시는 거네요?"

뭐? 나는 애꿎은 손목시계만 빙글빙글 돌렸다.

"아니, 제 기사가 그랬다는 게 아니고. 암튼 그렇습니다."

여학생은 고개를 홱 돌렸다. 옆자리에 앉은 학생에게 '그렇긴 뭐가 그래.'라고 중얼대는 게 내 귀에도 들렸다.

"그게 뭐 그렇게 간단한 문제인 줄 아세요? 여러분도 직장생활 해보세요. 저널리즘? 인권? 균형감각? 귀신 멱 따는 소리 하고 있네! 야! 그냥 위에서 까라면 까는 거야. 너넨 나이가 몇 갠데 원칙 타령이니? 그렇게 살아봐, 어디 한번! 사회생활 제대로 할 수 있을 것 같애? 그 좋은 원칙으로 집에서 장판 무늬나 세고 있을 거다!"

후배가 벌떡 일어났다. 그러나 나를 당장 제압해야 할지에 대해선 고민하는 눈치였다. 나는 냉큼 한마디 더했다.

"그리고 신방과는 무슨, 얼어 죽을! 얘들아, 정신 차려, 지금이 어떤 시댄지 몰라? 지금 당장 나가서 경영학과로 옮겨! 그게 내 특강의 결론이다, 이 순진한 것들아!"

나는 핸드백을 들쳐 메고 재빨리 출입문을 찾았다. 그 앞에는 교수로 보이는 한 중년남성이 턱관절을 쭉 늘어뜨린 채 서 있었다. 나는 후다닥 뛰어나왔다.

chapter 12
선의의 경쟁은 가능한가

　요즘 내 정신상태가 매우 불안정하다는 것을 인정하지 않을 수 없겠다. 남의 차에 돌덩이를 떨어뜨리는가 하면(다행히 별 흔적이 남지 않아 조용히 지나갔다), 자라나는 새싹들에게 방 안에서 장판 무너나 세게 될 거라고 악담을 퍼부었다.(후배 녀석이 학생들로부터 절대 인터넷에 이 사실을 알리지 않기로 약속을 받아냈다) 새벽에 몇 번 교통사고 현장에 불려 나간 이후로 밤에 전화벨만 울려도 기겁하고 소리를 질러댔으며, 메신저에 주황색 불이 반짝일 때마다 내 두 눈을 쿡 쑤시고 싶은 충동에 시달렸다. 내가 남자랑 손도 못 잡아본 줄 아는 엄마한테 섹스파트너가 있다고 선언했을 때부터 이상징후를 알아챘어야 했다. 나는 휴식이 필요하다. 그리고 바로 이 순간을 매우 염원해왔다.
　기내에서는 휴대폰을 꺼달라는 기장의 목소리가 울려 퍼졌다. 노트북은 꽁꽁 싸매져 짐칸에 올라가 있다. 휴대폰도 이제 전원이 꺼진 채

내 주머니 속에 처박힐 것이다. 나는, 단 두 시간만이라도 이것들로부터 해방된다는 생각에 감격스러워 목이 멜 지경이다. 옆 자리에 앉은 정나영의 옆구리 살이 나를 압박해 와도 나는 전혀 개의치 않는다. 조중동, 한겨레, 경향까지 무릎 위에 놓은 나는 무려 6개월 만에 신문을 정독할 예정이다.

내가 정신적인 문제를 앓고 있는 동안 급격하게 살을 불린 '전 얼짱 인턴' 정나영은 풍만한 뱃살을 과시하며 잠에 빠져든다. 조직생활 스트레스로 고등학교 때 몸무게의 90%를 회복했다며 공항에서 만나자마자 울상을 짓는 정나영에게, 나와 채은 선배는 "넌 살과 함께 우리의 호감도 얻은 거야."라며 위로해줬다. 진심이었다. 이제 너와 나는 페어플레이 할 수 있어!

나는 휴대폰을 꺼내 종료 버튼을 눌렀다. 그때, 문자메시지함이 반짝하면서 신착 메시지의 존재를 알려줬다. 볼까, 말까. 나는 호기심을 이기지 못하고 결국 메시지함을 열었다. 보나마나 쓸데없는 보도자료 알림 메시지일 거다. 나는 금방 휴대폰을 끄고 신문을 볼 수 있을 거다.

'첫 추장인데, 마이 배우고 푹 시다 와. 단독 하나 해오고.'

오타투성이의 부장 메시지였다. 단독이라는 단어가 매직아이처럼 내 눈앞에 성큼 다가왔다. 수백만 마리의 개미 떼가 내 발가락 끝부터 서서히 기어 올라오는 느낌이다. 나는 으악 소리를 지르며 팔딱팔딱 뛰고 싶다. 그러든가 말든가, 비행기는 순조롭게 이륙을 시작했다.

유력 종합지, 스포츠지, 경제지, 온라인 신문 등 무려 스무 매체에서 가요담당기자들이 모인 대규모 출장이다. 내 첫 인터뷰 상대이기도 한 아이돌그룹 로미오가 일본 도쿄돔에서 거대한 콘서트를 개최하는 건이다. 거대 공연기획사가 거액을 쏟아부어 진행하는 월드 투어의 일환. 최근 상장한 이 공연기획사는 며칠째 상한가를 치고 있었다. 도쿄돔이라 하면, 비, 류시원, 동방신기 정도가 섰던 일본 최고의 무대였으니 그럴 만도 했다.

20명의 기자들과 홍보팀 직원, 로미오의 매니저들은 별이 6개라는 포시즌 호텔에 나란히 도착했다. 기자는 2인 1실로 배정됐는데, 나와 정나영이 한 방이 됐다. 여기자 수가 홀수라 채은 선배 혼자 남았는데, 본인은 새로 가요담당이 된 꽃미남 기자와 같은 방을 써도 된다고 바득바득 우기다 결국 독실행이 되었다.

간단하게 짐을 푼 우리는 곧바로 쇼핑에 돌입했다. 채은 선배를 선두로, 그 뒤에 따라붙은 나와 정나영은 채은 선배가 둘러보는 모든 물건에 '좋다, 안 좋다' 평가를 내려주며 착실한 쇼핑 도우미로 나섰다. 스포츠신문에서 경제지로 옮기면서 연봉이 1천500만 원이나 오른 채은 선배는 백만 배로 많아진 스트레스를 쇼핑으로 푸는 중이었다.

"정말 1천500만 원이나 차이 나요?"

"요즘엔 신문사도 대기업부터 잡고 봐야 돼. 광고의 질이 다르잖아. 내 인터뷰 기사 밑에 붙는 광고가 달라져. 스포츠클릭 봐봐. 아직도 그놈의 매트리스 아니면 '나 오늘 한가해요'지? 경제지는 죄다 휴대폰이야. 사회부고 나발이고 다 필요 없어. 그냥 산업부만 있으면 돼."

종합지와 스포츠지가 월급도 제때 못 주고 픽픽 쓰러져가는 와중에, 경제지는 어떻게 보너스까지 착착 챙겨 주며 몸집을 불릴 수 있는지 한 번에 이해되는 설명이었다.

"그뿐이야? 기사는 좀 많이, 빨리 쓰냐? 2분에 한 개씩 쓰라고 지랄하는데. 씨발."

선배는 점원에게 짧은 일본어로 "이거 맘에 든다."고 말하며 티셔츠 하나를 건넸다. 우리 돈으로 35만 원에 달하는 가격이었다. 나도 사고 싶은 마음이 굴뚝 같았다.

"기사 수가 많으니 클릭수가 올라가고, 클릭수가 올라가니 광고 단가도 올라가지. 너네도 거기 좀 있다가 옮겨. 요즘 누가 스포츠신문 보니? 다만, 오래 못 살 각오는 하고."

"나도 살래요!"

나는 채은 선배가 집은 것과 비슷한 티셔츠를 하나 골랐다. 에라이, 모르겠다. 이 티셔츠를 안 사면 미쳐버릴 것 같다. 티셔츠를 조물락거리고 있는 동안만큼은 내 암울한 현실이 저 멀리 꺼져버릴 것 같다. 정신과 치료 받은 셈 치고, 35만 원쯤 지불해도 될 것이다.

"나도 사고 싶은데. 사이즈가 없을 것 같아."

정나영이 들릴 듯 말 듯한 목소리로 중얼거렸다.

기자간담회는 호텔 세미나룸에서 열렸다. 이번 출장에서 큰 거 하나를 터뜨리겠다고 예고해온 참이었다. 아마도 소문으로만 무성했던 미국 진출에 관한 것일 테다. 미국 진출 선언은 이제 흔한 일이 되었지만, 해당 소속사가 코스닥 상장사라면 일이 달라진다. 이건 주식이 들썩이는 사건인 것이다.

슈렉이 맘대로 고쳐놓은 '이상형은 이효리' 인터뷰 기사 이후로 내가 필사적으로 피해왔던 아이돌그룹 멤버 다섯 명이 나란히 세미나룸에 들어서서, 맞은편 폭신한 소파에 앉았다. 기자들 중 낯이 익은 사람들에게 눈인사를 건네고 귀엽게 웃는다. 나는 얼른 고개를 푹 숙였다.

"자, 그럼 로미오 일본 도쿄돔 공연 기념 기자간담회를 시작하겠습니다."

아르마니 정장을 챙겨 입은 소속사 이사가 말했다.

나는 조심스럽게 고개를 들었다. 그리고 그 즉시, 리더와 눈이 마주쳤다. 리더는 날 못 알아본 듯 의례적인 눈인사를 건네고, 매니저 쪽으로 눈을 돌린다. 나는 가볍게 숨을 내쉰 후 허리를 꼿꼿하게 세운다. 그러나 리더는 돌연 날 다시 쳐다보고는 의미심장한 웃음을 짓는다. 내가 기억났나 보다. 나는 최대한 착한 누나의 미소를 띠고 그의 웃음에 화답한다.

"다들 예상하셨겠지만, 우리 로미오는 이번 월드투어를 기점으로 진정한 월드스타로 거듭나려 합니다. 그리고 그 첫 번째 큰 수확을 오늘 이 자리에서 발표하려 합니다. 특히 리더 제이가 할 말이 많을 겁니다."

매니저의 말에 리더에게 이목이 쏠렸다. 리더는 손에 쥐고 있던 종이를 눈높이에 들더니, 한 문장 한 문장 읽어내려갔다. 웬만하면 좀 외우지. 리더가 종이를 내려놓고 결연한 표정을 지을 때마다 소속사 측에서 파견한 포토그래퍼의 사진기가 찰칵거렸다. 저 사진은 기자간담회가 채 끝나기도 전에, 웹하드에 올라가 모든 기자들에게 똑같이 제공될 것이다.

리더의 발표 내용은 우리 예상보다 훨씬 더 진전된 내용이긴 했다. 우선 리더 혼자 미국 활동을 시작하는데, 할리우드 톱스타들이 대거 소속된 에이전시와 계약까지 마친 상태였다. 첫 앨범의 파트너 및 유통회사와는 지금 계약 직전의 단계이며, 대규모 블록버스터에도 세 번째 주연급으로 유력하게 거론되고 있다고 했다. 기자들이 구체적인 정보에 대해 캐물었지만, 아직 계약 전이라 말해줄 수 없다고 했다. 어쨌든 그가 꽤 든든한 지원을 업고 미국에 가리란 건 사실인 듯했다. 비, 이병헌 등의 전례로 보아, 불가능할 것도 없는 시나리오였다.

그가 어려서부터 얼마나 미국시장을 염원해왔는지, 그의 미국 활동에 대한 나머지 멤버들의 반응은 어떤지, 그럼 앞으로 로미오의 국내 활동은 어떻게 되는지에 관해 질문이 쏟아졌다.

"저는 이번 투어를 끝으로 탈퇴합니다. 저보다 더 멋진 멤버를 영입해 보다 강력한 로미오를 만들 계획으로 알고 있어요."

"새 멤버는 정해졌고?"

채은 선배가 물었다.

"누나! 나보다 새 멤버에 더 관심 가질 줄 알았어. 훨씬 더 싱싱한 애니까 기대해요. 아, 이건 기사에 쓰면 안 돼요. 하하."

기자간담회는 처음 몇 마디를 제외하곤, 두런두런 모여 앉아 수다를 떠는 모양이 됐다. 소속사 사장이 옆에 앉아서 흐뭇한 미소를 지었다. 멤버들이 나와의 인터뷰에서 '돈만 밝히는 새끼'라고 칭했던 그 인물이었다. 지금 그림은, 영락없는 아버지와 아들들이었다.

엠바고는 내일 오전 9시였다. 기자들은 각자 자신의 방으로 가서 기사를 마감한 후에, 다시 로비에 모여 한잔하기로 했다. 방으로 돌아가는 엘리베이터 안에서 한 선배 기자가 한숨을 내쉬었다.

"미국 음반회사도 말 안 해, 블록버스터 제목도 말 안 해, 새 멤버가 누군지도 말 안 해, 뭐 제대로 밝힌 건 미국 에이전시 이름 하나네."

"나머지는 다 뻥 아니야?"

"최대한 조금씩 말해서 기사 자주 내겠다는 거지, 뭐."

"미국 진출도 비, 보아 때나 기삿거리지, 요즘 뭐 별거냐?"

누구 한 명 1분만 사라졌다 나타나도 뭐하고 왔냐고 추궁하는 경쟁지 기자끼리도 지금 이 순간만큼은 한마음 한뜻이 되어 매니저를 씹었다. 말은 저렇게 해도 방에 들어가자마자 눈에 불을 켜고 기사 쓸 게 뻔했다.

나는 정나영과 방으로 돌아와 노트북을 열었다.

"도쿄돔이 2회 다 매진이었나?"

"제이가 몇 살이지?"

간단한 질문만이 침묵을 갈랐다. 제이 미국 진출이라는 제목으로 기사 하나, 제이 로미오 탈퇴라는 제목으로 기사 하나, 로미오 새 멤버 영입이라는 제목으로 기사 하나, 종합 기사 하나, 총 4개의 기사가 금방 완성됐다. 내일 로미오의 소속사와 공연기획사의 주식은 크게 뛸 게 뻔했다. 내가 전달하는 게 팩트인지, 주최 측의 주식 값을 올려주기 위한 미끼인지 헷갈린다.

정나영이 갑자기 이상한 소리를 내며 화장실로 뛰었다. 그녀는 채 닫히지도 않은 화장실 문틈으로 크게 소리쳤다.

"나 배탈 났나 봐. 기사 거의 다 완성했거든? 미안한데 내 노트북에도 사진 좀 다운 받아줄래? 그리고 우리 부장한테 전화도 좀 해줘. 지금 데스크 보고 내일 아침 9시에 기사 표출 예약 걸어달라고. 내 전화 기다리고 계시거든. 라희야, 미안!"

나는 내 기사를 대충 마무리 지은 다음, 네이트온으로 정나영에게 사진을 전송했다. 그리고 그녀의 핸드폰으로 오 부장을 검색해 통화 버튼을 눌렀다. 얼핏 보니 통화목록에 내가 아는 매니저들의 이름이 수두룩했다. 이 사람들, 정나영과도 친했다 이거지? 당연한 사실인데도 기분이 좋지만은 않았다. 신호가 울리자마자 전화를 받은 오 부장은 껄껄 웃으며 데스크를 보겠다고 했다.

나도 부장에게 전화를 해야겠다 싶어 휴대폰을 찾았다. 로미오가 몇 년도 데뷔인지만 검색하면 내 기사도 완벽하게 마무리된다. 네이버 창을 열고 버릇처럼 연예면 메인을 보는 순간, 나는 나도 모르게 소리를 꽥 질렀다.

'제이, 로미오 탈퇴 — 미국 진출 선언'

정나영의 기사였고, 네이버 톱기사였다.

"나영아, 네 기사 벌써 표출됐는데?"

이제 겨우 오후 8시 40분이었다. 정나영은 변기에 물만 네 번째 내리고 있는 중이었다.

"나영아, 네 기사 표출됐다고!"

정나영이 후다닥 뛰어나왔다. 손도 씻지 않은 그녀는 네이버 창을 보더니 고함을 질러댔다. 오 부장이 기사를 그냥 표출시켜 버린 것이다. 후배 기자야 현장에서 엠바고 안 지킨 기자로 왕따가 되든 말든, 일단 기사부터 내보내고 보자는 식이었다.

가장 악독한 부장 1위를 빼앗긴 게 분했던지 하 부장에게서 즉각 전화가 왔다.

"뭐야? 스포츠클릭에서 왜 기사가 나온 거야? 너 거기까지 가서 당하냐?"

내가 뭔가 대답도 하기 전에 전화가 툭 끊겼다. 그리고 그 즉시 내 기사도 표출됐다. 내 기사 뒤로 다른 신문사 기사도 줄줄이 표출됐다. 모두들 시바 시바 하고 있을 거다. 정나영은 눈에 띄게 덜덜 떨었다.

"선배들이 날 죽이겠지?"

진짜 그럴지도 모른다고, 난 생각했다.

술자리는 인근 술집에서 진행됐다. 큰 룸에 양쪽으로 테이블이 정갈하게 세팅돼 있었다. 기자들은 자연스럽게 두 파로 나뉘어 착석했다. 저쪽 편 우두머리와 이쪽 편 우두머리는 예전 스포츠서울과 일간스포츠가 피 튀기는 경쟁을 할 때, 한창 필드에서 뛰었던 양측 대표선수였다. 나는 일간스포츠 출신 선배가 앉은 테이블에 앉았다. 채은 선배가 이쪽 선배와 친했으므로, 나와 정나영은 고민할 것도 없이 이쪽 라인이 됐다.

정나영은 호텔 로비에서부터 고개를 푹 숙이고 선배들에게 백배 사죄했다. 한 명, 한 명 선배들 이름을 불러가며 울기 직전의 표정으로 용서를 구했다. 내가 같은 선배에게 명함만 세 번째 줬다가 버럭 혼난 것에 비교하면(볼 때마다 처음 만나는 사람같이 생겼는데 나보고 어쩌라고), 정나영의 사교성은 분명 나보다 한 수 위였다. 선배들은 막내 기자의 슬픈 눈에 금방 죄를 용서해줬다. 정나영의 기사를 비롯해, 이후에 내보낸 기사는 모두 삭제 처리 됐다. 내일 오전 9시가 되면, 다시 표출될 것이다. 마치 오늘 밤의 해프닝은 없었던 것처럼.

정나영이 쉽게 용서되는 이 상황을 내가 신기해하자, 채은 선배가 덧붙였다.

"정나영이 뭔 죄가 있겠니. 보나마나 오 부장 짓이겠지. 맞지? 오 부장 악명이 좀 높냐. 그런 면에서 너야말로 걱정 안 해도 돼. 하 부장 밑에서 일하는 너는 살인을 해도 이해해줄걸?"

어쩐지, 그동안 모든 기자들의 첫 인사는 "괜찮니?"였던 것이다.

잠시 후 웬 여자들이 우르르 들어서더니 사람들 옆에 한 명씩 자리를 잡고 앉았다. 아까부터 비어 있던 조그마한 의자들의 정체가 바로 그것이었던 것이다. 내 옆에도 여자가 앉았다. 놀랍게도 한국 '언니'였다. 힐끗 보니 채은 선배는 너무나 자연스럽게 '언니'와 팔짱을 끼더니 대화를 시작했다. 가장 최근에 여길 찾은 한류스타가 누구냐는 것이다. '언니'는 거물급 스타들 이름을 줄줄 댔다. 나는 설마 싶었지만, 나만 빼고 다 믿는 눈치였다.

소속사 사장도 들어섰다. 사장은 저쪽 테이블에 먼저 앉았다. 그리고 폭탄주를 돌리기 시작했다.

보통 20분 후쯤이면 우리 테이블에 와야 정상이었다. 그러나 술이 오른 사장은 자리를 뜰 줄 몰랐다. 뭔가 끝도 없이 말을 늘어놓고 있는데, 우리 쪽 기자들은 그게 행여 고급 정보일까 봐 몸이 달았다.

"저 인간 왜 저기다 말뚝을 박고 난리야?"

우두머리 선배가 옆 테이블에 들리라는 듯 큰 소리로 말했다. 그러나 이미 하하호호 신이 난 옆 테이블 기자들은 우리의 존재마저 까맣게 잊은 듯했다. 나는 내 옆의 '언니'가 하도 말을 걸어대서 어색해 죽을 지경이다. 어쩌다 여기까지 왔냐고 물었다가 너무 실례인 것 같아 자리를 피하려는데, 내 오른편엔 또 정나영을 맡은 '언니'가 떡하니 버티고 앉아 있다. 어찌나 기나긴 속눈썹을 붙이고 있는지, 그걸로 날 찌를 수도 있을 것 같았다. 난 양쪽 '언니'들 사이에 끼어 폭탄주만 홀짝였다.

우리 쪽 분위기가 심상치 않자, 소속사 사장이 뒤늦게 다가왔다.

"자, 이제 술 한잔해야죠?"

"쟤한테 술 많이 주면 안 돼요. 사장님 그릇에 토해요. 그때 장난 아니었잖아. 강현진 때 기억나? 쟤 토하면 입 엄청 커져. 입으로 애라도 낳는 줄 알았다니까. 으하하! 너 그때 별명이 뭐였지? 아! 토냄비!"

채은 선배였다.

"저도 한번 구경해보고 싶은데요?"

사장이 부드러운 웃음을 지으며 말했다.

"안 돼요! 그거 부정 타요! 강현진, 라희가 토하는 거 보고 그 그룹 홀랑 망했잖아. 하하."

그러고 보니 강현진이 데뷔시킨 그룹은 순식간에 사라졌다. 쇠락해가는 제작자에게는 관심이 없는 부장은 강현진을 안 데려온 것에 대해서도 단 한마디 하지 않았다. 나도 완전히 잊어버리고 있었다. 어쨌든 채은 선배 덕분에 나는 이 테이블의 유명인사가 됐다. 싫지 않았다. 나의 '언니'는 "어머, 그런 일이 있었어요?"라며 내 팔뚝을 더듬었다.

그때였다. 옆 테이블의 한 기자가 전화를 받고 들어오며 소리쳤다.

"아까 엠바고 깨진 거 다 삭제하자고 하지 않았어? 그런데 왜 아직도 기사가 남아 있는 거야?"

술자리가 얼어붙었다.

6성급 호텔의 내부도 다 구경하지 못한 채 침대에 들러붙어 내가 지금 하는 일은 그룹 로미오의 도쿄돔 공연 리뷰를 쓰는 것이다. 공연은 다섯 시간 후에 열린다. 하지만 난 리뷰를 쓴다.

몇몇 매체는 엠바고 깨진 기자간담회 기사를 삭제하지 않았고, 이는 일종의 선전포고가 됐다. '기자들끼리의 신의 따윈 필요 없어, 클릭수가 최고야! 너희가 엠바고를 정했든 말든 우린 가장 먼저 기사를 내보낸다!' 덕분에 오늘 열리는 콘서트 관련 기사는 엠바고가 아예 없었다. 1초라도 먼저 기사를 내보내기 위해 우리가 해야 할 일? 미리 리뷰를 써두는 거다. 서울에서 같은 공연을 본 적 있기 때문에 그리 어려운 일도 아니었다.

한동안 노트북 자판 두드리는 소리만이 적막한 호텔룸을 가득 메웠다. 인터넷을 하던 정나영이 갑자기 소리친 건 오후 3시 30분쯤이었다. 이제 슬슬 마무리하고 놀러나갈 계획이었다.

"채은 선배 기사, 벌써 떴다."

사건이었다. 채은 선배도 우리처럼 리뷰 기사를 미리 작성한 모양이었다. 그런데 그게 벌써 온라인에 표출돼버린 것이다. 우리는 얼른 전화를 걸어 선배에게 이 사실을 알렸다. 오다이바에서 느긋하게 온천욕을 즐기고 있던 선배가 벼락같이 고함을 쳤다.

"진짜야?"

네티즌들은 해당 기사를 발견하고 유머 자료로 퍼다 나르기 시작했다. 나와 정나영은 이 와중에도 채은 선배의 기사가 얼마나 완벽하게 미리 '리뷰'했는지 감탄했다. 한 번도 가본 적 없는 도쿄돔에 벌써 다녀온 듯했다.

모스버거에서 대충 요기를 하고 도쿄돔으로 향했다. 단연 화제는 채은 선배의 완벽한 리뷰 기사였다. 가까스로 삭제되긴 했지만 기자들은 다 본 상태였다. 채은 선배는 자기 기사가 정말 완벽하지 않았느냐며 오히려 좋아하고는 좀 이따 글자 하나 바꾸지 않고 그대로 표출시킬 것이라고 했다.

벌써 팬들이 운집해 이런저런 이벤트를 하고 있는 광장을 지나, 관계자를 따라 꼬불꼬불 뒷길을 가다 보니 VIP룸이 나왔다. 공연장 꼭대기에 위치한 이곳에서 내려다 본 도쿄돔은 그야말로 장관이었다. 흡사 백두산 정상에 올라 천지를 내려다보는 기분이었다. 그만큼 넓고, 또 장엄했다. 저 많은 의자를 로미오 팬들이 다 메울 생각을 하니, 새삼 이 멤버들이 존경스럽기까지 했다.

공연 시작 시간은 8시였다. 5만 명에 가까운 관객들이 제자리를 찾아 앉는 데는 20분도 채 걸리지 않았다. 우리는 이 징그러울 정도의 대단한 질서의식에 혀를 내두르며 과자를 씹어먹었다.

8시가 됐고, 공연장 조명이 탁 꺼졌다. 공연의 시작을 알리는 신호였다. 그와 동시에 모든 기자들이 뭔가를 클릭했다. 그러나 공연은 시작되지 않았다. 한동안 조명이 꺼졌다, 켜졌다 하더니 공연이 시작된 시간은 8시 30분. 그러나 그 어느 기자도 이 사실을 기사에 쓰지 않았다. 아니, 못 썼다. 이미 8시부터 네이버 톱기사는 '로미오, 도쿄돔서 5만 명 홀리다'였던 것이다. 좀 이따 웹하드에 공연 사진이 올라오면, 다들 기사 수정 버튼을 누르고 사진만 교체할 것이다. 우리는 비상사태가 일어나지 않기만을 간절히 바라며 도쿄돔 근처 식당에서 밥을 먹었다. 누구 기사가 제일 먼저 표출됐는지를 검색하면서. 결과는 역시 채은 선배의 승이었다.

"7시 59분! 너무했다!"

한 선배 기자가 채은 선배의 머리통을 쥐어박으며 말했다.

어떻게 3시간이나 걸리는 공연의 리뷰가 공연 시작 시간에 게재될 수 있을까? 그것도 스무 매체가 동시에? 이 상식적인 질문은 120개의 댓글 중 그 어디에도 없었다. 기자들은 삼겹살집에 자리를 잡고 앉아 누가 가장 섹시한 제목을 뽑았는지에 대해 농담을 주고받았다. 그리고 5만 명 중에 몇 명이 초대권을 받고 온 걸까 의심했다.

방금 샤워를 마친 로미오 멤버들이 뽀얀 얼굴로 우르르 삼겹살집에 들어섰다. 기자들보다 먼저 삼겹살집 근처에 몰려들었던 정보력 좋은 팬들이 숨 넘어갈 듯 소리를 질렀다. 로미오 측이 통째로 가게를 빌렸기 때문에, 팬들은 접근할 수 없었다.

게임이 시작됐다. 007과 369, 멤버들이 태어나기도 전에 만들어진 게 아닐까 싶은 게임으로 폭탄주 수십 잔이 순식간에 소비됐다. 하 부장으로부터 그놈의 단독 만들어 오라는 소리를 또 한 번 들은 나만 좌불안석이었다.

여자들의 비명 소리에 눈을 떴다. 서툰 한글이 적힌 부채를 휘두르는 중년 여성들 사이에서 부스스 몸을 일으켰다. 호텔 로비였다. 뭔가 기샷거리를 만들어야 한다는 생각에 나 혼자 여기 남았던 것이다. 꿈속에서도 부장의 목소리가 귓가에 웅웅 울렸다.

'단독! 단독! 단독!'

나는 너무 밝은 조명에 한 번 움찔했다가 금방 상황을 파악했다. 놀기 좋아하는 제이는 역시, 이제야 호텔 로비에 들어서는 중이었다. 기자들과 헤어지고 물 좋은 나이트 한 번 뛰고 오는 참일 것이다. 지금이야 노력파 연예인으로 통하고 있지만, 데뷔 전만 해도 연습을 하도 안 해서 몇 번이나 기획사에서 쫓겨날 뻔했던 위인이다.

내 안에 술기운은 아직 충만했다. 나는 반갑게 제이 이름을 부르며 옆에 다가가 팔짱을 꼈다. 순간, 일본 팬들이 질투심에 눈이 멀어 나한테 짱돌이라도 던지면 어쩌나 걱정했지만, 내 얼굴을 본 일본 팬들은 신경도 안 쓰는 눈치다.

제이와 나, 그리고 제이의 막내 매니저는 나란히 엘리베이터를 탔다. 숙소는 24층이었다.

"누나, 안 자고 뭐해요?"

"미국 진출 목표는 뭐야아아?"

"아까 이야기했잖아요. 빌보드 1위. 누나 취했어요?"

제이가 완벽한 얼굴을 내게 들이밀며 섬섬옥수를 주머니에서 꺼내 내 흐트러진 머리칼을 귀 뒤로 넘겨줬다. 이 인간도 어지간히 취한 모양이었다.

"아, 그래. 우리가 말이지. 단독을 써야 되는데, 말이지."

"자, 물어보세요."

"무슨 질문이 좋을까."

"그걸 나한테 물어보면 어떡해."

"어, 프로듀서는 안 가르쳐줄 거지?"

"그건 안 돼요, 계약 땜에."

땡.

엘리베이터가 24층에 도착했다.

"어이, 안 돼, 안 돼, 잠깐만."

"난 내일도 공연이야. 이제 자야 돼. 나중에 질문 생각나면 해요."

제이는 긴 다리를 쭉쭉 뻗어 자기 방 앞에 도착해버렸다.

"아! 그래! 미국 가면 누구랑 한번 해보고 싶어?"

"뭐?"

"그러니까 노래 말이야. 듀엣 함 해봐야지?"

"음…… 비욘세!"

"오케이! 비욘세, 근데 왜? 이유를 대."

"이유가 뭐 있겠어. 팬이야. 됐죠? 한국 잘 가요!"

제이가 방 안으로 들어가 버렸다. 나는 그의 방문을 슬쩍 쓰다듬다가 그대로 내 방으로 뛰어왔다. 별거든 아니든, 면피는 한 거다.

그런데 방 안에는 예상치 못한 복병이 있었다. 정나영이 아직도 안 자고 책을 보고 있는 것이다. 해맑은 얼굴로 날 맞이하더니 또 다시 독서 삼매경이다.

노트북은 내 침대 위에 있었다. 정나영 몰래 기사를 쓰기는 어려울 것 같았다. 그렇다고 이런 거 쓴다고 말할 수도 없는 노릇이었다. 그러면 자기도 뭔가 해야겠다며 제이의 방으로 쳐들어가 단독 인터뷰를 할지도 모른다. 그렇다고 내일 새벽에 일어나 쓰려니 오랜만의 늦잠 기회를 날릴 수도 없는 노릇이다.

"샤워할 거야? 난 이제 잘게."

정나영이 피곤한 듯 눈을 비비며 말했다.

"그래! 자! 불 꺼줄게."

"아니야, 나중에 꺼도 돼."

"아니, 아니야, 푹 자."

불을 끄고 노트북을 주섬주섬 챙겨서 화장실로 향했다. 그리고 변기 뚜껑 위에 노트북을 올려놓고 쪼그리고 앉아 정신없이 기사를 썼다. 눈앞이 몽롱했지만 별수 있나. 내가 지금 쓰는 문장이 정확히 뭘 뜻하는지도 모른 채 기계적으로 키보드를 두드렸다. 첨부할 사진도 찾아냈다. 내일 아침 부장이 출근하면 부장이 이 기사를 발견할 것이다.

부장의 메신저에 보낼 쪽지도 썼다.

'부장, 별건 아니지만 제이를 살짝 따로 만날 기회가 있었어요. 짧지만 기사 올렸습니다. 봐주세요.^^'

젠장. 인터넷 선은 침대 쪽에 있었다. 불 꺼진 침실, 나는 살금살금 노트북을 갖고 나와서 내 침대 옆에 잔뜩 쪼그리고 앉았다. 반대편 침대에 누워 있는 정나영이 눈치 챌 가능성은 적었다.

"뭐해?"

헉. 나는 너무 놀라서 엉덩방아를 찧는다.

"잠깐 뭐 좀 확인할 게 있어서."

"기삿거리라도 나온 거야?"

"아니, 아니, 아니야! 그냥 다른 일로. 더 자! 미안."

정나영이 다시 이불을 목 위로 덮었다.

나는 몰래 '휴우.' 하고 숨을 내쉬었다.

내 머리가 좌우로 격하게 흔들리더니 뚝 떨어져 땅에 굴렀다. 떨어진 내 머리를 내 눈으로 보다니 뭔가 이상하다. 순간, 이게 꿈이구나 하는 생각이 들어 안도감이 들었다. 정신을 차려보니 누군가 내 어깨를 쥐고 흔들던 참이다. 정나영이었다.

"야! 너 어젯밤에 제이 단독 인터뷰했어?"

나는 깨질 것 같은 두통을 느끼며 몸을 일으켰다. 정나영은 노트북을 들어 내 코앞에 들이밀었다.

'[단독 인터뷰] 제이 "미국 가면 비욘세와 사귀고 싶다"'

네이버 톱기사였다. 나는 잠이 홀랑 깼다. 내가 만든 제목은 물론 저게 아니었다. 앞에 [단독 인터뷰] 표시도 없었고, 비욘세와 한무대에 서보고 싶다는 멘트가 전부였다.

"어, 그래. 수고했다."

전화를 받은 부장의 첫마디는 반항심으로 똘똘 뭉친 나의 의욕을 단번에 꺾었다.

"네, 저, 그런데, 저기, 정확하게 말하자면 제이가 비욘세랑 사귀고 싶다고 말한 건 아니거든요. 그냥 팬이라고."

"그게 사귀겠다는 거지."

"저, 그리고, 단독 인터뷰라고 일부러 붙이신 거예요?"

"당연하지."

"그런데 사실 단독이라고 하기엔 좀, 민망한데. 내용도 없고."

"알아. 기사 보면 알지."

"그런데 그런 타이틀이 붙으면 좀 웃기지 않을까요?"

"그럼 다른 단독 또 빼 올래?"

"……."

"그럼 그냥 단독이라고 해놓는다."

뚝, 전화가 끊겼다. 모르겠다. 어쨌든 난 했다. 정나영에게 30분만 더 자겠다고 말하곤, 도로 이불을 뒤집어썼다. 정나영은 혼자서 구시렁구시렁거리더니 방을 나갔다. 나 몰래 뭔가를 하는 건 아닐까? 나는 정나영을 뒤쫓아 나가다가 어딘가에 발이 걸려 푹 고꾸라졌다.

chapter 13

우리는 인맥일까

나는 하루에 평균 5~10명의 사람을 새로 만나 명함을 주고받는다. 휴대폰 통화목록에는 하루 오십여 개의 수신, 발신 기록이 남는다. 1시간만 자리를 비워도 노트북 화면에서 메신저 대화창이 열 개가량 켜져 있다. 부장은 시도 때도 없이 내 이름을 불러대고, 매니저들은 밤 12시에도 전화를 해 안부를 묻는다.

그런데, 외롭다.

이 정도면 다음 출장에 날 빼진 않겠지? 중요한 기사를 물먹이진 않겠지? 내 결혼식에 와주겠지? 나는 매니저와 마주 서서 다정하게 수다를 떨면서도 이딴 생각이나 하고 있다. 이 사람도 나와 비슷한 생각 중일 것이다. 이 정도면 내일 기사를 하나 써주겠지? 내 가수에 대해 나쁜 기사를 써야 할 때면 적어도 미리 전화 한 통은 해주겠지? 사장님한테 스포츠엔터는 접수했다고 보고해도 되겠지?

우린 아마도 같은 질문에서 똑같이 외로워질 것이다.

'내가 이 일을 그만둬도, 계속 연락할 수 있을까?'

언젠가 채은 선배는 이 빌어먹을 바닥을 못 떠나는 이유에 대해 다음과 같이 말했다.

"결혼식에, 애기 돌에, 장례식에, 내가 뿌린 돈이 얼만데. 회수하기 전엔 절대 못 뜨지. 내가 기자 그만둬 봐라. 그놈들이 오겠냐?"

기자의 결혼식이 동료 기자들에게 늘 핫이슈가 되는 건 그 기자가 어떤 러브스토리를 펼쳐 어떤 결혼에 골인하게 됐는지 궁금하기 때문이 아니다. 몇 명의 고위급 관계자들이 직접 발길을 해 두툼한 봉투를 내미느냐, 그 기자의 위상이 이 한 장면으로 적나라하게 드러나기 때문이다. 쭉 늘어선 화환, 톱가수의 축가, 여기저기 보이는 유명인, 사람들에게 치여 스테이크 한 조각 집어먹기도 힘든 선배 기자의 결혼식만큼 신입기자들을 강하게 동기유발시키는 것은 없었다. 나도 분명 그랬다. 누군가의 결혼식에 갈 때마다 내 하객 한 명을 확보하는 보험이라도 든 기분이었다. 그 사람이 부인을 어떻게 만났는지, 신접살림은 어디에 차리는지 따위는 내 관심사가 전혀 아니었다.

이 대한민국에는, 이러한 보험 목적으로 의미 없이 오가는 축의금 규모가 얼마나 될까? 알맹이 없는 인맥을 묶어두기 위해서, 너와 나는 적어도 상대의 결혼식 정도는 챙기는 사이라는 걸 공식화해두기 위해서, 우리는 얼마나 많은 돈을 공중에 뿌리고 있는 걸까? 그리고 그 돈을 회수하기 위해서 또 얼마나 더럽고 치사한 일을 버티고 견뎌내고 있는 걸까?

처음 청첩장을 받았을 때만 해도 왜 나까지 초대해서 축의금 나가게 만드냐고 시큰둥했다가, 새신랑이 의외로 탄탄한 회사를 경영하고 있다는 사실을 알고 기꺼이 강남 결혼식장까지 찾아와 박수를 치고 있는 나는 아마도 속물 중의 속물일 것이다.

축가가 시작됐다. 새신랑이 새로 매니지먼트를 맡았다는 톱가수가 마이크를 잡았다.

"어머, 쟤 얼굴이 왜 저래? 완전 흘러내리는구만. 사기당해서 돈 다 날렸다더니 주사 한 방 맞을 돈도 없나 봐."

대한민국은 속물과 등신으로 구성돼 있다고 믿는 채은 선배가 스테이크를 썰며 소근거렸다. 테이블에 같이 앉은 기자들이 채은 선배의 말에 동시에 웃음을 터뜨렸다. 어느새 발라드 한 곡이 끝났고, 가수는 방금 부른 곡이 자신의 컴백 타이틀곡이라고 소개했다.

"방금 그게 타이틀이라고? 90년대 노래 리메이크했나? 하려면 똑바로 하지, 저래 갖고 살림살이 나아지겠어?"

채은 선배는 고개를 절레절레 저었다.

결혼식은 후반부에 접어들었다. 신랑과 신부가 하객석 구석구석을 휩쓸고 다니며 인사를 나눴다. 나도 신랑과 눈을 맞추고 반갑게 웃었다. 봤지? 나 네 결혼식 왔다! 너도 내 경조사 챙겨야 된다, 알지?

커피에 설탕을 왕창 타고 있는데 누군가 내 어깨에 팔을 둘렀다. 상큼한 향수 향에 잠시 정신이 혼미해진다.

"누나, 내가 언제 비욘세랑 사귀고 싶다고 했어?"

감히 형언하기조차 미안한 완벽한 얼굴이 고작 10cm 앞으로 다가왔다. 그날 이후 필사적으로 피해왔건만, 또 이렇게 딱 걸렸다. 나는 아무 말도 안 하고 그저 웃었다. 그것 말고 달리 뭘 할 수 있겠나. 싱글거리던 제이는 내 옆자리에 앉아 기자들과 안부 인사를 나눴다.

"대표님이랑은 잘 지내?"

채은 선배의 질문이었다. 제이가 소속사 대표와 사이가 좋지 않은 건 가요판 전체가 아는 일이었다. 하지만 그의 미국 진출은 너무나 착착 진행되었다. 제이가 일단 미국에서 자리를 잡은 뒤 소속사 대표의 등에 칼을 꽂을 것이라는 게 대체적인 예상이었다. 충분히 실현 가능한 시나리오이기도 했다.

"나도 이제 철들어야죠."

기자들이 뭘 궁금해하는지 정확하게 알고 있는 듯한 그는 씩 웃으며 채은 선배의 피부 상태를 칭찬하는 것으로 화제를 전환했다. 그리고 테이블 위에 놓인 내 휴대폰으로 자신의 휴대폰으로 전화를 걸어 내 번호를 확인했다.

"엇, 저장돼 있었네?"

그는 내 휴대폰을 다시 건네준 후 인사를 하고 자리를 떴다. 다행히 축가를 불렀던 톱가수가 우리 테이블로 다가와, 제이에게 정신을 빼앗긴 내 표정은 아무도 눈치 채지 못했다.

톱가수는 채은 선배 옆자리에 앉았다. 채은 선배는 너무나 사랑스러운 미소를 지으며, 그를 향해 몸을 돌려 앉았다.

"야! 노래 진짜 괜찮더라."

채은 선배가 너무나 감동받은 표정을 지어서, 난 저 말이 진심이 아닐까 잠깐 헷갈린다.

"정말?"

가수가 아이처럼 헤벌쭉 웃는다.

"잘될 것 같아. 이번에 살림살이 좀 좋아져야지! 그거 사기당한 거 어떻게 됐어? 잡았어?"

"말도 마. 적선한 셈 쳐야지."

어려서 연예계에 입문해 세금 처리부터 병원 예약까지 매니저에게 맡기는 유명 연예인은 사기꾼들에게 식은 죽이었다. 그들은 그냥 순갈만 떠서 입에 넣으면 씹을 필요도, 따로 소화시키려 노력할 필요도 없었다. 쉽게 번 연예인의 돈은 그렇게 쉽게 남의 돈이 된다. 그 '남'이란 대체로 친한 형 동생, 친한 형 동생이 소개한 또 다른 형 동생이기 마련이었다.

"그래도 마음고생이 역시 최고구나. 슬림해져서 보기 좋네! 얼굴 폈다, 야!"

"그래? 누나야 말로 연애하는 거 아니야? 피부에서 빛이 나는데?"

"어우, 야, 오늘 그 얘기 자주 듣네. 으하하!"

채은 선배는 정말 기분이 좋은 것 같았다.

사표의 위기에서 날 구해줬던 꽃미남 매니저와 통화를 하며, 회사로 돌아왔다. 내가 기자를 그만둔다고 하자 후배 매니저의 가수 스캔들까지 제보하며 날 보호해준 이 꽃미남 매니저라면, 이해득실 따지지 않고 내 '친구'로 등록시켜도 될 것 같았다. 그의 가수가 최근 표절 시비에 시달리고 있지만, 난 굳이 그 사건을 파헤치지 않고 있다. 이렇게 서로 돕고 사는 것, 그게 좋은 거 아닌가? 부장도 내 처신이 아주 훌륭하다며 칭찬했었다.

　"그래. 그렇게 돕고, 더 친해져. 친해져야 기사가 생기지. 누누이 말하지만 연예부 기사는 죽고 사는 문제가 아니야. 나라의 운명이 바뀌어? 아님 경제가 몰락해? 좋은 게 좋은 거야. 공정한 기사? 그런 게 어딨어? 신문 한 부에 500원도 안 쓰는 놈들은 공정한 기사 볼 자격도 없어."

　놀랍게도 나도 어느새 부장의 말에 고개를 끄덕이고 있었다. 사실 딱히 틀린 말도 아니지 않은가. 돈을 내지 않은 소비자는 일단 닥치고 있어야지.

　나는 이제 이 매니저와 일 얘기 외에 서로의 일상을 이야기하는 것도 어색하지 않게 됐다. 내 자리에 앉으며 전화를 끊는데 부장이 지나가며 어깨를 툭 친다.

　"누구기에 그렇게 입이 귀에 걸렸어?"

　"아, 얼마 전에 친해진 매니저예요."

　"그 기생 오라비같이 생긴 놈?"

나는 가볍게 고개를 끄덕였다.

"잘됐다. 그놈 회사 조져라. 사장 새끼가 싸가지가 없어."

긴급상황이었다. 전혀 예상치 못한 상황이었다. 부장은 내일까지 표절 기사를 세게 쓰라고 지시했고, 나는 이 매니저와의 의리를 생각해 도무지 그러고 싶지 않았다. 어떻게든 양측을 화해시켜야 했다.

여의도에서 꽃미남 매니저를 만나 일마레 의자에 앉자마자, 부장으로부터 전화가 왔다. 유명 방송인이 도박 혐의로 수사선상에 올랐다고 기사가 났단다. 무슨 수를 써서라도 그를 만나 인터뷰해 오라는 어명이셨다. 부장은 자신이 그 MC와 엄청 친하니, 자기 이름을 대면 인터뷰가 쉽게 성사될 것이라고 했다. 나는 백방으로 수소문해 MC의 위치를 파악하려 했다. 내 앞에 앉은 매니저가 몇 군데 전화를 돌리더니, 그 방송인이 지금 일산 MBC 드림센터에서 녹화중이라는 사실을 알려줬다. 다른 기자들은 지금 검찰 쪽으로 붙은 모양이었다. 나는 매니저의 차를 얻어 타고 일산으로 향했다.

차 안에서 꽃미남 매니저는 자신이 파악한 부장과 사장 사이의 불꽃 튀었던 빅매치를 전해줬다. 부장은 자신의 부인이 경영하는 볶음밥집에 사장의 가수가 와서 사인회를 열어주길 바랐고, 사장은 난색을 표했다. 그러자 부장은 "네놈이 이 바닥을 잘 모르는구나."로 시작되는 협박 및 회유에 들어섰고, 그 기세에 눌린 사장은 "일단 한번 알아보겠다."라며 한 걸음 물러선 상태다. 이게 내가 출장 간 사이 벌어진 일. 며칠 후 부장은 다시 한 번 사장에게 전화를 걸었고, 사장은 회의 중이라 전화를 받지 않았다. 본인의 번호가 뜨는데 상대가 전화를 안 받는 상황을 용납할 수 없는 부장은 내게 해당 소속사와의 전쟁을 선포했고, 매니저는 내 연락을 받고서야 사장에게 전후사정을 들었다. IT 쪽 벤처 회사를 하다가 이리저리 인수되고 합병되다 엔터테인먼트사 사장이 된 '외부인물'인 이 사장은 부장의 캐릭터를 알 리 없었다. 또 만만치 않은 성깔을 자랑하기도 했다. 일단 매니저는 사장을 최대한 설득해보겠다고 했지만 그리 자신 있어 하지는 않았다.

"안 그럼 저 내일까지 표절 기사 써야 해요. 완전 도둑놈 만들 분위기던데. 전 그런 기사 쓰기 싫어요. 다른 기획사는 볶음밥집에 가수 한둘씩 다 보내줬는데, 왜 사장님만 그러시는 거예요."

"사장님이 연예판 룰을 잘 몰라서 그렇죠, 뭐."

"그래서 그런 거겠죠?"

"그런데 부장님이 시대가 바뀐 걸 너무 모르는 것도 좀 있어요. 스포츠지가 연예판을 주무르던 때가 아니잖아요."

매니저가 거칠게 핸들을 휙 꺾어 유턴했다.

"다른 소속사에서는 다 보내줬다니까요?"

"좋아서 보내줬겠어요?"

나는 대답하지 못했다. 나도 최근 부장의 명령으로 두 팀을 섭외해봐서 안다. 그들은 분명 "당연히 가드려야죠."라고 말했지만, 표정은 "안 해주면 우릴 괴롭히겠죠? 젠장."이라고 말하고 있었다. 그들의 표정을 짐짓 모르는 척하려고 화제를 뭘로 돌릴까 고민했던 게 아직도 생생하게 기억난다. 내가 기대고 있는 부장의 권력이 존경이 아닌 공포, 혹은 더럽고 치사함에서 비롯된다는 사실은 분명 외면하고 싶은 것이었다. 난 용감하게 부장의 전화를 받지 않은 이 소속사 사장님이 맘에 약간 들었다. 하지만 언제부턴가 내 맘에 드는 캐릭터는 모두 우리의 적이었다. 매니저는 드림센터에 날 내려놓고, 또 어디론가 달려갔다.

녹화는 저녁때를 훌쩍 넘겨서 끝났다. 시무룩한 표정으로 대기실에 들어서는 MC의 뒤에 바짝 다가섰다. 매니저가 두 팔을 벌려 나를 저지했다. 녹화가 진행되는 동안 대기실 복도에 앉아 나와 농담 따먹기를 했던 남자다. 둘이 있을 때는 나한테 단독 인터뷰라도 줄 것처럼 굴더니 막상 연예인이 등장하니 태도가 돌변한다.

문은 내 코앞에서 탁 닫혔다. 나는 숨을 크게 들이쉬고 문을 벌컥 열었다. 소파에 앉으려던 MC가 엉덩이를 붙이지도, 들지도 못한 채 눈을 휘둥그레 뜨고 날 봤다.

"하재관 부장께서 보내셔서 왔습니다."

나는 크게 외치면서 소파로 돌진했다. '어이쿠, 재관이 형은 잘 지내세요?'라는 반응이 내 예상 시나리오였다. 그러면 나는 내 소개를 간략하게 한 후 도박 연루설에 대해 캐볼 계획이었다. 그러나 MC는 매니저를 휙 돌아보더니 내 귀에도 선명하게 "누구?"라고 말했을 뿐이었다.

"하재관 부장이요. 예전에 차장이셨을 때 친했다고 들었는데요."

내 목소리가 기어들어갔다. MC는 건성으로 고개를 끄덕이더니 부장의 안부를 물었다. 정말 하 부장의 얼굴을 떠올리고 있는 것 같지는 않았다. 나는 서둘러 본론에 들어갔다. 도박이라는 단어를 꺼내자 MC가 자세를 고쳐 앉았다. 지금 기사들이 어떻게 나고 있는지, 네티즌 반응이 어떤지 내게 꼬치꼬치 캐묻는다. 매니저의 보고는 그리 신뢰하지 않는 모양이었다. 나는 아예 노트북을 꺼내서 MC와 함께 최근 기사를 훑었다. MC의 눈엔 눈물이 그렁그렁 맺혔다. 웃기는 모습만 보다가 진지한 얼굴을 보니 딴 사람 같았다.

"진짜 억울해요. 제가 거기 있었던 건 사실인데요. 진짜로 지인한테 뭘 전해주러 간 거예요. 경찰도 믿어줬다니까요. 그런데 제가 무슨 검찰조사를 받아요. 말도 안 돼요. 최근에 정치인 누가 사고 쳤어요? 아님 나라에 큰일이라도 났어요? 왜 또 멀쩡한 연예인 하나를 보내려고 저래요?"

유명 스타들 사이에선 검찰에 대한 불신이 꽤 높은 편이었다. 민감한 일이 터졌을 때 대중의 관심을 다른 데로 돌리기 위해 전형적으로 동원되는 게 바로 연예인 수사이기 때문이다. 나라야 어떻게 되든 말든 이니셜 A만 떴다 하면 천만 네티즌이 들썩이니 효과는 만점이었다. 온 국민이 사건의 귀추에 주목하니, 담당 검사는 곧바로 승진이었다. 내 앞에 앉은 이 운 없는 남자가 다음 타깃이 된 걸까?

"저 얼마나 어렵게 컸는지 아시잖아요. 고스톱도 스리고 넘어가면 간 떨려서 제대로 앉아 있지도 못해요. 단지 그 자리에 있었다는 이유만으로 이렇게 죄를 단정하는 게 어딨어요? 아직 제대로 조사도 안 해놓고 제 실명부터 까는 그 저의가 뭐겠어요?"

그의 말도 일리가 있었다. 나는 그의 새까만 눈동자를 들여다보며 몇 번이나 고개를 끄덕였다. 그는 내 양손을 꼭 잡고 애원했다.

"저 오래 기다리셨다면서요. 다른 기자들하고 인터뷰 안 할게요. 절 만나보지도 않고 기사 쓰고 있는 놈들 상대 안 할 거예요. 기자님처럼 훌륭한 진짜 기자가 진실을 전해주세요. 전 정말 억울해요. 전 진짜 도박에 도자도 몰라요."

나는 그의 편에 섰다. 그의 인터뷰 기사를 송고하고 나서는, 왜 검찰이 실명부터 깠는지에 대해 캐내볼 생각이다. 역방향으로 접근해 더 큰 걸 잡아낼지도 모른다. 나는 드디어 떳떳하게 '단독 인터뷰' 제목을 단 기사를 써서 온라인에 내보냈다. 순식간에 조회수 이백만을 기록했다.

우리는 비록 각자의 이해관계에 따라 움직이는 인간들의 조합일 뿐이지만, 이 조합도 잘만 엮이면 꽤 강력한 힘을 발휘할 수 있었다. 서로의 머릿속에 뭘 계산하고 있든 그게 그리 대수인가? 어쨌든 그는 여론을 자신의 편으로 만들었고, 나는 단독을 해냈다. 이 정도의 원윈을 할 수 있는 관계라면, 20년지기 불알친구도 부럽지 않을 것 같았다.

"내 얘기 하니까 좋아하지?"

출근해 의자에 앉기도 전에, 부장이 나에게 물었다. 어제 MC 인터뷰 얘기다. 나는 그 남자가 부장을 잘 기억하지 못하더라고 차마 말하지 못하고, 그냥 웃으며 고개만 끄덕였다. 부장은 신이 나서 그 남자와의 추억을 읊었다. 이로써 어제 내가 쓴 '단독 인터뷰' 기사의 공은 95%가 부장의 몫이 되었다.

이만큼이나 양보해도 평화는 그리 오래 지속되지 못한다. 부장은 그새 표절 기사를 내놓으라고 압박이다.

"그동안 나한테 전화 한 통 없었다는 게 말이 돼? 이 새끼가 날 뭘로 보고! 무릎 꿇을 때까지 전쟁이다!"

나는 대답을 하는 둥 마는 둥 하고 총알같이 뛰어나가서 휴대폰을 꺼냈다. 오전 8시, 꽃미남 매니저는 잠이 덜 깬 목소리로 전화를 받았다.

"그러지 말고 대표님이랑 부장이랑 한번 만나게 해줘요. 부장은 말로만 저러지, 막상 대표가 찾아오면 좋아한다니까? 우지환 때도 그랬어요! 얼마나 가관이었다고요. 그냥 함 만나고 싶어서 떼쓰는 거예요. 대표님한테 한 번만 눈 딱 감고 숙이고 들어오라고 하면 안 될까요?"

대표한테 고개 좀 숙여달라고 내가 더 고개를 숙이는 형국이었다. 매니저는 난감한 듯 숨을 뱉었다. 누군가를 악의적으로 조지는 기사는 이제 그만 쓰고 싶다는, 적어도 내가 애정을 쏟았던 매니저의 가수에게만큼은 그러고 싶지 않다는 나의 욕심이 극심하게 위협당하는 순간이었다.

"기자님, 부장님이 한 번 말한 거 뒤집자고 하기 어렵잖아요. 저도 마찬가지예요. 대표님이 한 번 아니라고 했는데, 어떻게 또 생각해보라고 하겠어요?"

"저 아직 우지환도 해결 못 했는데, 또 적이 느는 건 정말 싫어요. 서로 좋아지자는 거잖아요."

"저야말로 답답해요. 뭐, 이유가 어느 정도 설득력이 있어야 공격을 당해도 '큰일났다' 하죠. 부장님 너무 억지세요. 기자님도 자꾸 이렇게 부장 입장에서만 매니저들 닦달하면, 기자님 이미지도 안 좋아져요. 걱정이 돼서 하는 말이에요."

나는 오늘 중으로 이 소속사에게 맹공을 퍼부어야 하리라는 것을 직감했다.

"그러시다면 어쩔 수 없네요. 표절 시비에 대한 공식 입장은 뭐예요?"

"기자님!"

매니저의 목소리가 사납게 찢어졌다. 우리를 묶어주던 관계의 고리가 찢어지는 소리이기도 했다. 각자 다른 상사를 모시는 두 사람은, 결국 다른 길을 가야 하는 날이 오는 건가. 나는 그냥 전화를 끊었다.

나는 부장을 좋아하지 않는다. 최근 내 스트레스는 모두 부장 때문에 생긴 것이었다. 하지만 부장에 대한 안 좋은 말이 들리면 기분이 좋지 않았다. 그것은 부장에 대한 험담인 동시에, 그런 부장에게나마 죽도록 충성해야 하는 나에 대한 비웃음이었다. 그가 아니었으면 이 바닥에 살아남지도 못했을, 남들은 못 가서 난리라는 대학을 졸업하고도 남들이 모두 꺼려하는 일을 하고 있는 나에 대한 비웃음 말이다.

표절 시비가 붙은 노래는 비욘세의 최근 앨범에 수록된 곡과 비슷하다는 혐의를 받았다. 딱 두 곡만 놓고 보자면 분위기는 분명 비슷하다.

그런데, 요즘 곡치고 안 그런 곡이 없다. 난 개인적으로, 이건 트렌드일 뿐 결코 표절이 아니라고 생각한다. 나는 다시 휴대폰을 들었다.

"대표님, 그냥 식사 한번 하시죠?"

"좋죠. 언제 뵐까요?"

"부장도 같이요."

"다음 달에 합시다."

15분째다. 대화는 자꾸만 원점으로 돌아갔다.

"그럼 부장이랑 전화 통화 한 번만 해봐요. 이상한 기사는 안 나가게 해야 할 거 아니에요. 날 봐서 한 번만 해봐요, 네?"

사장은 한숨을 푹 내쉬더니 그러겠다고 다짐하고는 전화를 끊었다. 일단 전화라도 한 통 하면, 부장의 화가 조금 누그러질지도 모른다. 10여 분 뒤, 휴대폰이 울렸다.

"기자님, 부장님께서 전화를 안 받으시는데요?"

"전화 받으실 텐데? 몇 번 더 해보지 그러셨어요?"

"세 번이나 했고요. 문자메시지도 남겼어요. 오해 푸시라고요."

나는 우선 전화를 끊고, 부장의 번호를 눌렀다. 부장은 신호가 두 번이 채 울리기도 전에 전화를 받았다.

"부장, 최 대표가 전화했다고 하던데, 전화를 안 받으신다고 하더라고요."

"그 개새끼 전화를 내가 왜 받아!"

부장은 우리나라 가수가 비욘세를 베꼈든, 비욘세가 우리나라 가수를 베꼈든 아무 관심이 없는 사람이다. 그가 원하는 건, 그 대표의 '고개 숙임'일 뿐이다. 전화 한 통 없는 게 괘씸하다던 사람도 다름 아닌 부장이었고. 그런데 그는 내가 겨우 성사시킨 전화 통화를 한 발로 냅다 차버렸다. 그새 더 큰 걸 원하게 됐다는 뜻이다.

"부장, 오해는 서로 푸시는 게……."

"오해 같은 소리하고 있네! 표절 기사 썼어? 똑바로 써! 음반 제작자라는 놈이 비욘세를 몰랐을 리 없겠지? 그 사장 새끼가 우리나라 망신 다 시켰다고 써! 알았어?"

실제로 부장의 침이 내 귀에 튀는 것만 같았다. 나는 휴대폰을 조금 떨어트려 거리를 확보했다. 그리고 숨을 또 한 번 가다듬었다.

"부장, 그런 기사는 아무래도 무리가……."

"너 누구 편이야? 그깟 매니저가 중요해, 내 자존심이 중요해? 너한테 월급 주는 사람이 누구야? 기사 쓰기 싫으면 소속사 가서 취직시켜 달라고 그래! 누가 말려?"

전화는 뚝 끊어졌다. 현기증이 나서 몇 걸음 옮기다가, 하마터면 신문사 복도 계단에서 굴러떨어질 뻔했다. 차라리 그렇게라도 돼서 응급실에 갔으면 좋겠다는 생각도 들었다. 물론 부장은 노트북과 티로그인, 휴대폰을 가져다줄 테지만.

휴대폰이 울렸다. 대표였다. 어떻게 됐냐고 묻는 그에게 나는 부장이 잠깐 화장실에 가 있는 것 같다고 둘러댔다. 그냥 한번 찾아오라고 백만 번째 다시 말해봤지만, 대표는 내켜하지 않는 기색이다. 에라이, 모르겠다. 이 바닥에 친구고 상사고 인맥이고 다 필요 없으니, 어디 가서 죄다 죽어버렸으면 좋겠다.

나는 이 고집불통 아저씨들을 상대하느니, 삼류 기자가 되는 게 낫겠다는 결론에 다다랐다. 비욘세를 맡고 있는 국내 퍼블리싱 회사에 전화를 걸었다. 표절 시비 따위, 보나마나 별 신경도 안 쓰고 있을 게 뻔했다. 이들의 멘트는 맨 구석에, '그래도 객관성은 유지했어요.'라는 의미로 하나 넣어줄 계획이다. 홍보팀을 거쳐, 담당자에게 전화를 하니 하필 외근 중이었다. 나는 죽을 힘을 다해서 긴급상황이라고 거짓말을 한 뒤, 담당자의 휴대폰 번호를 알아냈다.

"아, 그거요. 혹시 몰라서 미국 본사에 음원을 보내봤어요. 그쪽에서 들어보고 판단을 해줄 거예요. 소송을 하라든지 하는 거요. 그런데 워낙 바쁜 사람들이라 6개월은 있어야 답이 올걸요. 아예 안 올 수도 있고요."

예상치 못한 수확이었다. 퍼블리싱 회사가 움직였다면, 어쨌든 이 표절 시비는 공식화된 셈이다. 물론 본사에서 소송하자고 덤비는 경우는 거의 없다. 소송해봐야 우리나라에서 발생하는 수익이라는 게 껌 값도 안 되기 때문이다. 보통은 양측이 적당한 금액에서 합의하고, 국내 저작료를 모두 미국에 보내주면서 결론이 난다. 합의 내역에는 합의 사항을 절대 언론에 알리지 말라는 조항도 포함돼 있으므로, 시간만 끌었다 하면 모두의 기억에서 사라질 것이다.

그러나, 내가 기사를 쓴다면 문제가 달라진다. 퍼블리싱 회사가 움직였다는 것 자체가 가수에게는 이미지 타격이 될 것이고, 본사에서 답변이 오는 그 순간까지 표절 시비는 이 가수를 둘러싼 넘버원 이슈가 될 것이다. 어딜 가나, 관련 질문을 받을 수밖에 없다는 것이다. 나는 기사를 송고했다. 대표로부터의 전화는 3분 만에 울렸다.

"이 기자님, 부장님께서 아직 전화를 안 받으시네요."

"바쁘신가 보죠."

나는 심드렁하게 말했다.

"기자님, 내일 저녁 시간 어떠세요? 부장님이랑 자리 좀 마련해주세요."

"갑자기 왜요?"

"갑자기라뇨. 기자님께서 아까 말씀하셨잖아요."

"네. 부장께 말씀드려볼게요. 그리고 퍼블리싱 회사 입장은 방금 기사로 나갔어요. 보셨죠?"

"아니요? 무슨 기사요?"

순간의 정적도 허락하지 않는 비범한 위기 대처였다. 너무나 자연스러워서, 한 달 전만 했어도 난 그가 정말 기사를 못 본 상태일 것이라고 믿었을 것이다.

"그건 검색해보시면 아실 테고. 어쨌든 부장께 여쭤는 볼게요."

난 먼저 전화를 끊었다. 빤히 속이 보이는 대표가 밉상이긴 했지만, 어쨌든 이로써 전쟁은 종결이다. 두 사람은 내일부로 화해할 것이다. 그럼 나도 억지로 기사 만드느라 고생하지 않아도 된다! 내 혈관 어딘가가 뻥 뚫려서 피가 콸콸 지나가는 상쾌한 느낌이다. 마침 자리로 돌아온 부장이 눈에 띄어 쪼르르 달려가 이 기분 좋은 소식을 알렸다. 부장의 얼굴도 분명 웃고 있었다. 그러나 그의 태도에는 언제나 반전이 있었다.

"내가 그 자식을 왜 만나? 무릎 안 꿇어도 된다 그래. 넌 그 기사 2탄이나 준비해."

나는 당황해서 말 한마디 하지 못하고 그대로 얼음이 됐다. 부장은 너무나 발랄했다.

"어쨌든 넌 잘했어. 기자는 그렇게 기사를 틀어쥐고 있는 게 최고야. 그럴 때 본때를 보여줘야지. 내일 뭐 쓸래?"

"쓸 게 없는데요."

부장은 돌연 표정을 바꿨다.

"없긴 왜 없어, 이 바보야! 네가 모처럼 앞서가는 기사 써놓고 후발대 뺏길래? 선두에 서서 그 새끼 쫄딱 망할 때까지 조져버려. 알았지? 그게 기자의 능력이야!"

부장은 가방을 챙겨 들고는 냅다 퇴근해버렸다. 유재준 선배의 첩보에 의하면 용산CGV 오후 6시 10분 영화 티켓 2장을 끊었단다. 나는 이 모든 사실을 대표에게 알렸다. 퍼블리싱 회사 문제로 다른 기자들의 전화가 폭주해 대표와 통화가 연결되기도 어려웠다. 대표는 7시 30분까지 용산CGV로 달려오기로 했다.

이제야 한숨 돌리고 노트북을 보니, 온라인 부장으로부터의 쪽지가 수십 개 쏟아졌다. 도박 혐의 MC를 조지는 기사가 우리만 없다는 것이다. 나는 내게 묘안이 있으니 기다려달라고 답장을 보낸 후 억울한 '도박 MC'를 위해 검찰청에 전화를 걸었다. 서른 번쯤 시도한 끝에 겨우 담당 검사와 연결이 됐다. 실명 공개가 너무 성급했던 것 아니냐고 물었더니, 당황하는 기색이 역력하다. 실명은 절대 검찰에서 흘린 게 아니고, 그냥 둘러서 말했는데 기자가 금방 눈치챈 것 같다더니 갑자기 바쁘다면서 나중에 통화하잔다. 그래놓고는 그 기자도 공개할 만하니까 공개한 것 아니겠냐는 황당한 말도 덧붙인다. 나는 '성급한 검사의 궁색한 변명'이라는 기사를 대충 마무리하고 당직 선배에게 데스크를 보고 표출시켜 달라고 했다.

데리야키집 룸에 부장과 대표가 마주 앉았다. 분위기는 미묘하게 어색했다. 나 때문이다. 나는 성격 급한 부장이 영화 관람객 중 1등으로 퇴장하리라는 것을 예상, 대표와 함께 출구에서 부장을 덮쳤다. 거기까진 순조로웠다. 그러나 부장과 사모님을 함께 납치해 맛있는 것을 사먹이면서 부드러운 분위기를 유도한다는 작전은 수포로 돌아갔다. 부장의 팔에는 내 또래의 여자애가 대롱대롱 매달려 있었다. 나는 놀란 나머지 "사모님은 어디 가셨어요?"라고 묻고 말았다. 천하의 하 부장도 당황했던지 친한 후배가 어쩌고저쩌고 하면서 이상한 소릴 늘어놓고는 난데없이 최 대표에게 반가운 척을 했다. 대표와 부장은 어색하게 명함을 주고받았고, 그 틈을 타 어린 여자는 우리 시야에서 사라졌다.

대표의 오른팔인 꽃미남 매니저는 뒤늦게 도착했다. 데리야키집은 용산역 내 쉽게 찾기 힘든 곳에 위치하고 있었으므로 내가 마중을 나가야 했다. 그와 내가 마지막으로 나눈 통화가 상당히 껄끄러웠던 걸 기억한다. 사표 제출의 문턱에서 날 구해줬던, 일적으로 만났지만 내 일상에도 큰 관심을 가져준, 어떤 정보가 필요하다고 하면 전화 한두 통만에 알아내 주던 그. 이 달달하고도 듬직한 유대는 서로 다른 이해관계에 얽혀 삐걱대기 시작했다.

나는 그가 떨떠름한 표정으로 날 맞길 기대했다. 어쨌든 서로 목소리를 한 번 높인 사이로서, 내게 섭섭한 마음을 표출하길 바랐다. 그러면 또 술 한잔하고 서로 어깨를 토닥이며 원래의 관계로 돌아갈 수 있을 것 같았기 때문이다.

그러나 주차장에서 빠져나오며 날 발견한 그의 미소는 흡사 미스코리아의 그것이다. 인사도 깍듯하게 한다.

"차가 많이 막히네요. 대표님과는 얘기가 잘 진행되고 있어요? 부장님께서 마음을 풀어주셔서 얼마나 다행인지 몰라요."

경력이 많지 않지만 나는 충분히 느낄 수 있었다. 이 남자는 나를, 자신의 회사에 불리한 정보를 갖고 있는 기자로 대하고 있다. 너무나 친절한 그가, 끔찍하게 불편하다.

이 상태로 룸에 들어가면 네 명이서 얼마나 황당한 분위기일까 걱정되는 마음에 최대한 시간을 끌기로 했다. 매니저를 먼저 들여보내고, 화장실에 다녀온 것이다. 손을 두 번이나 씻고 숨을 크게 한 번 내쉬고 룸에 들어섰다. 미닫이 문이 드르륵 열리자 세 사람이 고개를 휙 돌려 날 봤다. 나는 슬금슬금 기어 내 자리에 앉았다. 부장은 내가 앉기도 전에 대표의 이름을 불렀다. 제법 취한 듯했다.

"암튼, 내가 얼마나 거칠게 살았는지 이제 알겠죠? 연예판 온 지 얼마 안 됐다니까 내가 이해하지."

부장은 또 연예부 기자가 되고 나서 얼마나 다양한 조폭들을 상대했는지, 크나큰 송사에 휘말렸는지 일장연설에 들어섰나 보다. 불과 몇 년 전만 해도 가요계에는 조직폭력배의 돈이 넘쳐났다. 리스크 큰 사업에 떡하니 수억씩 투자할 조직은 조폭밖에 없었으니까. 따라서 가수 한 명을 조지면, 그 가수에 투자한 조폭이 기자를 노리는 시스템이었던 것이다. 칼 들고 쫓아오는 깡패를 피해 화장실에 숨어야 했던 기자들의 비하인드 스토리는 넘쳐났다. 부장의 경험담도 일단 풀어놓기만 하면 그 누구도 부장의 열렬한 팬이 될 수 있을 만큼 흥미진진한 게 많았다.

"저도 만만치 않았습니다. 부장님."

그냥 '네.' 하고 지나가면 될 것을, 저 인간은 또 삐딱하게 나온다. 고기를 집어 먹던 부장이 즉각 고개를 쳐들었다.

"뭐가 그렇게 거칠었어요? 컴퓨터 갖고 논 거 아닙니까?"

"말이 IT였지 노가다였어요. 제가 시골 출신이라 어렸을 때 맨땅에 농사짓고 악으로 소 때려잡던 힘으로 살아남았지, 아니었으면 택도 없었을 겁니다."

부장이 젓가락을 내려놓았다.

"시골 어디?"

"김해요."

"김해?"

부장의 동공이 두 배쯤 커졌다.

"야! 나는 부산이다!"

"아, 그렇습니까!"

대표는 갑자기 받아쓰기 만점 받아온 초등학생 같은 표정을 지었다. 부장은 내 귀청이 찢어지도록 껄껄 웃었다.

"부장님, 이거 인연이네요. 혹시 초등학교는 어디 나왔습니까? 저 초등학교는 부산에서 나왔습니다."

대표는 어느새 부산 사투리를 쓰고 있었다.

"내 개화 초등학교 아이가!"

"아이고, 형님! 저 거기 29기입니다."

부장은 박수를 한 번 탁 치더니, 두 팔을 번쩍 들었다.

"이 새끼! 니 어디 있다가 지금 나타났노! 야! 걱정 마라! 니 가수 내가 다 키워줄꾸마!"

"이거 영광입니다. 형님만 믿겠습니다!"

두 사람은 벌떡 일어나더니 서로의 어깨를 감싸 안았다. 나는 황당한 표정을 숨기기 위해 고개를 숙여야 했다.

우리나라가 아직도 남북통일이 안 된 이유는 자명하다. 국민과 인민이 동기동창일 수가 없으니 말이다. 적어도 내가 맺는 인연은 보다 더 진실하고 알맹이가 있는 것이었으면 좋겠다.

 대표가 화끈하게 신용카드를 긁는 동안 식당 내에 설치된 TV가 눈에 들어왔다. 연예 정보 프로그램 MC가 긴급 단독 취재라며 호들갑을 떨었다. 내가 믿어 의심치 않았던 그 MC가 방금 도박 혐의 관련 조사를 마치고 나왔다는 내용이었다. '결국 도박사실 시인'이라는 자막이 내 눈알에 날아와 박혔다.

 뭐라고?

 "이라희, 네 편이라는 인간들은 왜 다 저 모양이냐. 얼른 가서 취재해. 저 새끼 반쯤 죽여놔."

 부장의 말은 거의 들리지 않았다.

chapter 14

이기주의에 대하여

비가 억수같이 퍼부었다. 지리멸렬한 장마였다. 나는 수첩에 후두둑 떨어진 물방울을 다른 한 손으로 훑어내렸다. 그 바람에 우산이 휘청하면서, 빗줄기가 내 시야를 방해했다.

내가 맡고 있는 문은 동문이었다. 이 빌어먹을 MC놈이 무슨 문으로 들어갈지 몰라서, 기자들끼리 팀을 나눠 각 문을 맡아섰다. 누가 MC를 만났든, 사진과 취재 내용을 공유하기로 했다. 오늘은 '도박 MC'가 법원에 출석하는 날이다.

밴이 주차장에 진입했다는 말을 듣고 문 밖으로 나와 있던 참이다. 우리가 건물 안에 있으면 연예인이 후다닥 뛰어서 놓쳐버리기 쉽다. 아예 문을 막고 물어보는 게 상책이다. 꼭 동문으로 들어와서 날 발견하고 어떤 표정을 지을지 보여줬으면 좋겠다. 나는 이를 악물었다.

저 멀리 밴이 들어선다. 취재진을 의식해 문 바로 앞에 연예인을 떨어뜨릴 계획인 듯했다. 동문을 맡은 기자 중 한 명이 "왔다."며 휴대폰으로 다른 문을 지킨 기자들에게 알렸다. 밴의 문이 열리고 카메라 플래시가 발작하듯 터졌다. 놀랍게도 밴에서 가장 먼저 모습을 드러낸 건, 휠체어를 갖고 내리는 매니저였다. 뒤이어 수척한 얼굴로 선글라스를 끼고 나타난 MC는 매니저의 부축을 받아 휠체어에 올라탔다.

"골고루 하네."

사진기자 한 명이 대놓고 비웃었다. MC는 입을 앙다물고 이 영접의 시간이 흘러버리길 기도하는 것 같았다. MC는 "왜 처음엔 혐의를 부인했느냐?"고 묻는 내 말에도 미동하지 않았다. 덩치 큰 두 남자가 어디선가 나타나선 휠체어를 스포츠카마냥 휙 몰고는 우리를 따돌렸다. '취재진 질문에 묵묵부답'이라는 제목의 기사가 일제히 송고됐다.

재판이 끝나면 또 소감을 물어봐야 한다. 기자들은 건물 구석구석 널브러져서 MC가 나오기를 기다렸다. 멍하니 앉아 시간을 때울 사치는 우리에게 무리였다. 그동안 도박 혐의를 인정한 연예인은 몇이나 있는지, 그들의 복귀에는 얼마나 시간이 걸렸는지, 이 MC의 처벌 수위는 어떻게 될 것인지, 처벌 수위에 따라 복귀 시기가 얼마나 달라질 것인지 끝도 없이 기사를 날려야 했다. 내가 얼마나 등신같이 사람을 잘 믿는지 알게 된 온라인 부장은 시도 때도 없이 메신저를 딩동거리며 '까는 기사'를 재촉했다.

'라희 기자가 많이 난감하겠지만, 그럴수록 더 가차 없이 '객관적으로' 조져줘야 하지 않겠어요?'

나는 발끝부터 시작한 열기가 금방 양 볼에 이를 만큼 격렬하게 온몸이 화끈거렸다. 기자들은 내게 무슨 말을 하진 않았지만, 머릿속으로 무슨 생각을 할지는 뻔했다.

'이라희, 쟤 이번에 망신당한 애 맞지?'

'이 바닥에, 얼굴에 분칠한 애를 믿는 사람도 있구나. 바보 아니야?'

휴대폰이 울렸다. 제이였다. 제이와 나는 은근히 비슷한 점이 많았다. 위에서 시키는 대로 원치 않는 기사를 써야 했고, 노래를 해야 했다. 그 '윗사람'이라는 인간은 이 바닥에서 오랫동안 뛰고 구르며 쌓아온 노하우만이 진리라고 믿었고, 그 외 그 어떤 의견도 용납하지 않았다. 끔찍하게 싫고 미워도, 그 '윗사람'을 피해서 성공할 방법은 없어 보인다.

물론 벌어들이는 돈의 액수는 비교불가했지만 나는 제이에게 약간의 동질감을 느꼈다. 그렇다고 해서 우리가 통화를 일삼을 만큼 절친한 것은 또 아니었다. 나는 벌떡 일어나 기자들이 없는 곳에 자리를 잡은 다음 통화 버튼을 눌렀다.

"저예요, 제이!"

"어, 웬일이야?"

"안 반가워요? 안 반가운 목소리네. 지금 대전에 팬사인회가 있어서 가는 길이에요. 이번에 의류 모델 돼서 전국 백화점 돌거든요. 근데 비 너무 많이 온다."

"그러게, 난 지금 법원인데."

"알아요. 기사 봤어요. 나 누나 기사 자주 검색해보는 거 알아요? 가끔 이상한 기사가 있긴 해도, 하하, 누나가 기사는 제일 잘 쓰는 것 같아요."

나는 너무 헤벌쭉 웃지 않기 위해 아랫입술을 지긋이 깨물었다.

"이번 주 토요일에 뭐해요? 저녁이나 같이 먹을래요? 누나랑, 또 채은이 누나랑, 또 다른 기자 몇 명 해서 같이 봐요. 할 얘기도 있고. 대신, 매니저들한테는 절대 비밀로 하고요."

"매니저들? 지금 로드랑 같이 있는 거 아니야?"

"아, 쟤는 내 편이라 괜찮……."

갑자기 말이 끊기더니, 거친 마찰음이 내 귀를 때렸다. 그리고 폭탄이라도 터진 듯한 충격음이 이어졌다.

"제이야! 무슨 일이야?"

상대는 말이 없었다.

"여보세요! 제이 씨?"

전화는 툭 끊겨버렸다.

택시를 잡아탈 때만 해도 목적지는 현대 아산병원 중환자실이었다. 그러나 택시가 아산병원 입구에 들어설 때쯤 내 목적지는 장례식장으로 바뀌었다. 제이가 죽은 것이다. 나는 이 엄청난 특종을 놓쳐버렸다. 소속사 대표에게 물어봤더니 별일 아닐 것이라고 해서, 난 그냥 휴대폰 고장이었으려니 했던 것이다. 매니저들은 일단 사고를 축소부터 한다는 사실을 또 깜빡했다. 나는 그 엄청난 사고를 실시간으로 '중계' 받고도 다른 기자가 '단독'을 날릴 때까지 어리벙벙하게 있었던 바보 멍청이가 됐다. 택시 바닥이 뚫리도록 하이힐을 내리쳤지만 분이 풀리지 않았다.

장례식장에 진입하려는데 내가 탄 차의 앞에 선 택시가 갑자기 속력을 줄인다. 한 여자가 다섯 살쯤 돼 보이는 남자 아이를 안고 차에서 내리다 벌렁 자빠진다. 좀체 일어나지를 못한다.

"에이씨!"

나는 신용카드를 찍은 후 택시 문을 벌컥 열고 내린다. 비싼 돈 주고 택시를 탔는데, 목적지 코앞까지 차를 못 타면 아무나 손에 잡히는 대로 죽여버리고 싶을 만큼 신경질이 난다. 여자는 이제야 아이를 일으켜 세우고 택시 문을 닫고 있다. 반쯤 정신이 나간 상태다.

도박꾼의 거짓말에 속아 넘어간 것도 모자라, 사고 소리까지 들어놓고 네 시간이나 딴 기사를 쓰고 자빠졌던 내 자신을 용서할 수 없었다. 장례식장 입구에 들어서서 전광판을 훑으니 3층 B호실에 제이의 본명인 '이재현'이 적혀 있었다. 나는 노트북 가방을 쥔 손에 힘을 꼭 주고 에스컬레이터를 뛰어 올라갔다.

복도에 의자라는 의자에는 모두 기자들이 앉아 있었다. 특히 전기 콘센트를 꽂을 수 있는 자리는 경쟁이 치열했다. 절대 풀 수 없는 실타래처럼 꼬인 노트북 전깃줄들이 금방이라도 꼿꼿하게 몸을 세워 내 발목을 휘감을 것 같았다. 나는 땅바닥에 주저앉아 노트북을 켰다. 아직 제대로 차려지지도 않은 빈소 앞에 앉아 쓸 것이라고는 그리 많지 않았다. 여기 모인 모든 기자가 '빈소에는 취재진 외엔 아무도 없다.'는 기사를 쓰고 있다.

  나는 다시 짐을 꾸려 장례식장을 빠져나왔다. 사람들에게 물어물어 응급실을 찾았다. 보안이 생명이라지만 의사도, 간호사도, 환자도 '대중'이다. 제이의 얘기를 안 할 리가 없다. 노트북을 숨기고 엘리베이터, 화장실에 어슬렁거리면 수많은 '카더라'를 접할 수 있다. 나는 20분 만에 당시 상황을 친구에게 생생하게 전하는 환자의 말을 들었다. 응급실에서 제이를 봤다는 그녀는 아직도 많이 들뜬 상태였다. 그녀의 말에 따르면 제이는 머리에서 피가 철철 흘렀으며 오른쪽 어깨는 반쯤 뭉개졌고, 의식이 없었다. 그녀는 그 와중에도 코는 수술한 것 같다는 멘트를 덧붙였다. 목숨을 잃어가는 상황에서도 사람들로부터 성형수술 여부를 판가름받는 남자의 운명이라니, 참으로 가혹하다 싶다. 하긴, 생애 마지막으로 통화한 여자는 자신이 얼마나 비참한 모습으로 죽었는지 궁금해 화장실에 숨어 있는데, 내가 남 말 할 처지는 아니다.

  나는 여자에게 다가가 내 신분을 밝히고, 우연히 대화를 듣게 됐는데 그 내용을 보도해도 되는지 물었다. 그리고 그 상황을 본 게 확실하냐고 재차 물었다. 여자는 그제야 두 손으로 양 볼을 감싸더니 "아! 정말 팬이었는데."라고 말했다. 나는 화장실 변기에 쭈그리고 앉아 기사를 마감한 후 부장에게 쪽지를 보냈다. 부장의 답변을 기다릴 시간도 없었다. 나는 또 화장실을 빠져나와 입원실을 찾았다. 로드매니저가 여기

어딘가에 있을 것이다.

나는 열리는 문이든 아니든 일단 문고리만 보이면 죄다 잡아당겼다. 드디어 내 눈앞에 로드매니저의 이름이 적힌 문이 보인다. 문을 열려는데 어떤 여자가 문을 열고 나온다. 나는 일단 비켜서서 여자가 지나가게 한 다음, 조용히 여자를 뒤쫓는다. 여자가 홱 뒤돌아본다. 나는 다짜고짜 누구시냐고 묻는다. 지나가는 사람에게 길 물어보는 것도 어색해하던 나는 이제 아무나 붙잡고 이름을 대라고 윽박지르는 민폐형 인간이 됐다. 여자의 눈은 눈물 범벅이다.

"기자세요? 저 코디예요. 우리 막내가 오늘 죽었거든요. 기자님들은 코디 죽음에는 관심도 없으시겠지만."

제이와 함께 차를 타고 있던 코디는 그 자리에서 즉사했다. 아이러니하게도 운전을 했던 로드매니저는 몇 바늘 꿰매는 수술만 받고 멀쩡히 침대에 누워 있다. 고개를 돌려보니 소속사 사장도 뒤따라 나오던 참이다. 낭패 가득한 얼굴이다. 한 달에 수십 억씩 벌어들이는, 앞으로 그보다 더 많이 벌다 줄지 모르는 제이 대신, 한 달에 월급 100만 원짜리 로드매니저가 죽는 게 훨씬 나았을 거라고 생각하고 있을까. 벌써 어떻게 하면 산재 처리를 피할 수 있을지 궁리해뒀을지도 모른다.

소속사 사장은 날 보더니 황급히 내게 어깨동무를 하며 빠른 속도로 걸었다. 같이 나가자는 거지만, 사실상 쫓아내는 거다. 나는 로드매니저 상태 한번 제대로 보지 못하고 질질 끌려나온다.

"광고주한테서 벌써 전화왔어요. 모델 위약금 어떡할 거냐고. 전 정신없으니까 좀 이따 브리핑할게요. 식사는 하셨어요? 여기 조 이사랑 같이 가시죠."

나는 조 이사라는 사람의 손에 끌려 식당이 있는 건물에 들어섰다. 불고기비빔밥집이었다. 나는 빈소를 지키지 못하고 있는 게 마음에 걸렸지만, 제이 측 고위 관계자와의 식사가 더 중요하다고 판단했다. 아니나 다를까, 식당에는 벌써 채은 선배를 비롯한 굵직한 선배 기자들이 우르르 앉아 있다. 대표이사가 이리로 보낸 것이겠지. 나는 조 이사와 함께 빈자리에 앉았다. 채은 선배가 옆 식탁에서 의자를 하나 빼오더니 무릎 위의 노트북을 그리 옮겼다. 노트북은 1분마다 '제이'로 뉴스를 자동 검색하게 설정돼 있을 것이다. 뭐든 큰 뉴스가 터지면 바로 알 수 있게.

"근데 이 와중에 우지환이 새 드라마 들어간다는 기사 쓰는 놈은 대체 뭐야? 이채은, 너네 회사 애지? 이 와중에 꼭 그런 단독을 날리고 싶냐?"

남자 선배가 식탁 위에 놓인 자신의 노트북을 탁 접으며 말했다.

"걔 원래 꼴통이에요. 신경 쓰지 마세요. 암튼 조 이사님, 이제 그 회사는 어떻게 되는 거예요? 운전 과실 아니에요? 빗길에 과속?"

채은 선배가 메뉴판을 건네며 말했다.

"경찰 조사 시작된 지 몇 시간 됐다고 벌써 결론 내리세요. 책임질 부분 있으면 회사가 책임져야죠. 그런데 아시다시피 장마였잖아요. 빗길 교통사고가 인재는 아니지요?"

조 이사는 또박또박, 그러나 충분히 슬픈 감정을 넣어서 답했다. 여기 앉은 다섯 명의 기자들은 머릿속으로 '소속사 측 "책임질 부분은 책임지겠다"'라는 기사를 만들다, '소속사 측 "빗길 교통사고, 우리 책임 없다"' 쪽으로 수정하고 있을 것이다. 나를 포함해서.

채은 선배는 조 이사에게서 눈을 떼지 않았다.

"요즘 회사에서 컨트롤이 잘 안 됐죠, 제이? 맘대로 술 처먹고 싸돌아다니던 녀석이 하필이면 스케줄 가다 사고가 나서, 대표님도 참 억울하시겠다. 뭣 모르는 기자들은 과다 스케줄이 어떻고, 무리한 운전이 어떻고 할 거 아니야. 톱스타만 죽었다 하면 다 그 소리잖아요. 무명이 죽으면 또 무명 연예인의 설움이 어쩌고, 우울증이 어쩌고."

얼핏 소속사 편에서 이야기해주는 것 같지만, 채은 선배의 눈은 그 어느 때보다 예리하게 상대의 표정과 제스처를 관찰하고 있었다. 그러나 조 이사도 프로였다. 그는 극도로 말을 아끼며 고개를 끄덕였다.

"저희가 뭐 해결해야 할 일이 있으면, 제가 지금 기자님들과 밥을 먹을 수 있겠습니까. 자, 식사부터 하시지요."

"그래, 임마, 밥이나 먹자. 하루 종일 굶었다."

다른 아저씨 선배가 메뉴판을 뒤적이며 채은 선배에게 말했다. 밥은 금방 나왔고, 선배들은 장례식 취재가 얼마나 지랄맞은지에 대해 한탄했다.

"근데 제이는 유언도 없겠네?"

한 선배가 말했다. 나는 제이의 마지막 말이 생각났다. 어쨌든 제이와 마지막으로 통화한 사람은 나였다. 잠깐만, 그 사실만 써도 큰 기사가 아닐까? 특종을 놓쳤다는 생각에 정작 통화 내용은 깜빡하고 있었다. 그런데 뭐라고 했더라? 가물가물했다. 나는 밥을 먹는 둥 마는 둥 하고 식사가 끝나기만을 기다렸다. 채은 선배는 답을 알고 있을 것이다. 제이가 분명히 채은 선배 얘길 했었다. 느낌상 채은 선배와 먼저 통화하고 나에게 전활 한 것 같았다. 나는 지금이라도 '마지막 통화 상대가 나예요!'라고 외치고 싶었지만, 그 대박 뉴스를 함부로 발설할 순 없었다.

드디어 식사가 끝나고 다시 장례식장으로 돌아오는 길에, 나는 조용히 채은 선배에게 다가섰다.

"선배, 그런데 제이가 하고 싶었던 말이 뭘까요?"

"하고 싶은 말? 그게 뭔데?"

채은 선배가 심드렁하게 되물었다. 이미 어둑어둑해질 무렵이었지만, 그녀의 표정에 거의 변화가 없었음을 알아차린다.

"아니에요. 그냥, 내가 톱스타면 어디 따로 미리 유서를 써뒀을 것 같아서요."

"야, 스물두 살짜리가 무슨 유서를 써뒀겠어."

채은 선배는 고개를 돌려 다른 선배에게 말을 걸었다. 오늘 몇 시까지 빈소를 지킬 거냐, 교대를 해야 하나 철수를 해야 하나 하는 질문이었다. 나는 내 심장 뛰는 소리가 내 귀에 들릴 지경이었다. 채은 선배는, 제이가 주말에 모임을 만들려고 했던 걸 알지 못할지도 모른다.

나는 자꾸만 빨라지는 걸음을 선배들의 속도에 겨우 맞추면서 장례식장으로 돌아왔다. 대단한 걸 쥐고 있다는 티를 내선 안 된다. 나는 우선 콘센트 빈자리를 겨우 찾아 노트북을 꽂고 기사입력기를 실행시켰다. 아까 화장실에서 쓴 목격자 기사는 아직도 미표출 상태였다. 나는 나도 모르게 "악!" 하고 소리를 질렀다. 기사를 쓸 당시만 해도 목격자 기사는 내가 최초였지만 그새 수많은 목격자 멘트가 보도됐다. 내 기사는 아무 쓸모가 없는 게 돼버렸다. 무슨 착오가 있었겠지? 더 큰 특종을 위해 부장과 직접 통화를 해야 했다. 나는 휴대폰을 쥐고 어두컴컴한 비상구 계단에 들어섰다.

"여보세요. 어, 왜."

부장은 단 두 마디를 했을 뿐이지만 그가 꽤나 취했다는 건 분명했다.

"부장, 제가 특종을 한 것 같……."

"특종이고 나발이고, 그냥 퇴근해."

"네?"

"그깟 거 하면 뭐하냐? 회사가 이 부장을 이렇게 무시하는데. 그냥 일하지 마, 너도."

"무슨 말씀이신지. 암튼, 제이가 죽기 전에 마지막으로 통화를 한 게 저란 말입니다!"

나도 모르게 목소리가 커졌다. 나는 얼른 상체를 확 숙여 몸을 낮췄다. 누가 접근하고 있진 않았다.

"됐다고. 특종도 회사가 인정해줄 때 하는 거야. 오늘 기사 표출 금지야. 지면에 넣을 건 안에서 대충 썼어. 거긴 왜 갔어? 취재도 하지 말고 기사도 쓰지 마!"

"부장, 그런 게 어디……."

부장은 먼저 전화를 끊었다. 이번만큼은 나도 물러설 수 없었다. 난 다시 부장 번호를 눌렀다.

"또 왜!"

"부장, 잘 들어주세요. 무슨 말씀이신지는 잘 모르겠지만, 제가 제이의 마지막 통화 상대라고요. 걔가 이번 주말에 무슨 할 말이 있다고 했다고요. 물론 별거 아니겠지만, 어쨌든 제이의 마지막 멘트를 제가 알고 있는 거잖아요. 이거 중요한 기사 아니에요?"

침묵이 계속됐다. 다시 한 번 부장을 부르려는데, 나지막한 숨소리가 들려왔다.

"다, 당신을 향한 나의 사랑은 무조건 무조건이야."

"네? 여보세요? 부장!"

"당신을 향한 나의 사랑은 특급 사랑이야~."

부장은 노래를 읊조리고 있었다. 속이 터져버릴 것만 같았다. 나는 전화를 끊고 유 선배에게 전화를 걸었다.

"선배, 부장은 도대체 왜 그러는 거예요!"

부장의 지시에 따라 오후 2시에 퇴근해 모처럼 낮술을 실컷 즐겼다는 유 선배는 언제나처럼 부드럽게 웃으며 상황을 설명해줬다.

"넌 잘 모르겠지만, 그동안 부장이 영화 광고 유치하려고 난리를 좀 쳤거든. 근데 그게 물거품이 됐어."

"왜 몰라요. 선배 닦달하는 거 매일 들었는데."

국장은 각 부장들이 광고를 유치하는 데 적극 도와야 한다고 강조하며 각 부서에서 광고를 끌어오는 실적을 부장의 연봉협상에 참고하겠다고 발표했다. 당연히 우리 부장은 120% 동기유발됐고, 영화담당기자들을 들볶아 영화 광고 유치에 두 팔을 걷어부쳤다. 돈 없는 가요판이나 광고할 게 별로 없는 방송사는 뒷전이었다. 부장은 틈만 나면 영화사 대표들을 만나 우리 신문을 홍보했고, 그 피드백에 따라 영화 기사를 수백 번씩 고쳤다. 덕분에 한참 동안 부장이 우지환을 잊은 것 같아 나는 신났지만, 영화담당들은 지옥불에 서서히 삶아지고 있었던 거다.

"그래. 덕분에 영화 광고를 2천만 원어치 땡겨 왔지."

"그런데요?"

"근데 국장이 그걸 광고국 실적으로 돌려줬어."

"아니, 왜요?"

"모르지, 뭐. 그들만의 리그를 내가 어찌 이해하겠어."

"그들이야 싸우든 말든, 왜 제 기사가 없어지는 건데요. 진짜 이해 안 돼요. 그나마 친해진 게 제이인데, 그 제이가 바로 오늘 죽었다고요. 이런 날이 흔하냐고요."

나는 계단에 주저앉았다. 그리고 눈앞에 그림자가 나타났다. 기다란 두 다리였다. 나는 심장이 덜컥 내려앉아 고개를 쳐들었다. 사진부 인턴이 사진기를 든 채 서 있었다.

"이런 날이 흔했으면 좋겠어? 그래서 네가 친한 애들 팍팍 죽어서 너한테 특종거리 많이 줬으면 좋겠어?"

어둡기도 했지만, 나는 굳이 그의 표정을 보지 않았다.

"넌 몰라."

"뭘 몰라?"

그가 뚜벅뚜벅 걸어와 내 옆에 앉았다.

"너희 집 망한 거? 그래서 이 빌어먹을 회사에서 꼭 살아남아야 한다는 거? 살아남기 위해서는 남의 불행 따위 아무것도 아니라는 거?"

"닥쳐."

나는 일어섰다. 그 바람에 허벅지에 올려뒀던 휴대폰이 툭 떨어졌다. 사진이 반사적으로 휴대폰을 주워 내게 건넨다. 나는 사납게 휴대폰을 빼앗아 들고 계단을 내려왔다. 그의 손등 어딘가가 내 손톱에 긁혔을 것이다.

"오늘밤에 유재석이랑 박명수가 조문 온다더라. 잘 찍어. 놓치지 말고."

나는 비상구를 빠져나왔다.

빈소에 돌아와 보니 기자들이 한자리에 모여 있다 막 해산하기 시작했다. 소속사 대표와 이사의 얼굴도 보였다. 방금 브리핑이 끝난 것이다. 모두가 머리를 노트북에 파묻고 기사를 쓰기 바쁜데, 채은 선배 홀로 고개를 빳빳이 들고 있다. 몇 번을 두리번거리더니, 날 발견한다. 그리고 벌떡 일어서서 내게 다가온다. 나는 본능적으로 흠칫 물러선다.

"이라희, 너 뭐 알고 있지?"

"네? 뭐요?"

나는 한 발짝 더 물러선다.

"아까 하고 싶은 말이 어쩌고, 그거 뭐야?"

"유, 유서 얘기라니까요."

채은 선배가 씨익 웃는다. 나는 등골이 오싹하다.

"나 방금 다른 사람들 몰래 로드 만났거든? 이번 주말에 친한 기자 몇 명 모으려고 했었다더라. 너 포함해서. 너한테 물어보면 잘 알 거라던데?"

채은 선배가 한 걸음, 한 걸음 내게 다가온다. 나는 또 물러서면서 배시시 웃는다.

"어, 그러니까."

채은 선배가 얼굴을 내 코앞에 들이댄다.

"너 입꼬리 떨린다. 호호. 앙큼한 것! 제이랑 통화했지? 제이가 정확히 뭐라고 한 거야?"

채은 선배 뒤로 다른 선배들이 서넛 모여드는 게 보인다. 내 뇌 회전은 버퍼링에 걸린 상태다. 아무 생각도 안 난다.

"모른다니까요! 잠깐만요, 어디 연락할 데가 있어서."

나는 두어 걸음 뒷걸음질치다가 후다닥 뛰기 시작한다. 비상계단을 뛰고 또 뛰어 건물 밖으로 나왔을 때, 내 뒤에 아무도 없음을 알아차린다. 숨을 몰아쉬면서 뒷걸음치는데 뭔가 내 엉덩이에 물렁, 이상한 감촉이 느껴진다. 남자 꼬마아이다.

주위를 둘러보니 저 멀리, 정신을 반쯤 놓은 여자가 하나 서 있다. 나는 표정 없는 얼굴로 나만 보는 아이를 데리고 여자에게 다가갔다. 아까 택시에서 내리던 그 모자라는 생각이 퍼뜩 드는 순간, 여자는 내 노트북 가방을 보고 당황하는 기색이 역력하다. 뭔가 있다. 분명히 뭔가 있다. 나는 아이의 손을 단단히 쥐었다.

가설 1. 여자는 제이의 열혈팬이다. 나는 주부들이 어린 스타에 미치면 어떻게 될 수 있는지 수없이 봐왔다. 그들은 가수의 얼굴도 제대로 보이지 않는 콘서트 좌석에 앉아서도 두 손을 꼭 모으고 하염없이 눈물을 흘렸다. 어쩌다 가수가 가까이라도 다가오는 순간에는 가방이며 음료수며 죄다 내던지고 온몸을 바르르 떨었다. 가끔은 초등학생으로 보이는 아들이 엄마를 따라와서, 정신을 내놓은 엄마를 부축해 집으로 돌아가곤 했다.

가설 2. 여자는 제이의 옛 애인이다. 지금은 애를 낳고 잘살고 있지만, 옛 애인의 죽음 소식은 그녀를 한걸음에 장례식장으로 뛰어오게 만들었다. 그러나 옛 애인의 위치가 그리 떳떳하지만은 않았다. 뭔가 사연이 있어서 지저분하게 헤어졌겠지. 그래서 누군가의 눈에 띌까 봐 구석에 숨어서 눈물만 흘리는 것이다.

웬만한 탤런트 뺨치는 미모를 봤을 때, 2번에 더욱 힘이 실린다. 나는 여자에게 아이스커피를 사주면서 친근하게 말을 건다. 사실 속으로는 이 여자가 도망이라도 갈까 봐 무서워 죽겠다.

"너무 아깝죠? 제이. 크게 될 수 있는 애였는데."

"네."

가까이서 본 여자는 내 또래 정도로밖에 보이지 않았다. 쌍꺼풀 수술은 이미 완벽하게 자리 잡은 듯했고, 치열도 완벽했다. 코는 수술한 지 좀 된 듯, 보형물의 가장자리가 불거져 보였다. 한때 연예인을 지망했을 확률이 높은 거다.

나는 단도직입적으로 물었다. 그녀는 제이와의 관계를 완강하게 부인했다. 하지만 그렇다고 어설픈 변명을 늘어놓지도 않았다. 무거운 침묵이 흘렀다. 내가 비장의 카드를 꺼내야 할 시점이었다.

"제이, 사고 날 때 저랑 통화 중이었어요. 일 때문에 만날 약속을 잡고 있었거든요. 무슨 할 말이 있다고 했어요."

나는 여자의 표정을 힐끔 살폈다.

"이건 내일 기사로 쓸 거니까, 인터넷에 미리 올리면 안 돼요. 하하!"

"친하셨어요?"

여자가 떨리는 목소리로 물었다.

"그럼요. 저 스캔들 같은 거 관심 없어요. 전 믿으셔도 돼요."

나도 내가 진심이라고 믿고 있다. 여자는 한참 뜸을 들이더니 또 눈물을 닦았다. 지루해서 더는 못 버티겠다 싶을 때쯤, 여자가 입을 열었다.

"부탁이 있어요."

"네!"

나는 큰 소리로 답했다.

"이 아이, 재현이 빈소에 한 번만 데리고 갔다 와주시면 안 돼요? 빈소 안까진 못 들어가도, 최대한 가까이 갈 수 있게 좀 도와주세요."

버퍼링이 걸린 내 뇌는 아직도 버벅거리고 있다. 이게 대체 무슨 상황이지?

"자세한 건 묻지 말아주시고요. 부탁이에요."

나는 발랄하게 한 번 웃은 뒤 쭈그리고 앉아 아이와 눈을 맞췄다. 애라면 질색이지만, 지금은 이 생면부지의 아이에게 내 젖이라도 물릴 수 있을 것 같았다.

"이름이 뭐야?"

"이영재."

"몇 살?"

"네 살."

"누나 따라서 어디 좀 갔다올까?"

아이가 고개를 끄덕였다. 사내 아이답지 않게 예쁘게 생기긴 했다. 그렇다고 제이를 빼다 박았거나 그러진 않았다. 나는 아이의 손을 잡고 무겁게 발걸음을 옮겼다. 혹시 이 여자가 아이를 버리는 신종 수법을 내게 써먹고 있는 건 아닌가 싶어 냉큼 뒤돌아봤다. 여자는 여전히 눈물을 닦고 있었다.

빈소는 여전히 전쟁터였다. 포토라인에 맞춰 끝도 없이 늘어선 사진기자들은 조문 오는 연예인이 한 명씩 들어설 때마다 플래시를 터뜨렸다. 연예 프로그램 리포터들은 마이크를 쥐고 따라 뛰면서 "심정이 어떠냐?"는 너무나 답이 뻔한 질문을 해댔다. 기자들은 이 모든 상황에 짜증이 나면서도 혹시 VJ가 그럴듯한 멘트를 건졌을까 봐 귀를 쫑긋 세운다. 연예인이 빈소에 들어서서 신발을 채 벗기도 전에, 온라인상에는 벌건 눈을 한 연예인이 손바닥으로 얼굴을 가리고 성큼성큼 걸어 들어가는 사진이 수십 개 뜬다.

나는 아이의 손을 꼭 잡고 포토라인을 비켜서서 최대한 빈소에 가까이 접근한다. 촐싹대는 리포터 하나가 마이크를 들이밀며 누구냐고 묻는다. 나는 "으하하." 웃으며 기자라고 밝히고는 야근을 해야 하는데 조카를 봐줘야 해서 어쩔 수 없이 데려왔다고 말한다. 놀랍게도 모두가 이 말을 믿는다.

애를 데리고 빈소 안을 들여다보고 있는데 누군가 내 어깨를 확 잡아챈다. 젠장, 사진부 인턴이다.

"아직 안 갔어? 연예부 철수하라고 했다던데."

"갈 거야."

사진은 아이를 내려다보더니, 거칠게 날 끌고 비상구에 들어섰다. 하마터면 아이를 놓칠 뻔했다.

"너, 애까지 동원하는 거야? 부장한테 그렇게 잘 보이고 싶어?"

작지만 힘 있는 목소리였다.

"이거 놔."

나는 있는 힘껏 그의 손을 뿌리쳤지만 그 역시 완강했다.

"안 놔?"

"나 예전부터 너한테 말하고 싶었는데, 오늘 할게. 너 그렇게 부장한테 목숨 거는 거, 안쓰러워."

내가 부장에게 목숨 건다고? 막상 남으로부터 이 말을 들으니, 나는 뜨겁게 데운 고데기라도 밟은 기분이다.

"왜? 질투 나? 난 네가 더 안쓰러워. 너 바른 소리만 하다가 매일 깨지지? 회사가 널 뽑을 거 같애? 뭐 먹고 살래? 집은 좀 사니? 좋겠다. 너도 알다시피 난 아니거든. 먹고살아야 되거든. 그런데 다른 건 할 게 없거든!"

"왜 없어?"

"서류 다 떨어졌어!"

나는 나조차도 잊어버리려 노력해왔던 사실을 꺼내든다. 상반기 채용기간에 이름 있는 회사란 회사는 다 지원했었다. 잠도 안 자고 자기소개서를 썼다. 그런데, 서류조차 통과되지 않았다. 단 한 군데도. 나는 이 사실을 차마 받아들일 수 없어 차라리 없는 일인 셈 쳐왔다. 그런데 제길, 또 다시 이렇게 생생하게 기억나버렸다.

"너 정도면……."

"잘될 거다? 더 좋은 기회 있을 거다? 다 개소리야. 너도 알잖아."

한풀 꺾인 사진이 머뭇대더니, 내 어깨에 손을 올리고 따뜻하게 쓸어

내린다. 당장이라도 울음을 터뜨리고 싶다. 때마침 아이가 울음을 터뜨렸다. 난 아이의 손을 잡고 계단을 내려갔다.

"휴대폰을 빌릴 수 있을까요? 제가 휴대폰을 어디 뒀는지 모르겠네요. 휴대폰을 찾아야 집에 가는데."

여자는 아이의 어깨에 양손을 올리고 쭈그리고 앉았다. 얼굴색이 눈에 띄게 창백했다. 숨을 몰아서 쉴 때마다 쇳소리가 났다.

"진짜예요. 기자한테 휴대폰이 얼마나 중요한데요. 그거 잃어버리면 진짜 안 돼요."

여자는 내키지 않는 표정으로 까만 샤넬백을 뒤지더니 휴대폰을 건넸다. 나는 재빨리 내 번호를 눌렀다. 내 핸드백에서 벨소리가 났다. 나는 과장되게 웃으며 휴대폰을 꺼냈다.

"아! 이게 여기 있었네! 내가 이렇다니까."

2584. 발신자 번호의 뒷자리는 제이의 그것과 같았다. 내 눈이 액정 화면에 오래 머물자, 여자의 낯빛이 한층 더 창백해졌다. 나는 그녀의 눈을 최대한 오래 응시했다.

"재현이가 할 말이 있다고 했다고요."

"네."

"기자님이 기대하듯이 그게 제 얘기는 아니었을 거예요. 그냥 미국 가기 전에, 자기 편의 기자들과 많이 만나두고 싶어 했어요. 미국에서 갑자기 소속사와 소송이 벌어져도, 그래서 소속사가 아무리 흑색선전을 많이 해도 자기 편이 돼줄 기자요. 기자님도 그중 한 명이셨나 봐요."

여자는 또 훅 숨을 몰아쉬었다. 쇳소리는 여전했다.

"저는 여기 온 게 발각이 되면, 매니저한테 죽을지도 몰라요. 다신 나타나지 않기로 했거든요. 대가가 뭐였는지는 기자님도 짐작하실 테고."

여자는 갑자기 격렬하게 몸을 떨기 시작했다. 여자의 자그마한 얼굴은 순식간에 눈물 범벅이 됐다.

"그런데 아이가 아빠 빈소에는 한번 가봐야 할 것 같아서요. 이 못난 엄마 만나서, 아빠 한번 떳떳하게 못 만나보……."

여자가 갑자기 자신의 가슴을 붙잡더니 땅바닥으로 픽 고꾸라졌. 숨을 제대로 쉬지 못하고 있었다. 아이는 울기 시작했고, 내 머리는 다시 버벅대기 시작했다. 내 연락을 받고 뛰어온 사진부 인턴이 여자를 업고 응급실로 뛰었다. 뒤따라가던 나는 아이의 손을 몇 번이나 놓칠 뻔했다.

여자의 증세는 스트레스로 인한 과호흡증이었다. 응급처치를 마치고 피 검사와 엑스레이 촬영을 위해 여자가 자리를 옮겼다. 사진부 인턴이 아이와 놀아주는 동안 나는 보호자에게 연락하기 위해 여자의 휴대폰 단축번호 1번을 눌렀다. 이내 액정화면에 '남편'이라는 글자가 떴다. 맙소사. 뒷번호는 2584가 아니었다.

"여보세요."

중저음의 탁한 목소리였다.

"부인께서 쓰러지셔서 지금 풍납동 아산병원 응급실에 계세요."
"네? 뭐라고요?"

남자가 얼마나 놀랐는지, 얼마나 여자를 걱정하는지 단번에 알 수 있는 목소리였다. 나는 호기심을 참을 수 없었다.

"결혼한 지, 몇 년 되셨어요?"
"6년이요! 아내는 지금 괜찮습니까?"

남자는 정신이 없는지 내 질문이 지금 이 상황에서 얼마나 황당한지도 눈치채지 못한 것 같았다. 나는 대충의 상황을 설명하고, 전화를 끊었다.

솔직히, 진짜 솔직히 말이다. 그 여자가 제이에 대한 사랑 하나로 아이를 꿋꿋하게 키우는 싱글맘이었다면, 나는 무슨 수를 써서라도 기사를 썼을 것 같다. 그런데, 이건 한 가정의 안위가 달린 문제다. 내가 그만큼 이기적일 수 있을까. 아직은, 아직은 아니라고 믿고 싶다. 노란 티셔츠를 입고 빈소를 누비며 특종 생각에만 골똘했던 나의 이기심은, 오늘 내가 만난 사람들의 그것과 비교해 상위 80% 안에도 들지 못할 거라 확신한다. 그렇게 믿어야만, 잠이 올 것 같다.

택시를 타고 오는데 라디오에서 제이의 노래가 흘러나왔다. 이번 앨범에 수록된 솔로 발라드곡이었다.

"제이 노래 처음 듣는데, 목소리 예쁘네."

옆에 앉은 사진부 인턴이 말했다.

"울어?"

나는 창밖에 시선을 고정시킨 채 어렵게 숨을 참았다. 제이의 향기, 제이의 얼굴, 제이의 웃음소리, 제이의 문자메시지, 그리고 제이의 목소리가 내 주위를 맴돌았다.

'알아요. 기사 봤어요. 나 누나 기사 자주 검색해보는 거 알아요? 가끔 이상한 기사가 있긴 해도, 하하, 누나가 기사는 제일 잘 쓰는 것 같아요.'

"내가, 오늘 무슨 짓을 한 거지?"

택시는 시꺼먼 서울 공기를 가르며 조용히 달렸다.

chapter 15
출산의 자격

"으악! 씨발!"

턱을 괴고 있던 내 왼손이 쭉 미끄러졌다. 덕분에 나는 노트북 모서리에 턱을 쿵 찧는다. 놀라서 허벅지를 벌리는 바람에 노트북이 변기에 빠질 뻔한다. 가까스로 노트북을 살린 나는 비명이 터져나온 곳이 어딘지 찾아 고개를 두리번거린다. 그래봐야, 사방엔 벽뿐이다. 얼마나 잠을 잔 건지 목이 뻣뻣하게 굳었다.

나는 엉거주춤 바지를 올리고 화장실 문을 열었다. 세면대 앞에 레저의 뒷모습이 보인다. 어깨가 거칠게 들썩인다.

"네가 방금 욕했어?"

욕은 커녕 싼 티 나는 단어도 절대 입 밖에 내지 않는 그녀였다. 기자 세계에선 여전히 엉터리 일본어가 널리 쓰이는데, 레저는 그마저도 우리말로 순화해 쓸 만큼 교양을 챙겨왔다.

내가 다가서자 레저가 흠칫 놀라며 오른손을 숨긴다. 하지만 삐죽 튀어나온 막대기 끝이 내 눈에 띄었다. 하긴, 여자가 화장실에서 쌍욕을 내뱉는 이유는 그것밖에 없다.

"임신했구만."

레저는 여전히 씩씩거리며 수도꼭지만 쳐다보고 있다.

"걱정 마. 그거 100% 확실한 거 아니야. 간혹 불량품도 섞여 있다더라."

레저가 공포영화의 한 장면처럼 천천히 뒤돌아보더니 별안간 뭔가를 내던진다. 스무 개가량의 임신 테스트기가 브랜드별로 공중을 수놓더니 이내 바닥에 데굴데굴 구른다. 나는 어색한 미소를 감춘다.

"저기, 음. 난, 기사 쓸 게 있어서. 그럼."

나는 눈을 최대한 내리깔고 화장실을 빠져나왔다.

"너 방금 뭐라 그랬어?"

연예부로 돌아왔더니 이번엔 부장이 소리를 지르고 있다. 제발, 정상인들과 일하고 싶다. 그게 내 소박한 꿈이다. 부장 앞에 선 차장의 얼굴에 적개심이 잠깐 스친다.

"부장, 우리 입장도 한번 생각해주세요. 어떻게 드라마를 매회 조집니까. 그건 우리 얼굴에 침……."

"우지환이 우리한테 한 짓 몰라? 그것들, 기사 한두 개 갖고는 눈썹 하나 까딱 안 해. 너도 봤잖아! 지금 우리가 걔 조진 지 몇 달 됐어? 근데 반응 하나 있었어? 너는 그 새끼들이 우리 신문 무시해도 괜찮아? 기자 자존심이 그거밖에 안 돼?"

부장의 레퍼토리가 또 시작됐다. 차장은 입을 꾹 다물고 시간이 흐르기만 바라는 것 같았다. 그런데 나는 부장의 입장도 어느 정도 이해가 되는 것 같기도 하다. 비판적인 기사를 쓰지 않는다면, 기자의 위상이 어디까지 떨어질 것인지 내 눈에도 훤히 보이기 시작한 것이다.

연예부 기자가 하늘에 떠 있는 별도 떨어뜨리던 시절, 즉 이효리 사진만 1면에 내걸면 각 스포츠신문이 수십만 부씩 훨훨 팔려나가던 시절, 손바닥만 한 박스 기사 하나 써주면 음반이 10만 장씩 더 나가고 시청률이 들썩이던 시절, 그래서 연예부 기자가 방송국에 들어서면 매니저, 가수, 탤런트 할 것 없이 벌떡 일어나 홍해의 기적마냥 쫙 갈라져 90도 인사를 하던 그 시절에 필드를 뛰었던 부장에게는 지금의 언론 환경이 얼마나 어처구니없을지 나도 조금 이해가 되기 시작한 것이다.

예전엔 매니저가 직접 보도자료를 써서 신문사를 찾아와 "한번만 써주십시오." 간곡하게 부탁했다. 얼굴 한번 보기 위해 한두 시간씩 기다리는 건 기본이고, 밥이라도 한번 같이 먹기 위해선 수십 번씩 얼굴 도장을 찍어야 했다.

그런데 요즘엔 이메일 자동 발송 프로그램으로 한 번에 200여 명의 기자들에게 보도자료를 쫙 뿌린 후 문자나 한 개씩 날려주는 게 전부다. 그마저도 황송한 몇몇 무명 매체의 기자들은 자료 뿌릴 때 절대 우리를 빠뜨리지 말아달라고 부탁하는 실정이다. 취재할 시간에 비해 너무 많은 수의 기사를 써야 하는 일부 온라인 매체에서는 보도자료만 왔다 하면 거의 다 써주니, 매니저가 고개를 숙일 필요도 없는 것이다. 오히려, 기자가 좀만 맘에 안 드는 기사를 썼다 하면 매니저는 보도자료부터 끊으며, 그걸 '보복'이라고 고소해하고 있는 거다.

절대적인 원인은 연예매체가 너무 많아졌다는 데에 있다. 톱스타 수는 그대로인데, 기자 수는 수십 배 늘었다. 그러면서 가끔 정체불명, 수준 이하의 기자들이 등장해 매니저들을 식겁하게 만들기도 한다. 신문은 날이 갈수록 팔리지 않았고, 한 번 성공가도를 달린 매니저들은 금방 유명인사가 됐다.

부장의 머릿속에 우지환 소속사 대표는 여전히, 10년 전 그 녀석이다. 부장이 외제차에 올라타 고위급 매니저와 대화를 나누는 동안, 열심히 운전만 하던 꼬맹이. 어쩌다 신문사에 찾아와서 상사의 말이라도 전해야 하는 날이면, 제대로 말을 걸지도 못해 바들바들 떨던, 그래서 부장이 머리를 쓰다듬으며 "열심히 해."라고 격려해주던 꼬맹이인 것이다. 그 녀석에게서 무시당하고 있다고 생각하면, 글쎄, 나라도 화나지 않을까.

"그 드라마에 우지환만 나오는 게 아니지 않습니까. 저는 거기 PD하고도 친하고, 여주인공은 얼마 전에 우리랑 단독 인터뷰까지 한 애인데."

"누가 걔들 조지래? 다 좋은데, 우지환이 옥의 티라고 써. 우지환 때문에 시청률 안 나올 거라고 말이야!"

"부장, 객관적으로 그건 좀."

차장이 애원하는 표정으로 부장을 바라봤다.

"그래?"

부장이 생각에 잠겼다. 차장을 비롯한 나머지 기자들의 눈이 휘둥그레졌다! 부장이 차장의 애원을 듣고 고민까지 해주고 있는 것이다.

"그럼, 만약 시청률이 안 나오면 우지환 때문일 것이라고 써."

뭐가 다르지? 차장은 힘없이 "네."라고 대답했다. 부장의 귀 주위에는 우리 말을 도로 튕겨내는 방해전파가 흐르고 있는 게 틀림 없었다.

"차장은 기사 마감되면 보고하고. 우지환 드라마는 출입처 관계없이 연예부 전원이 시청한다. 이라희, 너도 오늘 드라마 봐. 알았지?"

나는 또 왜!

"저도요?"

"그래. 근데 넌 어디 갔다 지금 들어왔어? 메신저 답 안 할래? 너는 도대체 요즘 하는 일이 뭐야? 제이 장례식은 뭐, 그랬다 쳐. 그 후로 뭐 했어? 우지환 좀 그렇게 챙기랬더니 드라마 하는 것도 물먹고, 잘한다, 응? 일루 와봐!"

스크롤의 압박이 시작될 조짐이다. 나는 최대한 거북이처럼 목을 잔뜩 집어넣은 채 엉금엉금 다가갔다. 부장은 또 내 옷차림부터 시작해 늦게 쓴 보도자료, 달랑 하나밖에 없는 취재 기사, 오늘 아침의 15분 지각까지 두루 혼냈다. 나는 힘없이 고개만 주억거리며 부장을 만족시켰다.

"네가 전화 좀 해줘. 난 도저히 못 하겠어."

우리가 서로 하나밖에 없는 여자 동기로서 참 많이 의지하는 것까진 좋은데, 그래도 이건 아니지 싶다. 영문도 모르고 칠락팔락 살고 있을 한 남자에게 실은 네가 쏟아낸 정자 중 한 마리가 난자와 만나 인간 형상을 갖추기 시작했다는 말을 어떻게 한단 말인가. 내가 딴청을 피우자 레저는 휴대폰을 한껏 더 들이밀었다.

"너도 아는 애야."

레저는 숨을 한 번 크게 들이쉬었다 내쉬었다.

"체육."

"뭔 소리야?"

"체육부 인턴이라고, 애 아빠."

"미친년! 걔 출근한 지 며칠 됐다고!!"

기존 인턴이 회사를 박차고 나간 후, 그 자리엔 몇 명의 새 인턴이 드나들었다. 대부분 일주일을 버티지 못하고 회사를 관둬버려서 따로 친해질 기회도 없었다. 일주일도 안 돼 회사를 때려치는 그들이 무능한 건지, 여기서라도 살겠다고 악착같이 버티는 내가 무능한 건지 헷갈렸다. 지금 출근하고 있는 체육부 인턴도 이제 겨우 출근 5일째일 뿐이다.

"아니, 우리랑 같이 시작한 인턴. 상훈 오빠."

"오 마이 갓. 진짜 몰랐다. 언제부터 사귄 거야?"

"사귄 거 아니야. 오빠가 좋다고 따라다니긴 했는데 절대로 사귄 건 아니고."

"그래서, 사고는 언제 친 건데?"

"지난번에 너네 집에서 술 먹은 날 있지? 너랑 사진이 술 사러 갔을 때……."

"설마……."

"미안. 너무 취해서. 이불 세탁비 줄게."

나는 소파에서 벌떡 뛰어올랐다.

"이제 와서 뭔 소용이야!!!"

"그건 나중에 따지고, 전화나 좀 해줘."

레저는 이미 통화 버튼을 누른 후였다. 장기하의 〈싸구려 커피〉가 컬러링으로 흘러나왔다. 나는 하는 수 없이 휴대폰을 건네받았다.

"여보세요."

오후 2시인데, 아직도 잠이 덜 깬 목소리다. 나는 정말 무슨 말을 어떻게 해야 할지 몰랐다.

"너, 임신했대!"

나는 후딱 전화를 끊었다.

"야! 그렇게 전화를 끊으면 어떡해!"

"그럼, 뭐 어쩌라고. 수술비라도 부치라고 해야 돼?"

레저의 눈이 휘둥그레졌다.

"내가 수술할 거 어떻게 알았어?"

"당연한 거 아니야?"

출산의 자격 · 313

내가 무슨 말을 덧붙이려고 하는데, 레저가 입을 다물라는 다급한 신호를 보낸다. 고개를 돌려보니 편집부의 고 선배가 엘리베이터에서 내리는 참이다. 나는 창밖에 시선을 던지고 그녀가 지나가길 기다렸다. 내가 사고친 게 없진 않지만, 아무리 그래도 편집부 내에서 나에 대한 반감은 너무한 수준이었다.

"라희야."

처음 들어보는 고 선배의 상냥한 말투였다. 평소엔 내가 말 걸면 잘 받아주지도 않던 인물이다.

"네?"

나는 최대한 뚱한 표정을 지으며 그녀를 올려다봤다. 소파에서 일어서는 따위의 예의는 지키지 않을 작정이다.

"저기, 내 아들 녀석이 소녀시대를 너무 좋아하지 뭐야. 사인CD 하나만 얻을 수 있을까?"

그럼 그렇지. 우리 신문사 사람들은 사인CD, 콘서트 티켓을 구할 때만 내게 웃는다.

"네. 소속사에 얘기해볼게요."

나는 앞니 여덟 개를 가지런히 내놓고 인공적인 미소를 보여줬다. 고 선배는 멋쩍게 한 번 웃고는 편집부로 들어갔다.

레저는 그새 사촌오빠와 통화 중이었다. 유명 게임회사에 다니는데, 레저가 특별히 부탁해 이번 미국 출장에 스포츠엔터도 같이 갈 수 있게 조치를 취한 것이다. 어렵게 부탁이 성사됐는지 레저는 제자리에서 팔

짝팔짝 뛰며 좋아한다.

"조심해, 애 떨어져."

레저가 풀스윙으로 왼팔을 휘둘러 내 등짝을 휘갈겼다. 나는 으하하 웃으며 3층으로 내려왔다.

"눈을 좀 더 부드럽게 떠봐."

사진이 카메라를 들고 몸을 이리저리 틀었다.

"지금 표정은 좀 무서운데."

체육이 눈꺼풀을 꾸욱 누르더니 쌍꺼풀 짙게 패인 눈을 부릅떴다.

"잡아먹어라, 아주 그냥." 노트북에서 기사를 검색하던 내가 체육을 보고는 팔짱을 끼고 비웃었다. "애정을 좀 담아보라고."

체육은 잔말 없이 또 한 번 눈을 문지르더니 카메라를 쳐다봤다. 딴에는 최선을 다하고 있는 모양이었다.

체육은 오늘 밤 레저에게 결혼하자고 할 계획이다. 물론 씨도 안 먹힐 얘기다. 나는 그가 비참하게 내동댕이쳐질 것을 뻔히 알면서도, 굳이 그의 프러포즈를 말리진 않는다. 이보다 재미있는 구경거리가 어딨겠는가!

"응. 그 표정은 그대로 유지하고, 허리를 좀 더 꼿꼿하게 세워봐."

백수의 프러포즈가 통하리라 믿고는 진심을 다해 돕고 있는 사진부 인턴이 카메라를 들여다보며 말했다. 집에서 놀면서 포동포동 살을 찌워온 체육은 딱히 있지도 않은 허리에 양손을 올리고 느끼하게 웃었다.

출산의 자격 · 315

이 사진은 레저의 사진과 합성된 후, 내 기사와 함께 신문으로 인쇄될 예정이다. 내가 두 사람의 러브스토리를 감동적으로 기사로 써서 편집부 고 선배에게 주면, 고 선배가 사진과 기사를 스포츠엔터 1면 틀에 올려 흰 종이에 신문처럼 인쇄하는 것이다. 두 사람의 얼굴 위에 자극적인 글씨체로 '알고 보니 속도위반'이라는 제목을 넣기로 했다. 실로 기자다운 프러포즈가 아닐 수 없다.

'[단독] 제이, 사망 전 기자들과 만남 추진했다'

방금 뜬 기사였다. 내가 쓴 기사도 아니었고, 채은 선배가 쓴 기사도 아니었다. 듣도 보도 못 한 매체에서 한 기자가 '카더라' 하나만 듣고 쓴 것이었다. 실제로 기사는 이렇게 엉뚱한 데서 툭 터지는 경우가 많다고 들었다.

제이의 발인식 때 만난 채은 선배는, 빈소에서 도망가버린 내 행동을 화끈하게 눈감아 줬다.

"기사 뺏기게 생겼는데 도망가는 게 당연한 거지. 내가 네 입장이었으면, 상대 머리라도 후려치고 도망갔을걸? 근데 너 왜 안 썼어? 안 쓸 거지? 어린 나이에 죽었는데, 슬프고 억울한 길 괜히 더럽히지 말자."

나는 빨갛게 충혈된 눈을 수차례 깜빡이며 고개를 끄덕였었다.

'제이, 기자에게 하려던 말은?'

후속 기사였다. 나는 깜짝 놀라서 클릭했다. 기사의 결론은 '아무도 모른다.'는 낚시였다. 나는 안도감에 픽 웃었다.

하지만 이내 '소속사와의 갈등' 등의 시나리오가 소설처럼 기사화되기 시작했고, 내게도 온라인 부서에서 기사를 빨리 내뱉으라고 압박이 들어왔다. 소속사에서 일부러 죽인 게 아니냐는 둥 음모론도 모락모락 피어났다. 숨겨둔 애인이 있다는 루머도 재생산됐다. 소속사가 급히 진화에 나섰지만 소용없었다.

나는 기사를 통해 내가 그와 마지막으로 통화한 기자였으며, 주말 모임은 일상적인 친목이 목적이었다고 강조했다. 각 방송 연예프로그램의 작가들로부터 전화가 빗발쳤다. 나는 모든 인터뷰에 응해, 그가 폭로를 준비한 건 절대 아니라고 말했다. 30분 만에 카메라를 메고 뛰어온 연예정보프로그램 PD도 많았다. 나는 일일이 모두 응했다. 그게, 내가 제이를 위해 마지막으로 할 일 같았다.

모든 준비가 끝났다. 스포츠엔터 1면에 레저와 체육의 결혼을 알리는 기사가 실렸다. 2만6,000원짜리 케이크와 장미 백 송이, 파리똥보다 얇은 실반지가 나란히 테이블 위에 놓였다. 퇴근길, 레저가 건물을 빠져나오는 순간, 레드카펫이 펼쳐지고 테이블 위 일렁이는 촛불을 볼 것이다.

나는 레저를 데리러 3층에 올라왔다. 그리고 화장실에서 눈물 범벅이 된 레저를 발견했다.

"내가 그 미국 출장 따낸다고 얼마나 힘들었는지 알지? 근데 그걸 우선배가 간대잖아. 그런 게 어딨어."

"넌 패션담당이잖아. 게임회사 출장이니까 게임담당이 가는 거겠지."

"그래도 내가 딴 거잖아. 우리 사촌오빠였잖아."

레저가 떼를 썼다. 아마 우 선배로부터 심하게 혼쭐난 후일 것이다. 경쟁지 기자보다 같은 회사 기자들끼리 사이가 더 안 좋은 가장 큰 이유는 바로 이 '나와바리 다툼' 때문이다. 기자에게 나와바리는 생명이었다. 자신이 출입하는 곳의 기사나 취재를 다른 기자에게 뺏기는 걸 가장 큰 치욕으로 손꼽는다. 나만 해도 영화를 그렇게 좋아해도 영화 1진 선배 허락 없이는 영화 관련해선 단 한 줄도 못 쓴다. 마찬가지로, 다른 선배들이 가수에 대해 정보를 얻어와 취재라도 할 때면 내 신경이 곤두선다. 하물며, 미국 출장을 다른 후배에게 양보한다? 설령 그 출장을 후배가 따 왔다 해도 그건 쉽게 내줄 일이 아니다.

레저가 진정하는 동안, 1층과 통화하기 위해 화장실을 빠져나왔다. 그러다 남자화장실에서 막 나오는 부장과 딱 마주친다.

"왜 아직 안 갔어?"

"이제 가려고요."

부장은 느끼하게 씩 웃는다. 나는 이 사람이 또 왜 이러나 소름이 돋는다.

"아깐 섭섭했지? 내가 너를 너무 편애하는 것 같아서 일부러 깬 거야. 저 녀석들 괜히 너 질투하고 그럴까 봐. 잘했지? 흐흐."

부장은 윙크를 찍 날리더니 편집국으로 들어가 버렸다. 어이가 없어서 웃음이 나오는데, 또 부장이 유리문 사이로 머리를 쏙 내밀었다.

"참! 오늘 우지환 드라마 1회 네가 맡아서 보고 기사 좀 써라! 너 말고는 제대로 시킬 놈이 없어! 능력 없는 선배들이랑 일하는 거 힘들지? 네가 이해해라!"

제자리에 잔뜩 굳어서 웃지도, 울지도 못하고 있는데 레저가 나왔다. 나는 그녀의 어깨를 다독여 함께 엘리베이터를 탔다. 이런! 1층에선 아무것도 모르는 체육이 헤벌레 웃고 있을 것이다. 나는 급하게 휴대폰을 꺼내 문자메시지를 쓴다.

'하지 마!'

하지만 전송은 자꾸 실패로 돌아간다. 어느새 엘리베이터는 1층에 도착했다. 이승기의 〈결혼해줄래〉는 이미 시작됐다. 레저는 노래도 듣지 못하는 듯 뚜벅뚜벅 걸어가 출입문을 홱 연다. 체육이 촛불을 가득 켠 케이크를 들고 귀신같이 서 있다. 레저가 미간을 찌푸려 귀신의 정체를 알아본다.

사진이 싱글벙글 다가오더니, 방금 인쇄한 따끈한 스포츠엔터 1면을 건넨다. 내가 써넣은 제목 '알고 보니 속도위반'이 '축 결혼, 내일은 희망만이'로 바뀌어 있다. 나는 레저 뒤에 서서 양팔을 있는 힘껏 내저어 보지만, 체육은 기어이 케이크를 내려놓고 다가와 무릎을 꿇고 반지를 내민다. 사실, 이게 프러포즈니까 반지려니 하지, 제대로 보이지도 않는다.

레저의 반응은 뭘까? 감격해 울까? 미쳤냐고 소리를 지를까? 나는 레저의 반응이 너무 궁금해 그녀의 얼굴이 보이는 곳으로 재빨리 이동하려 했다. 그러나 그녀는 이것이 프러포즈라는 걸 눈치 챈 그 즉시, 광속으로 달아나 우리 시야에서 사라져버렸다. 단발마의 비명조차 없었다. 우린 다시 세 명이 됐다. 사회초년생 커플의 희망을 기원한 스포츠엔터 1면이 바람에 날려 바닥에 내려앉았다.

"달리기 열라 잘하네."

나는 웃음을 참다가 헛소리를 늘어놓는다. 체육은 바닥에 주저앉아 일어서지 못했고, 사진은 이 상황을 제대로 이해조차 못 하고 있는 표정이다.

드라마 시작 시간이다. 우지환이 갑자기 연기를 잘하게 됐을까 봐 얼마나 가슴이 조마조마한지 모른다. 드라마까지 재미있어 버리면, 나는 그야말로 망하는 거다. 나는 우지환 본인보다 더 떨리는 마음으로 TV 리모컨을 켰다. 42인치 LCD 화면 가득히 우지환의 잘생긴 얼굴이 클로즈업됐다. 벌써 시작된 것이다! 나는 노트북을 무릎 위에 놓고 두 눈을 고정시켰다. 내 허벅지를 주무르던 사진은 자리를 옮겨 내 어깨를 주무르기 시작했다.

드라마 시작 20분이 지났다. 다행히도 우지환에게 갑자기 연기의 신이 내리는 일 따위는 없었다. 한국 드라마에서 가장 흔해빠진 까칠한 재벌2세 역을 하면서도 당최 무슨 캐릭터를 표현하고자 하는 건지 감 잡기가 어려웠다. 나는 약간 긴장을 풀고 사진에게 기댔다. 기사를 검색해보니 채은 선배는 벌써 '우지환, 연기력 논란'이라는 기사를 표출

해놨다.

"아이씨, 그거 벌써 나갔냐?"

채은 선배는 혀가 다소 꼬부라진 목소리로 전화를 받았다.

"일부러 그러신 거 아니에요?"

"매니저 또 지랄하겠네. 일부러 그런 건 아니고, 내가 오랜만에 영계를 하나 꼬셨거든. 근데 이것이 하필이면 오늘 밤에 술을 먹자는 거야. 당직인데! 어린 것이 당직 개념을 알아야 말이지. 미리 기사만 써두고 좀 이따 표출시키려고 했는데, 누가 또 뭘 잘 못 누른 거야?"

"그래도 다행히, 우지환이 정말 연기를 잘 못하고 있어요."

"당연하지. 나름 드라마 제작보고회 갔다온 MBC 출입 선배 얘기 듣고 쓴 거야. 암튼 난 여기서 좀 더 놀아야겠으니까, 뭐 터지면 바로 좀 알려줘. 나 술집에 있는 거 알면 큰일난다. 아이씨, 매니저 전화 온다. 끊어!"

나는 한결 편한 마음으로 다리를 쭉 뻗었다. 우지환이 60분 동안 국어책 세 권가량을 읽은 뒤, 드라마가 끝나기가 무섭게 각 신문사의 당직 기자들은 우지환 연기력 논란을 기사화했다. (보통 연예부 당직 기자들은 각 드라마의 1회와 마지막회 시청자 분위기를 기사화하는 역할도 맡는다)

다음 날, 우지환의 소속사는 유력 매체 기자들에게 전화를 돌려 긴급 식사 자리를 마련했다. 유일하게 우리 매체만 아무 연락을 받지 못했다. 기자들은 별 생각 없이 저녁 스케줄을 매니저들에게 말하고, 매니저들은 또 아무 생각 없이 그 말을 우리에게 전한다. 그래서 기자들의 스케줄은 대체로 공유된다. 부장은 어금니를 꽉 깨물고 나를 불렀다. 나는 2회 방송을 보고 나서도 우지환을 까는 기사를 써야 했다.

기자들이 고급 한우전문점에서 우지환 소속사 측과 떠들썩한 술자리를 갖는 동안, 나는 방 안에 처박혀 TV를 뚫어지게 보며 또 논란거리를 찾았다. 그러나 우지환의 연기는 많이 나아진 상태였다. 나는 어쩔 수 없이 1회 기사를 재활용했다. 전날까지는 풀이 죽어 있던 팬들이 즉각 나를 공격하기 시작했다. 용량이 가득 찬 메일은 욕설로 도배됐고, 신문사에 나를 찾는 전화가 울려댔다. 부장은 좋은 징조라고 했다.

타 신문사 기자들은 고기 한 번 같이 먹었다고 기사 방향을 금방 바꾸진 않았다. 그러나 훨씬 더 자극적이고 센 단어들로 이루어진 내 기사는 유독 튀었다.

4회가 방송되는 2주 동안 드라마의 시청률은 20%를 찍었다. 내 기사는 거의 서른 개를 찍었다. 이메일뿐만 아니라, 각종 블로그, 포털 게시판 등에도 내 이름과 욕설이 넘쳐났다. 열성적인 주부팬들은 아침 9시마다 신문사로 전화해 '높은 사람'을 찾고는 "이라희 기자를 잘라달라."고 요청했다. 정작 부장은 팬들의 전화를 다정다감하게 받아주며, 신문사 이미지는 상하지 않게 배려(!)했다.

부장만 믿고 상황을 관망하던 나는 조금씩 긴장되기 시작했다. 기어이, 내가 제이 때문에 인터뷰했던 방송 캡처 사진까지 나돌기 시작한 것이다. 댓글에는 하나같이 '조낸 못생긴 주제에, 감히 우지환 기사를 쓰냐.'는 원성이 자자했다. 내가 우지환에게 흑심을 품고 접근했으나, 비참하게 무시당하고 그 복수심으로 악의적인 기사를 쓴다는 루머도 시작됐다. 미묘하게도 내 얼굴 공개와 함께 시작된 이 루머는, 상당한 설득력을 가진 채 걷잡을 수 없이 퍼졌다.

'우지환 이라희'로 검색한 기사들의 나열은 내가 봐도 끔찍하긴 했다. 초반에 우지환을 나쁘게 쓴 것은 '우지환 관심 끌기용 기사', 중반에 갑자기 우지환을 좋게 쓴 것은 '우지환과 잘될 수 있다고 착각하는 기간에 쓴 기사', 기사가 다시 악질적으로 변한 것은 '우지환으로부터 거부당한 후의 기사'라는 게 팬들의 해석이었다. 참으로 어처구니없지만 '인터뷰 안 함 — 부장과 화해 — 출장에서 뺌 — 대판 싸움'이라는 진실을 밝힐 수도 없는 노릇이었다.

나는 연예 게시판 하나에 아이디를 만든 후, 조심스럽게 글을 썼다.

'이라희 기자가 우지환을 쫓아다닐 성격은 아니에요. 나쁜 사람 같지도 않던데. 우리가 모르는 사정이 있을 듯!'

내가 글을 올린 후 5분도 안 돼 IP는 추적당했고, 내가 앉아 있는 용산의 스포츠엔터 IP가 만천하에 공개됐다. 젠장! 나는 급하게 글을 지웠지만, 몇몇 네티즌이 내 글을 캡처해뒀다고 신나했다. 다행히도, 예전에 내가 대학교에서 말도 안 되는 강의를 했을 때 수업을 들은 것으로 보이는 학생 하나가 당시 내가 했던 말을 인터넷에 올려 모든 관심이 그쪽으로 향했다.

'그때 분명히 들었음. 우지환을 좋아한다고 했음!'

"내가 언제! 우지환을 싫어하진 않는다고 했잖아!"

나는 나도 모르게 소리를 버럭 지르며 자리에서 일어났다. 부장이 힐끗 보더니, 갑자기 뭐가 생각났다는 듯 날 불렀다. 나는 손톱으로 칠판을 박박 긁는 듯한 고통을 느끼며 그에게 다가갔다.

"요즘 스트레스가 좀 많지?" 부장은 난데없이 또 친절한 표정을 지었다. "이거 좀 민망하게 됐는데 말야. 기자라면 또 이렇게 뻔뻔할 수도 있어야 하는 거야."

나는 침을 꼴깍 삼켰다.

"이번에 우리 신문이 홈페이지를 대폭 강화하면서 종합지, 스포츠지, 닷컴 다 합쳐서 브랜드 큰 거 하나 런칭하는 거 알지?"

말이 새로 런칭이지, 이 건물에서 생산되는 모든 기사를 하나의 홈페이지에서 보다 보기 쉽게 재정비한 수준이었다. 어떻게든 단일 사이트의 클릭수를 늘려서, 언론사 홈페이지 순위를 높이려는 수작이었다.

"네."

"며칠 후에 롯데호텔에서 기념 행사 여는 것도 알지? 거기 올 연예인들 섭외하느라, 너희 선배들 엄청 바쁜 거 알지?"

"네."

"너도 한 명 해라." 부장은 양손을 깍지 끼며 빙긋 웃었다. "우지환."

"네?"

"사장 사모님이 우지환 팬이라고, 꼭 만나보고 싶으시단다."

때 맞춰 부장의 휴대폰이 울렸다. 부장은 첫 번째 벨이 채 울리기도 전에 휴대폰을 집어 들었다.

 말도 안 된다. 절대 못 한다. 그렇게 친한 '빼밀리'들한테도 부장네 볶음밥집에 소속 가수를 보내달라고 부탁할 때마다 온몸이 오그라들었다. 그런데 우지환 매니저한테 뭘 하라고? 방금 나간 내 기사의 제목은 '우지환 발연기에 해외 수출 주춤?'이었다.

 메신저를 딩동거리며 기삿거리를 던져주는 온라인 부장의 지시에 따라 이런저런 기사를 처리한 다음, 휴대폰을 꺼냈다. 우지환 소속사 대표 번호를 검색했다. 통화 버튼에 왼쪽 엄지 손가락을 갖다 대다가 이내 떼버린다. 난 못 한다. 정말 못 하겠다.

 마침 부장이 전화를 끊고 다시 노트북을 들여다보고 있다. 나는 쭈뼛쭈뼛 그에게 다가선다.

 "부장, 전 도저히 못 하겠어요."

 "그럼, 네가 사장님한테 말해. 연예부가 능력이 없어서 우지환 못 데려온다고."

 방금 전엔 미안한 척이라도 하더니, 금방 싸늘한 대꾸다. 이제 정말, 우지환을 못 데려오면 나 혼자 능력 없는 기자로 찍힐 기세다. 나는 힘없이 고개를 떨구고 자리로 돌아와 휴대폰을 집어 들고 복도 계단으로 나왔다. 신호가 갔다. 심장이 배 밖으로 튀어나올 것 같다.

 "왠일이십니까."

 여기 또 싸늘한 사람, 한 명 추가다. 나는 두 눈을 질끈 감았다.

"저기, 우리가 내일모레, 음, 내일모레 오전에 신문사 사이트 런칭 기념 행사를 하는데요."

"그래서요?"

"우지환 씨가 와주셨으면 좋겠어요. 드라마 땜에 엄청 바쁜 건 아는데요, 사장님 부인께서 팬이래요!"

나는 속사포처럼 다다닥 본론을 말해버렸다.

"……."

죽도록 어색한 침묵이 흘렀다. 저 멀리서 폭격 태세를 갖춘 전투기가 몸을 낮추고 날아오는 느낌이다.

대표가 갑자기 웃는다.

"흐흐. 우하하하하하!"

"하하하하!"

나도 따라 웃는다. 웃다 보니, 진짜 웃기다. 대표는 더 크게 웃는다. 나도 더 크게 웃는다.

"그러니까 지금, 우리한테, 스포츠엔터 행사에 와달라는 거죠? 으하하하."

"네. 하하하."

우리 둘은 그렇게 한참을 배꼽 잡고 웃었다. 대표가 드디어 숨을 한 번 몰아쉬더니, 웃음을 그쳤다. 나도 입을 다물었다. 눈에는 이미 눈물까지 고였다.

"생각해보고 연락드리겠습니다."

전화가 끊겼다. 뭐지? 뭔지는 모르겠지만 전화가 끊긴 후에도 나는 한참을 웃었다. 자꾸만 웃음이 났다.

우리 회사는 늘 위기상황이다. 처음 비상시국이라는 단어를 들었을 때, 나는 주먹까지 불끈 쥐며 회사가 먼저 살아야 내가 살겠구나, 하며 최선을 다하자고 생각했다. 하지만 회사가 매정하게 지원을 끊고(휴게실에 커피믹스도 없애놨다), 일만 죽도록 시킬 때마다(기자 한 명당 하루 기사량이 20개를 넘어섰다) 비상시국이라는 단어를 들먹이자 약발은 크게 떨어졌다. 사장은 또 마이크를 잡고 이 총체적인 위기에 대해 일장연설을 늘어놓고 있지만, 내 귀에는 "월급 적게 주고 일 많이 시키겠다."는 말로밖에 들리지 않았다. 어느 회사의 경영이념이 '마른 수건도 다시 짜라.'라는데, 우리 이념은 '안 짜지면 불로 지져라.'인 듯했다.

서론만 끝도 없이 늘어놓다 느닷없이 끝난 연설 다음 순서는 그동안 고생한 기자들을 치하하는 시상식이었다. 종합지에서 특종상을 죄다 쓸어갔다. 사회부, 정치부 기자들이 단상을 오르내렸다. 청와대를 들쑤시고 군 비리를 캐고 대기업 CEO를 한 방에 보낸 이들이다. 저들은, 기자 할 맛 좀 날까?

다음 순서는 베스트 클릭상이었다. 사회자는 이달에 클릭수가 제일 많은 기사를 뽑았다고 설명했다. 젠장! 내 기억이 맞다면, 저 상은 아마 내 몫일 거다. 클릭수는 종합지에서 특종을 백날 날려봐야 연예부 기사 하나에 비할 바가 못 됐다. 이번 달에 가장 많이 본 기사 상위 3개가 모두 내 기사였다. 말이 내 기사지, 바이라인에서 내 이름을 파내 버리고 싶었다.

"다음은 베스트 클릭상 시상이 있겠습니다. 스포츠엔터 연예부 이라희 기자!"

사회를 보고 있는 종합지 문화부 부장은 내가 화장실로 튈 틈도 주지 않고 내 이름을 불렀다. 각 테이블에서 우레와 같은 박수가 쏟아진다. 부장석에 앉은 하 부장도 신이 나서 박수를 친다. 나는 운동화를 질질 끌며 단상 위에 올라간다. 사진이 열심히 플래시를 터뜨린다.

"이라희 기자는."

사회자가 갑자기 푸훗 하고 웃음을 참더니, 힘들게 다시 입을 연다.

"이라희 기자는 '소녀시대, 노브라설 일축 "살색 속옷 입어요"'라는 기사로 조회수 280만여 건의 클릭수를 기록했습니다. 대단합니다!"

노브라라는 단어가 사회자의 입에서 튀어나오는 순간, 좌중엔 웃음소리가 핵폭탄처럼 터졌다. 이 진심어린 폭소가 뭉쳐 거대한 버섯구름을 만들었다. 그 버섯구름에 휩싸인 나는 암이라도 걸릴 것만 같았다.

회장이라는 놈은 뭐가 그리도 좋은지 헤벌쭉 웃으며 하얀 봉투를 내밀었다. 나는 봉투를 빼앗다시피하고 후다닥 화장실로 튀었다. 봉투 안에는 10만 원짜리 수표 세 장이 들어 있었다. 망신 한 번 당한 대가치고는 괜찮다.

우지환은 결국 오지 않았다. 다행히도 지방 촬영 스케줄이 잡혀 부장에게 체면이 섰다.

"정말 오고 싶어 했는데, 지방 촬영이 있었지 뭐예요!"

부장은 내 말을 믿지 않는 눈치였지만, 딱히 크게 신경 쓰진 않았다. 방송, 영화담당 선배들을 들볶아 잘나가는 젊은 남자 배우들을 죄다 끌어모았기 때문이다. 레저와의 약속 때문에 일찍 행사장을 빠져나와야 했던 나는 어렵지 않게 부장의 레이더망을 피할 수 있었다. 부장은 사장 부부에게 이민호를 인사시키느라 바빴고, 사장 부인은 동공이 커지다 못해 쏟아질 기세로 이민호만 바라보고 있었다. 우지환을 한 번 찾았다고 하던데, 딱히 연예부의 능력을 의심할 것 같진 않았다. 하 부장이 뭐라고 했는지, 사장 부인이 크게 한 번 웃었다.

"저 인간은 하루라도 안 비비면 손바닥에 가시가 돋히나 보지?"

"내비둬. 얼마나 가겠어. 사장 목숨도 다 됐는데."

화장실 앞에 우르르 선 국장과 부장들이 사장 내외를 즐겁게 해주는 하 부장을 바라보며 한마디씩 했다.

레저는 병원 대기실에 앉아 넋을 놓고 있었다. 나는 노트북을 꺼내 들며 레저 옆에 앉았다.

"여기까지 와서도 기사 쓸 거야?"

레저가 날 보지도 않고 힘없이 물었다.

"나, 너 때문에 호텔 스테이크도 포기하고 왔거든? 기사 쓰고 있을 테니 수술 잘 받고 와."

"야! 넌 지금 기사 얘기가 나와?"

레저가 앙칼지게 소리쳤다.

"뒤도 안 돌아보고 내팽개칠 때는 언제고, 이제 맘 약해졌어? 체육 불러다 줘?"

울 것 같은 레저의 얼굴을 보자 조금은 미안해져 목소리를 낮췄다.

"미안, 요즘 나도 좀 예민해서 그래. 이왕 맘먹은 거 독하게 해버려. 알았지?"

레저의 손가락이 바들바들 떨리고 있었다.

"너라면, 체육이랑 결혼하겠어?"

"야, 콘돔도 제대로 못 끼는 놈이랑 뭘 하겠냐?"

"그건 그렇지?"

간호사가 레저의 이름을 불렀다. 레저는 스르륵 일어나 서너 발짝 가더니, 뒤돌아봤다. 나는 그냥 씨익 웃어준다.

그리고 몇 분쯤 흘렀을까. 체육으로부터 전화가 왔다. 받지 않았다. 휴대폰은 두 번 더 진동을 해댔지만 나는 끝까지 무시하기로 했다. 도무지 무슨 말을 해야 할지 알 수 없었던 것이다. 이어 문자메시지가 도착했다. 보도자료인가 싶어 열어보니, 체육이었다.

'나 삼성'

이게 다였다. 뭔가 싶어 휴대폰을 들여다보는데 체육으로부터 또 전화가 왔다. 안 받을 수가 없었다.

"나, 헉헉."

체육이 숨을 몰아쉬었다.

"삼성 붙었다고!"

"뭐라고?"

"오늘 발표 났어! 나 삼성 입사한다고!"

나는 노트북을 내던지고 수술실로 뛰었다. 만류하는 간호사를 밀쳐 내고 문을 쾅 열어젖혔다. 수술실 안에는 자그마한 방이 여러 개 붙어 있었다. 모두가 비슷비슷한 옷을 입고 돌아다녀 누가 누군지 알기도 어려웠다. 그리고 드디어 레저를 찾아냈을 때, 레저는 산부인과 의자에 올라타 새하얀 허벅지를 내놓고 있었다.

"야! 체육, 헉헉."

나도 숨을 몰아쉬었다.

"체육, 삼성에 붙었대! 다음 주부터 출근한대!"

레저는 한쪽 다리를 번쩍 쳐들어 몸을 휙 돌리고는 의자에서 뛰어내렸다. 하마터면 의자 앞에 앉아 있던 여의사 머리통을 가격할 뻔했다. 레저는 자기 엉덩이가 보이는지도 모르고, 내게 달려와 와락 안겼다.

본능적으로 움직이긴 했는데, 뭔가 논리적으로 이해가 안 된다. 체육의 삼성 입사와 레저의 수술 여부 사이엔 직접적인 연관관계가 없는 거 아닌가?

어쨌든 레저는 뱃속의 수정란을 계속 키우기로 했다. 그리고 그날 밤, 나는 사진과의 잠자리를 거부했다.

레저의 결혼 소식은 삽시간에 퍼져나갔다. 놀랍게도 부장들은 신입

기자의 결혼소식에 크게 진노하셨다. 여기자는 결혼과 동시에 칼퇴근을 목숨처럼 여길 것이라 확신하는 듯했다. 아직 인턴 신분인데 결혼이라니 정신이 나간 게 아니냐는 말들이 공공연히 나돌았다. 철천지 원수인 국장과 하 부장도 이번만큼은 의견을 같이했다.

우 선배가 룰루랄라 짐을 챙겨 LA 출장길에 오를 때, 레저는 국장실에 불려가 결혼 후에도 정시 퇴근은 절대 하지 않겠다는 맹세를 해야 했다. 나는 이게 도대체 말이 되는 상황이냐며 흥분해 유 선배에게 따지고 들었다. 유 선배도 이번만큼은 어깨를 으쓱하기만 했다. 소녀시대 사인CD를 받으러 온 편집부 고 선배가 얼굴이 벌개져 흥분해 있는 나를 유심히 본다.

"결혼한 여자를 정식기자로 채용해줄 거라 믿었던 건가? 결혼한 남자도 어려운 마당에."

나는 고 선배의 말을 제대로 못 들은 척했다.

"쟤 오래 못 버틸 것 같지? 유부녀라고 하면 일 안 할까 봐 더 악독하게 시키는 게 이 바닥인데. 그럼 라희 네가 꽤 오래 버티는 셈이네? 의외로?"

"네? 의외라뇨?"

나는 눈을 동그랗게 뜨고 고 선배를 쳐다봤다.

"의외 맞지, 뭐. 레저부 인턴이 그러던데? 너 엄청 부자라고. 취미로 여기 다닌다던데? 시덥잖은 회사지만 사진부 인턴 보는 재미로 나온다며."

이년이 범인이었던 거다! 나는 순진무구한 얼굴로 처음 듣는 얘기라고 말한다. 그러자 유재준 선배마저 그런 말을 들은 적 있다고 했다. 나는 말이 막혔다.

먹고살기 위해 끌려나오는 회사에서, 유복한 집안을 등에 업은 직원은 얄미운 존재일 수밖에 없을 거다. 깔깔이 하나 입고 맨땅에서 싸우는데, 혼자 방탄복 입고 어슬렁대는 동료를 보는 기분이랄까? 아마 다른 부서 사람들 눈엔 내가 그렇게 보였을 거다. 정작 나는 깔깔이도 없어서 브래지어 하나로 버티고 있는데 말이다. 악의가 없었을진 몰라도 레저가 어떤 톤으로 '이라희는 취미 삼아 이 회사에 다닌다.'고 했을지 뻔하다.

"근데 진짜, 매일 밤새워 일 배워도 모자랄 판에 결혼이라니 좀 그렇다. 그죠?"

나는 입장을 바꿨다.

저 멀리 갑자기 사장이 나타나 이리저리 돌아다니기 시작했다. 선배들은 재빨리 제자리로 돌아갔다. 나도 노트북 마우스를 이리저리 굴리며 일하는 척했다. 어느새 사장은 연예부 코앞까지 와서 나를 들여다봤다.

"자네도 인턴이지?"

나는 자리에서 일어서야 하나 고민을 하며 "네."라고 답한다.

"자네도 결혼할 건가?"

나는 당황스러워 눈만 꿈뻑인다. 그때, 부장이 허리가 부서져라 인사를 하며 바람같이 나타났다.

"이 녀석은 걱정 마십시오. 만나는 남자도 없습니다. 하하!"

부장의 말에 사장이 인자한 미소를 짓는다.

"그런가?"

"네, 맞습니다."

나는 엉겁결에 대답을 하고 만다.

"그렇다니까요!"

부장이 날 이렇게 자랑스러워하는 건 처음이다.

그때 네이트온 창이 켜지면서 친구가 말을 걸어왔다. 보나마나 A군은 누구냐는 둥, 누구 콘서트 티켓 좀 구해달라는 둥 귀찮은 얘기만 늘어놓을 것이다. 나는 사장과 부장 간의 이상한 대화를 못 듣는 척하기 위해, 노트북에 고개를 파묻었다.

뭐 보여줄 게 있다는 친구가 링크를 보내준다. 별 생각 없이 클릭한다. 링크는 유명 포털사이트 게시판으로 연결된다.

'스포츠엔터 이라희 기자, 우지환 성희롱 증거 자료'

나는 두 눈을 비비고 다시 모니터를 봤다. 틀림없는, 내 이름이었다.

chapter 16
대화의 위력

"그러니까, 이라희 씨가 애초에 그런 글을 올린 게 맞네요."
남자가 내 얼굴을 한 번 쓱 보더니 말을 이었다.
"빵빵한 엉덩이는 나만 볼 거야. 진짜 한번 만져보고 싶더라. 흐흐."
나는 경찰이 당연히 내 편이 돼줄 거라 믿었지, 철없던 시절 쓴 글을 또박또박 읽으며 내 얼굴을 훑어보리라고는 예상하지 못했다. 두 뺨이 달아올랐다.
"제가 쓴 건 맞는데요. 그렇다고 캡처를 하면 안 되는……."
"어쨌든 이라희 씨가 올린 거 아닙니까. 전체 공개로."
"미니홈피는 어디까지나 내 개인적인 공간이거든요."
남자는 내가 정성스레 인쇄해 온 증거 서류를 부스럭거리며 서너 장 넘겼다. 나는 애가 탔다.
"그럼 그 밑에 그 글은요? '이라희를 믹서에 갈아버리고 싶다.' 그거 문제 있는 거 아니에요?"

"민사로 해결해보세요. 이라희 씨가 애초에 글을 올린 게 맞고, 해킹도 아니고 그냥 들어가서 캡처를 뜬 거고, 법적으로 문제 될 게 없어요. 최초 유포자가 소규모 사이트에 올렸기 때문에 누군지 찾아내기도 쉽지 않습니다."

째깍째깍. 지금 이 시간에도 내 미니홈피 캡처물은 여기저기 게시되며 수만 건의 클릭수를 기록하고 있는데 나는 할 수 있는 게 하나도 없었다. 정말 돌아버릴 지경이었다. 나는 경찰이 말을 채 끝내기도 전에 스르르 일어나 가방을 챙겨 나왔다.

용산경찰서 사이버수사팀은 다 쓰러져가는 건물 꼭대기에 위치해 있었다. 흐물거리는 계단을 하나하나 내려오고 있는데, 웬 남자애 하나가 내게 다가오더니 무슨 일로 왔냐고 친절하게 묻는다. 각 경찰서를 지키는 일간지 수습기자인 모양이었다. 나는 아무것도 아니라고 소리를 지르곤 후다닥 뛰어내려 왔다. 저 인간이 내 진정서라도 봤다가는 개망신인데, 괜히 경찰서까지 왔다 싶어 후회됐다.

택시를 잡아 타고 신문사까지 오면서 오랜만에 창밖을 내다봤다. 큰길가에 위치한 건물들 벽에는 빨간 스프레이가 X자를 그리며 잔뜩 칠해져 있었다. 여기저기 재개발, 철거라는 단어들이 눈에 띄었고, 건물 안은 귀신이라도 나올 것처럼 황량했다. 이 지저분하고 정신없는 동네에 살기 위해서, 내가 무슨 일까지 당해야 하는 건지 무서워진다. 난 그저 부엌과 화장실이 있고, 바퀴벌레가 나오지 않는 집에 살고 싶었을 뿐인데, 그 대가로 나는 영혼을 팔고 성범죄자가 됐으며, 수만 명으로부터 끔찍하게 미움을 받고 있다.

하물며 고조선 사람들도 막집을 짓고 여유롭게 살았다. 로마 사람들도 아파트를 짓고 호화롭게 살았다. 그들도 나처럼 그렇게 힘겨웠을까. 사냥감이 줄어들 때마다, 동네 어른한테 잘못 보일 때마다, 집에서 쫓겨날까 봐 전전긍긍하며 소화불량에 시달렸을까. 아이폰이 있고, 줄기세포를 복제한다고 해서 내가 좋은 시대에 태어난 것은 아닌 것 같다.

회사에 도착하니 유 선배의 호출이 있었다. 내가 유일하게 기댈 수 있는 상대였다. 나는 그를 보자마자 내가 처한 사태의 심각성을 줄줄 읊었고, 유 선배는 진지하게 고개를 끄덕였다. 포털사이트에 전화하면 게시물을 삭제해줄 것이라고 조언은 해줬지만, 이 사안에 큰 관심을 두는 것 같지는 않았다. 나는 또 외로워졌다.

시무룩해진 나를 돌려세운 유 선배는 내 이름을 수차례 부르더니 쉽게 믿기 힘든 말을 꺼냈다. 지금, 우리 연예부에서 부장 탄핵을 추진하고 있다는 것이었다.

"우리 부서가 부장의 독재 아래 비정상적으로 움직이고 있다는 건 너도 잘 알 거야. 우리 전부 너무 힘들잖아. 국장이 어떻게 알았는지 지난주에 우리들을 따로 불러냈어. 그리고 부장에 대해 허심탄회하게 얘기해보라고 하더라."

유 선배가 종이컵에 녹차 티백을 들었다 놨다 하면서 내 표정을 살폈다. 나는 아무 표정도 지을 수 없었다.

"넌 공식적으론 아직 인턴이고, 이 사안에 안 껴도 되는 거였어. 그런데 일이 좀 심각하게 됐다. 부장이 사장 라인인 건 알 테고. 회장이 미디어그룹을 대대로 손보면서 사장의 경영실적을 문제 삼고 있어. 그리고 사장도 미디어그룹에서 손 털고 싶어 하고. 돈이 안 되니까. 그래서 곧 사장이 바뀔 거 같더라. 대대적으로 조직 개편이 있을 것 같은데, 그 와중에 연예부 분위기에 문제가 있다는 얘기가 좀 나왔나 봐."

내 자리 하나 보전하기도 어려운 마당에 사장이 바뀌든 말든 내 관심사가 아니었다. 그러나 유 선배는 심각했다.

"우린 당연히 부장을 보호해드리고 싶었지. 그런데 너도 알다시피 우지환도 그렇고 볶음밥집 문제도 그렇고 부장의 고집이 우리 부서에 악영향을 끼치는 건 사실이잖아. 연판장이 돌지도 모르겠어. 네가 도장을 찍을 것인지 여부는 물어봐야 한다고 생각해서, 이렇게 부른 거야."

"연판장이 뭔데요?"

유 선배의 설명에 따르면, 주로 부하직원들이 윗사람의 비리를 고발하거나 더 이상 같이 일 못하겠다고 주장할 때 그 내용을 서류로 작성하고 여러 사람의 도장을 찍은 것을 뜻했다. 실제로 여러 부장이 후배들의 연판장으로 좌천되거나 불명예 퇴직하기도 했단다. 즉 모든 부장들에게 있어 연판장은 공포의 대상인 것이다.

"제가 설득해볼게요. 우지환 때문에 그러시는 거잖아요. 저 경찰서까지 갔다 왔어요. 아무리 부장이 악독하다지만, 설마 후배 기자가 그

지경이 됐는데도 계속 조지라고 하겠어요? 제가 좋게 말해볼게요."

나는 소리 높여 말했다. 나는 자신 있게 말했지만, 유 선배의 얼굴에는 황당함이 가득했다. 그 표정을 무시하는 것 외에는 방법이 없었다. 그것만이, 소송의 위기에서 날 구해준, 내게 수습기자 역할을 부여해준, 날 믿고 여러 취재원들을 소개해준 부장에 대한 예의였다.

유 선배의 만류를 뒤로 하고 회의실을 빠져나왔다. 일단 유 선배가 알려준 대로, 포털사이트 홍보팀에 전화를 걸었다. 그리고 그런 말도 안 되는 게시물을 사이트 메인에 내걸다니 제정신이냐고 화를 냈다. 엄밀히 말해 내 잘못이 없진 않았지만, 그걸 따질 여력은 없었다.

"네티즌이 올린 건 그렇다 쳐요. 그걸 메인에 내걸면 어떡해요?"

"죄송합니다. 사이트 편집자가 실수했네요. 아시다시피 요즘 정치 게시판 관리에 인력이 많이 쓰여서, 요 며칠 연예사이트 편집을 알바생이 했거든요. 뭘 모르고 기자님한테 해를 끼친 것 같네요."

기자들이 목숨 거는 그 '메인'을 대학생 알바생이 편집하고 있었다니 기도 안 차는 노릇이었다. 나는 전화를 쾅 끊었고, 이후 10분 만에 관련 자료가 모두 삭제됨과 동시에 내 메일 용량이 10기가바이트로 늘었다. 포털사이트식 사과인 듯했다.

얼마 후엔 경찰서로부터 전화가 와서, 정체불명의 소형 연예사이트 게시판 관리자를 알아냈다며 전화번호를 알려줬다. 나는 그 번호로 당장 전화해 해당 게시물을 모두 삭제해달라며 협박했다. 나는 어느새, 경찰 조사, 고소, 민사 등의 단어를 자유자재로 구사할 수 있는 단계에 올라섰고, 관리자들은 단번에 내 말을 알아듣고 게시물을 즉각 삭제해 줬다.

이렇게 모든 일이 끝나는 듯했다. 부장이 다가와서 요즘 또 누가 맘에 안 드니 그 소속사 사장놈을 당장 불러들이라고 명령을 내리기 전까진 말이다.

"무슨 소리야?"

부장은 내가 두 마디를 채 끝내기도 전에 언짢은 기색을 내보였다. 나는 쿵쾅대는 심장소리를 못 듣는 척하면서, 부장께서 조금만 우리 처지를 이해해달라고 말을 했다.

"무슨 소리냐고?"

겨우 세 마디 만에 내 말문이 막혀버렸다. 그렇다고 연판장 따위의 말을 꺼낼 수도 없었다. 아직 아무 행동도 하지 않은 선배들을 역적으로 몰 수도 없었다. 나는 다시 한 번 찬찬히, 우리 식의 조지기 기사가 신문의 이미지를 손상시킬 수도 있다는 점을 어필했다.

"전 경찰서에 다녀오느라 몰랐는데요, 오늘 아침 회의 때, 앞으로 매일 하나씩 우지환 기사를 쓰라고 하셨다면서요. 거의 1년째 싸우고 있잖아요. 이제 조지는 기사 말고 다른 방법을 찾아보는 게……."

"선배들이 시켰어? 그렇게 말하라고?"

"아니요."

부장이 내 얼굴을 빤히 쳐다봤다. 심장이 뜨거운 불에 튀겨지는 듯

했다.

"너 몇 년 차야?"

나한테 매우 불리한 상황임에 분명했다. 나는 아무 말도 하지 못했다. 그때 회의실 문이 열리더니 선배들이 모두 들어섰다. 내 뒤에 우르르 선 선배들이 라희는 죄가 없다고 말해주고 있었다. 날 위해, 내 편에 서준 것이다. 내 심장이 조금은 안정되기 시작했다.

"항명이냐!"

부장이 냅다 소리 질렀다.

학명? 항면? 항명? 그건 또 뭐지? 오늘 제대로 알아듣는 단어가 별로 없는 것 같다. 뒤돌아보니 선배들은 이미 부장의 이런 반응을 예상한 듯 고개를 숙이고 있었다. 차장이 입을 뗐다.

"죄송합니다. 아침에 말씀하신 부분, 한 번만 더 재고해주십시오. 그러시면 우리도……."

"이 새끼들이! 나 하재관이야! 실력도 없는 버러지 같은 것들 거둬줬더니, 이것들이 지금 항명하는 거야?"

항명이 뭔진 몰라도 부장에게 매우 치욕적인 것인 듯했다. 부장은 자리를 박차고 일어나 사라져버렸다. 내가 괜히 긁어 부스럼을 만든 것 같아 죄송하다고 했더니, 선배들은 어차피 터질 일이었다며 오히려 나를 위로한다.

"어쨌든 우린 한 배를 탄 거야."

차장이 말했다.

오후 기자회견은 임페리얼 팰리스 호텔에서 열렸다. 유명 가수가 전국투어 콘서트 티켓을 팔아놓고 갑자기 이를 취소해 줄소송이 이어지는 가운데, 소속사 측이 공식 입장을 밝히는 자리였다. 조금 일찍 도착한 나는 노트북을 열고 '항명'을 검색했다.

'항명 : 명령에 따르지 않고 반항함.'

아마도 이건 부장이 가장 싫어하는 단어일 테다. 그 단어를 두 번이나 외치게 했으니, 아무래도 나는 단단히 찍힌 것 같다. 그동안 날 그렇게 예뻐해줬어도, 항명 앞에선 다 부질없는 모양이었다.

나는 채은 선배에게 다가가 조언을 구했다. 자세한 얘기는 하지 않고, 내가 먼저 대화를 시도했다가 항명으로 오해받아 난감해졌다고 말이다.

"너네 부장한테 대화를 시도했다고?"

채은 선배가 웃으며 말하자 다른 선배들도 따라 웃었다.

"힘들다고 말씀드리면, 조금은 봐주실 줄 알고요."

내가 낙심한 얼굴로 말했다.

"으하하! 대구에 민주당 출마하는 소리하고 있네."

채은 선배가 결론을 내렸다.

나는 더 이상 할 말을 찾지 못하고 제자리로 돌아왔다. 마침 가수와 소속사 관계자가 단상에 올라섰다. 이들은 어렵게 준비한 전국투어가 내부 사정으로 취소돼 매우 안타깝게 생각하며, 팬들에게 100% 환불 조치할 것과 빠른 시일 내에 콘서트를 재개할 것, 또 모든 소송은 대화로 원만하게 풀 것임을 밝혔다.

 일이 손에 잡히지 않은 나는 기자회견장 뒤쪽으로 가 커피를 한잔 탔다. 소속사 실장이 씩씩거리며 기자회견을 지켜보고 있었다. 그는 소속사, 공연기획사, 하청업체 모두 무능한 탓에 이런 일이 벌어졌다며, 특히 하청업체가 돈만 밝혔지 제대로 한 게 없다고 불평했다. 나는 사태의 원인을 꼼꼼하게 물은 후, 그의 이름을 익명으로 처리해 기사를 작성했다.

 기자회견이 끝나자 채은 선배는 나와 다른 남자 선배를 불러 주차장으로 데려갔다. 그리고 남자 선배에게 취재차량에 탈 것을 지시했다. 남자는 영문도 모른 채 차에 올라탔다. 채은 선배는 차 앞에 떡하니 버티고 서서는 액셀러레이터를 밟으라고 외쳤다.

 "네? 선배 미쳤어요?"

 남자가 유리창 밖으로 고개를 내밀고 말했다.

 "야! 오늘 저녁까지 단독 하나 안 가져오면 퇴근 안 시켜준단다. 갑자기 단독이 뚝딱 생기냐? 죽겠다, 진짜! 요즘 너무 살벌해! 그냥, 날 쳐! 빨리! 일주일만 입원하자!"

 채은 선배가 양팔을 벌리고 차를 향해 돌진했다. 차는 꿈쩍도 하지 않았다.

 "빨리 오라니까! 라희 넌 똑똑히 잘 봐! 증인 해야 돼!"

 "선배, 그냥 다친 척만 해도 되지 않아요?"

 내가 말했다.

"야! 우리 부장이 어떤 놈인데. 진단서 떼야 될지도 몰라. 빨리 좀 치라니까. 딱 일주일치만!"

"에이! 몰라! 진짜 액셀 밟는다!"

차가 엔진음을 끽 내더니 굴러가기 시작했다. 채은 선배는 진짜 움직이지 않았다. 나는 반사적으로 채은 선배의 왼팔을 잡아당겼다. 자동차도 채은 선배를 비켜나가려 옆으로 급하게 회전했다. 그러나 채은 선배는 오른발을 바퀴 밑에 집어넣는 데 성공했다.

"아악!"

채은 선배가 바닥에 뒹굴었다.

"말도 안 돼!"

나는 채은 선배를 부축해 차에 타고는 내비게이션에 인근 응급실을 검색했다. 채은 선배가 뒷좌석에서 실실 웃는 소리에 뒷덜미가 서늘했다.

'네온사인 덫을 뒤로 등진 건 내가 벗어두고 온 날의 저항 같았어.'

휴대폰에서 서태지의 〈모아이〉가 청량하게 울려 퍼졌다. 이 노래를 모닝콜 알람소리로 설정한 건, 하루의 시작만이라도 이국적인 곳에 여행가는 것처럼 설렐 수 있기를 바라서였다. 물론 그렇게 되지는 않았다. 대신, 서태지를 싫어하게 됐다.

어제 채은 선배를 들었다 놨다 하는 과정에서 온몸의 근육이 단단하게 뭉쳤나 보다. 나는 천근 같은 몸을 일으키다 다시 제자리에 뻗었다. 그러나 휴대폰에서는 이내 전화벨이 울리기 시작했다. 알람인 줄 알고 끄려고 했으나, 액정에는 처음 보는 번호가 찍혀 있었다.

"여보세요."

"이 기자님 되시죠?"

화가 단단히 난 목소리였다.

"어제 기자회견 가셨죠? 저 그 공연에 무대장비 책임지고 있는 업체 김한성 대표라고 합니다."

"네, 그런데요?"

나는 잠이 다 깨지 않은 목소리로 웅얼거렸다.

"하청업체가 일을 똑바로 못 했다고 말한 놈이 누굽니까?"

"그건 알려드릴 수 없습……."

"공연기획사입니까?"

"아니요."

헉, 무심결에 대답해버렸다.

"그럼, 가수 측에서 그랬나 보지요?"

나는 아무 말도 하지 않았다.

"가수가 그런 건 아닐 테고, 누가 그랬습니까? 어쨌든 그 멘트 좀 지워주세요. 우리가 그 공연 무대장비 댄 거 이 바닥 사람들은 다 압니다. 기사가 그렇게 나면 제가 뭐가 됩니까!"

"저는 분명히 그 말을 듣고 썼습니다. 기사엔 틀린 게 없을 텐데요."

내가 물러서지 않자 전화가 끊겼다. 나는 최근 들어 아침에 일어날 때마다 속이 울렁거린다. 찬물을 한 컵 들이키고 정신 차리고 있는데 또 전화가 울렸다. 어제 기자회견을 연 소속사 대표였다.
"누굽니까?"
"네?"
"우리 회사에 누가 그런 말을 했냐고요!"
매우 귀찮은 일에 휘말린 게 틀림없었다. 내가 별 반응이 없자 대표는 자기 회사 사람들 이름을 하나씩 열거하기 시작했다. 아침부터 정말 최고다. 나는 아무 말도 해줄 수 없다는 기존의 입장을 고수했다.
"기자님이 지어내서 쓰신 거지요? 덕분에 우리가 명예훼손으로 고소당하게 생겼습니다. 우린 기자님을 고소하겠습니다."
뭐? 이제 고소하겠다는 말은 무섭지도 않았지만, 여전히 불쾌한 건 어쩔 수 없었다. 젠장, 그러고 보니, 내가 가진 증거는 하나도 없었다. 녹음도 안 해놨고, 증인도 없고, 내가 불리했다.
"싫으시면 누가 그랬는지 말해주세요! 확 잘라버리게! 김 실장 그 자식이 그랬죠?"
기자한테 취재원을 밝히라고 하는 경우가 어디 있냐고 소리치던 나는 '김 실장 그 자식이 그랬죠?'라는 문장에서 순간 할 말을 잃었다.
"김 실장이 그랬군요."
"전 아무 말도 안 했어요!"
다급하게 외쳤지만 전화는 또 끊겼다. 샤워를 마치고 나왔더니 그새 또 김 실장으로부터 전화가 울려대고 있었다. 나는 전화를 받자마자 사과했다. 그리고 내가 취재원을 발설한 게 아니라, 대표가 넘겨짚은 거라고 확실히 해두었다. 그러니 우리 둘 다 조용히 하면 이 상황을 넘길 수 있다고 설득했다. 그러나 그는 "내가 애당초 그런 말을 한 적이 없지 않느냐!"며 오리발이다. 나는 당황해서, "어제 그랬잖아요!"라고 외친다. 김 실장은 끝까지 그런 적 없다고 말하고는, 나 때문에 해고되면 날 또 고소할 거라고 큰소리다.

"고소할 거면 해!"

나는 있는 힘껏 소리치고 회사로 뛰었다. 회사에 도착하고 보니 김 실장으로부터 문자가 6통이나 도착해 있었다. 제발 전화를 받아달라는 내용이었다. 또 전화벨이 울리기에 전화를 받았다. 김 실장은 울먹이고 있었다.

"기자님, 죄송합니다. 그 기사, 제발 좀 지워주세요. 제가 잘못했어요. 제가 기자님께 싹싹 빌게요. 네? 저 진짜 잘리게 생겼어요, 기자님."

내일모레 마흔인 아저씨가 울먹이며 말을 하는데, 야박하게 굴 수는 없었다. 나는 좋은 말로 타이르고는 전화를 끊었다. 그러나 김 실장은 네 번 연속 전화해 같은 말을 되풀이했다. 결국, 울음이 터져나왔다. 나는 기사 삭제를 약속하고 전화를 끊었다. 그러나 문제는 지금부터였다. 기사 삭제에는 부장의 허락이 필요했다. 지금 부장은 우리 부서 기자들 모두와 눈 한 번 마주치지 않고 있다.

나는 조심스럽게 부장에게 다가섰다. 부장이 장희빈도 울고 갈 만한 표독스런 얼굴로 날 째려봤다. 또 심장이 타들어가듯 아팠다. 나는 더

듬더듬, 사정을 설명했고, 내 말이 끝나기도 전에 "저리 꺼져."라는 말을 들었다. 그리고 부장은 내 눈을 똑바로 쳐다보며 덧붙였다.

"내 밑에서 일하기 싫음 말해. 나.가.게. 해.줄.게."

나는 너무 무서워서 단 한마디도 하지 못했다.

자리에 돌아와 보니 레저가 두고 간 청첩장이 이제야 눈에 띄었다. 어젯밤에 사표를 냈다더니, 청첩장 돌릴 정신은 있었나 보다. 나는 청첩장을 한 번 펼쳐본 후 쓰레기통에 넣었다. 믿을 구석이 생겨 여유롭게 회사를 때려칠 수 있는 친구와는 제대로 된 우정을 나눌 수 없을 것 같았다.

그때 메신저 쪽지가 도착했다. 사진이었다.

'그걸 왜 버려?'

내 뒤 어디선가 나를 보고 있는 모양이었다. 나는 천천히 몸을 숙여 쓰레기통에서 청첩장을 꺼낸 다음, 수차례 찢어 다시 쓰레기통에 던졌다. 보란듯이. 방금 내가 부장한테서 무시당하는 것도 봤겠지? 또 날 안쓰러워하고 있을까. 나는 또 동작을 크게 해 쪽지를 삭제했다. 그리고 또 쪽지가 도착했다. 국장이었다.

"그게 왜 기억이 안 나!"

그 누구에게도 알리지 말고 몰래 나오라고 한 점심 식사 자리였다. 국장은 그냥 얘기나 하자며 밥 먹는 동안 날씨 얘기만 끊임없이 하더니 드디어 본론을 꺼내들었다. 부장 얘기였다. 논문 심부름을 시킨 적 있느냐, 개인적인 영리를 위해 기사 방향을 수정한 적 있느냐. 차마 부인할 수 없는 질문들이었다. 하지만 난 기억이 잘 안 난다고 말했다.

그러자 국장은 더욱 힘을 줘서 질문하기 시작했다. 부장이 우지환한테 열 받은 게, 사실은 촌지를 안 줘서 그렇다는 게 사실이냐, 네가 불러들인 연예 고위급 관계자들에게도 몰래 돈을 요구했다던데 사실이냐.

난 정말 몰랐다. 그래서 모른다고 말했다.

"선배들한테서 들은 얘기예요?"

"아니. 이미 업계에 소문 다 났잖아. 나도 연예판을 좀 알지."

"전 잘 모르겠어요. 그런데, 잘나가는 기자들에게는 악성 루머도 많아요. 아마 그건 루머에 불과할 거예요."

"아마도 정도로는 안 돼. 너도 눈치챘겠지만 네 얘기가 좀 중요하게 됐다. 넌 부장이랑도 잘 지내잖아. 네가 중립적으로 말을 해줘야 돼."

"선배들한테 물어보시는 게 나을 것 같은데."

"지금 부장이 몇 명 자르려고 벼르고 있는데, 선배들이야 당연히 나쁘게 말하겠지. 그런 상태에서 하는 말이야, 위에서 보기엔 설득력이 떨어지잖아."

나는 숟가락을 내려놓았다.

"몇 명을 자른다고요?"

"너네 부장이 오늘 아침에 날 찾아왔다. 지금 구조조정 중인 건 알지? 연예부에서 몇 명 잘라내면, 다른 데서 얼마나 스카우트 해올 수 있냐고 묻더라."

국장은 눈치 못 챘지만, 그 몇 명에는 당연히 내가 포함됐을 것이다. 부장이 시키는 걸 다 하고, 어머니 고희연까지 가서 음식을 나르고, 매니저들 만날 때마다 볶음밥집에 가 매상을 올려줘도, 항명 한 번이면 이렇게 바로 해고 1순위가 되는 것이다.

"말해봐, 라희야."

내 머리 회전이 빨라졌다.

"저, 지금 생각해보니 기억나요."

나도 내가 무슨 얘기를 하는지 모른다. 다만, 한 번 뱉어내니 멈출 수가 없다. 그동안 부장 때문에 겪었던 설움과 고생, 섭섭함이 모두 쏟아져나왔다. 매니저 무릎 꿇는 걸 보기 위해 후배 기자를 얼마나 들들 볶는지, 개인적인 일을 시키는 사례가 얼마나 많은지, 이로 인해 연예부 분위기가 얼마나 엉망인지. 목소리가 덜덜 떨려도 꿋꿋하게 말한다. 국장이 이만 알았다고 고개를 세차게 끄덕이고 나서야 난 입을 다물었다.

"네가 보기에, 이 상태 그대로면 연예부가 와해될 것 같아?"

나는 차마 대답하지 못했다.

"이라희, 다시 묻는다. 하 부장이 그만두지 않으면 연예부에 큰 문제가 생길 것 같아?"

나는 천천히, 하지만 확실하게 고개를 끄덕였다.

스타벅스의 딱딱한 의자에 앉았다. 이 좁은 곳에서 사람들은 서로의 간격 1m도 채 유지하지 못한 채 바글바글 앉아 수다를 떤다. 내 목소리가 옆 사람에게 들리고, 옆 사람의 의미 없는 대화가 내 귀에 들린다. 벌건 대낮에 스타벅스에 앉아 커피를 마실 수 있는 사람, 고작 어젯밤 소개팅한 얘기로 오후 4시의 시간을 보낼 수 있는 사람은 대체 전생에 무슨 큰 업적을 남긴 건지 궁금하다.

내 옆에 앉은 여자는 백화점 쇼핑백을 3개나 들었다. 누군가는 느지막이 자기가 일어나고 싶을 때 일어나서, 웰빙이랍시고 비싼 아침 해먹고 요가다 헬스다 돌아다니며 아리따운 몸매 가꿔주시며, 벌건 대낮에 쇼핑이나 하러 다니는 거다. 누군가 빽빽 소리 지르며 이거 해라 저거 해라 하는 시추에이션 한 번 겪지 않고도 몇만 원짜리 밥을 덥석 사먹고 랑콤 아이크림을 듬뿍 찍어 바를 테지. 그러면서 네일아트 하나 맘에 안 드는 걸로 몇 시간 동안 신경질을 내고, 9시 〈뉴스데스크〉를 30분 보고 이 세상이 어떻느니 하며 한소리도 해줄 것이다. 너무 불공평하다.

나는 식어빠진 아메리카노 잔을 들었다 다시 내려놓는다. 어차피 오늘 밤은 불면의 밤일 것이다. 카페인까지 들이부어 가며 정신을 똑바로 차리긴 싫다. 노트북의 한글 프로그램엔 여전히 커서만 깜빡거리고 있다. 나는 사직서, 라고 세 글자를 써넣었다.

'[KB카드] 이라희 님 10월 28일 KB카드 결제하실 금액 2,342,910원 감사합니다.'

때마침, 참으로 시의적절한 문자메시지가 도착한다. 악마는 프라다를 입지 않는다. 그저, 월급을 줄 뿐이다. 나는 그 월급을 위해서라면 영혼도 팔 수 있다. 안 팔리면 50% 바겐세일이라도 할 판이다. 영혼쯤은 없어도 됐다. 대신 내게는 영원히 썩지 않을 몸뚱이가 있었다. 내가 먹어치운 컵라면 양을 생각해보면, 수천 년 후 미라가 된 이라희가 박물관에 떡하니 앉아 있어도 전혀 놀랄 게 없었다.

나는 티로그인을 실행시키고 무선 인터넷을 연결한다. 채용공고 게시판에는 하반기 신입사원 채용을 알리는 대기업들의 공지가 간간히 눈에 띈다. 눈에 익은 기업 이름 하나를 클릭해 입사지원 버튼을 클릭한다. 기계처럼 내 신상정보를 입력하고, 자기소개란에 이른다.

'21세기는 창의성의 시대입니다. 지금껏 살아오면서 창의성을 크게 발휘했던 일 세 가지를 쓰시오.'

차라리 우지환 기사를 하나 더 쓰는 게 낫겠다. 나는 인터넷 창을 끈다.

생각할수록 어이가 없었다. 문학작품을 본 후 느낀 점조차도 다섯 개 중에 하나 골라야 했던 우리다. 고전을 새롭게 해석하라는 논술조차 서울대 출신 강사가 알려준 대로 '새롭게' 써야 했던 우리다. 교복 단추에 색깔 한번 못 칠하게 해놓고 이제 와서 창의성? 그게 중요하다고? 시대가 바뀌었으니 이제 와서 창의성을 내놓으라고? 시키는 대로 안 살면 평생 낙오되어 굶어 죽을 것처럼 협박해놓고, 이제 와선 네 뜻대로 한 게 뭐가 있냐고 꾸짖는 모양새라니, 진짜 어처구니가 없다. 창의성 좀 보자고 했다고, 또 쪼르르 달려가 이게 내 창의성이에요, 하는 애들이 진짜 창의성이 있다고 생각하는 건가?

전화가 울렸다. 울린 거로 치자면 아까부터 끊임없이 울려댔다. 다른 회사는 개뿔, 이왕 칼을 뽑은 거 부장 뒤통수를 치든 등짝에 내리꽂든 악착같이 살아남아 월급 300만 원짜리 소시민이 되자고 마음먹은 나는 휴대폰의 통화 버튼을 눌렀다.

"기사 지워주기로 했다면서요! 왜 아직 안 지웁니까!"

아침부터 날 귀찮게 했던 소속사 대표였다. 부장과 내 목숨이 왔다 갔다 하는 마당에 남의 목숨까지 챙길 여력이 없었다. 나는 차근차근 기사 삭제의 어려운 점을 말하고, 부장과 내 관계가 좋아질 때까지 기다려달라고 했다.

"지금 장난하십니까! 내용증명 보낼 테니까 알아서 하세요!"

이 치열하고 다이내믹한 인생이 흥미로웠던 적도 있다. 그러나 지금만큼은 지긋지긋하다.

"고소하세요. 함 해보세요! 제 이름 이라희거든요? 꼭 제 앞으로 세게 함 하세요!"

내 말투는 어느샌가 부장의 그것을 닮아 있었다. 첫마디를 내뱉는 순간, 이를 알아차리면서도 말을 그만둘 수가 없었다.

"그리고 저 국세청에 가는 길이거든요? 지난달에 일본에서 팬미팅 거하게 하셨죠? 세금은 잘 내셨어요? 왜요? 찔리죠? 이 전화 이후에 또 한 번 대표님 이름이 내 휴대폰에 뜨면, 저도 가만히 있지 않겠습니다."

기자에게 고소가 있다면, 기획사에는 세무조사가 있었다. 나는 전화를 탁 끊고는 일부 소속사의 무분별한 공연 계약에 팬들만 손해 본다는

대화의 위력 · 353

기사를 작성했다. 틀린 말은 없는 기사였다.

 오늘은 원래 매니저 몇 명과 채은 선배 병문안을 가려고 했었다. 홍대 조폭떡볶이를 꼭 사오라고 난리를 치는 통에 안 갈 수가 없었다. 하지만 아무래도 취소를 해야 할 것 같았다. 채은 선배에게 전화를 해서 못 가게 됐다고 말을 하곤, 내가 방금 국장과 만나 저지른 끔찍한 일을 실토하고 말았다. 내가 이렇게까지 해서 살아남아야 하나? 드럽고 치사해서 못 해먹겠다고, 확 시집이나 가버릴까요, 라고 했더니 선배는 나 같은 년들 때문에 5만 원권 지폐에 신사임당 따위가 떡하니 앉아 있는 거라고 신경질을 냈다. 무조건 뻔뻔하게 이 악물고 버티면 이기는 거라는 게 선배의 조언이었다.

 잔뜩 깨질 각오를 하고 신문사로 돌아왔더니 책상 위엔 메모지 한 장만 덩그러니 놓여 있었다.

 '회사 앞 제주도 똥돼지로 와. 회식이다.'

 유 선배의 글씨였다.

 삼겹살집에 도착하니 모든 선배들이 둥그러니 앉아 있었다. 오늘 저녁에 제주도로 출장 가기로 했던 선배까지 출장을 취소하고 앉아 있었다. 심각한 사안임에 틀림없었다. 어디에 앉아야 하나 고민하는 사이, 내 뒤에 인기척이 느껴졌다. 발렌타인 30년산 한 병을 들고 총총걸음으로 다가오는 부장이었다. 그는 분명, 장난기까지 가득 담은 눈을 하고 서 웃고 있었다.

부장은 아무 일이 없었다는 듯 상냥하게 웃음으로써, 실은 엄청난 일이 벌어지고 있음을 시사했다. 아무리 편하게 양반다리를 하고 앉아도 무릎 뒤 어딘가에 피가 통하지 않아 간질간질했다. 부장은 맥주잔에 발렌타인을 콸콸 부어주며 수고했다고 선배들 등까지 두드려주고 있다. 낯짝 두꺼운 연예부 기자라지만, 지금만큼은 모두가 어색한 발연기 중이다.

부장은 또 어디론가 전화하더니 이 근처에 왔다는 누군가에게 식당 위치를 알려줬다. 보나마나 매니저일 것이다. 외부인인 매니저가 동석한 자리에선, 부장에게 불만을 털어놓기 힘들다는 걸 부장은 그 누구보다 잘 알고 있었다. 그래서 회식 때마다 매니저를 끌어들여 왔다.

부장이 발렌타인을 쫙 들이키고 삼겹살 한 점을 집어 먹더니 입을 열었다.

"오늘 국장이랑 면담했어, 니들? 누가 만났어?"

고기가 지글지글 익었다. 선배들은 여전히 무심하게 고기만 구웠다. 얼어붙은 건 나 혼자였다. 나는 표정을 들키지 않기 위해 물을 한 잔 마셨다.

"그래, 말 안 하겠지. 국장이 나한테 내일까지 사표를 내란다."

나는 거세게 역류하는 물을 도로 삼키기 위해 어깨를 한 번 들썩였다. 콧구멍까지 침범한 찬물 때문에 눈물이 핑 돌았다. 부장이 나를 잠깐 봤다.

"나도 충격 받았다. 너희들, 그렇게 힘들었어? 그럼 나한테 말을 하지 그랬어."

　선배들은 이번 일이 있기 전까지 대화 시도를 수백 번 했다고 했다. 부장은 아예 말을 못 꺼내게 했고, 선배들은 기습적으로 재빨리 불만사항을 타진하는 수법을 배웠다. 결국 선배들의 요청을 듣게 된 부장은 아무 말도 못 알아듣는 척하다 특종 몇 개 했냐는 질문으로 상황을 종결지어 왔다. 그렇게 '오늘'이 온 것이다. 선배들은 부장의 말도 안 되는 멘트에 아무 대답도 하지 않았다.

　"내일이라도 너희가 국장을 만나서, 나랑 잘해보고 싶다고 말해줬으면 좋겠다. 그리고 내일 우지환 드라마 촬영 공개 있지? 라희 네가 가 봐. 가서 풀어. 풀 건 풀어야지."

　부장의 목소리가 점점 작아졌다. 예상치 못한 시나리오였다. 자존심 하나에 목숨도 걸 것처럼 하던 그가, 사표 앞에선 급격히 작아졌다. 차라리 너희가 죽나, 내가 죽나 한번 끝까지 해보자며 소리를 버럭 질렀다면, 마음이 편했을 것이다.

　나는 힘없이 고개를 끄덕였다. 눈물이 핑 돌았다. 내가 결정적인 역할을 한 건가. 설마, 아니다. 국장은 이미 마음을 굳혔고, 내게선 그저 확인사살을 원했을 뿐이다. 나는 아주 조금, 정말 조금의 힘을 보탰을 뿐이다. 내가 다른 태도를 취했다면, 이 같은 일을 막을 수 있었을까. 아니다. 절대 그렇지 않았을 것이다.

　부장은 잔에 술을 가득 채우더니, 그대로 들이켰다. 그러고 보니 그가 좋았을 때도 많았다. 다른 선배들보다 나를 훨씬 더 위해줬고, 수많은 사람들에게 나를 자랑스럽게 소개했다. 나는 그를 마지막 동아줄이라고까지 여기며 충성을 맹세했었다. 그랬는데, 어떻게 일이 이렇게 돼 버린 것인지 기억이 나지 않았다.

한편으론 지금이라도 당장 바닥에 머리를 박고 백배사죄하고 싶은 심정이었고, 다른 한편으로는 내 어두운 표정이 행여 부장 눈에 띄어 그가 진실을 알게 되면 어쩌나 걱정스러운 심정이었다. 아무것도 할 수가 없었다.

부장은 문자를 한 통 받더니 품에서 종이를 한 장 꺼내들었다. 유노윤호의 사인이었다.

"라희야, 밖에 내 딸 와 있거든. 이거 좀 전해주고, 아빠는 오늘 늦는다고 전해라. 아니다, 잠깐 들어오라고 할게."

이 상황에서 딸의 느닷없는 등장을 우연의 일치로 해석하긴 어려웠다. 몇몇 선배의 얼굴에 냉소가 흘렀다.

마침내 식당 안으로 중3짜리 여자애가 걸어들어 왔다. 부장의 수를 뻔히 알면서도, 여자애의 얼굴을 보자 눈물이 뚝 떨어지는 걸 막을 수는 없었다. 난 방금, 저 아이의 아버지가 해고당하게 만들었는지도 모른다. 도저히 두 눈을 맞출 수가 없었다.

"예쁘지? 내년에 고등학교 올라간다. 여기 언니 오빠들한테 인사해야지? 아빠랑 일하는, 능력 좋고 성격 좋은 사람들이야. 너도 이렇게 훌륭하게 커야 돼."

청룡영화상이라도 쥐어주고 싶은 연기력이었다. 여자애는 부장으로부터 유노윤호의 사인을 건네받더니 냉큼 일어섰다. 자신이 어떤 용도로 여기까지 불려왔는지 잘 모르는 모양이었다. 다시 보니, 온몸에 휘두른 옷이며 액세서리가 모두 고가의 제품이다. 얼핏 듣기로 벌써부터 하버드를 목표로 SAT를 준비 중이라고 했다. 이제 곧, 물거품이 될 테다.

여자애는 우리에게 고개를 한 번 까딱하더니, 휙 돌아나갔다. 나에게도 저렇게 눈치 없고 싸가지 없었을 때가 있었다. 한동안 여자애의 뒷모습을 바라본 나는 식당 아줌마를 불러 삼겹살 판을 갈아달라고 말했다.

거의 두 시간이 걸려 멜론악스에 도착했다. 광진구에 위치한 멜론악스는 중규모의 공연장으로 주로 가수들의 쇼케이스나 단독 콘서트가 열리는 곳이었다. 드라마에서 재벌2세 겸 할 일 없는 인디밴드의 보컬 역을 맡은 우지환은 오늘 이곳에서 쇼케이스 신을 촬영할 계획이었다. 무료로 관객 엑스트라가 돼줄 200여 명의 팬들과 우지환을 만나려는 취재진이 몰려들었다. 입구에 앉은 홍보팀 직원에게 내 명함을 내밀었더니, 여자의 표정이 묘하게 바뀌었다. 또 무슨 꼬투리를 잡으려고 온 거냐고 묻고 싶겠지만, 본심을 감추고 나를 취재석으로 친절하게 안내한다. 나 역시 언제 우지환 괴롭히는 기사를 썼냐는 듯 친절하게 웃으며 의자에 앉는다.

촬영은 지리멸렬하게 진행됐다. 찍은 걸 또 찍고, 아까 찍은 걸 좀 이따 또 찍고. 한참을 자다 보니 벌써 기자간담회가 시작돼 있었다. 우지환이 여주인공에 대한 느낌, 발연기 논란에 대한 입장 등을 줄줄 읊었다. 예상이 1cm도 비켜가지 않는 스테레오타입의 대답들이었다. 나머지 촬영분을 마치려면 3시간쯤 더 걸린다고 했다. 나는 잠도 깰 겸 공연장을 빠져나와 좀 걷기로 했다. 화해의 시나리오도 짜봐야 했다.

부장은 오늘 회사에 나타나지 않았다. 2주간 연차를 썼다고 했다. 나는 부장이 지금 얼마나 힘든 시간을 보내고 있을지 생각하지 않으려 애썼다. 날 자르려고 했던 사람이다. 밟지 않으면 밟힌다고, 부장은 늘 강조해왔다. 난 그의 충실한 제자였을 뿐이다, 라고 내 자신에게 주문을 외웠다.

머리는 조금씩 받아들이고 있다. 어쩔 수 없었다고. 내 탓은 아니라고. 하지만 몸은 아니었다. 어젯밤에 먹은 삼겹살을, 밤새도록 토해냈다. 위산까지 올라와서 입천장이 헐어버릴 정도였다.

한참 걸었을 때쯤, 내 뒤를 밟는 사람들의 인기척이 들리기 시작했다. 살짝 뒤돌아보니 여학생이 하나, 둘, 셋. 총 세 명이었다. 나와 눈이 마주치자, 한 명이 날 가리키고 있던 손가락을 급히 감췄다. 난 대수롭지 않게 생각하고 다시 발걸음을 뗐다. 멜론악스 주위는 공연장 근처라고 믿을 수 없을 만큼 한산했다. 고층 건물 하나조차 없었다. 오랜만에 숨통이 좀 트이는 느낌이었다.

갑자기 다다닥 급하게 뛰는 소리가 뒤에서 덮쳤다. 깜짝 놀란 나는 반사적으로 같이 뛰려 했다. 그러나 금세 내 앞에는 아까 그 세 명의 여학생이 나타났다. 교복을 입었을 뿐, 학생이라고 하기엔 무리가 있는 비주얼이었다.

"네가 이라희 맞지?"

중간에 선 여학생이 고불고불하게 힘을 준 갈색 머리칼을 베베 꼬며 입을 열었다.

"맞는데. 왜?"

아니라고 했어야 했나?

"죽고 싶어 환장을 했지? 여기가 어디라고 나타나?"

"지환 오빠 근처에 또 한 번만 나타나면 죽여버린다."

양 옆의 학생들이 경쟁하듯 큰소리로 고함쳤다. 나는 너희까지 상대할 여력이 없다는 표정으로 한숨을 푹 쉬었다.

"뭐, 기다릴 거 있나? 지금 죽여버리면 되지."

중간에 선 여학생이 내게 한 걸음 바짝 다가서며 말했다. 드르륵, 드르륵, 커터칼을 뽑았다 넣는 소리가 났다.

chapter 17

돌연사 권하는 사회

"네 면상에 칼집 좀 넣어줘야 그딴 기사 안 쓸 거지?"

중간에 선 여학생이 한 발짝 더 다가왔다. 죽었다 깨어나도 우지환과 키스 한번 못 해볼 얼굴이었다. 나는 한 발짝 더 뒤로 물러섰다.

"우, 우지환 만나게 해줄게."

"방금 그 주둥아리로 우리 지환 오빠 이름을 들먹였냐?"

고불거리는 머리의 주인공이 커터칼을 꺼내 내 앞에 들이댔다. 눈앞이 새하얘졌다. 날 둥글게 포위한 세 명의 여학생을 피해 달아날 곳은 찻길뿐이었다. 차가 많진 않았지만, 그만큼 쌩쌩 달리고 있었다. 내 행운을 시험해볼 시간이었다.

속으로 하나, 둘, 셋을 외친 후 무작정 찻길에 뛰어들었다. 다행히 차는 다가오고 있지 않았다. 학생들이 소리를 치며 나를 뒤따랐다. 나는 두 눈을 거의 감다시피 하고 로터리까지 뛰었다. 숨이 헉헉, 목구멍까지 차올랐다. 하지만 스니커즈를 신은 학생들의 발소리는 여전히 위협적으로 내 뒤를 바짝 쫓았다. 7cm짜리 내 하이힐 굽이 몇 번이나 휘청거렸다. 나는 버스 한 대를 아슬아슬하게 피해 도로 한복판으로 뛰어들었다. 중앙선이 가장 안전할 거라는 판단 때문이었다. 이 한적한 동네에는 경찰도 없는 모양이었다. 학생들은 끈질기게 따라붙었다. 지나가던 사람들이 발걸음을 멈추고 우리를 구경했다. 그 짧은 순간에도 이 무심한 인간들이 내 인생의 마지막 목격자가 될지도 모른다는 생각에 신경질이 났다.

한참을 달리는데, 저 앞에 좌회전 신호를 기다리며 대기하던 차 중에서 흰 승용차 하나가 앞으로 튀어나와 곧장 내게 다가온다. 운전석에 앉은 사람이 창밖으로 고개를 내밀고 내 이름을 외친다. 분명 우지환의 매니저, 김 이사다. 나는 죽을 힘을 다해 뛰어 보조석 문을 열고 올라탄다. 학생들의 손바닥이 보조석 유리를 쾅쾅 때린다. 마침 바뀐 신호에 맞춰 차는 급하게 좌회전한다.

"어색하네요."

멜론악스 내 편의점에서 커피 캔 하나를 건네받으며 내가 한마디했다.

"부장님 얘기 들었어요. 우리 이만 휴전하죠. 기자님 오래 사셔야죠."

나는 그냥 웃었다. 주위에서 우리 둘을 알아본 팬들이 쑥덕거리는 소리가 들렸다. 김 이사는 방긋 웃더니, 친절하게 나를 호위해 편의점을 빠져나왔다. 김 이사의 휴대폰이 계속 울리는 통에 길게 대화할 시간은 없었다.

"이제 우지환 안 쓰면, 전 뭘 쓰죠?"

내가 웃으며 말했다.

"이번 주 1위 한 애 있죠? 엄친아 신인. 그 누구지? 이병헌이랑 드라마 찍고 있는 애, 걔랑 사귄대요. 알아보세요!"

김 이사가 수트를 펄럭이며 2층으로 뛰어올라갔다. 그의 제보가 진짜라면, 대박이었다. 가요계 대표적인 엄친아로 불리는 그 신인은 리얼 버라이어티 몇 개로 전국민이 공인하는 1등 신랑감이 된 상태였고, 상대 여자는 국내 톱급의 청순미녀였다. 나는 엄친아 매니저에게 전화를 걸어 술이나 한잔하자고 하고는, 사진부 인턴이 살고 있는 신촌에 가기로 했다. 절체절명의 위기를 넘기고 나니, 왠지 모르게 사진이 보고 싶어졌다.

사진은 칼국수를 후루룩 넘기더니, 부장 일에 역정을 냈다. 신촌에 있는 오피스텔은 절대 공개할 수 없다고 고집을 부리던 그가 나를 용산 칼국숫집으로 데려와 한 첫마디는 "하 부장은 어떻게 됐어?"였다. 나는 내가 저지른 모든 일을 고백하고, 나도 내가 이렇게 나쁜 년이었는지는 몰랐다고 털어놨다.

"그렇게까지 기자가 하고 싶어?"

사진의 삐딱한 말투에 나도 울컥 화가 났다.

"아니. 월급을 받고 싶어."

우리 집 형편을 아는 유일한 녀석이었다. 또 가난이라는 걸 이해할 만한 유일한 친구이기도 했다. 애한테만이라도 솔직하게 털어놓으니 속이 후련했다.

"난 네가 왜 그렇게 이 회사에 집착하는지 모르겠다."

"그러는 넌, 매일 아침 깨지면서 꾸역꾸역 출근하는 이유가 뭔데?"

사진은 할 말을 잃은 듯 잠시 딴청을 피우더니 딴 소릴 꺼냈다.

"너 앞으로 하 부장 만날 일이 없다고 확신해? 하 부장 사표, 아직 회장 결재 안 떨어졌을걸?"

"무슨 소리야? 부장은 아직 사표 내지도 않았는데. 연차 내고 쉬고 계셔."

사진이 칼국수를 가득 집더니 입에 욱여넣었다.

"무슨 소리냐니까."

"아니. 그러니까, 회장은 부장을 안 내보낼 수도 있다는 거지. 지금 국장도 신임 못 얻기는 사장이랑 마찬가지라더라고. 나도 주워들은 거라 자세힌 모르겠네."

"잘 모르겠음 말하지 마."

"네 월급은 중요하다면서 왜 부장 형편은 생각 안 해? 너 좀 비열했어. 지금이라도……."

"나 오늘, 네가 너무 보고 싶어서 불렀는데, 별 도움이 안 되네. 가라."

그냥 단 한마디가 필요했을 뿐이다. '넌 그저 안 좋은 상황에 휩쓸렸을 뿐이야.'라는.

나는 잔돈을 탈탈 털어 할머니에게 8,000원을 내고 식당을 빠져나왔다. 허름한 유리문에는 빨간 스프레이로 X자가 칠해져 있었다. 사진이 서둘러 뒤따라 나왔다.

"나도 대화를 하자는 거잖아. 넌 조금만 다른 의견을 내면 제대로 듣지도 않으니까 정말 답답해."

사진이 툴툴거렸다.

"내가 하 부장이냐? 남의 말 안 듣게?"

집에 가려던 나는 걸음을 멈췄다. 회사에 노트북을 두고 온 것이다. 내일 아침에 나갈 엄정화 인터뷰 기사를 쓰려면 노트북과 녹취록이 필요했다. 나는 사진을 집에 보내고 신문사로 향했다.

노트북을 챙겨 들고 엘리베이터를 기다리는데 어디선가 끼익 문소리가 들렸다. 편집부는 위층에 있었고, 생활레저부, 체육부 당직은 1시간 전에 퇴근했다. 이곳엔 나 혼자여야 했다. 잘못 들은 것이겠지. 다시 발걸음을 떼는데 또 끼익 문소리가 들렸다. 국장실이었다. 심장이 방망이질 쳤다.

"누, 누구 있어요?"

"라희냐?"

국장실에서 웬 사람 머리가 쑥 기어나왔다. 국장이었다.

국장실 탁자 위엔 버너 하나와 냄비가 놓여 있었다. 여기서 먹고 잔지 며칠 됐다고 했다. 날 애타게 찾은 것은, 이 앞 편의점에 가서 라면 좀 사다 달라고 하기 위해서였다. 이 아저씨가 집에서 쫓겨난 건가. 신라면 두 봉지를 건네받은 그는 능숙하게 라면을 끓여 내게 한 접시 내놓았다. 난 뭘 어떻게 해야 할지 몰라 고개만 꾸벅 숙였다.

"자네가 일한 지 얼마나 됐지?"

"11개월 됐습니다."

국장은 감상에 젖은 듯 허공을 한참 보더니 쩝, 입맛을 다셨다.

"그때가 딱 좋을 때야. 위로 올라와 봐야 쪼이기만 하지."

이런 말 할 타이밍은 아니었지만, 바로잡을 건 바로잡아야 했다.

"쪼이는 건, 아랫사람들 아닌가요?"

"여기 있는 부장들, 네 나이 때 뭐 그렇게 회사를 사랑했을 것 같아? 지들도 만날 술 먹고 사우나에서 처자다가 질질 끌려와서 출근하고 그러던 놈들이라고. 자리가 사람을 만드는 거야. 높이 올라가 봐. 그래봐야 더 높은 놈한테 쪼이니까, 밑에 애들 안 쪼고 배겨? 나는 국장이라서 안 쪼일 것 같나? 이 회사에서 가장 쪼이는 게 나야. 겨우 두 달 남았는데 올해 안으로 2억 원을 벌어야 한다고. 뭘로 벌까. 응? 좋은 생각 있어?"

국장의 연설이 의문문으로 끝났다. 나는 면발을 후루룩 식도로 넘기고 목을 가다듬었다. 용가리마냥 불이라도 뿜을 것 같았다.

"글쎄요."

"나라고 뭐 별게 있겠나. 사람을 잘라야지."

순간적으로 '너를 잘라야지.'로 들었다.

"네?"

"별수 있어? 돈을 못 벌면 지출을 줄여야지. 구조조정 기획안이 농담인 줄 알았어? 부장이고 차장이고 다들 날 만나서 아부 떨려고 난리법석이야. 우리 집 앞에서 밤마다 초인종을 눌러댄다고. 그런데 따로 만나면 맘이 약해져서 안 돼. 그래서 여기 숨어 있는 거지. 밤마다 몰래 기어들어 오는 거도 보통 일이 아니네."

"힘드시겠어요."

"단독 좀 해. 회장님이 요즘 우리 신문에 관심이 많으시다. 아무리 열심히 하고 있다 해도 믿질 않아. 누구 하나 심장마비라도 일으키면 좋을 텐데."

이건 웃어야 하는 건가.

"너, 친한 매니저 많다면서? 기사 좀 빼봐. 뒤통수 좀 쳐도 돼. 그거 잘하잖아."

나는 표정관리가 안 됐다.

"허허, 농담이야. 라면 다 먹었나?"

뭘 어떻게 먹었는지도 모르겠는데 어느새 냄비엔 국물뿐이었다.

"그럼 설거지는 제가……."

"난 밤새 뭐하라고. 심심해서 안 돼. 그냥 가봐. 참, 그리고 부장이 분명히 너희를 귀찮게 할 거다. 절대 만나지 마. 알았어? 누구든 부장을 만났다 하면 부장 라인으로 간주하고 잘라버리겠어. 지금 구조조정 중이라고. 누굴 자를지 종이에 이름 써놓고 선풍기 앞에서 날려야 할 판인데 누가 딱 걸려주면 좋지."

나는 공포에 질려 고개를 크게 끄덕였다.

근육이 단단히 뭉친 허벅지를 두드리며 엄정화 기사를 표출했다. 사장 라인이었던 온라인 최 부장은 메신저 쪽지를 하나밖에 보내지 않았다. 하 부장 다음 차례가 자기는 아닌지, 잔뜩 눈치를 보는 게 분명했다.

점심시간을 앞두고 걸그룹 매니저한테서 전화가 왔다. 나와 함께 검색어 1위 프로젝트를 했던 '빼밀리'였다.

"식당에 자리 잡았어요?"

우리 둘은 오랜만에 만나서 밥을 같이 먹기로 했다.

"나, 어제 잠도 제대로 못 잤어요. 제 말 잘 들어요."

매니저가 내게 전화를 걸어 갑작스런 식사 자리를 제안한 것은 부장의 아이디어였단다.

'얘들아, 좀 만나자. 만나서 얘기 좀 들어봐. 국장 편에 서면 안 돼. 내 편이 돼줘야지!'

난 꼭 한번 만나자는 부장의 문자를 세 개째 씹고 있는 중이었다. 이제 매니저를 앞세워 우리를 급습하겠다는 전략인 듯했다. 속사정을 대충 알고 있는 매니저는 급한 약속이 생겼다며 오늘 점심을 연기시켰다고 했다. 나는 불편해 죽을 것 같은 마음을 겨우 추스르고는 고맙다고 말했다.

"그래도 우리끼린 봅시다. 근데 부장님, 포기하진 않으신 것 같아요. 삼청동으로 가신다던데."

지금 삼청동에선 유 선배가 차승원 인터뷰를 한창 진행하고 있을 것이다. 나는 기사입력기에서 오늘 일정표를 열었다. 역시, 마지막 조회자는 하 부장이었다.

"선배! 부장이 그리로 가고 있어요! 얼른 튀어요! 걸리면 국장이 자른 댔어요!"

나는 메시지를 녹음한 후 걸그룹 매니저를 만나 신세한탄을 했다. 매니저는 대낮부터 고량주를 권했다. 내 편이 되어준 매니저가 고마워서라도 마다할 수 없었다. 다섯 잔쯤 원샷했을 때쯤, 심장이 타들어 가는 느낌이 또 들어 헉 소리를 냈다. 매니저는 아픈 곳은 술로 소독해야 한다며 한 잔 더 권했다.

업계에서 부장의 휴가는 빅이슈였다. 명절에도 아침에 차례만 지내고는 회사에 나와 일하던 사람이었다. 그런 그가 2주나 연차를 썼으니, 당연히 뒷말이 무성했다. 신문사에 들어온 매니저들마다 비어 있는 부장 자리를 보고 시시콜콜 사정을 캐물었다. 소문도 빨랐다. 몇몇 나이 많은 매니저들은 벌써부터 우리 부서 기자들에게 전화를 해, 젊은 사람들이 그러면 못 쓴다고, 부장 편에 서줘야 한다고 타일렀다. 특히 부장의 오른팔로 소문난 내게는 전화가 폭주했다. 부장이 얼마나 영향력이 큰 사람이었는지 새삼 절감했다. 생각 같아선 솔직하게 말하고 싶었다.

나도 진짜 이러고 싶지 않다고. 하지만 이미 너무 멀리 와버렸다고. 말해봐야, 믿어줄 사람은 없겠지만.

오늘부터 연예부 컨트롤은 국장이 직접 하게 됐다. 그는 내게 전화를 해 서울에서 열리는 모든 콘서트의 티켓을 10장씩 확보하라는 미션을 내렸다. 나는 100통가량의 전화통화를 해야 했다. 유명 팝스타의 티켓은 한 장조차 빼기도 힘들었는데, 국장은 "티켓 안 주면 조져."라고 말해 내 간담을 서늘케 한 다음 "하하, 농담."이라고 덧붙였다. 하지만 그게 농담이 아닌 건 자명한 사실이었다. 부장이랑 크게 다를 게 없었다. 산 넘어 또 산이라더니, 방귀 참다가 똥 싼 격이었다.

저녁에는 친구들과 저녁 약속이 있었다. 해물 뷔페에서 능숙하게 모닝빵을 핸드백에 넣고 있는데 친구들이 도착했다. 친구 중 한 명은 전생에 나라를 구해야 갈 수 있다는 공사에 합격한 참이었다. 보나마나 그녀는 오늘 식사 자리의 록스타로 군림할 것이다. 벌써 나머지 친구들의 눈에서는 존경과 경외의 레이저가 쏟아져나오고 있었다. 나는 대화에서 소외됐다.

직장인이 돼서 깨달은 것 중에 하나는 〈섹스 앤 더 시티〉가 말도 안 되는 판타지로 똘똘 뭉친 작품이라는 것이다. 명품이나 세련된 뉴욕 거리를 말하는 게 아니다. 각자 다른 직업을 가진 네 명의 친구들이 수시로 하나로 뭉쳐 쉬지 않고 근황을 나불거릴 수 있다는 것, 그게 진짜 말도 안 되는 판타지였다. 6개월에 한 번 볼까 말까한 이 친구들이 내 베스트 프렌드라는 점이 믿기지 않았다.

나는 마침 엄친아 매니저의 전화를 받고 자리에서 일찍 일어났다. 원래 내일 만나서 술 한잔하기로 했지만, 하루 앞당기자는 전화였다. 요즘 속이 안 좋아 술 말고 다른 걸 먹으면 안 되냐니까, 에이, 그럼 만나서 뭐하느냐다. 하긴 그건 그렇다. 별로 친하지도 않은 사람들끼리 함께 시간을 보내는 방법은, 한국에선 술밖에 없었다.

시작은 음원 관련 기사 얘기였다. 대놓고 열애설을 묻기가 뭣해, 최근 기획 중인 기사에 도움을 요청한 것이다. 음원 시장 구조의 불합리성이야, 가요 관계자 아무나 불러세워 놓고 물어봐도 원고지 200매는 너끈한 사안이었다. 나는 부장이 사라진 후 드디어 처음으로 내가 원하는 깊이 있는 기사를 기획, 음반 관계자와 이통사 관계자, 관련법 관계자들까지 두루 취재하는 거대한 기사를 준비 중이었다. 오늘 처음 만난 이 이사급 매니저는 한 시간이 넘도록 가요시장을 죽 쑤게 한 윗분들을 원망했다. 주로 정보통신 발달이 시급해 콘텐츠 보호의 중요성을 간과했던 DJ 정부로 화살이 향했다.

나는 조심스럽게 열애설을 꺼냈다. 매니저는 사생활은 잘 모른다며 손사래치면서, 소주를 한잔 권했다.

"아, 속이 안 좋은데."

결국, 난 소주 4병을 마셨다.

"아~ 더 크게 벌리세요."

의사는 내 입에서 외계인 촉수 같은 걸 꺼내고 있었다. 꾸웩꾸웩, 나는 거센 헛구역질을 하며 몸을 접었다 폈다. 의사는 촉수를 뽑아내던 손길을 잠시 멈추더니 긴 바늘 같은 걸로 촉수를 쑤시기 시작했다.

"헬리코박터균 검사 중입니다."

나는 의사의 손을 붙잡고 밀어내 버렸다. 덕분에 촉수가 내 입 밖으로 튀어나왔다. 촉수의 끝에는 자그마한 카메라가 달려 있었으며, 파랗고 빨간 정체 불명의 불빛을 쏟아내고 있었다. 나는 그 불빛을 보면서 정신을 잃었다.

"이라희 씨!"

병원 복도의 딱딱한 의자에 잠시 너부러져 있던 나는 깜짝 놀라 상체를 일으킨다. 내가 있는 곳은 소화기 내과 앞이다. 검사실에서 여기까지 어떻게 왔는지는 기억이 나지 않는다.

나는 간호사의 안내에 따라 진료실에 들어선다. 의사가 아니었다면 장가도 제대로 못 갔을 법한 40대 남자가 날 맞는다.

"역류성 식도염이네요."

"심장병이 아니고요?"

나는 아침 출근길에 심장이 불타는 듯한 고통으로 푹 고꾸라져 응급실에 실려 왔다. 의사는 심장마비라고 주장하는 나를 휠체어에 태우더니 목에 마취약을 뿌리고 위내시경을 했다.

"식도에 극심한 통증이 생기면 환자분들이 심장으로 오해하기도 합니다. 이 병은 완치가 어려워요."

흔히 '기자병'이라 일컫는 역류성 식도염이 내게도 찾아온 것이다.

"그동안 병원 안 오고 뭐했어요?"

몇 달 전, 처음 가슴에 통증이 왔을 때 부장한테 병원을 가야겠다고 말한 적이 있었다. 그는 월급 받아먹는 놈은 몸뚱아리도 회사에 속했다는 것을 명심하고 건강관리를 잘해야 한다며 일장연설에 들어갔었다. 내 몸이 회사 것이라고? 그 연설을 듣고 있자니 피가 거꾸로 솟는 것만 같았다. 나는 통증이 눈 녹듯 사라졌다며 병원 얘기는 못 들은 걸로 해달라고 했다. 이후 병원의 병자도 꺼낸 적 없다.

"그러게요."

"술 많이 합니까? 일주일에 몇 번?"

"다섯 번?"

"한번 마시면 얼마나?"

"보통 두 병 이상?"

의사가 내 얼굴을 보더니 다시 차트로 눈을 돌렸다.

"커피는?"

"하루 여섯 잔 정도요."

"담배는?"

"끊은 지 오래됐어요."

나는 서둘러 덧붙였다.

"그런데 주위에 담배 피는 사람이 많아서, 보통 두세 시간씩 연기를 마셔요."

"스트레스도 많죠?"

"최근엔 좀 더 많았어요."

"모두 금지입니다. 술, 카페인, 담배연기가 위산을 역류시켜 식도에 염증을 유발해요. 스트레스도 받으면 안 되고요. 약 드시는 동안 절대 금지예요."

나는 멍하니 의사 얼굴만 쳐다봤다. 의사가 차트를 접고 날 쳐다봤다.

"안 지키실 거죠?"

"그거 다 지키면 회사에서 잘릴 거 같은데요."

의사가 피식 웃었다.

"그건 그렇죠."

약국에서 두툼한 봉투를 받아 나오는데 검은색 벤츠가 나를 막아섰다. 운전석 창문이 열리더니 어제 함께 술을 마신 강 이사가 얼굴을 빼꼼히 내밀었다. 나의 응급실행 소식을 듣고 달려온 것이다. 이왕 병원에 실려온 거 오늘 하루 땡땡이 좀 친다고 큰일이 벌어지진 않을 테다. 나는 차에 타고는 아무 데나 놀러 가자고 말했다.

차는 목동 SBS 앞에 멈춰섰다. 로드매니저한테 CD만 전해주면 강 이사의 오후 시간도 프리였다. 나는 강 이사와 함께 엄친아의 검은색 스타크래프트에 올라탔다. 그리고 로드매니저에게 가볍게 고개를 까딱인 다음 차 안을 구경했다. 벗어놓은 옷가지와 김밥 봉지로 지저분했지만, 의자는 상당히 아늑했다. 그때 갑자기 멀리서 엄친아가 뛰어오는 모습이 보였다.

"저 새끼, 라디오 녹음 중 아니었……."

강 이사가 말을 채 끝내기도 전에, 운전석 문이 열리더니 로드매니저가 길바닥에 나뒹굴었다. 엄친아는 어느새 핸들을 쥐고 시동을 걸었다.

"너 뭐해?"

강 이사가 라디오 볼륨을 줄이고 소리쳤지만 엄친아는 급하게 차를 빼 도로에 진입하는 중이었다. 나는 옆으로 쓰러지지 않게 손에 잡히는 대로 쥐어야 했다.

"어디야!"

엄친아는 주구장창 같은 문장만 되풀이했다. 강 이사는 옆에서 얘가 미친 게 틀림없다며 고래고래 소리를 질렀다. 차가 널찍한 도로에 진입했을 때에야, 나는 엄친아의 오른손에 들린 휴대폰에서 이상한 소리가 흘러나오는 중이란 걸 알아챘다. 여자의 신음소리였다.

도무지 이해되지 않는 시추에이션이었다. 누군가가 야동을 틀어주고 있고, 엄친아는 그 야동이 흘러나오는 곳을 찾아 달리는 건가? 엄친아는 반쯤 정신을 놓은 채 사정없이 차를 몰았다. 내가 몇 번이나 의자에서 떨어져 뒹굴었지만, 엄친아는 속력을 줄이지 않았다.

여자의 신음은 이제 절정을 향해갔다. 속력을 줄이라고 소리치던 강 이사와 나도 어느새 입을 다물고 여자의 신음에 집중했다. 이렇게 격정적인 신음은 야동에서도 듣기 힘든 것이었다.

"그만! 그만하란 말이야!"

엄친아가 70년대 신파뻘 대사를 내뱉더니 고개를 크게 휘저었다. 사방에 눈물이 후드득 떨어졌다. 그러든가 말든가 휴대폰 속 여자는 맘껏 절정을 만끽하는 중이었다. 엄친아가 또 한 번 핸들을 획 꺾어 앞차를 추월했다.

청담동에 접어든 차는 대로변 한 건물 앞에 끼익 멈춰섰다. 정사각형 모양으로 지어진 외관하며 유리로 뒤덮인 입구가 분명 와봤던 곳이었다. 어디였더라? 쉽게 기억이 나지 않았다. 엄친아는 운전석에서 뛰어내려 건물 입구로 달려갔다. 마침 한 여자가 나오고 있어, 출입문이 열렸다. 강 이사와 나도 잽싸게 엄친아 뒤를 쫓아갔다. 엄친아는 숨 한 번 안 쉬더니 계단을 달려 올라갔다. 3층에 다다랐을 때, 마침 문이 딸깍 열리더니 여자가 불쑥 나왔다. 셔츠 단추를 잠그며 문을 나서던 그녀는 톱여배우였다. 서로 어지간히 놀란 모양이었다. 여자는 이내 침착한 척 하려 했지만 이미 술독에 빠진 상태였다.

"진짜로 한 거 맞다니까. 내 성격 몰라?"

여자가 씨익 웃었다. 전화 속 신음소리의 주인공이, 그 대한민국 대표 청순미인 톱배우였던 것이다. 엄친아는 여자를 획 밀고 집 안에 들어가더니 소리를 질러댔다. 나도 뒤쫓아 방 안에 들어섰다. 술 냄새가 진동했다. 그리고 그 방 안에서, 헐벗은 스리섬이 나타났다. 아! 여기는 언젠가 차를 타고 지나가면서 매니저가 스리섬의 집이라고 알려줬던 건물이었다. 상의를 입지 않은 스리섬은 엄친아를 보더니 두 눈이 휘둥

그래졌다. 엄친아가 여자를 홱 돌아봤다.

"고작 이런 놈이었어?"

엄친아의 손이 여자의 어깨에 닿았다.

"이거 놔! 이 개새끼야!"

여자가 거칠게 엄친아를 밀어냈다. 엄친아는 양손을 휘두르더니 손에 잡히는 뭔가를 잡고 여자에게 던지려 했다. 여자는 달리기 시작했고, 엄친아도 그녀를 따라 계단을 뛰어내려갔다. 강 이사도 잽싸게 뒤쫓았다.

"씨발, 그거 내 트로피야!"

엄친아의 손에 잡혔던 건, 하필이면 3년 전 스리섬이 받은 가요대상이었다. 스리섬은 옷도 입지 않은 채 그 뒤를 따랐다. 나도 죽을 힘을 다해 뛰었다.

벌건 대낮에 벌어진 추격전이었다. 그것도 차가 꽉 막혀 있는 대로변에서였다. 강 이사는 셔츠 앞섶을 다 풀어헤친 채 소리를 질러대는 여자를 어깨에 둘러멨다. 나는 여자의 핸드백을 챙겼다.

"나 저 미친년이랑 안 잤어. 자기 혼자 막 그러더라니까. 완전 미친년이야!"

스리섬이 엄친아의 손에서 트로피를 빼앗아 들고는 침을 퉤 뱉었다. 엄친아는 풀썩 제자리에 주저앉았다.

벌써 5시였다. 양심의 가책을 느끼지 않고 퇴근하려면 1시간이 남았다. 내게 부탁할 일이 많아진 강 이사는 나를 데리고 신문사 근처 찜질방으로 왔다. 근무 시간에 찜질방이라니, 나도 마다할 이유가 없었다.

이틀 연속 뜀박질을 한 내 허벅지는 파르르 떨리기까지 했다. 나는 소금방에 벌렁 누워 으으으 앓는 소리를 냈다. 강 이사도 옆에 누웠다. 우리는 왜 이러고 살까, 저 미친 년놈들이 대체 뭐라고 우리 인생을 이렇게 꼬이게 만드는 걸까, 한탄이 줄을 이었다.

한숨 푹 자고 일어나 식혜를 사러 나왔더니 국장으로부터 전화가 두 통이나 와 있었다. 매니저와 매우 중요한 회의를 하고 있다고 둘러댔더니, 얼른 회사로 컴백하라고 성화다. 나와 매니저는 각자 남탕과 여탕으로 향했다.

뜨거운 물이 온몸에 닿으니 또 몸이 노곤해졌다. 국장이고 나발이고, 나는 온탕에 누워 한 번 더 이 여유를 즐겨보기로 했다. 입사 이후 처음이었다. 딱 10까지만 세고 나가야지. 나는 눈을 감고 10부터 1까지 천천히 셌다.

숫자가 3쯤 됐을 때다. 갑자기 여자들이 비명을 질러댔다. 눈을 떴는데, 앞이 보이지 않았다. 내 눈이 멀었나? 손을 뻗어 더듬어봤지만 뜨거운 물밖에 닿지 않았다.

"정전이다!"

누군가 소리쳤다. 오 마이 갓. 진짜 11개월 만에 처음 땡땡이친 것이다. 그것도 일적으로 만난 매니저와 함께 말이다. 그런데 이마저도 허락치 않다니, 정말 하늘도 무심하다. 벌거벗은 채 더듬더듬 탕을 빠져

나온 나는 국장으로부터 빨리 회사로 오라는 전화를 두 통 더 받고 나서, 옷을 도로 입었다. 땀에 푹 절은 티셔츠가 맨살에 닿는 게 끔찍하게 싫었지만 어쩔 수 없었다. 그보다 더 큰 문제는 그 다음이었다. 정전 때문에 헤어드라이기가 작동이 안 되는 것이었다. 젠장. 긴 머리에선 물이 뚝뚝 흘러내렸다.

신문사 주차장에 차를 댄 강 이사는 마른 수건 두 개로 탈수기마냥 내 머리칼을 탈탈 털어줬다. 진짜 별짓을 다한다. 이 정을 생각해서라도, 오늘 일은 비밀로 해줄 예정이다. 나는 매니저의 파이팅을 들으며 국장실로 향했다. 헉헉거리며 문을 열고 들어가 의자에 앉았을 때에야, 내 상체가 평소와 다르다는 것을 느낀다. 브래지어를 깜빡한 것이다.

국장과 연예부 기자가 모두 모였다. 나는 상체를 자연스럽게 오므렸다.

"머리가 왜 그래?"

맞은편에 앉은 유 선배가 물었다.

"땀이에요, 땀! 너무 뛰었더니."

나는 어색하게 웃는다. 유 선배의 시선이 차츰 내려오는 것 같다. 나는 상체를 더 오므린다. 마침 국장이 목청을 다듬어, 유 선배의 관심을 돌려줬다.

"이걸 어떻게 말해야 할지. 나도 방금 들어서 말이야."

국장답지 않게 잔뜩 긴장한 목소리였다.

"내가, 차마, 기자들을 못 자르겠다고 상부에 보고했었다. 우리 한 달에 1억 원씩 나고 있는 적자, 내 선에서 최선을 다해 회복해보겠다고 말이다. 그래서 사장 새로 부임할 때쯤엔 적어도 적자 걱정은 안 해도 되게 하겠다고. 그런데 회장님은 그걸 못 믿겠나 보더라. 지난 한 달간 내가 내린 모든 결정이 무효가 됐다. 떠나라는 말이지. 잘 있어. 난 여길 떠난다."

나는 차마 어떤 말을 해야 할지 갈피를 못 잡고 있었다. 그보다도, 단지 저 말을 하기 위해 우리를 애타게 찾았을 리는 없다는 생각도 들었다. 역시, 국장은 숨을 크게 한 번 들이쉬더니 말을 이었다.

"그래서, 너네 부장도 돌아오게 됐다."

눈알이 튀어나올 뻔 했다. 너무 놀라서 단 한마디도 할 수 없었다. 연예부 기자 전원이 입을 떡 벌린 채 똑같은 표정을 지었다. 제일 먼저 정신을 차린 차장이 벌떡 일어났다.

"뭐라고요?"

"너네 부장, 무서운 사람이다. 회장은 또 언제 구워삶았다니."

우리 모두 일어섰다. 국장이 뭐라뭐라 중얼거렸지만 귀에 들어오지 않았다.

"이게 말이 되는……."

나는 국장실 문을 벌컥 열며 소리쳤다.

"저기, 부장이 곧 올 거야."

국장이 급하게 덧붙였지만 그럴 필요는 없었다. 내 눈앞에, 하 부장이 서 있었던 것이다. 도무지 무슨 표정인지 알 수 없는 얼굴로.

chapter 18

골룸이 되어라

아침 7시. 사이렌 소리에 잠을 깼다. 잠이 든 지 겨우 5분 만이었다. 커피를 마시지 않아도 밤에 잠이 오지 않는 날들이 지속되고 있다. 겨우 잠이라도 들면, 하얀 기사입력기에 커서가 깜빡이면서 뭔가 써넣어야 한다는 압박감에 진땀을 흘리거나, 부장이 시킨 무언가를 하기 위해 밑도 끝도 없이 달리는 꿈을 꾸게 마련이었다. 그렇게 잠을 자고 일어나봐야, 밤새도록 야근한 것처럼 온몸이 뻐근했다.

최근 불면증은 더욱 심해졌다. 국장실 앞에서 마주친 부장의 얼굴이 잊히지 않았다. 두 눈이 뻥 뚫린 귀신 같기도 했다. 그 귀신은 눈알이 없는데도 내 몸 안 가장 깊은 구석까지 꿰뚫어 봤다.

인생은 일차선 일방향인 줄 알았다. 그렇게 앞으로만 가는 것이라서, 무조건 이기고 앞서나가면 되는 줄 알았다. 그래서 가끔은 싸가지 없고 배은망덕했으며 이기적이었다. 어차피 다시 볼 일 없으니까. 어느 날 갑자기 나도 모르게 후진을 잔뜩 하고는, 내가 싸질러놓은 배은망덕과 이기주의를 마주하게 될 날이 올 줄은 정말 몰랐다. 마주하는 것도 모자라 맨손으로 치워야 하는 위기다.

사이렌 소리는 계속해서 울렸다. 이불을 뒤집어쓰고 귀를 막는데, 바로 옆에서 또 알람벨이 울린다. 일어나서 회사에 가야 할 시간. 차라리 지구가 폭발해버렸으면 싶은 순간이다.

늑장을 부리다 결국 늦었다. 헐레벌떡 뛰어나와 택시를 찾는다. 그런데, 6차선 도로가 차들로 꽉 차 있다. 원래 잔뜩 막히는 구간이라지만 이건 심하다. 사이렌 소리는 아직도 엥엥 울리고 있고, 차들은 소방차가 아니라 시한폭탄이 다가와도 못 비켜줄 만큼 가득 들어찼다. 날씨가 잔뜩 흐렸지만, 저 멀리까지 늘어선 자동차가 꼼짝달싹하지 못하는 게 얼핏 보였다.

전쟁이 난 게 틀림없다. 아무리 아닌 척하고 살지만, 이렇게 낯선 광경 앞에 내쳐지면 우리가 휴전 국가에 살고 있다는 사실밖에 떠오르지 않는다. 나는 내 직업으로, 내 백으로, 내 돈으로 일본 가는 비행기 티켓을 살 수 있을지 궁금하다. 부산 가는 KTX 티켓은 가능할까. 하긴, 생각해볼 것도 없다. 폭탄이 떨어지기도 전에, 서울역 입구에서 압사당할 것이다. 월급 100만 원짜리 직장인의 인생은 원래 그런 것이다.

나는 노트북을 고쳐 쥐고 신문사로 뛰었다. 출근 차림의 사람들이 어지럽게 도로 위를 뛰어다녔다. 맞은편 골목에선 불길이 까맣게 치솟았다. 그리고 보니, 날씨가 안 좋은 게 아니었다. 자욱한 연기가 하늘을 뒤덮은 것이었다. 점점 눈도 매워졌다.

신문사 앞 골목은 아수라장이었다. 사납게 생긴 남자들이 정신없이 뛰어다녔고, 아줌마들이 소리를 질러댔으며, 소방차와 경찰차, 응급차가 서로 뒤엉키며 어지럽게 달렸다. 쾅 하는 소리가 나더니 응급차가 경찰차를 세게 들이받고 방향을 획 틀었다. 그리고, 내게로 돌진했다. 너무 놀라서 아 소리 한번 못 내고 가만히 서 있을 수밖에 없었다. 그때 누군가 나를 획 잡아당긴다. 그대로 그 사람 위에 엎어져 눕는다. 한쪽 손으로 카메라를 번쩍 들어올린 채 다른 손으로 내 허리를 꽉 잡은 사진부 인턴이었다. 곧이어 경찰이 뛰어왔다. 그는 나와 사진을 일으켜 세우더니, 사진이 갖고 있던 카메라에 손을 뻗었다. 사진은 그대로 줄행랑을 쳤고, 놀랍게도 경찰은 날 내버려둔 채 사진을 뒤쫓았다.

이번에는 펑 소리가 나며 땅이 흔들렸다. 나는 너무 놀라 중심을 잃고 자빠졌다. 지옥불처럼 뜨거운 공기가 내 목덜미에 훅 끼쳤다. 그리고 한참이 흘렀다. 땅에 바짝 엎드려 제발 내가 살아 있는 것이기를 기도하는데, 내 바로 옆으로 두꺼운 식탁 상판이 쿵 떨어지며 둔탁한 소리를 냈다. 곧이어 누군가 내 두 팔을 잡아당기며 무슨 말을 했다. 귀가 멍멍해 잘 들리지가 않았다.

남자는 내 손을 끌고 응급차에 태우려 했다. 괜찮아요, 괜찮아요, 중얼거리지만 남자의 귀에도 안 들리는 모양이었다.

"비키세요!"

건장한 남자 두 명이 들것을 하나 갖고 오더니 응급차로 다가왔다.

날 끌고 왔던 남자가 내 손을 잡고 힘껏 당겼다. 나는 또 넘어질 뻔했지만, 들것에 실린 시커먼 사람의 형체를 보고 그대로 굳었다. 나는 한눈에 신원을 파악했다. 칼국숫집 할머니였다. 나는 두 손으로 입을 가린 채 주춤주춤 물러섰다. 할머니를 실은 응급차는 총알같이 달려나갔다.

"이라희!"

내 이름을 부른 사람을 찾아 주위를 둘러보니 이제야 상황이 이해됐다. 바리케이트 밖에는 이 안에 들어오고 싶어 안달이 난 기자들 수십 명이 나를 쳐다보고 있었다. 나는 사고현장 한가운데 있었다. 경찰이 나를 보고 쫓아오기 시작했다. 나는 반사적으로 불길이 치솟는 시장 골목으로 뛰었다. 시커먼 형체의 사람들이 들것에 실려 나왔다. 나는 "이름이 뭐예요, 불은 왜 난 거예요?"를 외치며 들것을 쥐고 흔들었다. 시커먼 얼굴에서 눈이 떠지고 새하얀 흰자가 보이기 시작했다.

"아저씨! 나 좀 봐요!"

내가 나란히 달리며 더 외쳐봤지만 남자는 이내 눈을 감았다. 구조요원은 거칠게 나를 떠밀고는 응급차로 달려갔다. 그와 동시에 내 어깨가 세게 붙잡혔다. 나는 상대가 누군지도 못 본 채 그대로 끌려나와 바리케이트 밖으로 내쳐졌다. 경찰이 뭐라뭐라 소리를 치며 내게 경고한다. 이내 기자들이 몰려든다. 도망갈 구멍을 찾고 있는데 또 누군가 나를 확 잡아당긴다.

"전지현 열애설 났다. 그거나 써."

부장이었다.

"아니, 저기 지금……."

나는 부장의 손을 뿌리친다. 부장이 나를 쳐다본다. 불보다 더 무섭다.

"우리 신문사가 사고현장 바로 옆에 있는 거 몰라? 기자들 죄다 잠입해서 열심히 취재하고 있으니까 우린 안 나서도 돼. 스캔들 땜에 선배들 일 많으니까 그거나 도와."

부장은 앞서 걸어나갔다. 무릎의 피를 대충 닦고 휘적휘적 그를 뒤따라갔더니, 용산타워 앞에 올망졸망 모여 앉아 기사를 쓰고 있는 선배들이 보였다. 다람쥐 새끼들 같았다.

내가 맡은 건 전지현 열애설에 대한 네티즌 반응이었다. 기사 댓글, 블로그, 트위터를 뒤지며 그럴듯한 멘트를 찾았다. 그래봐야, 톱스타의 열애설에 대한 반응은 "진짜냐, 축하한다.", "아니다, 오보일 것이다." 중 하나다.

나는 바닥에 주저앉아 대충 기사를 마감하고 내 트위터 계정에 접속했다. 타임라인은 용산에서 일어난 화재사건에 대한 글로 들썩이고 있었다. 철거 용역 업체 사람들이 주민들과 실랑이를 벌이다 불이 붙은 거라는 게 대체적인 예상이었다.

글을 쭉 내리다 보니 애시튼 커처가 올린 사진이 보였다. 그는 할리우드 배우 중 트위터를 가장 열심히 하는 편이었다. 애시튼 커처가 업로드한 사진은 그가 김유석과 나란히 서서 찍은 것이었다. 잘나가는 내 고교동창, 너무 잘나가서 나를 알아보지도 못했던 고교동창이었다. 그는 마치 애시튼 커처가 별것도 아니란 듯이, 자연스럽게 어깨동무를 하고 포즈를 취했다. 분명 기삿감이었지만 인터넷 창을 껐다. 온몸의 장기가 꼬이는 듯했다.

'김유석, 출세했네.'

사람들은 보통 은수저를 물고 태어나 부모 덕 톡톡히 보는 애들을 별로 좋아하지 않는다. 나도 마찬가지였다. 그러나 그건 내가 어렸을 때 얘기다. 크면서 느낀 건데, 그 복 받은 것들보다 자수성가한 애들이 더 싫다. 맨몸으로 태어나 거물로 성장한 애들은, 내가 얼마나 게으르고 무능력한 인간인지 입증해냈다. 차라리 내가 성공 못 한 것은 부모 때문이야, 빌어먹을 사회 때문이야, 라고 하는 게 훨 나았다. 하루에 여섯 시간씩 꼬박꼬박 자서, 배고프다고 밥 다 챙겨 먹어서, 열정도 목표도 없이 TV나 보고 시간을 죽여서, 라고 하는 것보다는 말이다. 김유석의 존재 자체가, 게으르고 철없는 나를 엄하게 꾸짖는 듯했다.

"전지현 거 다 썼어?"

올려다보니 부장의 머리 뒤로 시꺼먼 연기가 여전히 하늘을 뒤덮고 있었다. 나는 고개를 끄덕였다.

"그럼 이번 달에 난 스캔들 뭐 뭐 있나 종합해서 하나 더 써."

어렵사리 차량이 통제된 도로에 전경 버스가 5대 도착했다. 기자들이 우르르 몰려들었다. 나는 그 광경을 물끄러미 바라보았다.

사고 현장이 수습되고 신문사로 통하는 길이 확보되자 부장은 제일 먼저 신문사로 성큼성큼 향했다. 그 뒤로 사내 정치의 패잔병들이 슬금슬금 따랐다. 포박만 안 돼 있을 뿐, 포로나 다름없었다.

"우리 언제까지 이렇게 불편해야 돼요? 그냥 이렇게 다시 원상복귀 되는 거예요?"

나는 선배들을 향해 작게 소곤거렸다. KBS 담당 선배가 내 어깨에 팔을 턱 올렸다.

"야, 꿈도 야무지네. 원상복귀면 다행이게?"

나는 그 말의 뜻을 이해하지 못했다.

"너 김유석 기사 봤어?"

애시튼 커처와 찍은 사진이 기사로 났나 보다. 나는 차장의 말을 못 들은 척했다.

"완전 난리났다. 라희 네가 좀 맡아서 취재해. 우리도 알아볼게."

차장이 허둥대며 휴대폰을 들고 어디론가 뛰었다. 왜 저러나 싶어서 네이버 메인에 접속했다.

'김유석, 한국 비하 논란, 네티즌 분노'

이건 또 뭐지? 나는 재빨리 기사를 훑었다. 애시튼 커처와의 사진이 화제가 되면서, 김유석의 미국 활동에 다시 관심이 커졌고, 네티즌이 그의 미국 방송 동영상을 더 찾아보다가 발견하고 만 것이다. 그가 인터뷰 도중 역겹다고 말하는 것을. 한국에 대해서 말이다.

김유석은 뜬금없이 개고기 문화에 대한 질문을 받았고, 그의 입은 분명 'gross'라고 말하고 있었다. 미국에 혈혈단신 건너가 아메리칸드림을 이룬 고졸 연예인의 인생이 단박에 나락으로 떨어지는 순간이었다.

나는 부장에게 보고하기 위해 수화기를 집어들었다. 손가락이 마비라도 된 양 말을 듣지 않았다. 그의 목소리를 또 듣게 되다니. 그 생각만으로도 위산이 콧구멍까지 역류할 지경이었다. 전화를 받은 부장은 김유석 얘기는 제대로 듣지도 않더니 회사 앞 커피숍으로 나오라고 했다. 급해 죽겠는데 웬 커피숍? 무슨 말을 하려는 건지, 쉽게 예상되지 않았다. 하지만 내가 바싹 엎드려야 할 때인 것 만큼은 확실했다.

"죄송합니다."

나는 의자에 앉지도 않은 채 말했다. 컴백 이후 무표정으로만 일관하며 사람 피를 말려온 부장도 지금만큼은 잠깐 놀란 표정을 지었다. 내 사과가 진심인지, 살아남기 위한 쇼에 불과한 것인지, 나도 헷갈렸다.

"앉아."

나는 경련이 일 것만 같은 얼굴 근육에 힘을 주며 맞은편에 앉았다.

"그거 말고 할 말 없어?"

할 말은 많았다. 하지만 단 한마디도 할 수 없었다. 나는 침묵을 지켰다.

"내가 차기 국장감이라는 소문은 들었겠지? 그 전에 정리할 게 있잖아."

부장이 재촉했다.

"죄송합니다."

내가 기계적으로 말했다. 이 문장을 말할 때마다 누가 나한테 1만 원씩만 줬다면, 지금쯤 강남에 빌딩 한 채는 올렸을 것이다.

"그날, 국장이 점심 때 불러낸 게 너라는 걸 알고 있다."

나는 침을 꼴깍 삼켰다.

"전 그냥 아무것도 모른다고 했어요. 국장께선 이미 마음을 결정하고 저한테 확인만……."

부장이 상체를 숙여 다가왔다.

"정말 죄송해요. 부장 편을 들었어야 했는데, 무서워서 그냥 아무것도 모른다고 했어요. 진짜예요!"

"난 널 믿는다. 내가 널 키웠잖아."

이렇게 거짓말을 잘해도 되는 걸까. 나는 눈물을 왈칵 쏟을 것 같았다. 부장은 지난 2주간 얼마나 힘들었는지 설명했다. 갑자기 머리카락이 한 웅큼 빠졌고, 아내와 이혼 위기까지 갔으며, 아이들의 과외를 모두 중단했다. 무엇보다, 그토록 아꼈던 후배들한테서 뒤통수 맞았다는 사실에 죽도록 창피했다고 했다.

그토록 아꼈던? 나는 죄송한 마음을 아주 조금 접었다. 그래도 죄책감 덕분에, 웃음이 새어나오진 않았다.

"우리 부서에 내 편이 아무도 없더구나. 네가 먼저 죄송하다고 해주니까." 부장은 숨을 한 번 들이쉬었다. "용서는 안 돼도 마음은 조금 나아지네. 버러지 같은 네 선배들은 일주일이 지나도록 말 한마디 안 해."

선배들도 물론 말을 안 한 게 아니라 못 한 거다. 부장의 얼굴은 영혼이 쏙 빠져나간 듯 무시무시해서, 우리 모두 "퇴근하겠습니다." 말 한마디 꺼내지 못해 부장이 퇴근할 때까지 기다렸다가 집으로 돌아갔다. 부장이 자리를 뜨지 않으면 밥을 먹으러 가지도 않았고, 부장이 어디 보내지 않으면 취재도 나가지 않았다.

"넌 내 편이지?"

"네. 부장 편 맞습니다."

나는 감히 미소까지 살짝 지으며 대답했다. 부장도 희미하게 웃었다. 그 미소를 보자 마음이 또 복잡해졌다. 나를 다시 받아준다니 한없이 감사한 이 마음은 또 뭘까. 버러지 같은 건 선배들이 아니라, 나의 있으나마나 한 자존심이었다.

"그럼 네가 내 편이라는 걸 보여줘야지."

"열심히 하겠습니다!"

"그건 됐고. 주동자가 누구냐?"

부장은 다시 무표정으로 돌아갔다.

"너 이전에 국장이랑 만난 놈이 누구냐?"

나는 입을 앙다물었다. 나는 다시 벼랑 끝에 몰렸다.

"불어라. 넌 내가 키운 놈이잖아. 너같이 어린 애가 무슨 짓을 하기야 했겠어? 주동자가 따로 있지? 누구야?"

나는 어금니를 꽉 깨물었다. 진짜 먹고살기 힘들다. 이렇게 힘들 줄 알았으면 태어나지도 않는 건데.

"아무 일도 없었다는 듯 넘어갈 순 없어. 본보기로 한두 명 잘라야 돼. 주동자를 불어라. 넌 살려줄게."

"제, 제가 알기론 누구 한 명이 나선 게 아니라 모두 다 같이……."

부장이 눈을 부릅떴다. 나는 입을 딱 닫았다.

"헛소리 하지 말고. 제일 앞장선 새끼가 누구야!"

나는 고개를 푹 숙였다. 마침 휴대폰이 울리기 시작했다. 부장에게 실례를 구한 후 전화를 받았더니 다급한 온라인 최 부장의 목소리가 터져나왔다.

"기사 안 쓰고 뭐해요! 김유석 난리 났어!"

'[단독] 김유석, 지난 달 병역특례 추진됐었다'

최근 발목 깁스를 푼 채은 선배의 특종이었다. 이렇게 한 남자의 인생이 끝나는가 싶다. 기사를 찬찬히 보니 김유석 말고도 23명의 한류스타가 명단에 올라 있었다. 여론이 워낙 안 좋아 정부의 삽질로 끝날 게 분명한 프로젝트이기도 했다. 채은 선배는 이 시들한 해프닝을 가장 핫한 뉴스로 바꿀 줄 아는 사람이었다.

김유석 측은 현재 한국으로 오는 비행기를 탄 상태였다. 아무도 언론과 접촉되지 않았다. 기사 방향은 제멋대로 널뛰기 시작했다. 나는 최대한 팩트만 담담하게 전하는 기사를 하나 써서 최 부장으로부터 욕을 잔뜩 들어먹은 뒤, 선배들을 찾았다.

선배들은 용산가족공원에 모여 앉아 있었다. 화재 사고로 신문사도 어수선했고, 부장도 자리를 비워 우리끼리 회의가 열린 것이다. 차장은 담배 한 개비를 물고 김유석의 차기작을 준비 중이었던 PD와 통화 중이었다. 김유석의 하차가 결정되는 데에는 한국 비하 첫 기사가 터진 후 딱 한 시간이 걸렸다. 드라마 PPL(간접노출광고)이 모두 취소된 지 50분 만이기도 했다.

일주일 만에 5kg이 빠진 차장은 몰골이 말이 아니었다. 그는 어떻게든 부장이 다시 물러나도록 만들어야 했다. 쿠데타에 실패한 차장을 다른 신문사서 쉽게 받아줄 리 없었다. 그렇다고 등에 칼 꽂은 부장과 다시 일할 수도 없는 노릇이었다. 차장뿐만 아니라 나를 비롯한 우리 연예부 기자 전체가 처한 현실이었다.

"죄송해요."

차장이 전화를 끊고 담배를 한 개비 더 물었다. 나는 유 선배 옆에 앉았다.

"뭐가?"

"저 방금 부장 만났어요. 부장한테 죄송하다고 했어요."

선배들의 시선이 내게 집중됐다.

"잘했어. 너라도 살아남아야지."

차장이 담배 연기를 내뿜으며 말했다.

"부장이 주동자를 찾고 계세요."

침묵이 흘렀다. 내 또래로 보이는 여자 하나가 몰티즈 한 마리를 데리고 느긋하게 지나갔다. 나는 그 여자의 뒷모습을 한동안 바라봤다.

"정보통이 또 있으신가 봐요. 제가 국장 만났던 걸 알아내셨더라고요."

"네가 이중간첩 좀 해야겠네. 그 정보통이 누군지 좀 알아봐. 부장한테 정보를 주는 척하면서 도로 빼오라고."

나는 또 심장이 타들어가는 듯한 고통을 느꼈다.

"첩보영화 찍어?"

"총만 안 들었지, 첩보전이나 마찬가지지 뭐."

선배들이 툴툴거렸다. 유 선배는 깊은 생각에 잠긴 듯 우리 말을 듣는 것 같지 않았다.

"근데 사진부 인턴 녀석, 우리 일에 관심이 너무 많지 않아? 사무실에서도 힐끔거리더니, 우리보고 어디 가냐고 묻고 말이야. 부장 스파이, 그놈 아니야?"

KBS 담당 선배가 말했다. 사진이 나 때문에 연예부에 관심을 갖는다고 말할 순 없었다. 나는 딴청을 피웠다.

"근데 걔 이제 어떻게 되는 거지?"

차장이 물었다.

"왜요? 무슨 일 있어요?"

"네 동기, 사고 큰 거 쳤어."

오늘 아침 시장에서 일어난 화재사건 사진은 엄격한 데스킹을 거쳐야 했다. 주민들이 오열하거나 아파서 괴로워하는 모습 등은 보도를 자제하기로 결정했다는 것이다. 무지몽매한 대중이 감정적 대응을 하는 것을 막기 위해서라나. 사진부 인턴은 경찰에게 쫓기면서까지 뛰어들어 찍은 사진을 트위터에 공개해버렸다. 파장은 엄청났고, 사진부 부장은 윗층에 불려갔다.

"잘리겠지, 뭐."

차장이 말했다.

"참, 내일 아침에 김유석 인천 도착한대. 라희 네가 나간다고 부장한테 말해. 난 부장이랑 눈도 마주치기 싫다. 그리고 우리가 이 난관을 헤쳐나갈 방법은 국장에게 힘을 실어주는 것밖에 없다. 그렇지?"

침묵이 흘렀다. 하 부장이 회장을 만나 무슨 수를 썼는진 몰라도 국장에겐 단단히 미운털이 박힌 상태였다.

"나 결혼해."

유 선배의 목소리였다.

"네? 누구랑요?"

내가 깜짝 놀라 물었다.

"몰랐어? 쟤 4년 사귄 여자 있는데."

SBS 담당 선배가 말했다. 유 선배를 남자로 좋아한 건 아니었지만 정체를 알 수 없는 섭섭함이 밀려왔다.

"마흔 넘은 차장도 혼자인데, 결국 네가 제일 먼저 가는구만. 집은 어떻게 하기로 했냐? 여자 집에서 해준대?"

MBC 담당 선배가 말했다. 유 선배는 한숨을 푹 내쉬었다.

사진부 선배의 차를 얻어 타고 공항에 도착했다. 선배는 인천까지 오는 내내 사진부 인턴을 욕했다. 결론은 상명하복도 모르는 요즘 것들은 회사에서 받아주면 안 된다는 것이었다. 부장의 뒤통수까지 쳤던 나를 겨냥한 말일지도 모른다.

어젯밤 우리 집에 놀러온 사진은 의외로 담담했다. 할 일을 했다는 것뿐이었다. 그는 칼국수 할머니의 죽음에 분개하고 있었고, 이 모든 게 무자비한 정부 때문에 벌어진 일이라고 굳게 믿고 있었다.

"그런데 팩트 있어? 네 추측 아니야?"

내 말에 사진은 억울한 서민의 삶에 대해 열변을 토해냈다. 진실을 알리기 위해서, 그깟 회사 명령 따위는 무시할 수도 있어야 한다고 두 주먹 불끈 쥐고 말했다. 골룸 마냥 '마이 프레셔스'인 월급을 위해 아무한테나 즉각 굽신댈 수 있는 나는, 그를 보는 게 너무나 불편했다.

불편한 상대가 너무 많다. 나보다 못한 환경에서 보란듯이 성공한 김유석도, 나보다 못한 환경에서 보란듯이 꿋꿋한 사진도, 모두 꼴 보기 싫었다.

나 같은 사람은 꽤 많은 편이었다. 사람들은 김유석의 추락을 다룬 기사를 클릭하고, 또 클릭했다. 겉으로는 "어머, 어머."를 외치면서 그 독하고 혼자 잘난 김유석이 낭떠러지로 떨어지는 과정을 샅샅이 지켜봤던 것이다. 잘난 놈의 추락을 은근히 즐기는 게 분명했다. 이 같은 마녀사냥에 절대 반대했던 나조차, 김유석의 기사를 쓰는 동안 아드레날린이 솟구쳤다는 점은 부인할 수 없겠다.

사진부 선배가 주차할 곳을 찾는 동안, 나는 차에서 먼저 내려 공항 건물 내부로 향했다. 김유석이 도착하기까진 1시간가량 남은 상태였다. 건물 주위를 둘러보는데 저 멀리, 태극기를 온몸에 휘두른 사내들 300여 명이 열맞춰 다가오고 있었다. 장관이었다.

그들이 들고 있는 피켓에는 대한민국을 우롱한 김유석을 입국 금지 시켜야 한다는 글이 삐뚤빼뚤 쓰여 있었다. 몇몇 취재진이 그들에게 다가가 멘트를 땄다. 나도 뒤따라가 수첩을 꺼내들었다. 수장으로 보이는 30대 남자가 침을 튀기며 김유석이 우리나라에 해로운 이유를 읊어나갔다. 살기가 등등했다.

하지만 이는 예고편에 불과했다. 건물 내부에선 2천 명은 족히 됨직한 여자들이 버티고 있었다. '김유석을 내버려 둬라, 편향보도한 이채은 기자를 죽여버리겠다, 우리는 김유석을 지지한다' 등의 글자를 써넣은(그 와중에도 색깔을 맞췄다) 피켓이 어지럽게 떠다녔다. 여자들의 눈은, 마치 맹수에게서 새끼를 보호하려는 동물의 그것처럼 사납게 빛났다. 겁도 없는 채은 선배는 '이채은 죽어'를 피로 쓴 한 여학생에게서 멘트를 따고 있었다. 그 학생은 자신이 상대하고 있는 기자가 이채은일 거라고는 상상도 못 하고 있을 것이다.

태극기 부대가 내부에 들어서자 여자들은 일제히 사나운 발톱을 드러냈다. 경찰들이 몸으로 막아봤지만, 군데군데서 충돌이 벌어졌다. 두 팀은 나를 사이에 두고 고성을 지르고 밀가루를 뿌리고 계란을 발랐다. 식탁 상판에 맞아 죽을 뻔했을 때보다 생명의 위협을 더 크게 느꼈다.

나는 깔려 죽을 뻔한 애들을 여럿 잡아 일으켜주고, 밀가루를 한 웅큼 먹고, 노트북을 휘두르며 충돌의 가장자리로 향했다. 누군가 내 손을 잡아 밖으로 밀어내주더니, 자신을 안으로 힘껏 밀어 넣어달라고 했다. 웬 미친놈인가 해서 봤더니 박성기 사진기자였다. 연예인의 뒷모습을 찍어 보도하는 '숨막히는 뒤태' 시리즈로 유명한 기자였다. 그는 계란을 한 대 맞고는 오히려 좋아하면서 전장의 한복판으로 뛰어들었다. 그를 힘껏 밀어주고 드디어 밖으로 빠져나왔을 때엔, 내 등에 빈대떡 두 개가 붙어 있었다.

몸을 숨길 곳이 필요했다. 몇 달 전 일본 아이돌그룹이 왔을 때 대기실로 이용했던 스카이라운지를 떠올리고 잽싸게 엘리베이터를 탔다. 공항의 인력은 죄다 태극기 부대의 몽둥이를 빼앗는 데에 투입되고 있었으므로 뒤쪽은 의외로 텅텅 비었다. 나는 9시 뉴스의 첫 장면일 게 틀림없는 난동의 현장을 그렇게 떠났다.

의자에 앉아 기사를 쓰고 있는데 문이 벌컥 열렸다. 경호원들과 함께 등장한 김유석이었다. 매니저가 나를 향해 누구냐고 사납게 묻는다. 나는 휴대폰을 들어 올리고 한 발짝만 더 가까이 오면 김유석의 입국을 알리겠다고 협박한다. 김유석은 선글라스를 벗더니 당당하게 걸어와 내 맞은편 의자에 앉는다.

"매니저가 기자님도 못 알아보면 어떡해?"

김유석이 나직한 목소리로 말했다. '알'을 'R'로 발음한 것 같기도 하다. 나는 다리를 꼬고 앉아 김유석을 관찰했다. 아무렇지 않은 척 최선을 다해 연기하고 있지만, 담배를 든 손가락 끝이 미세하게 떨리는 걸 감추진 못했다. 수천 명이 내지르는 위협적인 비명소리는 지금 이곳에도 생생하게 들려왔다. 김유석은 당당하게 정문으로 빠져나가겠다고 고집을 부리는 중이었다.

"내가 뭘 그렇게 잘못했어? 병역특례는 들어본 적도 없는 얘기고, 'gross' 그건 실수였다고. 그냥 별로라는 뜻으로 쓴 건데, 자기들은 영어 배울 때 실수 안 하나?"

"말하지 마. 기자님, 안 쓰실 거죠?"

매니저가 나를 의식하며 TV를 켰다. 바로 밑층 상황을 실시간 보도하는 뉴스 화면이 흘러나왔다.

김유석이 한숨을 푹 내쉬었다. 침묵이 흘렀다. 인터뷰를 시도했다간 바로 끌려갈 것 같아 나 역시 한마디도 하지 못했다.

"라희야."

나는 깜짝 놀랐다. 그가 담배를 비벼 끄더니 나를 똑바로 쳐다봤다. 그는 여전히 상대를 주눅 들게 하는 카리스마를 갖고 있었다.

"나 너 기억해. 지난번에 되게 반가웠었는데. 그냥, 아는 척하기 싫더라. 이라희 정도는 기억도 안 날 만큼 성공했다, 그걸 보여주고 싶었는지도 모르지."

나는 어색하게 어, 어 대답만 했다. 달리 할 말이 없었다.

"너 내가 입국했다고 쓸 거지? 30분만 기다렸다 써주라. 기사 좀 살

살 써주고. 이럴 때만 아는 척해서 미안하다. 그럼 갈게."

매니저는 콜택시를 불렀다. 대기하고 있던 밴과 고급 승용차를 버리고 몰래 빠져나갈 계획인 듯했다. 나는 30분 후에 기사를 쓰기로 재차 약속하고 스카이라운지에 남았다. 김유석이 다시 한 번 뒤돌아보더니 정중하게 목례했다. 나도 덩달아 고개를 숙였다. 기분이 이상했다.

나는 단독을 하게 됐다고 부장에게 전화해 보고했다. 부장은 "응."이라고 단 한마디 하더니, 주동자가 누군지 물었다.

"네?"

"주동자 안 불 거야? 얼른 들어와!"

전경이란 전경은 모두 용산에 집결했다. 용산 화재사고의 진상을 알리라며 시민들이 촛불을 들고 나선 것이다. 덕분에 도로가 꽉 막혀, 예상보다 1시간이나 늦게 신문사에 도착했다. 짜증이 벌컥 났다.

"왜 이렇게 늦었어?"

회의실로 날 부른 부장이 물었다. 내 몸에 덕지덕지 붙은 밀가루에는 관심도 두지 않았다.

"여기 앞에 시위가……."

"아직도 있어? 그것들 총알 맛 좀 봐야 정신 차리지."

딱히 뭐라고 받아쳐야 할지 모를 대사였다. 나는 바닥만 쳐다봤다.

"너도 저런 데 끼고 싶냐? 요즘 애들 겁이 없어. 넌 아서라. 사진부 인턴 지금 회장실 불려 올라갔다. 회장님, 물건 다 집어던지고 난리 났어.

우리 부서에선 사고 치지 말자고."

　습관적으로 고개를 끄덕였다. 하지만 이후 부장의 말은 제대로 들리지 않았다. 녀석이 결국 이렇게 잘리는 건가? 그래도 유일하게 말이 통하는 녀석이었는데, 가슴이 너무 아팠다. 부장은 또 다시 선배들 중 주동자가 누군지 추궁했다. 나는 고개를 절레절레 흔들었다.

　"주동자는 따로 없어요."

　이렇게 또 다시 시험대에 오를 거라고는 상상도 하지 못했다. 이번에 선배 이름 몇몇을 불면, 내가 편해질까? 과연? 또 이런 일이 안 벌어진다는 보장이 있을까? 나는 회의적이었다.

　"없긴 왜 없어! 주동자 안 불면 너도 무사하지 못할 줄 알아!"

　부장은 역정을 내며 회의실을 나섰다. 진짜, 뭘 어떻게 해야 할지 감이 잡히지 않았다.

　일단 나는 사진부 인턴을 찾아가기로 했다. 회장실에서 갖은 고초를 겪고 있을지도 모른다. 엘리베이터를 타고 8층 버튼을 눌렀다. 비나 김장훈급의 가수들이 오면 회장실을 들르기 때문에 익숙한 루트였다. 나는 8층에서 내려 회장실 앞을 서성였다. 다행히도 고성이 들려오진 않았다.

　복도 소파에 한참 앉아 있는데 사진부 인턴이 나왔다. 회장이 사진을 뒤따라 나오더니 사진의 어깨를 툭툭 치고는 문을 닫으려 했다. 사진의 뒤통수에 가려서 회장의 얼굴은 잘 보이지 않았다. 잔뜩 굳은 표정의 사진은 방을 나서다 말고 다시 문을 열었다.

"참, 아버지, 집에는 이번 주말에 들어갈게요."

이내 돌아서는 사진과 내가 눈이 마주쳤다. 나는 급하게 엘리베이터 버튼을 눌렀다. 사진이 하얗게 질린 얼굴로 다가왔다. 엘리베이터가 땡 소리를 내며 8층에 섰다. 나는 잽싸게 올라타서 문 닫힘 버튼을 사정없이 눌렀다.

"개새끼."

문이 닫히는 사이로 내가 욕설을 내뱉었다. 당연히 처음 든 감정은 배신감이었다. 나랑 비슷한 처지인 척, 나와 말이 통하는 척한 데에 따른 배신감. 그런데 엘리베이터가 3층에 도착했을 때쯤 내 가슴에 자리 잡고 있는 건 안도감이었다.

'그래, 믿는 구석이 있어서 사고 쳤던 거구나. 나도 회장 아들이었으면, 너처럼 살았을 거야.'

chapter 19
열정, 같은 소리 하고 있네

"내 편이라며?"

부장은 또 날 보자마자 주동자 타령을 시작했다. 내가 부장을 불러낸 건 기사 때문이었는데, 부장은 내가 어떤 기사를 어떻게 쓰는지에는 아무 관심이 없었다.

"며칠 전에 보내드린 음원 기획기사에서 강현진 대표가 자신의 이름을 빼주기를 요청해왔어요. 어렵게 인터뷰했는데, 너무 대놓고 이통사를 씹은 게 마음에 걸리나 봐요. 아직 지면이나 온라인에 안 나갔으니까 수정할 수 있겠……."

나는 말꼬리를 흐렸다. 부장은 제대로 듣고 있지도 않았다.

"내가 다시 회사로 컴백했다는 게 뭘 의미하는지 몰라? 이 회사가 나를 절대 버리지 않는다는 걸 뜻한다. 그런데도 내가 정이 많은 사람이라, 너희들한테 기회를 주는 거야. 주동자 빼고 가담자는 용서하겠다니까. 말 안 하면 다 자른다."

"전 잘 모릅니다."

"등신같이 왜 몰라! 너도 이제 20대 후반이다. 사회가 어떻게 굴러가는지, 선배들이 무슨 꿍꿍이를 갖고 있는지 왜 관심이 없어!"

"죄송합니다. 하지만 전 정말……."

"그럼 네 아니요만 해. 차장하고 KBS 놈이 쿵짝이 맞은 거지?"

상부에 보고하기 위해선 적어도 한 명의 증언이 필요한 듯했다. 나는 그 어떤 표정도 짓지 않기 위해 노력했다. 부장은 한숨을 푹 내쉬었다.

"우지환 쪽이랑 화해했다며? 들어오라고 해. 내일까지 단독도 하나 해 오고. 못 하겠으면 사직서 갖고 와."

불똥은 엉뚱한 데로 튀었다. 나의 직장생활은, 아무리 나이 들어봐야 사람은 유치할 수밖에 없는 존재라는 걸 가르치는 교육과정 같았다.

사직서를 내버릴까? 하지만 그럴 일은 절대 없을 것이다. 그건 집 마당이 좀비로 가득 찼는데 현관문을 내 손으로 열고 나가는 것과 같은 것이었다. 한 발짝만 미끌, 하면 배고픈 좀비 품에 그 즉시 내 목을 갖다 바치게 될 것 같았다. 짜증 좀 난다고 박차고 나왔던 내 집에는, 다른 절박한 인간들이 자리 딱 잡고 앉아 다시는 빈자리를 내주지 않을 것이다.

구제될 가능성? 이 나라에 백수가 몇이나 된다고 했던가? 다른 회사에 간신히 자리를 잡고도 '차라리 스포츠엔터가 살 만한 곳이었어.'라고 자책할 그 날이 안 오리란 보장도 없었다. 그 모든 불행의 단초를 내 손으로 제공했다는 후회만큼은 피하고 싶었다. 절대, 내 손으로 사직서를 택할 수는 없었다.

　나는 엄친아 매니저 강 이사에게 제보를 요청했다. 지난번 청담동 난동사건을 비밀로 해주는 대가로 단독을 하나 주기로 돼 있었기 때문이었다. 강 이사는 미팅이 끝나는 대로 회사로 와주겠다고 했다.
　부장이 자리를 비운 사이, 나는 차장에게 다가가 그냥 싹싹 빌어보라고 말했다.
　"우리 중 누가 먼저 빌면, 나머지는 다 잘리게 돼 있어. 다 같이 빌면, 다 따로 불러내 주동자가 누군지 불라고 할 거야. 말려들면 안 되지."
　너무 갑갑해서 입만 벌려도 한숨이 터져나왔다. 저 멀리, 국장이 짐을 싸서 국장실을 나섰다. 나는 차장의 어깨를 툭툭 치며 국장실을 가리켰다. 마침 우리를 본 국장이 손을 까딱하더니 다시 국장실로 들어갔다. 우리는 총알같이 국장실로 향했다.
　"방금 회장 만났다. 그만두란다. 조금 더 버텨보려고 했는데."
　인턴한테 노트북 하나 주는 데에도 몇 주나 걸렸던 이 회사는, 사람을 내보내는 데에는 몇 시간 걸리지도 않았다.
　"너희들한테는 미안하게 됐다. 괜히 쿠데타 부추겨서는. 그래도 악착같이 살아남아라. 이 말 하려고 불렀다. 그럼 갈게."
　경영팀장이 뛰어들어와 국장의 사과박스를 들고 앞장섰다. 국장이 그 뒤를 따랐다. 국장을 조금만 더 믿어보자던 차장의 마지막 한 줄기

희망도 함께 사라졌다.

 연예부 책상에 앉아 날 기다리던 엄친아 매니저는 벽면에 붙은 TV에서 눈을 떼지 않았다. CF에 연예인이 등장할 때마다 적나라한 뒷담화가 줄줄이 새어나왔다. 그들을 싫어하는 이유는 다양했다.
 "쟤는 나이트만 가면 욕심이 그리 많아요. 제 파트너 실컷 다 주무르고 나갈 땐 꼭 매니저가 겨우 잡아놓은 여자를 가리킨다니까! 어느 여자가 자기 찍은 배우를 두고 매니저랑 놀겠냐고! 저놈이 그렇게 인정이 없어요."
 "저년, 좀 뜨더니 목에 깁스를 했어. 인사도 안 받아주더라니까."
 "쟨 그냥 생긴 게 비호감이야. 그래도 주기는 그렇게 잘 준대요."
 매니저의 연예인 뒷담화만 듣고 있어도 한 시간이 1초처럼 흘러간다. 나는 이제 이런 뒷담화도 같이 웃으며 할 수 있는 사람이 됐다. 잘못된 점을 바로잡는 것보다, 나도 같이 잘못되는 게 훨씬 살기 편하니까. 대신 오해를 불러일으킬 만한 옷을 입지 않고, 남자 매니저들과 쓸데없이 시시덕대지 않고, 사생활을 절대 비밀에 부치기만 하면 됐다.
 CF가 끝나고 가요프로그램이 시작됐다. 강현진 대표가 데뷔시켰다 망한 그룹이 컴백 무대를 가졌다. 절치부심한 티가 역력히 나는 멋진 무대였다.
 "강현진 대표, 은근히 소심하신가 봐요. 제가 쓰는 음원 기사 있잖아요. 기획사 — 이통사 간 음원 수익 분배, 문제 있다는 기사. 열변을 토할 땐 언제고 기사 나갈 때 되니까 자기 이름은 빼달라네요."

"몰랐어요? 얼마 전에 이통사 어디더라? 암튼 한 군데서 제작비 선금 20억 땡겼대요. 그래서 주말에 미국 간다던데?"

나는 기가 막혔다. 강 이사가 내 얼굴을 한 번 보더니, 피식 웃었다.

"다 그런 거지, 뭐. 가요계가 왜 아직도 이 모양이겠어."

강 이사는 한참을 TV만 보다 부장이 돌아오자 벌떡 일어나 90도로 인사하더니 급한 미팅이 생겨 가봐야 한다고 했다. 그는 김유석이 하차한 드라마 주인공에 곧 엄친아가 캐스팅될 것 같다고 귀띔한 후 자리를 떴다. 나는 그를 배웅하면서, 우지환 매니저에게 문자를 보냈다.

'하 부장 컴백했어요. 국장 될 것 같아요.'

며칠 후, 김유석의 대국민 사과 기자회견이 열렸다. 도대체 뭘 그렇게 잘못했는지 모르겠다던 김유석은, 세상에서 가장 큰 잘못을 뉘우치는 표정으로 수백 대의 카메라 플래시를 견뎌냈다. 한 방에 날아간 드라마와 30억 원어치 광고의 위력이다. 나는 김유석의 발언을 일일이 기사화하고, 단순한 실수였던 만큼 이제 김유석을 용서하자는 내용의 기자석 칼럼을 쓴 다음 기자회견장을 빠져나왔다.

신문사로 돌아오니 깍두기 아저씨가 꾸벅 인사를 했다. 출근 첫날, 슈렉이 소개시켜줬던 매니저다. 나는 인터뷰 약속을 까맣게 잊고 있었다. 심각한 건망증에 시달리는 선배들을 신기해하곤 했는데, 요즘 내 정신 상태도 그들 못지 않다. 나는 사진부에 가서 뒤늦게 사진 촬영 요청을 하고, 인터뷰실로 향했다. 다행히 하 부장은 자리를 비운 상태였다.

매니저는 섹시 여가수에 이어 남자 래퍼 한 명을 새로 데뷔시킨 참이었다. 여가수의 선정성 논란으로 나름 쏠쏠하게 벌었는지, 래퍼의 데뷔에 꽤 큰돈을 썼다. 인터뷰 사진은 사진부 부장이 직접 찍었다. 선배들은 자리를 비웠고 인턴은 근신 중이었기 때문이다.

래퍼는 아이비리그를 나온 인재였다. 국내 대기업 입사시험까지 통과해놓고, 가수의 길을 선택했단다. 나는 즉각 냉소적이 되었다.

"제가 신인가수 인터뷰를 거의 하루에 한 건씩 해요. 그런데 그중에 방송 출연 한 번 하는 케이스가 20%. 그나마도 방송 한 번으로 끝나고요. 두 번째 앨범 내는 데 성공하는 케이스는 거의 없어요. 그런데도 가수를 선택한 거, 후회 안 할 자신 있어요?"

"그런 생각 한 번도 안 해봤는데요."

신인이 이렇게 성의 없이 대답해도 되나 싶어 짜증이 났다.

"안 해봤다고요?"

"랩을 만들고 있으면 바로 옆에서 누가 불러도 몰라요. 재미있어 죽겠거든요. 단 한 번도 다른 길을 생각해본 적이 없어요. 대부분이 무명가수로 끝난다고요? 그게 무섭게 느껴지면, 그건 진짜 음악을 좋아하는 게 아니죠. 저처럼 미치잖아요? 아무것도 안 보여요."

나도 영화에 미쳤었다. 하지만 다 보였다. 늘 모자란 생활비, 불투명한 미래, 팍팍한 현실 모두.

"대기업에는 왜 지원했어요? 보험, 아니에요?"

"처음에 데모 CD를 돌리니까, 국내 정서를 너무 모른다고 하더라고요. 그래서 대한민국 20대가 겪는 고충도 알아보고 싶었어요. 그래서 한번 도전해봤던 거예요. 많은 걸 느낄 수 있어서 좋았어요."

"뭘 느꼈는데요?"

"난 역시, 랩을 하고 살아야 한다는 거요."

그는 말을 하는 도중에도 어깨로 리듬을 타고 고개를 까딱거렸다. 그를 보고 있으니 자꾸만 심사가 뒤틀려 내 질문은 자꾸만 원점을 맴돌았다.

"미래가 불안하지 않으세요? 어느 정도로 성공 못 하면 대기업으로 돌아갈 거예요?"

"안 돌아간다니까요. 난 그냥 음악을 만드는 게 좋아 죽겠어요. 이 길이 어렵다? 그건 남들 얘기고요. 전 그 어려운 거마저도 너무 재미있어요. 이렇게 살다가 깡통 찰 수도 있겠죠. 그럼 뭐요? 깡통 찬 심정을 노래하면 되죠."

"미쳤군요."

"이 세상은 긍정적으로 사는 사람의 것입니다. 두고 보세요!"

나는 펜을 내려놓았다. 그리곤 이 남자도 언젠가 제대로 밑바닥에 처박히고는 제정신 차리는 날이 오기를 고대했다. 그런 날이 오지 않을까 봐, 솔직히 겁이 났다.

'딩동.'

탁자에 내려둔 노트북에서 메신저 알림음이 났다. 경영팀에서 보낸 발령 관련 동보였다. 역시 예상대로 하재관 부장이 국장으로 임명됐다. 나는 씁쓸하게 웃었다.

'딩동.'

그리고 하나가 더 왔다. 차장을 비롯한 연예부 선배들이 모두 광고TF팀으로 발령이 난 것이다. 나는 두 눈을 비비고 다시 쪽지를 살폈다. 유 선배의 이름은, 없었다.

선배들은 매니저들에게 전화해 내일 이후 예정된 인터뷰를 모두 취소했다. 그리고 5분 만에 짐을 쌌다. 부장이 눈엣가시인 선배들을 내보내기 위해 급조한 광고TF팀은 각 기업들을 돌아다니며 광고를 유치한 후, 그 기업이 요구하는 좋은 기사를 써주는 일을 해야 한다. 기본급 100만 원에 광고 하나당 인센티브를 주는 제도를 시행하겠단다. 만약 오늘 중으로 명예퇴직 신청을 하면, 연예부 권고사직 처리를 해줘서 실업급여는 받을 수 있게 해주겠다고, 하 부장 아니 하 국장이 말했다. 전원 사직서를 썼다.

"유재준이 어디 갔어? 새끼, 잘 먹고 잘살라 그래."

차장이 마지막으로 남긴 말이었다.

음반관계자들의 이름을 익명 처리한 수정버전의 음원 기획 기사를 출력해 하 국장을 찾았다. 국장실 앞에는 기획사들이 보낸 화환으로 발 디딜 틈이 없었다. 국장 승진 축하 화환들이었다. 국장실 문을 열려는데 화환의 꽃잎 하나가 내 셔츠 소매에 걸려 떨어졌다. 화환을 보니, 우지환 소속사에서 보낸 것이었다. 하재관을 이길 순 없겠다고 판단한 모양이었다.

국장실에 들어섰다. 이제 겨우 3일째지만, 30년은 넘게 그 자리에 있었던 것 같은 당당한 위용의 하 국장이 웃으며 나를 반겼다. 탁자를 있는 힘껏 닦던 편집부 인턴이 눈치를 잠깐 보고 자리를 비켜줬다. 그에게서 진한 땀냄새가 났다. 전 국장이 쫓겨날 땐 내다보지도 않더니, 새 국장이 들어왔다고 땀까지 흘리며 탁자를 닦아주고 있던 것이었다.

하 국장의 손에는 내일자 신문 대장이 두어 장 들려 있었다. 그중 한 장에는, 우리 신문에서 절대 볼 수 없었던 전면광고가 실려 있었다.

"아, 이거? 내가 국장 부임 기념으로 한 건 했지."

이통사 광고였다. 나는 음원 기획 기사를 쥔 손에 힘을 주었다.

"기사 때문에 왔어? 그 기사는, 지면에 나가기엔 완성도가 좀 떨어져. 어쨌든 수고했다."

"이 광고······."

나는 차마 말을 잇지 못했다. 내 기사가, 광고 협상용으로 쓰인 건가?

"참, 거기 앉아봐라."

국장은 탁자를 가리키더니 맞은편에 앉았다. 나도 의자를 빼서 앉았다.

"내가 요즘 정신이 없다. 연예부 차기 부장도 알아봐야 되고, 또 5~6년차 기자도 두 명이나 더 뽑아야 되고."

"나간 건 네 명인데요?"

"긴축정책 해야지. 비상시국이잖아."

긴축정책이란, 회사가 그 어떤 짓을 해도 용서가 되는 일종의 면죄부였다. 이놈의 회사는 날 때부터 죽을 때까지 비상시국일 것이다.

"참, 잘 알아보고 있어?"

부장이 대장을 뒤적이며 말했다.

"뭘요?"

"너 내일이면 인턴 계약 끝나지? 슬슬 다른 회사 알아봐야지?"

망치로 머리를 맞은 듯 눈앞에 회오리가 쳤다. 맞다, 그랬었지. 계약서상으로 내 신분은 아직 인턴기자에 불과했었다.

그래도 나는 내가 이 회사에서 맹장쯤은 되는 줄 알았다. 잘라내려면 많이 아픈. 그런데, 손톱이었던 거다. 자라나면 잘라줘야 하는.

"나도 물론 널 내치고 싶진 않지만, 회사 돈을 아껴야 돼. 새로 국장이 부임해서 정규직 직원 수나 늘려서 되겠어? 그렇다고 네가 5~6년차 역할을 할 순 없잖아. 그리고 넌……."

나는 다정스럽기까지 한 부장의 얼굴을 볼 수가 없어 탁자 모서리 어딘가를 뚫어져라 쳐다봤다.

"넌, 열정이 없어. 내가 시킨 건 잘했지. 잘하긴 했어. 그런데 그 이상의 뭔가가 없었잖아. 뭐 좀 시키면 입술만 쑥 내밀고는 마지못해 했지. 안 그래? 네가 신나서 뭔가를 해 온 적이 없다고. 뭐가 맘에 안 들고, 이해가 안 돼도 먼저 나서서 좀 해봐. 퇴근할 궁리만 하지 말고. 기자는 공무원이 아니잖아."

"전 정말 열심히 했는데요."

나도 모르게 목소리가 높아졌다.

"옳고 그른 거 따지지 않고, 내 말 들어본 적 있어? 힘들다, 힘들다 얼굴에 티 내지 말고 말이야. 하긴 요즘 것들이 다 나약해 빠졌지. 멀쩡한 세상 탓이나 하고. 회사는 그런 인간들 딱 질색이야. 그 어떤 상황에서도 적극적이고 싹싹한 애들을 좋아하지."

"혹시 그 쿠데타 사건 때문에……."

"무슨 그런 소릴! 네 자신 때문이라니까. 집에 가서 조용히 되돌아봐 봐. 네가 어떻게 직장생활을 했는지. 어느 상사가 그런 후배를 좋아해? 열정을 가지란 말이야, 열정을! 상사가 뭘 필요로 하는지, 어떤 상황에 처했는지 제때제때 파악하고 빠릿빠릿하게 움직일 수가 있어야지!"

"아니요! 부장은 지금 개인적인 이유로 절 자르시고는 다른 핑계를 대시는 것 같은데요."

"그렇게밖에 못 받아들이면, 네 손해고."

나는 조금도 움직이지 않고, 부장을 쳐다봤다.

"라희야, 이게 다 너한테 애정이 있어서 하는 소리야. 너, 기사 잘 써. 인정해. 그런데 사회는, 실력, 그 이상이 필요하단 말이야. 눈치도 빨라야 되고, 막말로 줄도 잘 서야 되고."

나는 부장을 빤히 쳐다보기만 했다.

"그럼 인턴 1년 더 해볼래? 네가 얼마나 달라지는지 보고……."

"아닙니다. 일어날게요."
나는 국장실에서 나왔다.

견딜 만했다. 밤마다 회사에서 잘리는 꿈을 꾸고 두려움에 떨었었는데, 미리 예행연습을 많이 해서 그런가? 막상 겪어보니, 죽을 것 같진 않다. 아니, 오히려 마음이 편해졌다.

연예부로 돌아오다 누군가와 어깨를 크게 부딪쳤다. 언젠가 내게 종이를 집어던지며 화를 냈던 편집부 선배였다. 그의 손에서 내일자 1면 대장이 툭 떨어졌다. 내가 멀뚱히 있자, 그가 짜증을 내며 대장을 집어 들었다. 1면 모서리에는 스포츠엔터의 인턴기자 2기를 모집한다는 공고가 실려 있었다.

'희망을 주는 신문 스포츠엔터가 열정을 갖고 함께 일할 새 식구를 모집합니다.'

열정? 웃음이 터져 나왔다. 소리를 내 크게 웃었다. 선배가 고개를 절레절레 흔들며 국장실로 뛰어갔다. 나는 내 책상으로 돌아와 짐을 쌌다. 역시, 5분도 걸리지 않았다. 맞은편의 유 선배는 갑자기 휴대폰을 챙기고 자리에서 일어서려 했다.

"자리 안 피하셔도 돼요. 제가 갈 거니까요."

내가 담담하게 말하자, 유 선배가 다시 자리에 앉았다. 그는 아무 말도 하지 않았다.

"결혼 축하드려요. 집은 잘 얻었어요?"

유 선배가 고개를 숙였다. 나는 노트북을 초기화시킨 후 책상 위에 올려둔 채 코트를 입고 핸드백을 들었다. 그리고 엘리베이터까지 천천히 걸어 나왔다. 엘리베이터 문이 닫히기 직전, 누군가의 손이 문 사이를 비집고 들어왔다. 사진부 인턴이 어색한 표정으로 엘리베이터에 올라탔다. 나는 1층 버튼을 눌렀다.

"미안해."

"너랑 편집만 살아남았네?"

"미안."

"아니, 네가 회장 아들로 밝혀져서 얼마나 기뻤는데."

"무슨 말이야."

"난 또 내가 못나서 내 신조대로 못 사는 줄 알았지. 어쨌든 미안하다. 너도 참 힘들 텐데, 몰라줬네. 밑바닥부터 고생을 해야, 윗자리 준다고 했다며? 얼마나 힘들겠어."

"난 진짜 우리 아빠가 싫어. 싫은데, 어쩔 수 없잖아. 독립하는 게 얼마나 힘든진 너도 알지 않아?"

엘리베이터가 1층에 도착했다. 나는 먼저 내린 후 문을 막아섰다.

"응, 너도 나름 힘든 건 알겠어. 근데, 어설프게 좌파놀이는 하지 마라."

"다시 볼 수 있을까?"

나는 씨익 웃었다.

"네가 받는 용돈이 얼마나 드럽고 치사하게 회장 주머니로 들어간 건지 모르지?" 나는 짐짓 밝은 목소리로 말했다. "기분 나쁘게 생각하지 마. 부러워서 하는 소리야."

문이 닫혔다. 이후로도 한참 동안, 엘리베이터는 1층에 머물렀다. 나는 로비를 걸어나와 현관문을 열었다. 예상보다 훨씬 차가운 바깥 바람에, 코트 단추를 잠갔다.

무라카미 하루키의 『상실의 시대』 속 주인공은 인생이 비스킷통과 같다고 주장한다. 인생은 비스킷통과 같아서, 맛없는 비스킷을 먼저 먹어 없애면 맛있는 비스킷이 나올 때가 온다는 것이다.

그 말이 맞다면 내 인생은 망했다. 난 어렸을 적 맛있는 비스킷을 다 먹어치운 것이다. 이제 남은 건 똥맛뿐이다. 그나마도 나도 모른 새 홀랑 상해버렸는지, 줄줄이 곰팡이만 나오고 있다.

영화를 평가하는 기준 중 하나는 캐릭터의 성숙도 측정이다. 주인공이 일련의 사건들을 겪으면서 얼마나 많은 걸 배우고, 상처를 치유하고, 더 나은 사람이 되느냐를 보는 것이다. 그래서 영화 속 주인공들은 늘 영화 초반부에 성격적 결함을 드러내고, 후반부에 그것이 고쳐졌음을 보여준다.

사회생활을 하면서 확실하게 깨달은 게 있다면, 역시 나는 주인공감이 아니라는 것이다. 나의 영화는 유난히도 지랄맞아서, 내가 성숙하면 할수록 고난도 성숙해버린다. 자꾸만 어렵고 복잡해지는 장애물들 속에서, 처음부터 끝까지 난 뭉크의 〈절규〉 속 남자 같은 표정만 지어야 했다. 따뜻하고 훈훈한 결말 따위는 없었다.

용산역 앞을 지나다 한 가게 앞에 멈춰선다. '로또 1등 판매점'이라는 푯말에 내 눈길이 머문다. 나는 지갑을 꺼내 잔돈을 탈탈 털어 로또 2만 9,000원 어치를 산다. 다 낡은 사인펜으로 숫자에 까만 칠을 하고 있는데, 지금 이 순간이 최근 1년을 통틀어 가장 행복한 순간 같다. 나는 로또 종이를 받아 들고는 곱게 접어 지갑에 넣는다.

그리고 집에 도착한다. 햇살이 가득한 오후 3시의 이 집은 처음 보는 것 같다. 쉬는 날에도 잠을 깨면 벌써 〈무한도전〉이 하고 있을 시간이었다. 나는 코트를 벗고 핸드백을 휙 던진 뒤 침대로 향한다. 이내 그 어느 때보다 깊은 잠에 빠져든다. 눈꺼풀 사이를 비집고 들어오는 햇빛에도 아랑곳없이.

★
작가의 말

    대학교 1학년 때부터 온갖 자격증 시험 책을 갖고 다니면서 두 손 모아 기도하는 그것은 바로 취업! 청년백수 백만 시대, 취업만 할 수 있다면 영혼이라도 팔아버리고 싶지만, 사실 영혼 정도는 아껴두는 게 좋다. 왜냐, 취업을 하고 나면 새로 또 구해서라도 팔아야 되기 때문이다.
    돈 100원 버는 게 얼마나 드럽고 치사한 일을 감수해야 하는지, 번듯한 명함 한 장 지니기 위해 얼마나 많은 타협과 부정부패를 일삼아야 하는지, 아……정말이지 안 겪어본 사람은 모른다.
    이 소설은 내 20대를 돌아보는 열렬한 반성문이자, 왜 그 모양 그 꼴로 살 수밖에 없었는지를 치사하게 변명하는 일기장이다. 그리고 그런 내가 민폐를 끼쳤던 분들에게 바치는 사과문이다.
    최대한 내가 직접 겪었던 일들에서 모티브를 얻었다. 그러다 보니 업계 관계자들은 몇몇 특정인물에 주목할지도 모르겠다. 하지만 소설 속

등장하는 연예인 및 언론, 연예 관계자들의 정보는 모두 허구임을 알린다. 실제론 멋진 기자 선배들도 많았는데, 그들을 많이 그려내지 못해 아쉽다. 언제나 응원 중이라는 것, 또 많이 그리워하고 있다는 것, 알아 줬으면 좋겠다.^^

  5년 전부터 막연히 머릿속으로만 그려오던 이 글을, 멋진 책으로 재탄생시켜 주신 소담출판사에 감사드린다.

이혜린